시민이 엄지 척

민선 7기 이천 시정일기

시민이 엄지 척

엄태준 지음

민선 7기 이천 시정일기

시민이 엄지 척

초판 발행	2021년 04월 09일
초판 인쇄	2021년 04월 05일
지은이	엄태준
펴낸곳	출판이안
펴낸이	이인환
등록	2010년 제2010-4호
편집	이도경 김민주
주소	경기도 이천시 호법면 이섭대천로 191-12
전화	010-2538-8468
제작	세종 PNP
이메일	yakyeo@hanmail.net
SBN	979-11-85772-84-4(03810)
가격	20,000원

이천의 밝은 앞날을 내다보며

1. 목민관의 자리

금번 엄태준 시장님의 민선7기 이천시정일기 출간을 진심으로 축하드립니다. 2018년 7월 1일부터 2020년 6월 말까지 하루도 빠짐없이 445쪽에 이르는 방대한 일기를 쓴 것은 시장 본인은 물론 시민 모두가 공유할 수 있는 지침서가 될 것으로 사료됩니다.

본래 일기의 성격은 사실의 기록일 뿐만 아니라 반성과 성찰의 의미도 담고 있기에 후임 시장에게도 매우 중요한 자료가 되리라 생각합니다. 엄시장님은 취임초부터 태풍 '솔릭'으로 취임식도 보류한 채 오늘에 이르기까지 시정의 우선순위를 정하고 불철주야 폭 넓고 다양한 업무를 의욕적으로 수행하고 있습니다. 2년의 짧은 기간에도 불구하고 경기도 뿐만 아니라 전국에서도 우뚝 서는 세계속의 '이천시'로 발돋움하고 있는 점에 대해 감사함과 찬사를 보내지 않을 수 없습니다.

목민관의 자리는 "천하국가를 다스리는 자와 규모의 크고 작음은 있을지언정 그 처지는 실로 다르지 않다"고 합니다. 엄시장님은 바쁜 일과 속에서도 일기를 통하여 구석구석 시민과 동고동락하는 장면을 담고 있습니다. 저는 시정일기를 읽으며 25년전 민선군수와 시장을 역임한 초대 지방자치단체장으로서 마치 타임머신을 타고 과거로 돌아가는 듯한 느낌을 받고 있습니다. "시민이 주인"이라는 캐치프레이즈 아래 하루에도 만기(萬機)를 총람하는 시장의 자리는 시민과 공무원의 중간에서 시민들의 행복한 삶을 향상시키고 공무원의 명예와 자존심을 지켜주는 역할도 중요합니다. 일기 곳곳에 목민관으로서의 따스함과 고뇌가 서려있음을 확인할 수 있었습니다.

역사학자 E. H. Carr는 "역사는 과거와 현재의 대화"라고 하였습니다. 이는 미래의 설계를 위하여 중요한 지침이 된다는 뜻이기도 합니다. 역사는 창업(創業) → 수성(守成) → 경장(更張)의 순서를 거치면서 끝없이 발전하는 과정이기도 합니다.

2. 몇 가지 제언

저는 의례적인 칭찬이나 덕담보다는 주마가편(走馬加鞭)이라고 할까 잘 달리는 말에 채찍을 가하는 심정을 담아, 초대 민선시장으로 저의 경험상 몇 가지 의견을 말씀드리고자 합니다.

첫째 '이천정신'의 제고입니다. 로마제국 건설에는 관용의 '로마정신'이 있었고, 신라의 삼국통일에는 진취적인 '화랑정신'이 원동력이 되었으며, 그 정신이 소멸할 때, 그 형체(形體)도 무너졌음을 역사는 증명하고 있습니다. 그렇다면 이천은 무엇으로 일어날 것인가? '이섭대천(利涉大川)'정신일 것입니다. 이천의 지명 유래가 되는 이섭대천은 주역의 고사에서 인용 '험난한 대천을 건너 천하를 이롭게 한다'는 뜻으로 홍익(弘益), 상생(相生), 개척(開拓)의 3대 정신을 담고 있다하겠습니다.

둘째, 함께 만드는 심포니사회 건설입니다. 소통의 리더십으로 주민에게 각광받는 편익시설 뿐만 아니라 첨예하게 대립되는 혐오시설까지도 인내심과 대화 설득의 지혜가 필요합니다. "정치는 선악의 문제가 아니라 조정의 영역"이라는 말이 있습니다. 특히 '시민이 주인'인 입장에서는 매우 고단하고 힘든 길이기도 하지만 꼭 넘어야 할 산입니다.

셋째, 전임자의 행적을 반면교사로 삼는 노력입니다. 오늘의 지방자

7

치는 수많은 전임자들이 땀 흘려가며 쌓아올린 노력의 산물이라 하겠습니다. 특히 지방자치 역사가 짧은 우리나라에서는 전임단체장들의 성공과 실패 사례는 매우 귀중한 자산이 되리라 생각합니다. 엄밀한 분석을 통하여 장점은 계속 살려 나가야 하며 실패하거나 부진했던 사례는 시정하거나 보완해야 할 것입니다. 얼마 전 엄시장님께서 경기도 전현직 시장·군수협의회에 전 시장 2명을 동행하고, 시행사에도 초청하여 조언을 구하는 것은 상생협력 실천의 좋은 예라 하겠습니다.

넷째, 학습공동체 건설입니다. 평생학습의 궁극적인 목적은 시민 각자의 개인향상과 사회통합입니다. 이를 위하여 인재육성을 위한 이천시민장학회, 14개 읍면동별 주민자치학습센터는 이천발전의 중심축이 될 것입니다. 이천시 전체가 배우고 가르치는 분위기 조성이 무엇보다 필요합니다. 우리나라의 자방자치는 학습도시 건설에서부터 희망을 찾을 수 있다고 보며, 그 열매는 지방은 물론 국가의 궁극적인 경쟁력으로 나타나기 때문입니다.

3. 기대와 전망 - 취임사에서 퇴임사를

"취임사를 할 때 퇴임사를 준비하라."

어느 공직 선배가 들려준 말입니다. 이는 취임 당시의 벅찬 포부와 희망, 열정을 퇴임할 때까지 잊지 않고 매진하라는 뜻입니다. 저는 엄시장님께서 취임 당시에 밝힌 계획과 열정이 시장임무를 마치는 그날까지 한결같이 성공적으로 추진되길 바랍니다. 아마도 이번에 출간되는 엄시장님의 시정일기는 그러한 다짐으로 온 몸을 던져 식지 않는 용광로가 되리라 믿어 의심치 않습니다. 이 일기를 전 시민이 모두 읽어 시장의 철학을 이해하고 시장과 시민이 하나되는 공감대가 형성되길 기대합니다.

  끝으로 백범 김구 선생께서 애송했다는 서산대사의 시 한 수를 옮겨 봅니다. 오늘 당신이 걷는 지방자치의 발자취는 후세의 이정표가 되는 것이니 어찌 두렵지 않으랴!

踏雪野中去(답설야중거)　　눈 쌓인 들판길을 걸어갈 때
不須胡亂行(불수호란행)　　함부로 어지럽게 가지 마라
今日我行跡(금일아행적)　　오늘의 내가 걷는 발자취는
遂作後人程(수작후인정)　　후세인들의 이정표가 되리니

민선1~3기 이천시장
제19대 국회의원 유승우

멋진 도시 이천을 생각하며

엄태준 시장은 정말 부지런한 사람이다, 매일매일 시장으로서 힘든 시정을 펴나가면서 일기를 쓴다는 것은 여간 부지런한 시장 아니고는 어려운 일일 텐데…. 더구나 아침에 쓴 일기라니? 새벽에 일찍 일어나 지난 하루를 회고하며, 오늘의 일과를 계획하는 삶. 이천시민들께서 시장선택을 잘 한 것 같다.

엄태준 시장과 유승우 전 시장, 정균환 원로 전 국회의원 등과 함께한 자리에서 생각지도 못한 부탁 하나를 받았다. 전반부의 시정을 수행하면서 쓴 일기를 정리해서 출간하는데 추천사를 받고 싶다고. 쉽지 않은 부탁을 진지하게 해오는 엄시장에게 흔쾌히 그렇게 하겠노라 대답했다.

시민들께서 잘 알고 계신 바와 같이 지난 2년 전 선거 때 엄시장을 돕는 참모들이 "지난 24년간 우리 이천이 유승우, 조병돈이라는 공무원 출신의 이천시장을 경험했습니다. 이제는 공무원 출신의 답답한 관료주의 행정을 과감하게 청산하는 것이 새로운 이천의 시대정신입니다."라고 해서 시장에 당선되었기에 많은 시민들께서 나의 추천사에 대한 의아심이 들기도 하겠다. 아울러 추천사를 부탁한 엄시장을 순수하지 않게 생각할 수도 있겠지만, 이천시 발전에 대한 애정을 갖고, 몇 번의 도전을 거치는 어려움을 극복하고 힘든 시정을 수행하며 고독한 길을 걷고 있는 그가 멋진 시정을 펴서 시민이 행복하고 이천시가 더 멋지게 발전해 나가길 바라는 마음은 이천시민 모두가 갖고 있는 마음이기에 나의 추천사를 애정 어린 눈으로 봐주시리라 믿는다.

나는 엄태준 시장을 깊이 알지 못한다. 그러나 어려운 시대에, 어려운 환경을 극복하며 살아온 것은 틀림없다. 70~80년대 민주화 운동으로 어려운 시절에 학창생활을 해왔고, 그런 어려운 시절임에도 뜻을 펴기 위해 사법시험에 합격한 것을 보면 머리도 좋아야 하겠지만 그 인내와 의지가 보통 사람과는 다르다는 것을 느끼게 한다.

언젠가 노무현 대통령의 부산상고 동문을 만나 얘기를 나누다가 노무현 대통령이 사법시험준비를 위해 공부할 때 그 더운 여름에도 창문을 꼭 닫아걸고, 본인의 한계를 시험하면서 독하게 공부했다는 일화를 들었다. 엄태준 시장도 그런 끈기가 그를 사법시험에 합격시키지 않았을까 하는 생각이 든다.

엄태준 시장은 일복이 많은 사람이다. 시정 운영하기에도 바쁜데 2019년에는 하이닉스크러스터 문제, 2020년에는 한익스프레스 물류창고 화재사건이 일어나 어려움을 겪었는데, 이제 코로나19라는 인류의 대재앙까지 겪고 있다. 모쪼록 일복 많은 엄시장을 통해 모든 어려운 일들이 깨끗하고 매끄럽게 해결되었으면 한다.

나의 시장 초기에도 하이닉스 이천 증설불허 문제, 군부대 이전문제와 물류창고 화재로 어려움이 있었다. 그럴 때마다 덕이 없는 사람이 시장을 해서 이러한 일이 발생하나 해서 자책감을 갖기도 했는데, 엄태준 시장도 시장 초기에 어려운 일이 발생해서 많이 힘들었을 것으로 생각하니 안타까운 마음이다.

이러한 어려움은 시정을 책임지고 운영해보지 않은 사람은 이해하기 힘들 것이다. 그러나 이러한 어려움을 전화위복의 계기로 삼아, 왜 이러한 어려운 일이 발생했는지 깊이 반성하고 더 나은 내일의 이천을 만드는 디딤돌을 만들어 나간다면 똑같은 일이 반복되지 않는 희망의 이천을 볼 수 있다고 생각한다.

엄태준 시장의 아침일기를 보니 그동안 돼지열병, 태풍, 하이닉스 크러스터 문제, 한익스프레스 화재사건, 코로나19 등으로 어려운 가운데도, 이천 일루전산업 추진을 비롯해 2019년도 민원서비스 평가에서도 최우수기관으로 선정되었을 뿐만 아니라, 지방재정분석최우수상, 농촌협약제도 시범도시로 선정되는 등, 길지 않은 기간에 많은 일을 했고, 경기도 정책공모에서는 45억원의 사업비를 확보하는 등 많은 성과를 올린 것을 보면 적극 행정을 편 결과라고 생각한다.

우리 이천시는 수도권 동부권에 위치한 도농복합도시이기도 하고 자연환경이 양호한 곳이기에 서울에 근접하여 은근히 개발압력을 받고 있는 지역이기도 하다. 어려운 여러 여건 가운데에도 적극적인 추진력으로 행정을 펴 많은 성과를 거두고 있는 엄태준 시장의 공로에 대해 한마디 보태고 싶다.

우리 이천시는 할 일이 정말 많은 도시이다. 수도권, 즉 서울에서 1시간 이내 거리에 위치해 있다는 이유로 수도권정비계획법상 자연보전권역에 속해 있어 중첩되는 각종 규제로 발전이 정체되고 기존의 공장도 증설이 어려우니 지역을 떠나는 기업이 속출하는 현실이다. 수도권 규제를 완화해서 환경 부담이 적은 기업이 입지토록 하고 수도권정비계획법시행 이전의 공장은 환경 오염을 최소한으로 하는 조건으로 필요한 증설이 요구되고 있다. 이러한 일은 시장, 국회의원, 시도의원 등 선출직 공직자들의 몫인데, 특히 시장, 국회의원의 역할이 제일 중요하다고 생각한다. 어려움을 극복하고 많은 성과를 만들어가는 엄태준 시장의 적극 행정이 기대되는 날들이다.

또한 우리 이천은 유네스코가 전 세계적으로 지정한 창의 문화도시로, 그 중에서 제일 많은 도시가 포진해있는 공예부분 창의도시이기도 하다. 2016년도에 미국의 산타페이 시장 후임으로, 이탈리아의 파브리아노시와 우리시가 공예부분 회장을 놓고 경쟁을 벌였는데 파브리아노시가 먼저 회장도시가 되었다. 우리 이천시는 부회장 도시로 있다가, 엄태준 시장이 취임하기 약 1개월 전에 회장도시가 되어 나는 회장도시 시장의 역할을 해볼 틈도 없이 엄태준 시장이 취임하면서 공예부분 회장도시 시장을 물려주었다. 코로나 19가 아니었으면 공예부분의 글로벌 지도자로서 큰 역할도 기대를 했을 텐데 여러모로 아쉬움이 앞선다. 이제 코로나 19가 종식되면 문화도시 이천을 인적 물적으로 정비하고 그 기반으로 세계 최고의 창의도시 이천으로 거듭나 이천의 도자공예를 세계에 널리 전파 시켜주길 기대해본다

엄태준 시장이 취임 후 시작한 일루전산업 역시, 수정법으로 규제를 받고 있는 우리 이천에서 문화관광사업으로 크게 발전시킬 수 있는 계기를 만들 것으로 기대가 된다. 문화의 가치가 중요한 시대상황에서 우리의 문화장점을 살려 그 속에서 발전의 동력을 찾는 것이 많은 기업을 유치하는 것보다 더 중요할 수 있다.

많은 미래학자들이 말하듯이 세계는 지금 지식정보화 시대와 함께 문화의 시대를 구가하고 있다. 우리 이천은 유네스코 창의도시 공예

부분 의장도시로서 도자문화와 일루전 문화산업을 비롯해 말산업특구 등 우리시의 특성과 대도시와 인접한 도시의 이점을 살려 문화관광산업을 육성시켜 나간다면 수정법 규제의 제한에도 불구하고 문화관광을 통한 경제도시로 도약할 수 있는 계기를 만들 수 있지 않다. 변화의 도시를 만들어가는 모습에 박수를 보내며 또한 엄태준 시장을 도와 뒤에서 열심히 노력한 관계 공무원들에게도 아낌없는 박수를 보낸다.

　나는 엄태준 시장의 적극적이고 강한 추진력을 좋아한다. 이천시를 멋진 도시로 만들어가고 있는 그를 좋아한다. 부디 첫 임기가 끝나는 날까지 멋진 시정을 펼쳐서 선배 시장들처럼 시민들로부터 박수를 받고 이천시를 지속발전시켜 나가주길 기대한다.

　이천시민이면 누구나 이천을 사랑하는 것처럼 누구보다 이천을 사랑하는 나 역시 이천시민과 이천시를 사랑하는 엄태준 시장에게 내 미력한 힘을 보태고 싶다.

민선4~6기 이천시장

조병돈

세상에는 참 많은 사람들이 '함께' 살아가고 있습니다. 함께 살아가고 있는 우리들은 해결해야 할 '숙제'들이 참 많습니다. 그 숙제들 중에는 각자 풀어야 할 '개인의 숙제'도 있지만, 우리들이 '함께' 해결해야만 하는 '공동의 숙제'도 있습니다.

우리들은 돈(세금)을 모아 우리의 자녀들 중 일부를 직원(공무원)으로 채용해서 그들로 하여금 우리들의 '공동의 숙제'를 해결하도록 하고 있습니다. 대체로 시민과 공무원을 서로 맞은 편에 있는 대립관계로 이해하지만, 공무원 역시 우리들의 자녀이자 시민입니다. 따라서 시민과 공무원이 함께 행복할 수 있어야 하고, 어느 한쪽만 행복하게 해서도 안 되고 그럴 수도 없습니다.

공무원은 시민들의 공동의 숙제를 해결해서 시민들이 행복하게 살아갈 수 있도록 해야 할 '사명'이 있습니다. 공무원이 시민들을 행복하게 하기 위해서는 하기 싫은 일을 억지로 하는 것이 아니라 기꺼이 그 '사명'을 감당하고자 하는 마음자세로 일을 해야 합니다. 그래야 공무원 자신의 삶도 온전하게 유지하면서 시민들의 삶도 행복하게 할 수 있기 때문입니다.

자칫 잘못 생각하면 공무원의 '강요된 희생'을 통해서라도 시민들을 행복하게 해야 한다고 말을 하지만 그것은 오해입니다. 스스로 하기 싫은 행동을 억지로 해서 상대방을 행복하게 할 수는 없는 것입니다.

희생의 가장 아름다운 모습을 우리들은 부모의 자식에 대한 희생에서 알 수 있습니다. 부모의 자식에 대한 희생을 비롯한 모든 '진정한 희생'은 '강요된 희생'이 아니라 '자발적인 희생'입니다. 자발적인 희생이 진정한 희생이고, 진정한 희생은 양쪽을 모두 행복하게 만듭니다.

자리이타(自利利他)의 지혜만이 시민과 공무원의 삶을 모두 온전하고 행복하게 만들 수 있습니다. 하루하루 주어지는 사명을 기꺼이 받아들이고 적극적이고 긍정적인 마음으로 그 사명을 감당해내는 것이 시민에 대한 공무원의 도리일 뿐만 아니라 공무원 자신의 행복한 삶의 원천이 되는 것입니다.

이 책은 본인이 이천시민들의 허락을 받아 민선 7기 이천시장으로서의 역할을 수행하면서 써왔던 시정일기 중 전반부(2018년 7월 1일 ~2020년 6월 30일)를 정리한 내용입니다. 어찌 보면 저자에게 민선 7기 이천시장의 역할을 맡겨준 이천시민들에 대한 전반기 시정보고서라고 할 수도 있겠습니다.

매일매일 어떠한 시정활동이 있었고, 어떠한 마음으로 시정을 수행해 왔는지에 대한 그날그날 느꼈던 본인의 솔직한 생각과 심정에 대한 고백입니다. 단지 매일 아침에 전날 있었던 시정에 대한 일기를 썼기에 표기된 날짜에 이야기는 대개 전날에 있었던 이야기로 이뤄졌음을 밝혀둡니다.

2년 동안 매일매일 쓴 일기장을 정리해서 이렇게 멋진 책으로 엮어주신 이인환 대표님 정말 고맙고 감사합니다.

두 분의 선배 이천시장님께서 저의 부족한 책에 기꺼이 추천사를 써주셨습니다. 민선 1, 2, 3기 이천시장을 지내신 유승우 선배님과 민선 4, 5, 6기 이천시장을 지내신 조병돈 선배님께 두손 모아 진심으로 감사드립니다.

이천시민의 일상이 편안해지고, 시민과 공무원이 함께 행복하길 두손 모아 기원합니다.

CONTENTS :

2018 년 7 월 ~12 월

2018년 7월 _ 032

태풍으로 취임식을 연기하다/ 현충탑 참배로 첫 일정을 시작하다/ 제7대 이천시의회 개원식에 참석하다/ 시민들 입장에서 우선순위를 정하겠다고 다짐하다/ 공무원 노조와 환경미화원 노조와 미팅을 갖다/ 공무원 노조와 함께 가는 길을 모색하다/ 읍면동 초두순시를 시작하다/ 설성면 주민들을 만나다/ 부발읍, 증포동 주민들을 만나다/ 노회찬 의원을 보내다/ 장호원, 모가면 주민들을 만나다/ 택배기사님, 선물은 되돌려 보내주세요/ 두부젓국은 어머니의 사랑입니다

2018년 8월 _ 045

이천지역사회보장계획의 비전을 세우다/ 취임 후 첫 월례조회를 갖다/ 이천국제조각심포지엄 개막/ 공무원 승진인사에 대한 의견을 듣다/ 군부대 사령관님들과 육군병장 엄병장의 취임신고/ 승진인사 후 더욱 묵직해진 마음/ 독립운동가들의 항일운동을 생각하며/ 이천시 주관 광복절 기념행사를 검토하며/ SK하이닉스와 경제적 운명공동체를 선언하다/ 노무현 정신을 기리며/ 태풍 솔릭의 피해예방을 강구하다/ 별빛축제 폐막식 등 일정을 취소하다/ 태풍 솔릭이 스쳐 지나가다/ 설성면 성호저수지의 미래를 생각하며/ 한국동요문화센터 건립에 대하여/ 고 이지혜 주무관의 아버님 면담/ 연일 숨가쁜 일정을 소화하다/ 이천여성 취업/창업 페스티발/ 이통반장 한마음체육대회

여주/ 이천 건축직공무원 체육대회/ 연합동문회 체육대회/ 평생학습축제 마지막 날/ 클린이천 우수마을 시상식/ 설봉서원 추향제, 이천쌀축제행사/ 제1회 경기도민의 날 행사/ 축제로 나가 있는 시간이 많은 날들/ 이천시 영어마을 운영위원회의/ 한마음건 기대회와 영어원어민강사 발표회/ 아동/청소년 행복심포지엄 개최/ 양정여고 2학년 학생들과의 대화/ 당정협의회, 이천시의회 본회의 참석/ 이통장단연합회 임원단 방문/ 율면 사계축제 개막식/ 도란도란 토크콘서트 등/ 워킹맘들의 김장페스티발 행사 참여/ 대월면 도예교실 흙토람 공방 방문/ 아미리 상가번영회 간담회

2018년 11월 _ 116

아일랜드 수도 더블린에서/ 해외연수 일정을 마치고 돌아오다/ 이천외식업지부 임원들과의 간담회/ 증포동 보건소에 치매안심센터 개막/ 청소년관련 토론 콘서트/ 뻔뻔한(fun fun한) 클레식 공연/ 수능시험장을 찾아 격려와 응원/ 부서별 2019년 업무계획에 대한 보고/ K3리그 챔피언 결정전 결승 진출/ 임금님표 이천쌀배 전국배드민턴대회/ 2019년 업무보고계획을 마치다/ 이통장단 직무역량강화교육/ 이천향교 기로연 행사/ 아름다운 이천을 만들기 위하여/ 이천쌀문화축제 평가보고회의 주재/ 지역치안협의회의를 진행하다/ 적절하지 못했던 제설작업에 대한 사과/ 팔당상수원의 상류인 복하천 청소/ 이천시 청소년육성재단 종사자분 워크숍/ 광역소각장 문제 해결과 전국 드론경기대회 계획

2018년 12월 _ 133

분수대오거리 성탄트리 점등식 행사/ 즉석밥 제조판매하는 사업의 MOU를 체결/ 미세먼지를 줄이기 위한 방안/ 하수처리시설 설치장소 간담회/ 이천테크노밸리 조성사업 용역 최종보고 등/ 주차공간 수급실태 보고/ 신둔농협 예스파크지점 준공식/

귀농한 30대 청년 농업인들을 만남/ 이천지역사회협의체 보고회/ 14개 주민자치위원장과 평생교육사 워크샵/ 단국대와 산학협력을 통한 도자산업 활성화 방안/ 민주노총과 노동계 현안 대책 논의/ 2018년 마지막 노사민정협의회 회의/ 청와대 정무수석실 자치발전비서관 면담/ 이천시의 사회복지를 설계하며/ 이천시여성문화대학 작품 발표 전시회/ 장호원 회전교차로 설치 문제/ 혁신교육지구사업 관련 협의회/ 공무원노조 임원들과의 만남/ 추모의 집 증축 용역보고회/ 경기도 축구인의 밤/ 시정질의 응답과 더불어민주당 송년의 밤/ 학교폭력해결 대책 모임/ 이천쌀 대체품종 홍보 및 시식회/ 공약1호 2층 집무실로 첫 출근하는 날/ 반도체특화 클러스터 입지선정 문제/ 행복한 마을공동체를 만들기 위하여

2019 년 1 월 ~12 월

2019년 1월 _ 156

효양고 특강과 수산리 화재현장으로/ 대한축구협회 트레이닝센터 유치 대책/ 여성사무관 13명 승진/ 새해 영농교육의 시작과 MBN신년 인터뷰/ 팔당상수원 특별대책지역 수질보전정책협의회/ 상공회의소 새해 인사회 참석/ 바쁜 와중에 양각산 산불 소식을 듣다/ 양혜원의 장애인근로사업장 방문/ 마장면과 장호원의 현황을 파악하다/ 가좌리 상수도관 피해보상 문제/ 이천초교 운동장 야간 주차장 개방 문제/ 아름답고 행복한 마을 만들기/ 재난관리업무 평가를 위한 단체장 인터뷰/ 암산리에 축산분뇨처리장 문제/ 혁신교육지구 시즌2 업무협약식/ 반도체특화 클러스터 유치를 위한 실무회의/ 왜 이천에 반도체클러스터를 유치해야 하는가/ 반도체클러스터 유치를 위한 발대식/ 국방어학원 방문, 구제역 대응 화상회의/ 성남-장호원간 자동차전용도로 6공구구간 공

사/ 미세먼지 국가측정망 1개 추가 설치/ 지하수개발공사 발주방식 변경 제의

에 다녀오다/ 어깨동무하며 살아가는 대한민국/ 부발읍에서 하루를 보내다/ 이천도자기축제 4일째

2019년 5월 _ 218

이천도자기축제 6일째/ 언어사용에 대해 생각해 보며/ 오늘은 건강검진을 받는 날/ 시장이란 계급장의 무게/ 이천도자기축제 14일째/ 증포동 경로잔치/ 공무원노조와 단체협약 체결/ 신둔면에서 보낸 하루/ 노사민정 체육대회/ 성년의 날 청소년 행사/ 부처님 오신 날/ 노사민정 1차 정기총회/ 창전동 주민자치학습축제/ 무지개문화축제와 한마음 걷기대회/ 창전동에서 보낸 하루/ 노무현 대통령 서거 10주기/ 신둔면 주민자치 평생학습축제/ 평택/부발 철도 업무협약체결 및 건의문 채택/ 을지태극연습 비상소집

2019년 6월 _ 237

설봉공원 호수 둘레길에서 찾는 행복/ 지방자치단체 일자리대상 1위 수상/ 여의도 조찬회의 참석/ 보훈단체 대표님들과 식사를 하다/ 이천도자기축제에 대한 평가회의/ 구만리뜰 개발계획에 반대하시는 분들과 함께/ 버스정책관련 시장군수회의/ 이천의 원도심 구도심 활성화 방안/ 아이들이 행복해야 합니다/ 이천시장 당선 1주년을 맞아/ 대중교통 제도개선을 위한 용역 중간보고회/ 이천 동요사랑 10년 행사/ 전국 최초 벼베기 행사/ 이원회 창립 44주기 행사/ 온라인 밴드에서의 원활한 소통을 위하여/ 아동친화도시를 위한 협약 체결/ 모가면에서 보낸 하루

2019년 7월 _ 252

취임 1주년을 맞아 토크쇼를 준비하다/ 시민과 함께 하는 취임 1주년 토크쇼/ 청소년이 떠나지 않는 행복한 이천/ 장애인 특수학교 다원학교 방문/ 설봉공원을 시민의

품으로 안겨드리기 위해/ 미국출장을 마치고 10일 만에/ 일본의 반도체 핵심부품 수출규제에 맞서/ 농촌관광활성화를 위한 영농단지 준비/ 설봉산 별빛축제의 발전을 위하여/ 제22회 국제조각심포지엄 개막식

한 자리에서 부서회의 보고회를 진행/ 일본제품 불매운동과 글로벌 청소년음악회/ 일본의 경제보복으로 피해를 입고 있는 관내기업/ 아베 규탄, 일본상품 불매운동/ 대한민국 정부수립은 1919년 4월 11일/ 설봉공원에서 파라솔시장일 운영/ 마음 아픈 민원인들과의 대화/ 설봉산 별빛축제 폐막식/ 모처럼 일정이 많지 않은 날에/ 치매극복 걷기행사에 부처/ 반도체기반 세라믹융합 R&D 특구조성을 위한 노력

이천쌀 국산벼품종 해들미와 알찬미/ 경기도 정책공모 최우수상 상금 45억 원/ SK하이닉스와 이천의 경기침체 우려/ 국립이천호국원 나라사랑 음악회 참석/ 미세먼지 공동대응 협약식과 전국노래자랑 녹화/ 태풍 링링에 대한 피해 극복 대책/ 농가 태풍피해 보험에 대한 홍보의 절실함/ 아프리카 돼지열병으로 복숭아축제 취소/ 돼지열병 확산방지를 위한 집회형식의 모든 행사 취소/ 돼지열병 방역 및 태풍 피해 대비/ 국내 세 번째 돼지열병 발생/ 세계도자비엔날레 행사 취소 결정/ 이천시청 공무원들의 2인 1조 방역초소 운영

운동 삼아 걸어 출근하다 보니 보이는 것들/ 돼지열병에 태풍 미탁까지/ 반도체 제조 핵심소재 불화수소 국산화 성공/ 지자체 재정분석 최우수상 수상/ 야생멧돼지에

서 돼지열병 바이러스 검출/ 경기도형 정책마켓 공모전 최우수상 수상/ 여성친화적 도시로 만들기 위한 용역보고회/ 이천시혁신교육지구사업 운영위원회의/ 우리벼 해들미와 알찬미 수확/ 디에스테크노 회사, 이천의료원 방문/ 증포동 희망우체통 설치/ 미래이천시민연대 대표님들과의 만남/ 이천 일루전산업 육성발전을 위한 세미나/ 최고의 휴식처 생태하천 계획/ 어머니의 사랑을 생각하며/ 방탄소년단의 소식을 들으며

2019년 11월 _ 301

민간인 출신 체육회장 시대를 맞아/ 이천을 위해 애써주는 지역 기업들/ 청소년 복합문화공간 준비 중/ 도자기축제 추진위원회 회의/ 이천행복의 길 만들기 구상/ 팔당상수원 보호 이대로 안녕하십니까?/ 설성면에서의 하루/ 농아인들이 운영하는 카페 개점식/ 수능날 네 번째 파라솔 톡/ 서로 사랑하며 사는 사회를/ 제안활성화 우수기관 선정/ 신라시대 유물 출토로 늦어지는 중리신도시 개발/ 지방재정집행과 관련한 간담회/ SK하이닉스 송전선로 지중화사업

2019년 12월 _ 320

지난 일 년을 돌아 보며/ 법인 지방세로 인한 긴축재정운영 불가피/ 한중 청소년 국제교류의 장/ 전현직 시장군수님들의 만남의 자리/ 다문화여성분들의 고민을 듣다/ 미세먼지 대책마련 협의체 구성/ 어떤 어머니의 행복한 동행사업 기부/ 이천시내버스 현대화 연구용역 최종보고회의와 성직자들의 정치참여에 관한 소회/ 따뜻한 사람이 많기에/ 교육발전을 위한 토크 콘서트/ 중리동 행정복지센터 개청식/ 경기도의원 이천병원 개원식/ 합동약식 퇴임식/ 장호원 남부치매안심센터 개원식/ 내년부터 해맞이는 한국도자센터 앞마당에서

2020년 1월 ~12월

2020년 3월 _ 398

코로나 확진환자 재난문자로 보고/ 이천지역 신천지 교인 전수조사/ 이천시 비정규직지원센터 방문/ 엘리야병원 국민안심병원으로 지정/ 어르신 마스크 무료 제공/ 마스크 수급 안정화 대책 발표/ 선한 건물주 운동에 박수를/ 마스크 구매 5부제 시행/ 이천시민 안전보험에 가입할 계획/ 친환경 납품농가 피해 최소화 대책/ 착한 마스크 만들기 사업/ 불법체류 외국인 근로자 코로나19 방역대책/ 잠실까지 가는 경기급행버스 개통/ 사회적 거리두기 시작/ 민원서비스 종합평가 최우수상 수상/ 종교계 현장모임과 유흥시설 영업 자제 당부/ 경기도와 이천시 재난기본소득지원 결정

2020년 4월 _ 414

긴급생활지원금 지급을 위한 조례제정 통과/ 지방세정 운영평가 최우수상 수상/ 자랑스런 마장면민 주민들/ 마스크 대량공급 문제 해결/ 사회적 거리두기 2주 연장/ 재난기본소득 지역화폐 지급의 문제점/ 지역화폐 경기도 재난소득과 함께 하기로/ 높은 투표율을 보인 국회의원 선거 사전투표/ 제21대 국회의원 투표일/ 먹을거리 종합계획 용역 진행 중/ 이천시 경관기본계획 수립요역 최종보고회/ 모가면 물류창고 대형화재

2020년 5월 _ 427

가짜뉴스에 대한 대책을 고민하며/ 물류창고 화재희생자 대책/ 악의적인 기사와 댓글이 난무하는 현실/ 화재참사 유가족의 입장에서/ 화재참사 재발 방지 대책의 시급함/ 경기남부지방경찰청의 수사브리핑/ 보건소 공무원 과로로 쓰러짐/ 푸드플랜 패키지 지원 대상 선정/ 5.18 민주화운동 40주년을 맞아/ 영주권이 있는 외국인도 재난기본소득 지급/ 문화의 도시를 만들기 위한 노력/ 도자기조합과 이천시의 관계 설정/ 포스트코로나 시대를 위하여

인종차별이 없는 사회를 위해/ 회억리 물류창고 신축공사 현장/ 먹을거리종합계획
연구용역 최종보고회/ 이천공설운동장 공영주차장 조성용역 최종 보고회/ 광역버스
노선 준공영제 확대시행을 위한 협약/ 현충일에 순국선열을 생각하며/ 말전문동물
병원 개원/ 반도체관련 세라믹기업 육성을 위한 업무협약식 체결

코로나19 확진자 이천시 13번 환자 발생/ 설성면 야외 이장단회의/ 이천제일고 선생
님 14번 확진자 발생/ 농협 BC카드와 이천시민장학회 성극 기탁/ 물류창고 사망희
생자 합동영결식/ 건강한 공동체 강력한 사회안정망 구축을 위하여/ 포스트 코로나
19를 생각하며/ 거리에 태극기를 게양하는 날은/ 농림축산식품부 농촌협약제도 시
범시로 선정됨/ 보훈단체 회장님들을 찾아뵙다

PART 1

2018년 7월
~12월

◀ 2018.07.14 제15회 설봉산 별빛축제

2018년
7월

© 20180726 시민과 함께하는 대화(신둔면)

행복이란 놈은
사랑이란 놈과
단짝이래요.

그래서 사랑이 없는 곳은
행복이 쳐다보지도 않는다네요.

사랑이란 놈이 없이는
행복이란 놈을
꼬실 수가 없데요.

태풍으로 취임식을 연기하다

- 20180702 (월요일 아침)

오늘로 예정되었던 취임식을 부득이 취소하게 되어 취임식 참여를 위해 시간을 비워두셨던 많은 분들께 죄송한 마음을 전합니다. 취임식 약속을 지키는 것보다 태풍 및 호우로 인한 시민의 피해를 예방하는 것이 더 중요하기에 부득이 취임식을 취소하게 되었습니다.

어제는 휴일이었지만, 임기가 시작된 날입니다. 태풍과 호우로 인한 피해를 예방하고 비상상황에 대처하기 위해 만반의 준비를 했습니다. 이천관내 태풍과 호우에 취약한 지역을 직접 찾아가 현장상황을 눈으로 확인하고 담당 공무원으로부터 자세한 보고를 받았습니다.

오늘은 태풍 및 홍수 피해예방 내지 피해 최소화를 위해 끝까지 비상대기하도록 업무지시할 계획입니다. 비상상황으로 밤샘근무를 하시는 공무원들의 노고에 감사한 마음을 전합니다.

현충탑 참배로 첫 일정을 시작하다

- 20180703 (화요일 아침)

어제는 태풍 및 호우를 대비하기 위해 예정된 취임식을 취소하고, 08시 40분 현충탑 참배로 첫날 일정을 시작했습니다. 시청 집무실에 와서 호우주의보가 해제되었다는 소식을 듣고 조금은 마음이 편안해진 상태에서 하루 전체일정을 확인한 후, 1층 대회의실로 가서 이제부터 함께 생활하게 된 공무원가족 여러분들 앞에서 취임선서를 하였습니다. 시민이 주인인 이천시라는 당연한 명제를 잘 실천해서 시민들로부터 신뢰와 사랑을 받는 공직사회를 함께 만들어가자는 당부를 드렸습니다. 이어서 소회의실로 와서 새로 읍면동장으로 임명되신 분들과 저와 같이 이제 막 공무원생활을 시작한 3분의 청년공무원들께 임명장을 드리고 간단한 티타임을 가졌습니다.

12시에 청사내 구내식당에서 점심식사를 했는데 앞으로 함께 울고 웃을 공직자분들과 식사를 하는 시간이라 그런지 설레는 마음이었습니다. 식사 마치고 몇 가지 업무보고를 받은 후 여주검찰청과 여주법원을 방문해서 부장검사님과 지원장님 찾아뵙고 인사드리고 덕담 잘 듣고 왔습니다.

취임식이 취소된 걸 모르시고 아트홀에 오신 분들이 계셔서 한 분 한 분 전화 드려 감사하고 죄송한 마음을 전했습니다.

제7대 이천시의회 개원식에 참석하다
- 20180704 (수요일아침)

'시민들이라면 자신이 낸 세금을 이런 상황에 이 정도 규모를 사용하는 것에 동의할 수 있을까?'

결제할 때마다 제가 가장 고민하고 점검하는 부분입니다. 앞으로 세비를 시민들에게 꼭 필요한 곳에 쓸 수 있도록 최선을 다할 예정입니다.

어제는 제7대 이천시의회 개원식이 있었습니다. 개원식을 마치고 시의원님들과 함께 점심식사를 했습니다. 식사자리에서 가장 소통 잘 하는 시장과 시의회가 되도록 서로 노력하자는 제안을 드렸습니다.

저부터 최선을 다하겠습니다.

고향 동네에서 답답한 일이 있어 시장실을 방문했다는 분이 있어서 오픈된 부속실에서 직접 고민을 들었습니다. 이천시장으로부터 40만 원 과태료부과처분을 받았는데, 살림살이가 어려우니 나눠서 낼 수 있게 해달라는 요청이었습니다. 그것이 가능한지 알아보고 가능하다면 정상적인 절차를 거쳐 그렇게 해 드리겠다고 했는데, 사실을 확인해보니 애초 50만 원 부과될 내용을 사정이 딱해 40만 원으로 감액해드렸는데, 다시 분납을 요청하는데 요구를 들어줄 수 없는 상황이라는 보고를 받았습니다. 결국 어렵게 시장실까지 방문하셨는데 도와드리지 못해 안타까운 심정뿐이었습니다.

앞으로 7월 중에 이천시청 55개 과의 업무보고와 사회단체장님들과의 상견례, 그리고 14개 읍면동 초두순시까지 마치려고 합니다. 별도로 선거를 통해 시민들께 약속드린 공약들의 세부실천계획도 세워 시의회의 협조도 구해야 합니다.

시민이 주인입니다. 시민과 공무원 중간에서 시민들의 행복한 삶을 챙겨드리고, 공무원들의 명예와 자존심을 지켜드리는 이천시장이 되겠습니다.

시민들 입장에서 우선순위를 정하겠다고 다짐하다
- 20180705 (목요일 아침)

어제는 월요일과 화요일에 땀 흘렸던 경험 때문에 셔츠와 속옷을 챙겨서 출근했습니다. 09시 20분까지 모닝커피와 함께 전날 업무 중 미진한 점을 점검하고, 당일 업무계획 점검회의를 했습니다.

이천시 정구협회 소속 감독과 선수들이 우승기와 우승트로피를 가지고 이천시에 봉납하기 위해 왔기에 소회의실에서 간단한 세리모니를 한 후 감사와 격려를 주고받았습니다. 몇 개 단체에서 취임축하 인사 오셔서 덕담을 주고 받는데 역시나 이런저런 건의사항이 나오네요. 수많은 건의사항들이 있지만 그 중에서 시장의 입장이 아니라 시민들 입장에서 우선순위를 정해야겠다고 다짐해봅니다.

이천시는 유네스코 창의도시 공예부문 의장국으로서 2020년 유네스코 창의도시 연례회의 개최희망 3개 도시 중 한곳을 담당공무원의 의견을 참고해서 이천시 입장을 정했습니다. 또한 도예관련 자매결연 도시인 일본의 세토시와 중국의 경덕진시로부터 도자축제 초청을 받았는데, 그때 이천지역 행사와 겹쳐서 슬기로운 결정을 해야 할 거 같습니다.

공무원 노조와 환경미화원 노조와 미팅을 갖다
- 20180706 (금요일 아침)

시민의 일꾼으로서 밴드를 통해 하루하루 전날의 업무보고를 드리고 있는데, 시민여러분들께서 박수도 보내주시지만 너무 자세한 내용에 대한 염려도 보내주시는 분들이 있습니다. 의견을 잘 받아 들여 걱정하는 바가 없도록 해야겠습니다.

어제 오전에는 공무원노조 지부장, 환경미화원 노조와 미팅을 했습니다. 공무원 노조위원장께서 요구한 내용들은 거의 대부분 공직자들의 근무환경 개선을 위해 꼭 필요한 것으로 생각되어 조속히 개선하겠다고 말씀드렸습니다. 환경미화원 노조에서는 수년 전에 양자합의되어 실행되고 있는 내용이 현실에 맞지 않는 부분이 있다며 개정의 필요성이 있다고 알려주었습니다. 임금인상율이 시청공무원과 동일하게 유지되다가 올해 임금인상율이 그에 못 미치고 있어 지금까지도 협상이 안 되고 있다고 하네요. 해당부서의 의견을 들어야 하겠지만, 시민들께서는 '모두 긍정적으로 검토하라'고 하시는 것 같습니다.

저녁 무렵 행안부로부터 이천지역에 호우경보 문자를 받았습니다. 늦게까지 각 읍면동 비피해 상황을 점검했습니다. 늦은 시간까지 상황점검하느라 고생하신 읍면동장님들과 해당 국과장님들, 그리고 밤샘 비상근무하신 공직자분들의 노고에 감사드립니다.

공무원 노조와 함께 가는 길을 모색하다
- 20180711 (수요일 아침)

어제는 조찬모임이 있어 어머님께서 정성스럽게 차려주시는 아침식사를 못해 어머님께 죄송한 마음으로 시작한 하루였네요. 어머님, 감사합니다. 죄송합니다.

출근시간 이후에는 업무 이외에 사적인 시간을 확보하기가 어려워 선거 때 큰 도움을 주신 분들과 아침식사를 하면서 제가 놓치고 있는 부분은 없는지 꼭 챙겨야 할 것들에 대해 이야기 듣는 시간을 가졌습니다.

아침 출근해서 KR산업 노동조합으로부터 행복한 동행 기탁금을 받으면서 간담회시간을 가졌습니다. 관내기업들이 지역을 위해 이렇게 좋은 일을 많이 하시는데, 저는 이천시장으로서 1000여 공직자들과 함께 관내 기업인들이 사업하시는데 불편이 없도록 적극적으로 챙기고 도와드려야겠다는 다짐을 했습니다.

공무원 노조에서 요구하는 내용들에 대해 다시한번 심사숙고해서 대부분 긍정적이고 수용적으로 결정할 수 있어서 다행스럽게 생각합니다. 공무원 노조와 대립하지 않고 항상 함께 고민하고 함께 실천하겠습니다. 공무원조직이 합리적이고 효율적인지를 판단하기 위한 조직진단용역이 진행 중입니다. 시청 조직내 상향식 민주주의가 잘 실현될 수 있도록, 그리고 시민들을 직접 만나는 공무원들을 신참이 아니라 경력직으로 배치할 수 있도록, 시민의 목소리를 잘 듣고 제대로 실천할 수 있는 이천시청 공무원조직체계를 만들어달라 당부드렸습니다.

읍면동 초두순시를 시작하다
- 20180716 (월요일 아침)

월요일이라 국장님들로부터 각 국별 현안보고를 받으면서 시작하게 됩니다. 또한 오늘은 제193회 이천시의회 임시회 개회식이 열리는 날입니다. 처음 경험하는 자리니까 차분한 마음으로 잘 배우도록 하겠습니다.
오늘부터 14개 읍면동 초두순시가 시작됩니다. 오늘 오전 창전동 주민들과의 대화가 예정되어 있네요. 동장님으로부터 총괄적인 업무보고가 있겠지만, 민원창구에서 시민들을 직접 만나는 공무원의 이야기를 듣고 싶네요. 또한 창전동 주민들의 공직사회에 대한 솔직한 이야기도 듣고 싶구요. 창전동 소재 기업인들의 애로사항도 충분히 들었으면 좋겠네요.

저는 왜 시민이 주인인 이천시를 비전으로 제시했는지, 구체적으로 어떻게 실천할 것인지, 앞으로 우리 이천시 행정이 어떠한 모습으로 시민을 만나게 될지, 창전동주민들께 말씀드리려고 합니다.

오후에는 신규로 임용된 공직자연수 프로그램에 참석해서, 1시간 특강을 하기로 예정되어 있네요.

설성면 주민들을 만나다
- 20180719 (목요일 아침)

요즘 무더위가 정말 대단합니다. 며칠 전부터 분수도 틀고, 살수차를 이용해서 도로 위에 물도 뿌렸지만 역부족이네요. 이천 관내 390개 무더위쉼터를 마련해서 어르신들 건강을 챙겨드리고 있지만 역시 많이 부족하게 느끼고 있습니다.

어제는 설성면 주민들과의 대화시간을 가졌습니다. 우선 내빈소개도 짧아서 좋고, 시장인 제가 말을 많이 안 해서 좋다고 하네요. 사실 저는 속으로 '내가 말을 너무 길게 하는 건 아닌가?' 하고 염려했거든요.

"땅이름과 하천이름을 바꿀 수 없는 거냐?"

어르신 한 분이 손을 들고 질문을 했습니다

"내가 살고 있는 마을에 하천이 흐르는데 대신천이라고 쓴 표지판 때문에 자존심도 상하고 마음이 불편하다. 여주지명인 대신천이 아니라 이천지명인 '암산천'으로 바꾸면 안 되냐?"

그밖에 많은 주민들께서 "설성면이 소외되고 있으니 특별한 관심과 지원을 해달라"는 취지의 말씀들을 하셨네요. 설성면 관내 기업인들을 만나 애로사항을 들었습니다. 기업인들의 사업이 잘 되도록 도와드리는 것이 최상의 고용창출 정책이라고 생각합니다.

부발읍, 증포동 주민들을 만나다
- 20180720 (금요일 아침)

어제는 부발읍, 오늘은 증포동 주민들과의 대화시간을 가졌습니다. 14개 읍면동 중에서 증포동과 부발읍이 인구가 가장 많은 지역이고요. 두 곳의 인구를 합하면 10만 명이니까 이천시 인구 22만 중 절반 가까운 시민들이 살고 있는 셈입니다. 주민들의 말씀을 들으면서 주민들께서 그동안 불편이 얼마나 많았는지 느낄 수 있었습니다. 현장에 직접 나가서 확인하고 대책을 마련해야겠다고 말씀드렸습니다.

오늘 아침 출근해서 폭염피해 대책회의를 했는데, 각 부서별로 폭염피해 예방을 위해 만전을 기하고 있어 감사한 마음이었습니다. 다만 환경미화원 및 주차관리요원, 폐지 줍는 분들처럼 밖에서 햇빛을 피하지 못하시고 근무해야만 하는 분들을 위한 대책 마련을 주문 드렸고, 살수차가 1대밖에 없어 신속히 1대 더 구입해서 더위를 식히고 싶었지만, 주문 제작해야 하는 관계로 많이 안타까웠습니다.

미세먼지를 줄이는 데도 꼭 필요한 살수차!

추경을 통해서라도 신속히 구입하는 것을 검토해 봐야겠습니다.

노회찬 의원을 보내다

- 20180724(화요일 아침)

너무나 마음 아픈 아침입니다. 어제 노회찬 정의당 원내대표님의 비보 소식을 들었습니다. 비보 소식 듣고 잠시라도 멈춰서 마음을 점검하지 못하고 일정에 밀리듯 보낸 어제 시간을 반성합니다. 노회찬과 같은 위대한 정치인을 이렇게 보내야만 하는 우리의 정치 현실이 너무나 속상합니다. 한평생을 '민주주의' 네 글자를 위해 살아온 것만으로도 위대한데, 그러한 민주주의의 영웅들이 민주주의를 위해 목숨까지 던져야만 하는 대한민국, 이러한 대한민국을 민주국가라고 부르기엔 너무나 부끄럽습니다.

노무현, 노회찬! 영웅들의 민주주의를 위한 희생을 잊지 않겠습니다. 배우겠습니다. 따르겠습니다.

장호원, 모가면 주민들을 만나다

- 20180725 (수요일 저녁)

지독한 무더위 때문에 지난 월요일부터 주차관리하시는 분들께 오후 3시까지 근무하시고 한낮에는 퇴근하시도록 조치했습니다. 일단 이번 달까지만 그렇게 하려고 했는데 지금 상황을 보니 앞으로 최소한 8월 첫째주 내지 둘째 주까지는 무더위가 지속될 거 같네요.

오전에는 이천의 최남단 장호원 주민들을 만났습니다. 장호원 지역에는 숙원사업들이 참 많습니다. 그중 하나가 장호원터미널 문제인데 15년 이상 해결되지 못해 장호원 주민들은 터미널이 없는 거나 마찬가지로 불편한 시간을 지내왔습니다. 오늘 대화의 장소에 터미널 사장님께서 나오셨기에, 14개 읍면동 시민과의 대화일정을 모두 마치는 대로 찾아뵐 테니까 터미널 문제 해결을 위해 서로 노력하자고 말씀드렸습니다. 터미널 사장님도 쾌히 만나시자고 하시네요. 이번에는 꼭 해결시키도록 하겠습니다.

오후에는 모가면 주민들을 만났습니다. 이장단협의회장께서 모가면에서 저를 지지한 분들이 적다고 모가면을 홀대하지 말라고 당부하셨네요. 저는 "걱정하지 마셔라. 그럴 일이 없다"고 말씀드렸습니다.

모가면 주민과의 대화 끝나고 이천 각 읍면동 주민자치위원장님들과 함께 저녁식사를 했습니다. 얼마 전에 백사면 주민자치위원회가 경기도 주민자치 경진대회에 참여해서 최고상인 대상을 수상했기에 축하드렸습니다.

택배기사님, 선물은 되돌려 보내주세요
- 20180727 (금요일 아침)

부모님이 살고 계시는 1301호와 저와 와이프, 그리고 아이들이 살고 있는 1302호 현관문 밖에 택배기사님께 당부의 글을 적어놨습니다. 제가 당선된 후 좋은 마음으로 선물을 보내주시는 분들께 감사하지만 선물을 되돌려 보내야 하는 죄송한 마음을 전해드리고 있습니다. 서로에게 너무나 위험한 일입니다. 제가 정치를 하는 동안은 선물을 받을 수도 드릴 수도 없습니다. 정치를 똑바로 하기 위한 시민들과의 약속입니다. 제가 이 약속을 지킬 수 있도록 도와주세요. 다시 한번 감사하지만 죄송한 마음을 전합니다.

어제 신둔면과 대월면 주민들과의 대화에 이어 오늘 백사면 주민들과의 대화를 마지막으로 14개 읍면동 주민들과의 대화를 모두 마칩니다. 배우고 느낀 것이 참 많습니다. 기대와 부담, 희망과 염려의 마음이 함께 있었지만, 그래도 기대와 희망이 더 컸습니다. 서두르지 않고 하나하나씩, 어려울수록 솔직하게 공개하면서, 좋은 마음으로 말하고, 듣고, 항상 시민의 입장에서 생각하고 결정하겠습니다.

두부젓국은 어머니의 사랑입니다
- 20180730 (월요일 아침)

오늘 아침 부모님과 함께 식사하는데, 어머님께서 오랜만에 두부새우젓국을 맛있게 끓여주셨네요. "옛날에는 새우젓도 귀해서 맘대로 못 드셨죠?"라고 제가 여쭤봤더니, 어머님께서는 "그럼! 옛날에는 증조할아버지 앞에만 새우젓이 놓였지. 다른 사람들은 새우젓도 맘대로 못 먹었었지." 하시더군요. 어머님의 두부젓국은 사랑입니다.

주말 잘 보내셨나요? 저는 일정표 없이 이틀을 보냈습니다. 일정표대로 움직이는 하루는 숨가쁜 하루가 되지만, 일정표 없이 보내는 하루는 그래도 조금은 여유있는 하루가 된다는 걸 배웠습니다.

지난 토요일 저녁 3주차 별빛축제에도 설봉공원 대공연장을 꽉 채울 만큼 관객이 많았습니다. 낮에 비가 많이 내려 관객이 적을까 봐 걱정했는데 그렇게 많은 관객들이 온 것을 보면, 이제는 별빛축제가 제대로 자리를 잡은 거 같습니다. 그 동안 별빛축제를 멋지게 기획하고, 철저히 준비하고, 잘 마무리해주신 모든 분들께 감사드립니다. 특히 이번 제15회 별빛축제 1주차 2주차 때 어마어마한 관객이 몰렸음에도 불구하고 아주 작은 사고도 없이 행사를 잘 준비해주신 많은 분들 모두에게 감사드립니다.

2018년
8월

© 20180828 국제조각심포지엄 폐막식

우리 마음속에
행복이 들어오게 하려면
우리 마음을
사랑 소굴로 만들어야 한데요.

하루하루 순간순간
마음을 사랑 소굴로 만들어서
많이 많이 행복하세요.

이천지역사회보장계획의 비전을 세우다

- 20180801 (수요일 아침)

아침 일찍 눈을 뜨니 선풍기가 밤새 돌아가고 있었네요. 타이머 설정해놓고 잠을 잤어야 하는데 너무 더워서 깜빡 했나 봅니다. 무더위가 한동안 지속될 거 같습니다. 땀을 많이 흘릴 수밖에 없으니까 규칙적으로 비타민 챙겨 드셔서 건강한 하루하루 보내시면 좋겠습니다. 어제는 조찬모임과 저녁모임이 있다 보니 인사도 못 드리고 하루를 훌쩍 보냈습니다.

그제 오후에는 시청 대회의실에서 '이천지역사회보장계획'에 대한 교수님 강연과 2019년부터 2022년까지 4년간의 이천지역 사회보장계획의 비전을 선포하는 행사를 가졌습니다. 1시간 가까이 진행된 교수님의 강연 중 우리 이천지역 사회보장의 현실에 대한 지적을 들으면서 민망스럽기도 하고 마음도 많이 아팠습니다. 그러나 이제라도 이천의 부족하고 병든 모습을 인정할 수 있어서 다행스럽고, 앞으로 건강한 이천을 만들수 있겠다는 자신감도 느낄 수 있었으며, 마음 속으로 '잘 해봐야지!' 하면서 각오를 하니 기분도 좋아졌습니다.

행사 끝나고 제방으로 교수님을 모셔 차한잔 마시면서 좋은 생각과 마음을 주고받았습니다. 헤어지고 나서 교수님과 문자도 주고받았습니다. 저는 교수님께 "이천을 살려주세요."라고 문자를 보내드렸고, 교수님은 저에게 "엄시장님 덕분에 이천에 희망이 보입니다"라고 보내주셨네요. 잘 하겠습니다. 걱정하지 마십시오.

취임 후 첫 월례조회를 갖다

- 20180803 (금요일 아침)

어제 오전에는 제가 취임하고 처음으로 월례조회를 가졌습니다. 시청 대회의실에서요. 전날 비서실 직원들과 그동안 월례조회가 어떻게 진행되어 왔는지 얘기를 나눴습니다. 국민의례, 시상, 시장인사말, 끝, 이렇게 진행되어 왔다고 들었습니다. 그래서 저는 "한 달에 한번 많은 직원들이 시장과 만나는 자리니까 직원들도 시장에게 바라는 얘기를 할 수 있도록 하면 좋겠는데 어떻게 하면 좋을까요?"라고 했습니다.

국민의례는 국기에 대한 경례로 간단히, 시상도 간단히, 시장 인사말도 간단히, 직원들이 시장에게 하고 싶은 말은 충분히 진행하기로 했습니다. 의자배치도 앞을 향해 일률적으로 배열했던 것을 바꿔서 여럿이 모여모여 앉을 수 있게 했구요. 그런데 저의 인사말 끝나고 잠시 머뭇거리는 듯하더니 여러 직원들이 손을 들고 하고 싶은 얘기들을 하시더라구요.

정말 감사한 순간이었습니다. 이제 제가 취임한 지 한 달밖에 안 되었는데 직원분들이 공개적인 자리에서 자신의 목소리를 낼 수 있을 만큼 저를 믿어주고 있다고 여겨졌기 때문입니다.

오후 4시에는 대회의실에서 열린 시민이 주인인 이천시 기획위원회(인수위)의 최종보고대회에 참석했습니다. 분과별로 잘 정리된 보고를 받으면서 감사한 마음이었습니다.

개인 일정들 모두 미루시고 저녁도 없이, 주말도 없이, 저의 시민과의 약속을 제대로 실천할 수 있도록 최선을 다하신 전형구 위원장님을 비롯한 모든 인수위원님들께 감사한 제 마음을 전합니다. 고맙습니다.

이천국제조각심포지엄 개막

- 20180808 (수요일 아침)

어제는 그동안 20일 이상 이천시청 각 부서에서 행정체험을 한 고등학생 및 대학생들과 느낀 점에 대해 얘기를 나눴습니다. 시청 대회의실에서 책상들을 빙 둘러 커다란 원을 만들어놓고 둘러앉아 이런저런 얘기를 나눴습니다. 격무에 시달리는 선배공무원들 걱정을 해주기도 하고, 공무원이 되고 싶은 생각이 들었다는 학생도 있었고, 오후 6시에 퇴근하고 시청 맞은편 정류장으로 가서 버스를 타야 하는데 6시 2분에 출발하니 늘 걸어서 시내까지 갔다는 얘기 등등. 솔직하게 자신의 얘기를 할 수 있는 학생들에게 고마운 마음이 들었습니다.

제21회 이천국제조각심포지엄 개막식이 미란다호텔에서 있었습니다. 환영사를 해야 하는데, 외국 작가들을 위해 통역을 해야 하는 관계로 문화관광과에서 작성해준 그대로 읽었습니다. 이천국제조각심포지엄은 올해로 21회를 맞는데 한 번도 쉬지 않고 이렇게 오랫동안 지속된 사례는 우리가 유일하다고 합니다. 이 정도면 조각의 도시 이천이라고도 할 수 있겠습니다.

공무원 승진인사에 대한 의견을 듣다

- 20180809 (목요일 아침)

여름이 지나고 가을이 오는 문턱에 자주 부르던 '나뭇잎 사이로'라는 노래가 생각나네요. 가사가 너무 좋아서 기타치며 불렀던 노래였는데, 기회 되면 기타 치면서 부르는 나뭇잎 사이로 동영상 올리겠습니다. 우선 아름다운 가사 감상하세요.

나뭇잎 사이로 파란 가로등
그 불빛 아래로 너의 야윈 얼굴
지붕들 사이로 좁다란 하늘
그 하늘 아래로 사람들 물결
여름은 벌써 가버렸나
거리엔 어느새 서늘한 바람
계절은 이렇게 쉽게 오가는데
우린 또 얼마나 어렵게 사랑해야 하나
나뭇잎 사이로 여린 별 하나
그 별빛 아래로 너의 작은 꿈이
....

어제는 이천시청 소속 소수직렬 공무원 대표분들과 만나 대화를 나눴습니다. 원칙적으로는 7월 초에 시청공무원 승진인사를 했어야 하는데, 인사권자인 제가 인사규칙도, 공직사회에 대한 이해도, 승진 대상자들에 대한 면면도, 잘 모르기 때문에 8월 중순까지 시간을 달라고 양해를 구했습니다. 그래서 이제 승진인사를 앞두고 이천시청 공무원분들의 신경이 매우 예민한 상황입니다.

승진인사 때마다 소외될 수밖에 없는 소수직렬에 속하는 공무원들의 속 아픈 사정을 들었습니다. 한 분 한 분 그동안 쌓이고 쌓였던 심정들을 솔직하게 말씀들 하셨지만, 하고 싶은 말의 반의 반도 말씀 못하셨겠지요. 한 분 한 분 돌아가면서 말씀하실 때 눈을 감고 들었습니다. 듣고 있는데 제 가슴도 많이 아팠습니다. 시장만 아니었으면 제 눈에도 눈물이 많이 흘렸을 겁니다.

여러분들의 아픔을 다 듣고 이해하면서도 인사제도의 시스템 때문에 승진이라는 것으로 답변을 드리지는 못하겠지만, 다른 방식으로라도 그러한 불이익 내지는 고통을 이해하도록 하겠습니다. 조만간 소주 한잔 합시다.

군부대 사령관님들과 육군병장 엄병장의 취임신고
- 20180811 (토요일 아침)

어제는 이천 관내에 있는 군부대 사령관님들 찾아뵙고 인사드렸습니다. 육군병장 엄병장, 육군 7군단장님, 특전사령관님, 항공작전사령관님께 이천시장 취임신고를 드렸습니다. 한 편의 영화 같은 부대소개 영상도 봤구요, 영내식당에서 맛있는 부페식 점심식사도 주셔서 잘 먹었습니다.

저는 84년 9월 26일부터 87년 3월 25일까지 육군 제26사단 직할 수색대대에서 근무했는데, 26사단이 당시에는 6군단 소속이었다가 지금은 기갑부대로 바뀌어 7군단 예하사단이 되었다는 얘기를 들으면서 참 반가웠습니다.

장호원에 있는 7군단 부대이름은 '상승대'인데, 항상 승리하는 부대라는 뜻이네요. 마장면 소재 특전사령부 위병소를 지나서 부대 안으로 들어서자 그 규모가 엄청나서 놀랐는데, 군악대까지 출동시켜 환영연주를 해주심에 얼마나 감사했는지 모릅니다. 도자기 재질로 만든 검은 베레모를 선물로 주셨는데 제 머리가 커서 잘 안들어 갈 거 같네요.

마지막으로 대월면에 있는 항작사를 방문했는데, 사령관님이 이천에 오래 계셔서 저보다 이천에 대한 애정이 더 큰 것을 알고 감사한 마음이었습니다.

각 부대마다 영외에 설치된 아파트가 있는데, 영외에 설치되어 있기 때문에 그런지 아파트에 거주하는 군인가족들 운동시설을 국방예산으로 지을 수 없는 어려움이 있다고 하네요. 똑같은 이천시민이니 이천시 예산으로 군인가족 아파트에 운동시설을 설치할 수 있으면 좋겠다는 생각이 들었습니다.

이천관내에 계신 수만 명의 군인가족분들과 이천시민들이 함께 즐길 수 있는 축제의 장도 적극적으로 검토해보면 좋겠구요. 군인과 민간의 거리가 더욱 더 가까워질 수 있도록 더 깊이 고민하고 더 많이 실천하는 이천시장이 되겠습니다.

승진인사 후 더욱 묵직해진 마음
- 20180814 (화요일 아침)

마음이 좀 묵직한 어제를 보냈습니다. 4~5급 승진인사 문제로 애도 쓰고, 욕도 먹고, 죄송한 마음도 많고, 이런저런 이유 때문입니다. 취임해서 바로 5급 승진인사를 진행했어야 하는데, 당시에는 업무파악도 인물파악도 안 되어 양해를 구하고 1개월 남짓 연기한 후 최근 대폭 승진인사를 단행했습니다. 보직 기간 6개월 이하는 승진대상에서 제외시키다 보니 그동안 이런저런 이유로 희생당해 오셨던 59년 선배님들께서 원천적으로 승진기회를 박탈당하셨습니다.

그로 인해 이중으로 고통을 당하시게 해드려 정말 죄송한 마음이 너무나 컸습니다. 전체 조직을 위해 참고 인내하여 주신 59선배님들 죄송하고 고맙습니다. 근평성적이 좋아서 무난히 승진될 거라고 믿었는데, 동료들의 다면평가 성적이 나빠서 승진 못하는 의외의 결과에 힘들어 하시는 분들의 아픈 마음을 생각하면서 제 마음 또한 많이 아팠습니다.

다만 평소 친하게 지내면서 이천시청에 근무하는 친구, 선후배들의 명단마저도 애써 쳐다보지 않으려 노력했고, 저나 집사람에게 부탁하였던 분들께 이익도 불이익도 안 드리고 공정하게 하려고 노력했음을 말씀드립니다.

한 달 이상 미뤄진 인사를 참고 기다려주셔서 죄송하고 감사한 마음을 전하고, 승진한 분들께는 시민들께 제대로 봉사해 주실 것을 당부드리고, 아쉽게 승진기회 놓치신 분들께는 다음에는 꼭 승진하시길 격려드리는 마음으로 오늘 아침인사를 대신하고자 합니다.

독립운동가들의 항일운동을 생각하며
- 20180815 (수요일 아침)

오늘은 제73회 광복절입니다. 일제 식민지배를 물리치고 우리 스스로 나라를 운영하게 된 날이지요. 독립운동가들의 목숨을 던지는 항일운동이 없었다면, 지금도 우리는 일본의 식민지배를 받고있을 지도 모릅니다. 이런 생각하면서 항일독립운동가들께 머리숙여 감사한 마음을 전합니다. 친일을 하면 부귀영화를 누릴 수 있고, 항일을 하려면 패가망신을 각오해야 했다고 합니다. 그러니 지금이라도 국가가 나서서 항일독립운동가 유족들의 살림살이가 어렵지는 않은지 살피고 챙거야 하지 않을까 생각합니다.

요즘 추경예산편성을 위해 각 실과소별로 보고도 받고 토론도 하고 있습니다. 시민들이라면 이러한 사업에 세금 쓰는 것에 동의할 수 있을까? 동의한다고 해도 예산액 규모는 적절한 수준인가? 함께 고민하고 신중하게 결정하겠습니다.

오후 늦게 인수위로부터 최종보고서를 건네 받았습니다. 최종보고서를 받으면서 저의 고맙고 감사한 마음을 전하려고 애를 썼지만, 마음을 말로 표현하기가 참 어렵다는 걸 새삼 느꼈습니다.

이천시 주관 광복절 기념행사를 검토하며
- 20180816 (목요일 아침)

무더위도 우리와 헤어지는 게 많이 아쉬운가 봅니다. 어제도 낮에 얼마나 뜨겁던지 땀에 와이셔츠가 흠뻑 젖었네요. 또 밤에 자다 깨서 선풍기 틀고 다시 잠이 들었구요.

어제는 일흔세 번째 광복절이었습니다. 무슨 이유에서인지 이천시에서는 그동안 광복절 기념행사를 하지 않았습니다. 시민 여러분들의 의견을 잘 들어서 내년부터는 이천시 자체로 광복기념행사를 긍정적으로 검토해 보려구요. 그래도 1966년 이후부터 신둔면 지역 리더분들로 구성된 '한천회'가 해마다 광복절 기념행사를 이어오고 있어 감사한 마음입니다. 어제 신둔면 실내체육관에서 진행된 한천회 주관 제73회 광복절 기념행사에 참석해서 "패가망신을 각오하고 항일독립운동을 하신 애국열사분들의 숭고한 정신과 용기를 배우고 실천하면 좋겠습니다"하는 인사말씀을 드렸습니다.

이어 광복절 기념 마장면민 체육대회가 열리는 마장면레포츠공원을 찾았습니다. 뜻깊은 광복절을 맞아 광복절의 의미를 되새기면서 체육대회를 통해 마장면 주민들의 화합과 우정을 다지는 행사였습니다. 각 부락마을 천막부스를 하나하나 방문해서 저를 이천시장으로 선택해 주셔서 감사드리고, 시민을 주인으로 모시는 이천의 대표일꾼이 되겠다는 인사를 드렸습니다. 마장면 체육회장님께서 준비하신 시원한 생맥주와 맛있는 추어탕도 잘 먹었습니다.

저녁에는 증포동 초대중앙교회에서 열린 광복절 기념예배에 송석준 국회의원님과 함께 초대되어 예배드렸습니다. 미국 링컨대통령의 말씀을 인용하면서 "주님께 우리 편이 되어달라고 기도하지 말고, 우리 스스로 주님 편이 되어 주님처럼 살아갈 수 있도록 기도하라"는 목사님의 설교말씀이 가슴에 와 닿았습니다. 2분간의 인사 말씀 기회를 주셔서, 설교목사님의 흉내도 내가면서 "송석준 의원님께서 제안하셔서 23일 저녁에 송석준 의원님 부부와 저녁식사 하기로 했는데 잘 한 건가요? 잘 한 거지요?"라고 했더니 활짝 웃어주셨네요. "우리는 평상시에 내편 니편 나눠 내편은 사랑하고 니편은 미워하며 살다가 주일만 되면 교회에 가서 용서를 구하는 정도의 신앙생활을 하고 있는데, 이런 수준을 넘어서 예수님의 특별하신 사랑을 이해하고 실천할 수 있는 참된 신앙인이 될 수 있으면 좋겠습니다. 예수님께서는 내 이웃을 그냥 사랑하지 말고 내 몸처럼 사랑하라고 하셨고, 원수도 미워하지 말고 사랑하라고 말씀하셨습니다. 우리 서로 사랑합시다." 이렇게 말씀드렸더니 너무나 큰 사랑의 박수를 보내주셨네요. 고맙습니다.

SK하이닉스와 경제적 운명공동체를 선언하다

 - 20180818 (토요일 아침)

어제는 SK하이닉스 이천공장을 방문했습니다. 박성욱 부회장님을 비롯한 임원 여러분들께서 반갑게 맞아주시고, 현재 계획 중인 M16 공장 설립과 관련해서 알기 쉽게 브리핑도 해주셨네요. M16공장 규모가 엄청난 것에 놀랐습니다. 브리핑을 듣고 있는데 앞쪽에서 하이디스 건물 리모델링 공사가 진행되고 있는 모습을 보았습니다. 그 순간 수년 동안 하이디스 노동자들과 함께 흘렸던 눈물과 어깨동무가 기억 나더라구요. 청와대 앞에서 마지막 집회하던 때도 생각나고요.

브리핑 끝나자마자 현장에서 곧바로 즉석 인터뷰를 했습니다. 오래된 건물인 영빈관에서 점심식사하면서 이런저런 얘기를 나눴습니다. 부회장님께서는 이천지역에 피해가 안 가도록 할 것이고, M16공장 잘 지어 이천지역 경제발전에 도움이 되도록 하겠다고 하셨고, 몇 가지 홍보영상도 보여주셨는데, 그중 치매 어르신들 위치를 쉽게 알 수 있는 프로그램 홍보영상을 보면서는 가슴이 찡하고 눈가에 살짝 눈물도 났네요.

저는 "이천이 SK하이닉스와 경제적 운명공동체가 되었습니다. 이천시도 M16공장 건설이 차질없이 건설될 수 있도록 모든 행정적 지원을 다하겠습니다. 더불어 건설과정에 이천지역 건설업체들이 많이 참여할 수 있도록 배려해 주시고, 현재 이천지역 사회보장 4개년계획을 수립하는 과정에 있는데, SK하이닉스도 이천지역을 위한 사회공헌사업을 많이 많이 해 주시면 감사하겠습니다."라고 말씀드리고 부탁드렸습니다.

부회장님께서 그렇게 하시겠다고 하시네요. 이천시와 이천관내 기업들이 서로 어깨동무해서 이천시는 기업이 잘 되도록 최대한 행정적 지원을 하고, 기업은 이천지역과 시민들을 위해 사회공헌사업을 적극적으로 할 수 있으면 참 좋겠습니다. 그런 멋진 이천 꼭 만들겠습니다.

시민들과의 제1호 공약사항은 5층 시장실을 2층으로 이전하는 것입니다. 어제 토의를 해보니, 이천시 금고인 농협의 배려로 시장실을 2층 농협자리로 이전할 수 있게 되었습니다. 농협은 바로 앞쪽 홍보관 자리로 이동하게 되었구요. 농협시금고 측의 큰 배려에 진심으로 감사드립니다. 곧바로 실행해서 2층 열린시장실에서 시민여러분들을 뵙도록 하겠습니다.

노무현 정신을 기리며

- 20180820 (월요일 아침)

어제는 참 오랜만에 50여 분의 이천시민들과 함께 봉하마을에 다녀왔습니다. 더불어민주당 이천지역위원회 읍면동협의회가 중심이 되어 마련한 자리였지만, 당원이 아닌 분들도 많이 함께 하셔서 더 뜻깊은 자리가 되었다 싶습니다. 참 정성스럽게 행사준비를 해주신 강대현 연합회장님, 이동형 대월면협의회장님을 비롯한 모든 협의회장님들 고맙습니다.

봉하마을에 여러 번 다녀왔지만, 느끼는 점이 그때마다 참 다르네요. 2009년 노무현 대통령께서 돌아가신 직후에는 '참아내기 힘겨운 슬픔과 분노'의 감정이 매우 컸습니다. 그 곳의 나무들도 바위들도 슬퍼하고 화내고 있는 듯 느껴졌구요. 그 후 봉하마을에 갔을 때는 답답함, 그리움, 이런 감정이 많았습니다. 그때 봉화산과 뱀산, 그리고 봉하의 하늘도 그때의 상황을 답답해하는 거 같았습니다.

어제는 제가 만났던 봉하의 나무와 바위들, 봉화산 뱀산 하늘 모든 것이 편안해 보였습니다. 2009년 5월 사랑하는 노무현 대통령의 갑작스런 서거를 계기로 무책임하게 살아온 제 자신의 삶을 눈물로 반성하게 되었습니다. 그렇게 반성하는 하루하루를 지내다가 2010년 1월 노무현의 정치적 부채를 승계하겠다며 창당된 국민참여당에 평생 처음으로 정당가입을 하였습니다. 그해 6월 2일 있었던 지방선거에 국민참여당 이천시장 후보로 출마하였고, 그렇게 시작되어 지금까지 힘겹고 숨가쁘게 달려온 저의 정치과정을 잠시나마 되돌아보는 시간이 되었습니다. 노무현 대통령께 이런 마음으로 인사드렸습니다.

'노무현 대통령 서거에 대한 책임감으로 이천의 노무현이 되겠다는 마음으로 정치를 시작했는데, 선거에 자꾸 떨어져 힘겨워지면서 노무현정신보다는 당선이 더 중요한 목적이 되어 제 마음 속엔 정치는 없고 선거만 있었습니다. 죄송합니다. 지루하고 힘겨운 시간이 흐르고 흘러 노무현정신 덕분에 문재인 대통령이 당선되고, 문재인 이름 덕에 저 엄태준이 이천시장이 된 지금에 이르렀습니다. 이제 다시 정신을 차려 선거가 아닌 정치를 생각하고자 합니다. 제가 왜 정치를 시작했는지? 행사장만 찾아다니면서 시작부터 선거운동을 하는 이천시장이 될 것인지? 욕을 먹더라도 공무원들과 대화하고 시민들과 토론하고 이천의 묵은 숙제들에 대해 고민하고 연구하는 이천시장이 될 것인지? 선거운동을 하는 이천시장이 아니라 시민을 위한 정치를 똑바로 하는 이천시장이 되겠습니다.'

정치가 무엇인지? 이천시장은 어떤 역할을 해야 하는지? 우리 이천시청 공무원들과 시민들의 생각이 건강해지길 바랍니다. 저의 정치로 인해 이천시민의 삶이 보다 행복해지고, 이천시청 공무원들도 좀더 명예롭고 행복해질 수 있으면 참 좋겠습니다. 저에게 그런 용기와 지혜가 있기를 기도합니다. 저와 뜻을 함께 하는 동지들이 많이 생기기를 기도하면서 힘차게 월요일을 시작합니다.

태풍 솔릭의 피해예방을 강구하다
- 20180823 (목요일 아침)

태풍 솔릭이 제주도를 지나면서 피해가 발생하고 있다는 소식을 들으니 걱정이 큽니다. 이동속도가 느려져 예상보다 늦은 내일 밤 11시 이후에 수도권을 지난다고 합니다. 이동속도가 느려서 오히려 그 피해가 더 클 것으로 예상되고 있습니다. 2010년 우리나라에 큰 피해를 줬던 곤파스보다도 더 큰 피해를 줄 거라고 하는 보도가 많습니다. 침수위험지역과 붕괴위험지역 등 태풍 취약지역을 점검하고 또 점검하겠습니다. 시민 여러분들께서도 피해예방을 위해 각자 최선을 다해 주시면 감사하겠습니다.

오늘 오전 10시부터 대통령께서 시/도지사 및 시장군수들과 함께 전국태풍피해상황을 점검하고 긴급하게 대처하기 위한 영상회의를 주재하시기로 되어있습니다. 저도 시청에 설치된 재난상황실에서 우리 이천의 상황을 철저하게 보고드리도록 하겠습니다.

어제는 제21회 국제조각심포지엄에 참가하여 열심히 작품을 만들고 계신 작가분들을 격려하기 위해 설봉공원 현장을 방문했습니다. 시원한 아이스크림을 사들고 올라갔더니 좋아하시네요. 감사합니다. 태풍 때문에 작가분들께서 만들고 계시는 작품들이 망가질까 봐 걱정이 많습니다. 출근해서 피해예방을 위해 만전을 기하도록 당부드려야겠습니다.

별빛축제 폐막식 등 일정을 취소하다
- 20180824 (금요일 아침)

아침에 눈을 뜨자마자 빗소리가 귀에 들어오네요. 얼른 일어나 창
문을 열고 바람은 얼마나 부는지 내다보니 다행스럽게도 바람은 잔
잔하네요. 어제 밤부터 자정 넘어 새벽까지 시청8층 상황실을 비롯해
60명이 넘는 공무원들께서 밤샘근무를 하면서 태풍피해 상황을 점검
하셨고, 실시간 피해 상황을 보고해주셨습니다. 수고 많으셨습니다.
큰 피해접수가 없다는 안전총괄과 06시 보고에 얼마나 감사한 마음인
지 모르겠습니다.

어제 오전에 시청 8층 상황실에서 대통령 주재 태풍 솔릭 안전대책
영상회의에 참석했는데, 청와대 비서실, 행정각부 장관, 시도지사, 시
장군수들이 함께 국가비상상황을 대비하는 회의를 하는 것이 처음 있
는 일이라고 하네요. 신선한 느낌에 배운 것도 많았습니다. 한 시간
가량 대통령 주재 영상회의 마치고 교육청에서 열린 혁신교육지구 준
비를 위한 회의와 토론회에 달려갔습니다. 교육장님, 장학사님들, 교
장선생님들, 선생님들, 학부모대표님들, 시민사회단체 대표님들 시청
관련부서장님들 등등 진지하게 토의하는 모습에 너무나 감사한 마음
이었습니다.

어제 낮에 기상상황을 파악해보니 태풍 솔릭의 이동경로 중심에 이
천이 놓여있어 부득이 토요일 별빛축제 폐막식과 일요일 카네기총동
문회가 준비한 한마음 시민걷기대회 행사를 모두 취소했습니다. 땀흘

려 행사준비를 하신 분들께는 죄송한 마음 전하면서, 부득이한 결정임을 이해하여 주시길 부탁드립니다.

저녁에는 이천지역구 국회의원이신 송석준 의원님 내외분과 부부동반 저녁식사를 했습니다. 태풍 때문에 약속을 미룰까도 고민했는데, 오래전 약속이기도 하고, 간단히 저녁식사 하면서 이천지역과 시민을 위한 이야기를 나누는 것도 좋겠다는 생각에 만나서 좋은 얘기 많이 나눴습니다. 소속정당은 달라도 이천과 시민을 사랑하는 마음은 하나라는 걸 느낄 수 있어 감사했습니다.

태풍 솔릭이 스쳐 지나가다
- 20180825 (토요일 아침)

태풍솔릭이 우리 한반도를 지나갔습니다. 전체적으로는 태풍으로 인한 피해가 예상보다 적어 참 다행입니다. 이번에도 태풍피해를 크게 입은 국민들도 많습니다. 피해를 입은 분들께는 중앙정부와 지방정부가 나서서 고통과 힘겨움을 함께 분담해야 하겠습니다.

우리 이천으로서는 정말 아찔한 순간이었습니다. 초기 태풍기상예보 때 태풍 솔릭이 이천을 정통으로 관통한다고 해서 모든 시민들이 긴장했습니다. 시간이 지나면서 이동경로가 남쪽으로 이동하고, 또 태풍세력도 약화되었기 때문에 결과적으로는 참 다행이었지만요.

예정된 휴가를 반납하고 어제 출근해서 태풍피해 상황을 점검하면서 하루를 보냈습니다. 출근하자마자 8층 상황실로 올라가서 태풍피해가 있을까? 노심초사하면서 밤샘근무를 한 이천시청공무원 여러분들로부터 상황보고를 듣고 "수고많으셨습니다. 감사합니다"고 말씀드렸습니다.

가장 걱정이 되었던 장호원읍장님으로부터 큰 피해제보가 없다는 전화보고를 받았지만, 직접 읍면사무소와 취약지역에 들러 확인하고 싶었습니다. 그래서 장호원-율면-설성면-모가면-호법면-마장면 지역을 차례로 방문해서 직접 대면보고를 듣고 격려도 드리고 취약지역도 직접 찾아가 눈으로 확인했더니 마음이 편안해졌습니다. 그러는 중 태풍이 한반도를 다 빠져나가서 태풍경보가 해제되었다는 보고를 들었는데 그때 많이 안심되었습니다. 마장면 지역을 거쳐 신둔면 취약지역을 둘러보고 신둔면사무소를 향해 가다가 5시 30분경 전화를 받고 시청청사로 들어왔습니다.

강풍피해 제보는 물론 폭우피해 제보도 없었습니다. 오히려 비가 좀 더 내려야 배추농사 등 밭농사에 도움이 되는데 적게 내려 아쉽다는 얘기를 들으면서, 하루 전만 해도 폭우 강풍 피해를 걱정하며 마음을 졸이던 생각을 하니 우리들 마음이 참 가볍구나 하는 생각도 해봤습니다. 큰 피해가 없어 감사합니다.

설성면 성호저수지의 미래를 생각하며
- 20180828 (화요일 아침)

어제 월요일에는 멀리 무안 회산백련지 연꽃단지에 다녀왔습니다. 요즘 14개 읍면동별로 대표적인 관광상품을 만들어보려고 계획 중인데, 설성면에 있는 멋진 성호저수지를 아름다운 연꽃관광단지로 만들 수 있으면 좋겠다는 생각이 들어서 여행 겸 견학으로 다녀왔습니다. 1955년 처음으로 연꽃을 심어 1997년에 처음으로 연꽃축제를 했다고 하는데, 지금은 어마어마한 규모의 호수에 연꽃이 가득 차 있는 걸 보면서 참 대단하다는 생각을 했습니다.

주변 공원의 경관은 아주 멋지지는 않았고, 불필요하거나 주변 경관과 어울리지 않아서 눈에 거슬리는 시설도 있었지만, 호수에 가득 찬 연꽃은 오랜 시간이 만들어 낸 결과물임을 알고 박수를 보내고 싶었지요. 우리도 얼른 준비해야겠네요.

한국동요문화센터 건립에 대하여
고 이지혜 주무관의 아버님 면담
- 20180829 (수요일 아침)

어제 오전에는 윤석구 한국동요문화협회장님을 모시고 제 집무실에서 한국동요문화센터 건립에 대한 좋은 말씀을 많이 나눴습니다. 윤석구 회장님의 동요사랑, 어린이사랑, 나라사랑, 이천사랑의 마음을 충분히 느낄 수 있는 시간이었습니다. 이참에 이천의 엄마 아빠들이 어린 자녀들 손잡고 찾아가서 보고 즐길 만한 번듯한 어린이공원을 만들고, 그 안에 윤석구 회장님이 말씀하시는 한국동요문화센터를 건립하면 어떨까 하는 생각이 들었습니다. 전문가그룹, 관련부서, 이천의 엄마 아빠들, 그리고 어린이들까지 의견을 모아 모아서 멋진 어린이공원을 만들면 어린이들이 활짝 웃을 수 있는 이천이 될 거 같네요.

땅끝마을 해남에서 신임 이천시장을 꼭 만나기 위해 달려오신 분을 집무실에서 만났습니다. 그 분은 지난해 이천시청 사회복지과 장애인복지팀에서 근무하다 6개월 만에 격무와 견디기 힘든 민원, 그리고 우리들의 무관심으로 스스로 생을 마감한 고 이지혜 주무관의 아버님이었습니다. 아버님께서는 손글씨로 적은 긴 편지를 직접 읽어주셨습니다. 편지는 여러 장이었고, 아버님 목소리는 딸의 억울한 죽음으로 인해 너무나 힘들어하고 있었습니다. 눈을 감고 한참을 듣고 있는데, 제 눈에는 눈물이 흘러내렸습니다. 제 가슴도 많이 아팠습니다. 아버님께서 편지를 다 읽었고, 저는 흐르는 눈물과 아픈 가슴 때문에 말씀을 많이 못 드렸는데, 아버님께서 "시장님 마음을 알았으니 이제 가겠습니다" 하셨네요. 고 이지혜 씨의 순직결정을 위한 재심절차가 진행 중입니다. 순직처리가 되도록 최선을 다하겠습니다.

연일 숨가쁜 일정을 소화하다
- 20180830 (목요일 아침)

밤에 자다가 요란한 빗소리에 새벽잠을 깼네요. 장대비가 쏟아지고 있어 걱정이 많았는데 아침에는 비가 멈춘 듯합니다. 어제 농경지 침수 피해 보고를 받았는데, 밤새 비 피해로 고통받고 있을 시민들이 걱정입니다.

어제 오전 10시 경에는 이천시체육회 상임부회장님으로부터 업무보고를 받으면서 1년 동안 진행되는 종목별, 지역별 체육대회가 어마어마하게 많은 걸 알게 되었습니다. 체육대회를 준비하시는 회장님들과 임원들께서는 모든 행사에 시장이 직접 참석하여 격려해 주길 바라시겠지만 그럴 수가 없어 참 고민스럽습니다. 행사장에서 임원분들과 회원님들 격려하는 일도 중요하지만, 그러다가는 정작 꼭 챙겨야 할 시정업무를 소홀히 할 수밖에 없으니, 시장이 참석하지 않으면 안

되는 행사에만 참석하는 것으로 얘기를 나눴습니다.

11시에는 미란다호텔 볼링장에서 열린 제8회 전국지적장애인 볼링대회에 격려차 참석했습니다. 이천시 장애인복지관장이신 희광스님과 임원님들께서 준비한 행사로 전국에서 이천을 찾아주신 장애인가족들을 따뜻하게 맞아주는 것이 시장의 도리라고 생각했습니다. 모두들 밝은 표정이라 제 마음도 좋았고, 비빔밥으로 점심도 맛있게 먹었는데, 대회시작 전에 시구를 하다가 넘어져 큰(?) 박수를 받았네요. 후후, 고맙습니다.

오후에는 이천아트홀 직원분들과 시청중회의실에서 간담회를 가졌습니다. 얼마 전 인수위원회에서 문화재단설립의 필요성을 제기했는데, 아트홀에서 근무하시는 계약직 근로자분들께서 고용승계문제로 걱정이 태산이라고 해서 제가 자청하여 마련한 자리였습니다. "꼭 문화재단을 설립해야 한다 하더라도 고용승계가 이루어지도록 시장이 앞장서 노력하겠다. 다만 문화재단설립의 필요성이 왜 제기되고 있는지에 대해 함께 고민해주시면 감사하겠다."고 말했습니다. 앞으로 많은 소통이 있어야겠습니다.

이어서 이천시와 자매도시인 일본 세토시의 청소년들이 이천의 문화를 배우기 위해 이천에 온다기에 시청으로 모셔 인사를 나눴습니다. 이천시 창전동 주민자치위원회가 그동안 꾸준히 노력해온 결과이고, 올해 2월에는 이천의 학생들이 세토시를 방문해서 그곳의 문화를 배우고 왔다고 합니다. 일본의 청소년들이 홈스테이 방식으로 이천에 머물면서 이천의 학생들과 많은 얘기들을 나누게 될 텐데. 정말 멋진 친구 사이가 되길 기원합니다. 31일 점심을 함께 먹기로 약속했습니다.

다음에는 한국농업경영인 전국대회가 열리는 충주로 달려가서 이천시 농업경영인들을 격려하고 왔습니다. 농업인들의 권익향상을 위해 노력하시고, 보다 나은 농업정책을 위해 늘 협조해 주시는 이천시 농업경영인들께 감사한 마음을 전하고 왔습니다.

저녁에는 이천시 학교운영위원장님들과 대화시간을 가졌습니다. 가장 멀리서 오신 장호원 대서초교 운영위원장님을 비롯해 각 읍면동에서 50여분의 학교운영장님들께서 자리를 함께 해 주셨네요. 내년부터 시행하는 혁신교육지구에 대한 관심과 적극적인 참여를 당부드렸습니다. 학생들도, 선생님들도, 학부모님들도, 모두 힘들어 하고 있는 현재의 교육시스템에 대한 반성으로 교육청 및 학교들 뿐만 아니라 이천시청과 시민사회 모두가 하나가 되어 학생들의 교육을 고민하고 필요한 역할을 분담하여 실천하기 위해 내년부터 이천시에도 혁신교육지구지정사업을 시작합니다. 한 술에 배부르지 않을 것이고, 여러 시행착오도 있겠지만, 혁신교육지구는 우리가 가야할 옳은 방향이라고 생각합니다. 장애물을 만나더라도 남을 탓하기보다는 해결책을 찾기 위해 지혜를 모으면서 인내하고 나아가다 보면 멋진 이천교육의 미래가 기다리고 있을 것입니다.

이천여성 취업/창업 페스티발
이통반장 한마음체육대회
- 20180831 (금요일 아침)

어제는 오전 10시경 이천시 종합복지관 마당에서 이천여성 새로일하기센터 취업/창업 페스티발 행사가 있어 참석했습니다. 처음에 '이천새일센터'라는 이름을 들었을 때는 '이름 참 예쁘다'고만 생각했는데, 일하던 여성들이 이런저런 이유로 일을 그만두었다가 다시 일을 하기 위해 직장을 찾을 때 지원해주는 곳이라는 얘기를 듣고 마음이 좀 짠했습니다. 구인기업에 비해 구직희망 여성들이 매우 많은 걸 보면서 이천시 가정의 어려운 경제상황을 알 수 있었구요. 중앙정부도 지방정부도 서민경제, 가정경제 살리는 일이 가장 중요하다는 걸 새삼 느꼈습니다. 행사장에는 드론교육 부스도 있었구요. 설명을 들어보니 무게 15kg정도의 드론으로 약 4천평의 농경지에 농약방제를 하는데 15분 가량 소요된다고 하네요. 드론가격도 약 1천만 원이라고 하니 헬기로 항공방제할 때보다 시간도 비용도 훨씬 적게 드는 상황에서 제4차 산업혁명시대의 농촌을 목격하고 있는 듯합니다.

여성이 행복한 이천시를 만들겠다는 것이 저의 중요한 공약입니다. 여성이 행복하지 못해서는 이천시가 행복할 수 없기 때문이지요. 지금 사용 중인 여성회관은 비좁고 시설도 많이 열악합니다. 하루속히 아주 근사한 여성비전센터를 설치해서 이천여성들의 삶의 질, 행복지수를 높이도록 하겠습니다.

다음은 이천시 이통장단 한마음체육대회, 부발종합운동장으로 달려 갔습니다. 이천시는 총 406개 마을이 있는데, 406명의 이장님들, 통장 님들이 바로 시민의 진정한 대표라는 생각이 들었습니다. 그래서 그런지 이통장님들만 모였는데도 22만 이천시민들이 모두 모인 것처럼 운동장이 꽉 차 보였습니다.

2018년
9월

남을 미워하지도 마시고,
자신을 미워하지도 마세요.
힘겨운 순간에도
미워하지 않을 수 있는 힘이 있어야만
마음이 편안하고 행복할 수 있습니다.

© 20180905 우수경기미 생산단지 벼베기 시연

이천테크노벨리 타당성 조사 용역 중간보고
폭염/폭우 피해 복숭아 직거래 성황
장애인복지관 및 단체사무실 이전문제 논의
- 20180901 (토요일)

어제 아침 9시에 이천테크노벨리 타당성조사 용역 중간보고가 있었
습니다. 제4차 산업혁명시대를 준비하고 SK하이닉스 M16공장 증설
에 따른 연관기업들의 이천유치를 위해 올해 연초부터 용역에 착수한
것인데 어제 중간보고를 듣는 자리였습니다. 9월 5일 이천을 방문하
는 이재명 도지사님께 자세히 설명드려 경기도의 적극적인 협조를 받
을 수 있도록 준비를 잘 하겠습니다. 중간보고 끝나고 중회의실에서
이미 활동을 마친 인수위원회 제4분과 위원들이 시청공무원들과 회
의를 하고 있어 잠깐 인사를 드렸습니다. 앞으로 저의 공약들을 하나
하나 실천해주실 공무원들께서 각 부서별로 인수위 해당 분과위원들
로부터 자세한 설명을 듣고 서로 토론을 하는 자리였습니다. 제가 시
민들께 한 약속들을 제대로 실천할 수 있도록 이렇게 적극적으로 활
동해주시는 시청공무원분들과 인수위원분들 모두모두 너무나 감사합
니다.

오전 10시부터 12시까지 하기로 한 폭염/ 폭우 피해 복숭아 농가와
소비자의 직거래장터가 예상보다 시민들께서 매우 많이 오셔서 1시
간 만에 250박스가 다 팔렸다고 합니다. 이렇게 호응이 좋은 걸 보니
시청청사 앞 광장에서 좀 더 규모있게 행사를 하면 힘겨운 복숭아 농
가에 도움이 되지 않을까 하는 생각도 드네요. 창전동 주민자치위원
회가 중심이 되어 이천에서 홈스테이를 하는 일본 세토시 학생들과
점심을 함께 먹었습니다. 국제 자매도시와의 민간교류가 좀 더 활발

히 이루어지면 좋겠다 느꼈습니다.

이천시 관내 장애인단체 회장님들과 장애인복지관 및 단체사무실 이전에 따른 문제점을 논의하는 자리를 가졌습니다. 모든 회장님들께서 복지관 및 단체사무실이 지금 진행되고 있는 신둔면으로의 이전에 반대라는 입장을 확인했습니다. 그래서 일단 장애인복지관 및 단체사무실을 신둔면으로 이전하는 문제를 원점에서 다시 검토하기로 하고 헤어졌습니다. 복지관과 사무실을 계속 이용해야 할 장애인들이 반대하는 방향으로 장애인복지사업을 강행할 수는 없는 것이니까요. 다만 단체 회장님들이 제게 해주신 말씀이 전체 회원들의 마음을 제대로 대변하고 있는지는 확인해 볼 필요는 있을 거 같네요. 곧바로 다시 만나 이야기 나누기로 했습니다.

장애인태권도대회와 무지개축제에 참여하다
- 20180903 (월요일 아침)

토요일 오전에는 장애인태권도대회에 참석해서 격려시간을 가졌습니다. 비장애인 태권도대회도 함께 진행되고 있었고, 장애인선수들의 표정이 훨씬 더 밝은 것에 제 마음이 더 오래 머물렀습니다. 대한민국의 국기인 태권도, 스포츠맨십이 가장 강조되는 스포츠, 태권도를 통해 마음이 하나 되는 멋진 하루를 기원드렸습니다.

점심식사 마치고 이천 중앙통 문화의 거리에서 열린 제6회 무지개축제에 참석했습니다. 이천에 거주하는 다문화가족들이 각자 모국의 문화를 소개하고 즐기는 축제였습니다. 제11회 세계인의 날을 맞아 제6회 무지개축제를 준비했다고 하는데, 무대에 써있는 세계인의 날을 뜻하는 영문표기가 눈에 들어오네요.

"The 11' together day!!"

투게더라는 단어가 사랑을 뜻하는 것이란 걸 새삼 느낄 수 있었습니다. 투게더, 함께, 사랑해요. '무지개'라는 단어 역시 '함께'라는 뜻이네요. 무지개가 아름다운 건 여러 색깔이 따로따로가 아니라 함께 어울려 하나가 되었기 때문이겠지요. 악기로 도레미파솔라시도를 연속으로 연주하면 한 음 한 음 연주하는 것보다 아름답게 들리는 이유도 부딪히지 않고 함께 어울려 조화를 이루기 때문이겠네요. 서로 다르면서도 서로 강요하지 않고, 서로 있는 그대로 존중하고, 서로 함께 잘 어울리는 것이 투게더, 무지개, 하모니, 사랑이네요.

저녁에는 아시안게임 축구 한일 결승전을 봤습니다. 전후반 무승부가 되어 연장전으로 이어질 때 답답했었는데, 연장전에서 승리하니 기분 참 좋았습니다.

월례회의 이천시 축제, 이대로 좋은가?
28억 국고지원사업 당첨 보고
- 20180904 (화요일 아침)

매월 전체 직원들을 대상으로 하는 월례회의는 이천의 주요 '숙제'를 주제로 토론하는 형식으로 진행되는데, 어제는 '이천시 축제, 이대로 좋은가? 이천시 축제의 개선방향'이었습니다. 각 테이블별로 예비토의를 하고 테이블별 대표 발언자를 정해 발표하는 방식으로 진행했습니다. 짧은 시간이었지만, 좋은 의견들이 많이 나와서 참 기분이 좋았습니다. 축제가 너무 많다, 이천시 대표축제를 정하고 무리가 없는 범위 내에서 축제를 결합할 필요가 있다, 축제가 끝나고 철저한 평가 보고회가 필요하다, 축제전담부서가 필요하다 등의 이야기를 나눴습니다.

다음 10월 월례회의 주제는 '이천시 버스터미널, 이전해야 하는가?'로 정했습니다. 시민 여러분들께서도 우리 이천시의 얼굴이면서 시민의 발이 되고 있는 버스터미널의 현주소 및 터미널 이전문제에 대해 솔직한 의견 많이 보내주시면 감사하겠습니다.

어제 총 40억 규모의 예산 중 28억의 국고지원을 받는 공모사업을 제안해서 당당히 당첨되었다는 보고를 받으니 기분이 참 좋았습니다.

공무원조직진단 용역 중간보고회
부원고등학교 콩쿨대회 시상식
- 20180905 (수요일 아침)

제가 취임하기 전부터 이천시청 공무원조직진단 용역이 진행되고 있고 얼마 전 중간보고회도 했지요. 어제는 조직진단과 관련한 TF팀과 이야기를 나누었습니다. 조직을 얼마나 잘 구성하느냐 하는 문제는 인력을 적재적소에 배치하는 인사문제보다 훨씬 더 중요한 문제입니다. 우리 이천시청이 수행하고 있는 행정서비스 제공이 시민들에게 가장 효율적으로 전달될 수 있도록, 그리고 시민사회와 협력관계가 잘 이루어질 수 있도록 공무원조직이 재정비되어야 하겠습니다.

조직구성이 효율적인지 아닌지는 해당 부서가 가장 잘 알고 있을 것이고, 잘 안 되고 있다면 그 원인도 잘 알고 있을 것이며, 나아가 해결책도 알고 있을 것이니 해당 부서별로 토의를 해서 의견을 제시해달라고 당부드렸습니다. 공무원조직이 수직적일 수밖에 없지만, 시민을 위한 효율적인 행정서비스 구현을 위해서는 공무원들의 수평적인 의사소통이 중요하다는 의견도 드렸습니다.

오후 7시 아트홀에서는 지난 6월 9일 개최한 부원고등학교 콩쿨대회에서 입상한 학생들에게 시상하는 행사가 있어 참석했습니다. 부원고 정기연주회도 같이 같이 있었구요. 초등학교 6학년에 다니는 막내아들 재식이가 바이올린부문 2위를 해서 수상을 하는데 시장인 제가 시상하는 것에 마음이 걸렸습니다. 그래도 아이가 정당하게 겨뤄 수상할 수 있게 되었는데 제가 시장이 되었다고 안 받겠다고 하는 것도 막내아들에게 못할 짓이어서 용기내서 본래대로 진행하게 되었습니다.

풍계리에서 이천쌀 벼베기 행사
농업생명대학 합동수업, 설봉서원 11기 졸업식
- 20180906 (목요일 아침)

어제 오전에는 이재명 도지사님께서 우리 이천시 장호원읍 풍계리에 오셨습니다. 직접 콤바인을 운전하시면서 임금님표 이천쌀 벼베기 행사를 가졌습니다. 풍계리는 가장 맛있는 이천쌀을 가장 많이 재배하는 마을 중 하나인데, 온 마을 주민들께서 나오셔서 도지사님 방문을 환영해주셨습니다. 날씨도 무척 좋았고, 길가에 심어져 있는 대추나무와 복숭아나무에 열매가 탐스럽게 달려있었네요. 주인장 허락을 받아 도지사님과 하나씩 따서 먹는데 맛이 기가 막히네요.

도지사님께서 "농업정책을 소홀히 하면 국제관계에서 치명적 약점이 될 수 있으니 농업친화정책을 꼭 펼치시겠다, 또한 농가기본소득 제도를 통해 부농 빈농 간의 격차를 해소시켜 골고루 잘사는 농촌을 만드시겠다"고 말씀하셨네요. 저도 동의합니다. 농업인들로부터 사랑받는 시장이 되겠습니다.

오후 2시에는 농업기술센터 2층 회의실에서 열리는 농업생명대학 합동수업에 강사로 참여해서 제가 정치를 하는 이유 어떠한 시장이 되고자 하는지에 대해 말씀드렸습니다. 40분 동안 경청해주신 농업생명대학 학생여러분들께 진심으로 감사드립니다.

이어서 설봉서원 제11기 수강생 졸업식과 제12기 수강생 입학식에 참석해서 인사드렸습니다. 설봉공원을 거쳐 설봉서원으로 가는 길이 참 멋지고, 설봉서원 주변경관도 아주 근사합니다. 올가을 꼭 한번 가보세요. 향교가 국립대학이라면 서원은 사립대학 정도 되는 것이니, 사립대학 졸업식과 입학식을 함께 진행한 셈이네요. 설봉서원에서 진행하는 다양한 프로그램에 더 많은 시민들께서 참여하셔서 풍성한 삶을 느껴보시길 권합니다.

이천시 경로당 프로그램 경진대회
이천시 통합방위협의회 회의
지역현안 해결을 위한 업무간담회
- 20180908 (토요일 아침)

어제 오전에는 아트홀에서 열린 제9회 이천시 경로당 프로그램 경진대회장을 찾아 어르신들께 인사드렸습니다. 김형식 대한노인회 이천시지회장님께서 인사말씀을 하기 위해 무대에 오르시는 데 많이 불편하신 걸 알았습니다. 그래서 무대에 오르는 계단을 한두 칸 더 늘려 어르신들 무대에 오르시기 편하게 하겠다고 약속을 드렸습니다.

오후에는 3분기 이천시 통합방위협의회 회의가 있어 참석하여 회의를 주재했습니다. 특별히 부대 영내에서 회의를 할 수 있도록 배려해주신 3901부대 이하중 대대장님 고맙습니다. 비록 실탄은 아니었지만, 서바이벌게임에서 사용하는 먹물탄으로 풍선을 터뜨리는 사격을 하면서 35년전 육군병장 엄병장의 추억이 생각났습니다. 남북 및 북미간 냉전시대를 넘어서 남북정상회담과 북미정상회담 그리고 이산가족상봉이 이루어지고 있는 화해와 평화의 시대입니다. 이러한 시대적 흐름에 걸맞도록 이천시 통합방위협의회의 역할을 잘 하는 것이 평화통일을 향하는 것이라고 생각합니다.

시청 중회의실에서 송석준 의원과의 지역현안해결을 위한 업무협약간담회를 가졌습니다. 시청에서는 저와 부시장 및 국과장님들이 참석했고, 송석준 의원 측에서는 의원님과 보좌관님들께서 함께 자리했습니다. 주로 각 부서별로 과장님들이 지역현안 해결을 위한 국도비 예산확보에 송석준 의원님께서 적극적으로 나서주시기를 당부드렸고, 송석준 의원님께서도 지역현안 해결을 위한 멋진 조언을 주셨습니다. 의원님의 조언을 잘 받아들여 시민들이 행복한 이천을 꼭 만들겠습니다.

한편 더불어민주당 김정수 위원장님께서 이끄는 이천시지역위원회와의 당정협의회의도 빠른 시일 내에 시작해야지 생각했습니다. 이천시 살림살이를 책임지는 저로서는 여당인 민주당과 제1야당인 한국당의 지역위원장님들과의 긴밀한 협조를 통해 충분한 국도비 예산확보를 해야 할 책임이 있습니다. 송석준 의원님과 김정수 위원장님을 잘 모셔서 이천에 필요한 국도비예산을 많이 받을 수 있도록 하겠습니다.

세토시의 초청으로 세토도기제에 다녀오다

- 20180912 (수요일 아침)

일본의 자매도시 세토시 시장님의 초청으로 세토도기제(세토시 자기의 시조를 기리는 축제)에 다녀왔습니다. 세토시는 일본의 대도시인 나고야 북동쪽에 위치한 인구 13만의 작은 도시로서 일본 도자기의 메카라고 할 수 있습니다.

이천시와 세토시는 도자도시로서 2006년에 자매결연을 맺은 후 활발한 교류를 해오고 있으며, 양 도시 친선협회 등 주민자치위원회를 중심으로 한 민간교류도 활발히 이루어지고 있습니다. 얼마 전 세토시 중학생들이 이천에 와서 홈스테이를 하고 갔는데, 세토시장님께서 제가 세토시학생들을 잘 챙겨줘서 감사하다고 말씀하시네요.

세토도기제는 해마다 이맘때쯤 이틀 동안 하는데 40만 내지 50만명의 관광객들이 몰려든다고 하기에 직접 눈으로 확인했더니 정말 장관이었습니다. 우리 이천에서도 송정금 작가님과 이은주 작가님께서 참여하였고, 문화관광과 소속 이명신/ 최우진 주무관께서 도와주고 있었습니다. 3박 4일 동안 친절하게 일정을 챙겨주신 이토 야스노리 시장님, 후지이 국장님, 핫토리 세토미술관장님 등 너무나 고맙습니다. 세토도자박물관과 미술관 그리고 도예촌마을의 고풍스런 길이 인상깊었습니다.

세토시 일정을 마치고 조각공원에 관심이 있어 나고야로 와서 신칸센 고속열차를 타고 2시간 가까이 달려 하코네 조각공원에 다녀왔습니다. 해발 약 600고지에 위치한 하코네 조각공원, 정말 놀라웠습니다. 우선 공원이 위치한 곳이 아주 오지라는 점에 놀랐고, 피카소의 진품 전시관이 그곳에 있는 것에 놀랐으며, 그곳에 전시된 작품들에

매료되었고, 열차역 이름이 '조각의 숲 역'이었는데 아름다운 역전 풍경에 놀랐습니다.

이천향교 추기석전제 행사
특전사 병사도 이천시민입니다
- 20180913 (목요일 아침)

어제는 오전에는 이천향교에서 '추기석전제' 행사에 갔습니다. 공자 선생님을 비롯한 우리나라 유학 선현들의 정신을 기리는 축제라고 합니다. 다만 진행되는 내용은 제례형식이었고, 행사 마치고 향교 안뜰에서 오신 분들 모두가 함께 점심식사를 하는데 잔치집 분위기였습니다. 식사하면서 이천향교 전현직 전교님들께서 이구동성으로 향교에 진입하는 도로를 좌측으로 좀 돌려서 향교 마당을 좀 넓게 사용할 수 있도록 해달라는 말씀을 하시네요. 본래 이천향교 부지였는데 이런저런 사연이 있어 지금처럼 되었으니 다시 향교 땅을 찾아 달라는 말씀이었습니다. 잘 살펴봐서 사실관계가 맞고, 현실적으로 그 요청을 받아들이는 데 큰 장애가 없으면 그렇게 하는 게 맞겠다는 생각이 들었습니다.

어제 오후에는 집무실에서 특전사3여단장님과 차 한잔 하면서 부대소개를 들었습니다. 특전사3여단에 근무하는 군인들이 모두 1,500여 명이고, 그중에서 300여명이 일반사병 나머지 1,200여명이 직업군인으로 가족까지 합치면 약 2,500여명이 이천에 주소를 둔 이천시민이라는 말씀을 듣고 반성을 했습니다. 솔직히 특전사3여단 내에 2,500명의 이천시민이 계신 것을 몰랐습니다. 더군다나 이분들이 앞으로도 계속 이천에 살게 될 거라는 설명을 듣고 죄송한 마음이 많았습니다. 이제 시민들께도 특전사3여단에 이천시민들이 이렇게 많이 계시다는 소식을 제대로 알려서 서로 어깨동무하고 잘 지낼 수 있도록 해야겠다 속으로 다짐했습니다.

어린이와 취약계층의 복지가 잘 이뤄지기를 바라며
- 20180914 (금요일 아침)

어제는 이천아트홀 소공연장에서 이천맘(이천의 엄마)들께 인사드리는 것으로 시작했습니다. 이천시 어린이집연합회가 어린이집에 아이를 보내는 부모님(대부분 엄마들)들을 대상으로 좋은 강연을 준비한 행사였습니다. 취학 전 연령 때 우리 인생에서 가장 중요한 부분 중의 하나인 인성과 성격이 형성된다고 합니다. 우리의 소중한 아이들이 긍정적이고 적극적인 성격을 가질 수 있도록 하려면 부모님들이 아이들에게 "안 돼! 그러지 마!"라는 부정적인 얘기 말고 "그래 좋은 생각이네. 잘 해봐. 참 잘 했네."라는 긍정적인 말을 많이 하시는 게 좋다고 합니다.

오후에는 이천시 사회복지사 역량강화 워크숍이 있어 마장면 소재 에덴파라다이스 호텔로 가서 사회복지사분들께 감사한 마음을 전했습니다. 사회보장, 사회복지는 기본적으로 정부의 몫인데, 이러저런 이유로 사회복지도 사회보장도 많이 부족한 실정이고, 이러한 부족함을 사회복지사분들의 사명감과 희생으로 채워나가고 있으니까 감사하고 고마운 마음입니다.

경기도 시장군수협의회
햇사레복숭아축제 개막식
- 20180915 (토요일 아침)

어제 오전에는 경기도 시장군수협의회 제2차 정기회의가 있어 화성에 다녀왔습니다. 화성시 서철모 시장님의 적극적인 신청에 따라 회의장소가 화성시로 정해졌고, 회의는 협의회장이신 수원시 염태영 시장님께서 진행하셨습니다. 시장군수협의회가 각 시군으로부터 경기도 내지 중앙정부에 제안할 건의사항을 받으면, 시장군수협의회의 토의를 거쳐 경기도 시장군수협의회 이름으로 경기도와 중앙정부에 건의하게 됩니다.

이천시에서는 이렇게 제안했습니다. 전국에서 유일하게 자연보전권역으로 묶인 이천을 비롯한 경기도 5개 시군만 4년제 대학설치는 물론이고 수도권 내에 이미 설치되어 있는 대학들도 자연보전권역으로의 이전도 불허되고 있고, 단지 자연보전권역 내에서만 이전이 허용되고 있는 불합리한 규제를 개선하는 내용입니다. 즉 4년제 대학의 신설은 아니더라도 수도권 내에 이미 설치된 대학은 자연보전권역으로 이전할 수 있도록 해야 한다는 내용입니다.

오후 4시, 장호원 햇사레복숭아 축제 개막식이 있었습니다. 올해는 복숭아 농가에게 참으로 힘든 한 해였습니다. 봄철 복사꽃 필 무렵에는 날씨가 추워 냉해 피해가 있었고, 긴 가뭄으로 인한 피해, 백년만의 폭염으로 인한 피해, 얼마 전 태풍으로 인한 피해, 추석 연휴 전에 축제를 맞추다 보니 수확물량이 적어 팔 수 있는 복숭아가 부족한 피해 등등. 그래도 세상에서 제일 맛있는 장호원 복숭아 드시고 올해 수많은 날 중에 최고로 행복한 날이 되길 바랍니다. 장호원복숭아 홍보관에 들러 복숭아로 만든 가공식품에 대한 설명도 듣고, 맛도 보고, 내일모레까지 장호원복숭아 축제가 이어지니까 가족들, 친구들과 함께 꼭 오셔서 장호원복숭아와 함께 멋진 추억 만드시기 바랍니다.

각종 가을 축제 행사에 참석하다
- 20180916 (일요일 아침)

어제는 11시에는 이천시장배 장애인배드민턴 체육대회에 참석해서 환영과 격려의 마음을 전하고 왔습니다. 서울과 경기권에서 선수들이 많이 참가한 것을 보고 김석기 회장님께서 준비를 많이 하셨다는 걸 알았습니다. 감사합니다. 생활체육은 취미생활로 하는 것이기 때문에 그 자체가 목적이고, 그래서 즐거움과 만족감이 크겠다는 생각을 해봤습니다.

오후에는 이천청년회의소가 준비한 아이 사진 경연대회에 격려차 참석했습니다. 천진난만하고 초롱초롱한 아이들의 눈망울이 담긴 사진을 감상하는데, 저도 모르게 '어린 아이처럼 순수하게 살아야지' 다짐해 봤습니다.

이어서 이천문화원이 정성껏 준비한 설봉문화제에 참석해서 이천의 전통문화에 푹 빠지는 시간을 가졌습니다. 먼저 눈과 귀가 즐겁고, 이어서 마음까지 즐거워졌습니다. 경기도무형문화제로 등록된 이천 거북놀이, 이천의 보호수사진전, 신둔면 용면리 용줄다리기 시연, 율면 정승달구지 시연 등등 인상 깊은 행사가 참 많았습니다. 이천의 전통문화를 계승발전시킬 수 있도록 이천시가 좀 더 노력해달라는 조

명호 문화원장님의 말씀이 제 마음에 크게 들렸습니다. 신둔면 용면리 용줄다리기보존회와 율면 정승달구지보존회 어르신들께 이천의 전통문화를 보존하는데 최선을 다 하는 시장이 되겠다고 약속을 드렸습니다.

족구팀의 경기도대회 우승을 격려
구도심 시내 교통난과 주차난 해소방안 모색
- 20180918 (화요일 아침)

어제는 아침 일찍 이천시청 족구팀의 경기도대회 우승에 대한 격려로 시작했습니다. 지난 주에는 바로 이웃인 이천경찰서 족구팀이 전국대회에서 우승했다는 소식을 들어서 기뻤는데, 양팀 실력이 비슷하다고 하니, 이천경찰서장님께 퇴근 시간 맞춰 치맥 내기 족구시합 한 번 하자고 제안을 드려도 좋을 거 같네요.

매주 월요일 아침에는 부시장님하고 모닝커피 한 잔씩 하면서 주요 업무 얘기를 나누는데, 어제는 구도심 시내 교통난과 주차난 해소방안이 주요주제가 되었습니다. 중리천 주변상가 살리기 일환으로 중리천을 복원해서 멋진 치맥거리를 만드는 생각도, 시내도로의 일방통행을 통해 교통 흐름도 좋게 만들고 주차문제도 해소하는 생각도 서로 나눴습니다.

업무보고를 통해 장호원터미널 분쟁에 대한 힘겨운 과정도 깊이 있게 알 수 있었구요. 장호원 햇사레복숭아축제 추진결과를 들어보니, 판매물량은 전년 대비 약 25%나 줄었지만, 물량이 달리는 대신 가격이 올라 판매금액은 지난해에 비해 약 6% 감소되었다고 합니다. 아쉬운 것은 추석연휴 전에 축제기간을 맞추다 보니 복숭아 맛이 좀 덜 좋아 소비자들께 죄송하다는 과수조합장님의 마음이네요.

추석을 앞두고 행복한 동행의 훈훈한 기탁소식 전합니다. 바르게살기 대월면협의회가 햅쌀 4kg 200포, 대포1통 주민들께서 200만원을 소외된 이웃을 위해 나누고 싶다면서 기탁해 주셨습니다. 기부행위를 하면 마음이 행복해진다는 말씀을 들으면서 참 감사했습니다.

행복한 동행 기탁식으로 시작한 하루
갈산2통 공공하수처리시설 악취 문제
제9회 이천시 홀스타인 엑스포
- 20180919 (수요일 아침)

어제는 행복한 동행 기탁식으로 하루를 시작했습니다. 일반기업체 (이천계기, 선경이엔씨) 2곳과 대한한돈협회 이천지부가 현금과 현물을 이천시민들을 위해 기탁했습니다. 그제에 이어 어제도 훈훈한 행복한 동행 기탁식으로 시작하는 하루여서 감사하고 고마운 하루였습니다. 이어 이천에 있는 (주)오비맥주에서 이천시민들이 마시는 OB와 카스 맥주 1병당 10원씩 모아 이천시민장학회에 장학금으로 전달하는 행사를 가졌습니다. 감사합니다.

이천시 공공하수처리시설이 설치되어 있는 갈산2통 주민들께서 수십 년 동안 악취로 고생하시다가 얼마전 통장님께서 "시장 좀 만납시다" 하고 면담신청을 하셔서 어제 주민들과 만났습니다. 23만 이천시민을 위해 꼭 필요한 공공하수처리시설로 인해 수십 년 동안 악취로 피해를 보고 계시고, 또한 재산상 피해를 보고 계시면서도 그동안 크게 민원제기도 안 하시다가, 이번에 이천시가 주민과 상의 없이 하수처리시설 증설절차를 진행하는 것에 화가 나서서 시장에게 얘기 좀 해야겠다고 하신 거였습니다. 주민분들께서 그동안 느끼셨던 고통과 서운함을 충분히 느끼고 이해할 수 있는 고마운 시간이었습니다. 32살의 젊은 통장님(이상윤)께서 마을주민들을 위해 열심히 노력하고 계시는 걸 보고 제 마음이 참 좋았습니다.

이천시 낙농인가족들께서 정성껏 키우시는 젖소들 품평회(제9회 이천시 홀스타인 엑스포)가 열리는 설봉공원으로 갔습니다. 타 시군에서 밴치마킹을 많이 오신 것을 보고 우리 이천시 낙농인들께서 참 잘하고 계시는 것을 알 수 있었습니다. 김영철 축협조합장님, 이경호 이천시검정연합회장님을 비롯한 이천시 낙농인가족 여러분 감사합니다. 공정한 심사를 위해 미국 위스콘신주에서 오신 '조단 씨머스' 심사위원께도 감사드립니다.

장호원터미널 문제해결을 위한 의견청취
농업정책 설명회와 분야별 공모사업 평가보고회 등
- 20180920 (목요일 아침)

어제는 장호원터미널 문제해결을 위해 지난번에 장호원주민들 의견청취 및 터미널사업자와 대화시간을 가진 데 이어 어제는 여객운송사업자 중 하나인 대원고속 관계자를 만나 사정을 들었습니다. 10년 넘게 방치된 장호원터미널 문제로 장호원주민들이 느꼈을 불편과 고통을 생각하면 너무나 죄송합니다. 하루 빨리 대책을 마련하겠습니다.

농업기술센터 2층 회의실에서 새로운 농업정책에 대한 설명회와 분야별 공모사업 실시에 대한 평가보고회가 있어 인사드렸습니다. 농업기술센터 공직자들께는 농업인들의 불편을 잘 들어주시고 새로운 농정의 대한 연구에 최선을 다해 주실 것을 당부드렸고, 농업인들께는 우리 이천시청과 공직자를 믿고 함께 적극적으로 협력해 주실 것을 부탁드렸습니다.

아트홀 소공연장에서 내년부터 실시하기로 약속한 혁신교육지구에 대한 공청회가 열려 참석했습니다. 이천의 교육에 대해 시민이 묻고 교육장과 시장이 답한다는 내용도 있었는데, 솔직히 참 부담스러웠습니다. 대체로 선생님들을 비롯한 교육계 종사자들께서 참석하셨고, 좋은 의견들을 적어서 종이비행기로 만들어 무대 위로 날려주셨는데, 교육장님과 저는 그중 두 장씩 집어 들고 편지내용 확인해서 답변을 했습니다. 제가 집어 든 종이비행기 편지를 펼쳐보니 청소년 진로체험관 건립과 어린이공원 건립을 간절히 희망하는 마음이 들어있었습니다. 반드시 설치하겠다고 약속드렸습니다.

점심식사는 이천시청을 비롯한 관공서 건물 청소를 담당하시는 여성미화원분들 및 전기 시설 등의 힘든 일을 하시는 분들과 함께 했습니다. 비정규직으로 근무하고 계셨고, 정규직으로의 전환을 요청하셔서 적극적으로 검토하겠다고 말씀드렸습니다.

오후에는 신둔에 있는 장애인훈련원에서 다음 달 장애인아시안게임에 출전하는 대한민국 선수들의 결단식(출정식)이 있어 참석했습니다. 부당한 권력행사에 맞서 싸우다 '나쁜 사람'으로 찍혀 공직을 쫓겨났다가 다시 복귀한 노태강 문체부 제2차관도 참석했네요. 추석연휴에도 가족과 함께하지 못하고 훈련에 임해야 하는 선수들께 감사한 마음과 응원의 마음을 전했습니다.

의용소방대 기술경연 대회
8,9급 공무원들과의 간담회 등
- 20180921 (금요일 아침)

어제는 마장레포츠 공원에서 열린 이천시 의용소방대 기술경연대회에 격려차 참석했습니다. 공무원들 중에서 국민들로부터 가장 사랑받는 공무원이 '소방공무원'인데, 의용소방대원들은 보수없이 봉사정신으로 소방공무원들과 함께 활동하고 있으니 진정으로 박수받을 만합니다.

점심식사 후에는 이천시 도시계획위원회 위원위촉식을 가졌는데, 위촉장수여 및 인사만 드리고, 2018년 이천시 취업박람회가 열리고 있는 서희청소년문화회관으로 달려갔습니다. 이천관내 기업들과 구직자분들의 기대에는 많이 부족하겠지만, 우리 이천시는 2014년부터 2018년 상반기까지 5년 동안 경기도 31개 시군에서 고용율 1위를 달성하고 있습니다. 준비를 잘 해주신 관련부서 공직자분들과 협조를 잘 해주신 관내 기업들 및 시민 여러분들께 감사하고 고마운 마음을 전합니다.

시청사 3층에 있는 카페에서 8급, 9급 공무원들과 간담회를 가졌습니다. 행정의 최일선에서 민원인과 가장 가까운 거리에 있는 8, 9급 공무원들의 목소리를 듣고 싶어서 마련된 자리였는데, 자신들의 얘기를 하는데도 많이 망설이는 걸 보면서 공직사회가 생각보다 많이 경직되어 있다는 걸 느꼈습니다. 좀더 부드럽고 유연성 있는 공직사회를 위해 저부터 노력하겠습니다.

이천시문화상 수상자에 대한 위원회심사
게걸무연구회 회장과의 간담회
- 20180928 (금요일 아침)

어제는 이천시민들이 수여하는 '이천시 문화상' 수상 후보자에 대한
위원회심사가 있어 회의를 주재하였습니다. 각 부문별로 한 분씩 모
두 다섯 분의 후보자가 추천된 상태였고, 한 분 한 분 심사를 진행했
습니다. 다만 심사위원님들께서 이구동성으로 하시는 말씀들이 '시민
들이 주는 가장 명예로운 이천시 문화상 수상자를 선정하는 절차가
추천단계부터 심사단계까지 좀 더 철저했으면 좋겠다'는 것이었습니
다. 관련 조례의 개정을 비롯한 이천시 문화상 수상자 선정절차를 반
드시 개선하겠다고 약속드렸습니다.

다섯 분의 후보자 중 문화상 수상자로 결정된 세 분에 대해서는 다
음 주 이천시민의 날 기념식 때 수많은 시민들의 박수와 함께 문화상
을 드릴 계획입니다. 진심으로 축하드립니다.

이천시 게걸무연구회 곽영홍 회장님을 비롯한 임원여러분들과 차
담회를 가졌습니다. 게걸무는 이천의 특산물이라 다른 지역에서 게걸
무를 재배하면 무가 단단하지 못하고 무르게 되어 효능이 떨어진다.
게걸무 꽃이 매우 아름다우며 개화기도 한 달 이상이므로 관상용으로
도 매우 훌륭하다. 다른 지역에서 재배도 어렵고 품질도 차이가 많이
나서 상품성과 수익성이 뛰어나니 이천시가 나서서 이천의 특산물 게
걸무를 살려야 합니다. 이천의 특산물, 게걸무에 대해 많은 걸 배우는
시간이 되었고, 함께 게걸무살리기에 노력하기로 했습니다.

이천을 관광도시로 만드는 방안에 대해 고민하다

- 20180929(토요일 아침)

어제 오전에는 우리씨드그룹 박공영 대표이사님을 모시고 집무실에서 이천을 아름답게 만드는 얘기를 나눴습니다. 대표님은 꽃에 관한 박사학위를 갖고 계실 뿐 아니라 전국의 많은 도시를 꽃을 통해 관광지로 만드는 일을 하고 계시는 이론과 실무에 모두 전문가이셨습니다. 이천시 모가면에 농장을 운영하고 계시니까 제가 잘 모셔서 박공영 박사님과 함께 이천을 아름답게 만들고, 많은 관광객이 이천에 오도록 해서 이천지역경제를 살려볼 생각입니다.

도시공원일몰제에 따른 대책을 논의하기 위한 티에프팀 회의를 했습니다. 도심 속에 녹지공원 공간확보를 위해 대부분의 지자체가 공원부지를 설정해 놓고 있으나, 지자체의 재정이 어려워 공원부지 수용절차를 이행하지 못하면서 일정 기간이 지나면 공원용지로서의 효력이 상실되어 토지소유자의 개발을 거부할 수 없게 되는 것이 '도시공원일몰제'입니다. 도시공원 일몰제는 지자체의 곤란한 사정을 해결하기 위해 민간자본이 공원부지 전체를 수용해서 그 중 20%~30%는 공공주택단지 등 개발을 하고, 나머지 70%~80%는 공원으로 개발해서 공원은 지자체에 기부채납(무상증여)할 수 있도록 하는 법률이 마련되어 있습니다. 대부분의 지자체들이 재정상의 문제 때문에 위와 같은 법률에 따라 민간자본을 끌어들여 도시공원일몰제에 대응하고 있습니다.

이천도 비슷한 상황입니다. 다만 설봉공원은 좀 더 특수한 사정이 있기 때문에 더 많은 신중함과 지혜로움이 필요한 상황이라 티에프팀을 꾸려 시민 여러분들께 피해가 가지 않도록 만전을 기하고 있습니다.

2018년
10월

© 20181012 제11회 주민자치평생학습축제

마음을 연다는 것은 상대를 내 뜻대로 하지 않겠다는 의지입니다.

상대를 있는 그대로 존중하겠다는 결심입니다.

상대를 있는 그대로 존중하는 것이 최고의 사랑입니다.

엄마가 갓난아이를 사랑할 때 그런 사랑을 합니다.

이천시민 한마음 걷기대회

- 20181001 (월요일 아침)

일요일인 어제는 06시부터 설봉산에 올랐습니다. 4월부터 10월까지 7월만 빼고 우리 이천에서는 '이천시민 한마음 걷기대회'를 하고 있으니, 1년에 6회씩 진행되고 있습니다. 이천시민 한마음걷기대회가 벌써 130회가 넘었다고 하니, 이제는 시민들의 사랑을 받고 있어, 제대로 된 이천시민의 행사라고 할 수 있겠습니다. 시민들로부터 사랑을 받는 행사와 그렇지 못한 행사를 구별해서, 앞의 것은 더 많은 관심과 지원을 하고, 뒤의 것은 시민의 사랑을 받을 수 있도록 보완해야 하겠습니다.

이천시민 한마음 걷기대회는 시민들이 주말을 이용해서 이천의 명산 설봉산을 오르면서 이천사랑의 마음을 나누고, 참가한 시민들께 추첨을 통해 푸짐한 경품을 지급하는 행사입니다. 소요경비 중 일부를 이천시에서 보조금 형식으로 지원하고 있고, 나머지 대부분의 경비는 주관시민단체에서 부담하여 진행되고 있습니다. 이번에는 경기동부인삼조합이 주관해서 진행되었는데, 푸짐한 경품 덕분인지 많은 시민들이 참여했습니다. 윤여홍 조합장님, 그리고 조합원 여러분 감사합니다.

도시공원 일몰제에 따른 축제의 질

- 20181002 (화요일 아침)

도시공원 일몰제가 시행됨에 따라 민간자본을 유치해서 공원을 조성하게 되는데, 그 시기가 몰려있어 각 공원의 내용도 고민해야 하고, 한꺼번에 조성되는 공원들의 관리비와 운영비도 걱정해야 합니다. 이천시민의 심장과도 같은 설봉공원에 대해서는 특별한 관심과 지혜가 필요합니다. 이제 본격적으로 중리행정타운 개발사업이 시작될 텐데, 행정타운을 아름답게 만드는 동시에 도시재생사업을 통해 구도심 상권을 살려내는 실천에 각별한 노력을 기울이려 합니다.

축제가 양적으로 많은 지역에 해당하는 우리 이천으로서는, 이제 축제의 내용을 더욱 알차게 하고, 낮에 축제장을 찾아온 관광객들이 밤까지, 그 다음날까지, 이천에 머물도록 해서 돈지갑을 열 수 있도록 하는 지혜를 찾아내야 합니다. 우리 이천을 방문하는 관광객들에게 보란 듯이 내놓을 수 있는 관광상품을 꼭 만들어내야 합니다. 시민들과 함께 반드시 만들어 내겠습니다. 특히 남부쪽에 관광객들이 몰려들 수 있도록 복하천 이남 남부지역의 관광상품 개발에 각별한 관심과 아이디어가 필요합니다. 시민사회의 참신한 아이디어를 받아볼 생각입니다. 시민들과 함께하는 아름다운 이천시 만들기 아이디어 공모전에 많은 관심과 사랑을 부탁드립니다.

들어주는 것의 힘을 경험함
지역학교 총동문회 체육대회
- 20181004 (목요일 아침)

그제는 이장님 한 분이 시장을 만나 할 얘기가 있다고 해서 시간약속을 잡아 집무실에서 만났습니다. 이장님이 사시는 전통부락마을에 공장이 들어오는 중이랍니다. 그 과정에 행정처리가 부당하게 이루어지고 있다고 판단되어 시정을 요구했는데 시정이 안 되었구요. 그래서 행정소송을 제기해서 현재 대법원에 계류 중이고 청와대에 민원도 제기해 놓은 상황이라고 하시네요. 저는 난처하기도 하고 궁금하기도 해서 이장님한테 여쭤봤습니다.

"이장님이 이천시를 상대로 소송을 제기해서 진행 중에 있고, 그 결과가 마을에 불리할 것으로 예상되고 있는데, 이 상황에서 시장인 제가 무엇을 어떻게 도와드릴 수 있겠습니까?"

"시민이 주인인 이천을 만들겠다고 하는 시장이니까 시민들 얘기를 잘 들어주겠지 하는 생각으로 하소연하러 온 거요."

그랬더니 이장님께서 제 눈을 바라보시면서 이렇게 말씀하시네요. 정말 죄송하고 감사합니다. 시민들의 불편과 아픔을 들으면서 함께 불편해하고 함께 아파해야 하는 것이 가장 중요한 일인데, 미리 상황 파악해서 도와드릴 방법이 없다고 결론을 내린 후 얘기를 듣지도 않으려고 했던 제 자신을 반성합니다. 죄송합니다. 제가 시장일을 똑바로 할 수 있게 가르쳐주셔서 감사합니다.

어제는 이천의 양축인 이천고등학교와 이천제일고등학교 각 총동문회 체육대회가 있어 축하인사를 하러 다녀왔습니다. 이천제일고 재학생 밴드동아리 '레드넥'과 댄스동아리 '피어스'의 식전공연을 보면서 청소년들의 재능과 끼를 발휘할 수 있는 청소년가요제, 청소년문화축제 등 청소년들의 무대를 많이 만들어줘야겠다는 생각을 했습니다.

광주광역소각장에 대한 대책 강구
제9회 병아리 창작동요대화 본선무대
- 20181006 (토요일 아침)

어제 오전에는 이웃 광주시에 설치되는 광역소각장과 관련해서 신둔면 이장단협의회장님, 조합장님을 비롯한 주민들을 만나 솔직한 신둔면 주민들의 얘기를 들었습니다. 제가 취임하기 전에 이천시도 광주에 광역소각장을 설치하는 것에 참여의사를 밝힌 상태인데, 그 설치되는 위치가 신둔면과 바로 붙어있는 곳이라 문제가 되고 있습니다. 솔직히 호법에 광역소각장 설치하면서 호법면 주민들께 여러가지 혜택을 드렸던 것처럼 신둔면 주민들께 혜택을 드리는 방향으로 해결방안을 모색할 수 있으면 그나마 다행인데(신둔면 주민들은 무조건 반대입장이지만), 이천이 아니라 광주에 설치되다 보니 인접마을인 이천시 신둔면은 커다란 피해만 보게 되었습니다.

이천시장인 저로서는 신둔면 주민들에게 호법면 주민들에 상응하는 혜택이 주어지지 않는다면 광주 광역소각장 설치에 대한 지분참여를 철회할 수밖에 없는 심각한 상황입니다. 엊그제 광주시장님 만나서 좋은 얘기만 주고받았는데, 광주와 이천이 상생할 수 있는 방안을 꼭 찾아낼 수 있기를 두손 모아 기도합니다. 여러분들도 함께 도와주세요.

오후에는 이천아트홀 대공연장에서 제9회 전국병아리 창작동요제 본선무대가 열려 참석했습니다. 아직 학교에 입학하기 전 어린이들의 창작 동요경연대회인데, 모두 95개팀이 참여해서 그 중 20개팀이 본선무대에 올랐다고 합니다. 행사가 진행되는 내내 우리가 살아있음을, 그리고 어떻게 살아가야 하는지를 충분히 느끼고 배울 수 있는 감사한 시간이 되었습니다. 한국동요문화협회 윤석구회장님, 수고많으셨습니다. 감사하고 고맙습니다.

이천시민의 날 축사
- 20181008 (월요일 아침)

어제가 이천시민의 날이라 아침 일찍부터 하루 종일 행사장인 종합운동장에서 살았네요. 올해로 23회를 맞는 이천시민의 날 기념식행사에 역대 가장 많은 시민들께서 참여하셨다고 하네요. 감사합니다.

오늘은 취임 100일을 맞는 날이면서 저의 진짜 생일날(음력)입니다. 대회의실에서 언론인들과 직원분들 모시고 공약사항 이행계획을 발표하는 행사를 준비했습니다. 어제 시민의 날 기념식 때 시민 여러분들께 인사드렸던 저의 기념사를 공유하면서 월요일을 시작합니다.

이천지역과 이천시민을 그 누구보다도 사랑하는 이천의 대표일꾼, 시민의 대표일꾼, 저 엄태준, 이천의 진정한 주인인 시민여러분께 인사드립니다.

오늘이 23번째 이천시민의 날입니다. 1996년에 제1회 이천시민의 날이 제정되어 올해 23회를 맞았습니다.

1995년에 우리 이천군민들은 투표를 해서 첫번째 이천군수를 뽑았습니다. 투표로 뽑힌 이천군수님께서 조례를 만들어 이천시민의 날을 정해 그 다음해부터 기념식을 열었으며, 그 후 체육대회 및 축제의 장으로 확대해서 지금까지 진행되어 오고 있는 것입니다.

그러고 보니 제1회 이천시민의 날 기념식이 열렸던 1996년은 우리 이천군이 이천시로 승격된 해입니다.

자랑스런 이천시민 여러분, 해마다 어버이날이 되면 우리 자식들은 스스로 자식된 도리를 다하지 못했음을 반성하면서 앞으로 부모님을 제대로 모시겠다고 다짐합니다.

'이천시민의 날'은 이천의 주인인 시민들께 주인대접을 제대로 못한 것을 반성하고 앞으로 시민을 주인으로 잘 모시겠다하고 다짐하는 날이라고 생각합니다. 동의하시면 박수를 보내주시기 바랍니다.

저에 앞서 이천시장직을 수행하셨던 두 분의 선배 시장님이 계십니다. 유승우 시장님과 조병돈 시장님께서 이천이 크게 발전할 수 있는 기반을 잘 마련해 놓으셨다고 생각합니다. 그래서 저는 제23회 이천시민의 날을 맞이하여 유승우/ 조병돈 선배 이천시장님께 감사하는 마음을 담아 박수를 보내드리고 싶은데 동의해 주시겠습니까?

이제 저 엄태준은 두 분 선배 시장님께서 이룩해 놓으신 튼튼한 기반 위에서 시민이 가장 행복한 도시 이천을 만들겠다 다짐하고 있습니다.

자랑스런 이천시민 여러분!

저는 이천시민과 이천시공무원이 모두 행복한 도시, 이천을 만들고 싶습니다. 시민이 행복하기 위해서는 공무원들이 시민들의 뜻을 잘 받들어 일을 제대로 해야 하고, 다른 한편 시민들로부터의 박수와 존경이 있어야 공무원들이 행복할 수 있습니다.

이제 이천의 대표일꾼인 저 엄태준이 이천시청 공무원들을 잘 이끌어 시민의 뜻을 잘 받들도록 하겠습니다. 제가 앞장서서 시민들로부터 사랑받을 수 있는 공직사회 만들겠습니다. 그렇게 해서 시민과 공무원 모두가 행복한 이천시! 꼭 만들고 싶습니다!

자랑스러운 이천시민 여러분!

제가 이천시장으로서 시민여러분들을 행복하게 하기 위해서는 국회의원님과 시도의원님들의 적극적인 협조가 필요합니다. 그래서 저 엄태준은 국회의원님과 3분의 도의원님 그리고 9분의 시의원님들과 함께 사이좋게 어깨동무해서 이천을 발전시키고 시민을 행복하게 하려고 합니다.

자랑스런 이천시민 여러분!

우리 이천이 행복해지려면 이천에서 편을 나누어 싸우는 일을 멈춰야 합니다. 민주당과 한국당이 싸우고, 진보와 보수가 싸우고, 시장과 국회의원이 싸우고, 지역과 지역이 싸우고, 종교와 종교가 싸우는, 이런 편싸움을 이제는 멈춰야 합니다.

자랑스런 이천시민 여러분!

이제 구호를 외치면서 저의 말씀을 마치려고 합니다!

저의 목표, 잘 아시죠? 시민이 주인인 이천을 만드는 겁니다. 제가 "시민이!" 그러면 여러분께서 "주인이다!" 해주시고, 다시 제가 "우리가!" 하면 여러분께서 "시민이다!"로 화답해 주시면 감사하겠습니다.

취임
100일을 맞아 공약이행계획 발표
- 20181009 (화요일 아침)

어제는 시청 대회의실에서 언론인과 공무원, 그리고 소식 듣고 찾아오신 시민들을 모시고 취임100일을 맞아 공약이행계획 발표회를 가졌습니다. 선거 때 제가 시민들께 약속드렸던 공약사항과 인수위원회의 제안사항에 대해 그 동안 실무부서와 여러 차례 검토를 거쳐 실천 가능한 것과 그렇지 못한 것들을 나누어 설명드렸습니다. 법적, 제도적, 현실적 장애 때문에 실천가능성이 낮은 내용들에 대해서는 솔직하게 그 내용을 설명드렸습니다.

그랬더니 기자분들께서 "취임한 지 이제 100일밖에 안 되었는데, 벌써 일부 공약사항에 대해 이행하기 어렵다고 고백하는 게 의아스럽기도 하고 신선하기도 한데, 그 이유는 뭔가?"라고 물어보시네요. 저는 "선거 때 이천발전과 시민행복을 위해 필요하다고 생각해서 시민들께 약속드렸지만, 당선되어 실무부서와 머리를 맞대고 연구해보니 제도적인 장애, 현실적인 장애 때문에 공약이행과제로 실천하기가 매우 어려운 것은 지금 당장 솔직하게 고백하는 게 시민들에 대한 도리라고 생각한다. 하나의 거짓말은 100개 1000개의 거짓말을 만들게 된다."고 말씀드렸습니다.

취임 100일을 무사히 넘긴 것을 축하한다고 공무원노조 간부님들이 오셨네요. 차 한잔 하면서 이런저런 얘기, 솔직한 얘기 나눴습니다. 옛날에는 아이를 낳아도 100일이 지나야 호적신고를 하고 그랬는데, 아마도 생후 100일이 지나야 비로소 세상을 살아갈 수 있는 힘이 생긴다고 여겨서 그런 거 같고, 저도 이제 취임 후 100일이 되었으니 명실공히 시장으로 신고할 수 있을 거 같다고 말씀드렸네요.

부발역세권 토지소유자의 만남
원목회, 공무원노조와의 만남
- 20181011 (목요일 아침)

어제는 부발역세권(북단) 토지소유자들로 구성된 대책위원회 임원들과 역세권개발과 관련 토론을 했습니다. 시작할 때는 공무원 측에 사유재산권 침해의 측면을, 대책위원회 측에 역세권개발의 공공성 측면을 이해하려고 노력해달라고 말씀드렸습니다. 평행선을 달리는 토론 중에는, 서로 상대를 설득시키려고만 해서는 답이 없다, 상대를 이해하려고 노력해달라고 당부드렸습니다. 마칠 때는 개발방식은 대책위원회의 요청에 따르되, 의견이 충돌할 때 이천시에 결정권을 주는 방안으로 진행하면 어떨지, 양측이 깊이 고민한 후 "다시 만나서 얘기를 더 합시다"라고 말씀드렸습니다.

원목회 회의에 참석해서 회장으로서 회의를 주재했습니다. 취임 100일을 맞는 소감도 말씀드리고, 시장이 당연직 회장이 되어야 하는 문제, 나아가 회장이 탈퇴하는 것이 바람직하지 않은지에 대한 의견을 들었습니다. 거의 모든 분들께서 "청탁을 하기 위해 만나는 모임이 아니라 기관 내지 단체 상호간에 필요한 정보공유를 위한 자리로서 그동안 민관소통의 큰 역할을 해왔으니 부작용은 스스로 경계하면서 긍정적인 기능을 살리는 방향으로 노력하자"고 말씀하시네요.

저는 그 자리에서 바로 결정을 내리지 않고 "좀 더 고민한 후에 결심해서 알려드리겠으니 기다려달라"고 말씀드렸습니다.

오후에는 시청 중회의실에서 공무원노조와 단체교섭을 위한 상견례 자리를 가졌습니다. 인사말을 통해 "취임 전에는 서로 같은 방향을 바라보며 얘기를 나누다가, 시장취임 후 이렇게 마주앉아 얘기를 나누게 되니 불편하기도 하고 부담도 있고 그렇습니다. 그러나 좀 더 자세히 살펴보면, 제가 앉아있는 자리에는 시장이 아니라 시민들이 앉아 있어야 하는 것이며, 따라서 저는 시민의 대표로 앉은 것이니, 시민들이 공무원노조의 요구에 동의하고 허락할 수 있을만큼 공무원들이 시민들을 위한 역할을 제대로 하는 게 가장 중요하지 않겠냐?"고 말씀드렸습니다. 상견례 끝나고 대회의실에서 진행되는 공무원 조직진단 최종보고회에 참석했습니다. 각 부서별로 자신들의 입장을 말씀하시는데 걱정과 우려가 매우 크다는 것을 느낄 수 있었습니다. 저는 "여러분들이 각 부서장으로서가 아니라 시장의 입장에서 이 자리에 선다면, 어떤 말씀을 하시겠는지 함께 고민해달라"고 당부드리고, "각 부서의 입장을 충분히 알려주시면 깊이 고민해서 결정하겠다"고 말씀드렸습니다.

30분 일찍 서둘러 일정을 시작하다
- 20181012 (금요일 아침)

어제는 30분 일찍 서둘러 일정을 시작했습니다. 평소에 시청 1층 대민봉사실에서 봉사활동하시는 '민원플러스봉사단' 08시에 워크숍을 출발한다고 하여 격려를 드렸습니다.

10시에 장애인한마음체육대회가 서희청소년문화센터에서 열렸으나, 09시 50분에 장위공 서희 선생 1020주기 추모제에 참석하기로 오래 전에 약속이 되어있었기 때문에 장애인체육대회에 참석 못해 아쉬운 마음이었습니다. 내년에는 장애인한마음체육대회에 꼭 참석해서 인사드려야겠다 다짐했습니다,

서희선생 추모제에서도 추모사만 낭독하고 행사장을 빠져나와야만 해서 양해를 구했습니다. 대한적십자 구만리봉사대에서 경로체육대회 시작을 10시에서 10시 20분으로 늦추면서까지 시장이 꼭 와야 한다고 해서 서희선생 추모제에서 끝까지 자리를 하지 못하고 나오게 되었던 것입니다. 죄송한 마음이었습니다.

오후에는 사음동 소재 '공간다락'에서 열린 제4회 장애인과 비장애

인 '사랑의 끈 연결운동' 행사를 함게 했습니다. 상대를 좋아하는 것도 사랑이지만, 상대를 있는 그대로 존중하는 것이 더 큰 사랑이 아닐까요? 신체적 장애보다 상대를 차별하고 미워하는 마음의 장애가 더 큰 장애가 아닐까요? 거북놀이보존회의 멋지고 수준높은 사물놀이 공연과 이영식 형님의 섹스폰 연주 감사했습니다.

이어서 이천시 성폭력/ 가정폭력상담소 신규위원 위촉식에 참석해 감사와 격려의 마음을 나누고 왔습니다. 상담소 소장님, 대표님, 운영위원장님을 비롯한 이사님들께서 제가 취임 100일을 무사히 넘긴 것을 축하한다면서 장미꽃 한 다발을 주셔서 감사했습니다.

3시에는 강원도 속초로 출발했습니다. 어제가 3기 이천시공무원 한마음교육이 있는 날이었거든요. 어제도 특별한 강연준비없이 무대에 올라갔는데, 저절로 '사랑'을 주제로 얘기하고 있는 제 자신을 만났습니다. 기타 치며 노래도 불렀고, 직원들과 술도 한잔씩 하면서 얘기나누다 보니 이천으로 돌아와야 하는 시간이 되었네요.

오는 길에 역시 평창휴게소에 들러 이번에는 치즈라면 한 그릇씩 먹으면서 술로 인해 쓰린 속도 달래고, 장거리 운전의 지루함도 달랬습니다. 집에 도착하니 10시가 훌쩍 넘었네요.

각종 문화행사에 참석
- 20181013 (토요일 아침)

아침 9시에 '유네스코 창의도시들의 화상회의'가 있었습니다. 올해 이천은 유네스코 창의도시 공예부문 의장도시가 되었고, 저는 의장도시의 새로운 시장이 되었구요. 그래서 제가 직접 인사드리는 게 좋겠다 싶어 준비해준 영문인사말을 읽으면서 인사드렸네요. 발음은 안 좋아도 영어로 인사드리는 게 더 나을듯해서 용기를 냈습니다.

어제는 서희청소년문화센터에서 열리는 '성인문해백일장' 참석해서 인사와 격려를 드렸습니다. 한글을 배우지 못하신 어르신들께 한글을 가르쳐드려 글짓기대회를 하는 것인데, 모두가 시인이네요. 지난해 글짓기대회에 참가한 분들의 작품들을 모아 한 권의 책을 만들었는데 읽어보니 가슴이 뭉클했습니다.

점심식사 후에는 설봉공원 대공연장에서 이천시 새마을문고가 준비한 '청소년문화한마당'이 열려 참석해 청소년들을 격려했습니다. 청소년들이라 그런지 산만하고 소란스러워 인사말 하는 것도 쉽지 않았지만, 애국가를 부를 때 청소년들의 깨끗하고, 시원하고, 커다란 합창은 감동이었습니다. 이천의 청소년들이 맘껏 재능과 끼를 발휘하며 행복하게 성장할 수 있는 이천을 만들겠다고 약속드렸습니다.

오후 3시부터는 온천공원에서 제11회 '주민자치 평생학습축제 개막식'이 예정되어 있었고, 읍면동 주민자치위원들이 공설운동장에서 이천시내를 거쳐 온천공원까지 '퍼레이드'를 했습니다. 저도 함께 걸었습니다. 주민자치위원들의 퍼레이드는 그야말로 장관이었으며, 시민들은 거리에서, 건물에서 손을 흔들며 환호를 보내줬고, '드론'도 가을 하늘을 멋지게 날아다니면서 우리와 함께 했습니다.

집무실에서 중리신도시 개발부지 내에 거주하시던 분들 중에서 법적 요건이 충족되지 않아 보상을 받을 수 없는 시민들의 가슴 아픈 사연도 들었습니다. LH 사장님을 설득하든지, 안 되면 시민과 시의회를 설득하든지, 최대한 노력해봐야겠다 다짐했습니다.

이천 여주 양평 카네기총동문회 행사

양평/ 여주/ 이천 건축직공무원 체육대회

- 20181014 (일요일 아침)

어제는 가을하늘이 유난히도 맑고 깨끗하게 느껴졌네요. 가을을 충분히 느끼고, 즐기고, 계시겠지요? 어제 아침에 집에서 나오는데, 고3인 큰딸 소영이가 저에게 "아빠, 오늘 태권도행사에 가?"하고 물어보네요. 아무리 생각해봐도 제 일정에 태권도행사가 없어서 "아니, 아빠 오늘 일정에 태권도 행사가 없는데? 왜 그러는데?"하고 되물었구요. 소영이가 "어, 이상하네? 친구가 아빠 온다구 그랬는데. 전화해 볼게. 다녀오세요." 하더라구요.

첫 일정이 신둔면레포츠공원에서 개최된 이천/여주/양평 카네기총동문 체육대회 격려방문이라 참석했습니다. 식순지를 보니 식전행사가 있다고 적혀있어 속으로 '음악공연이 있구나' 하고 있는데, 이천시 태권도시범단이 나와서 멋진 시범을 보여주네요. 그때서야 큰딸 소영이가 얘기한 태권도 행사가 이거구나 하고 알았네요. 물어보니 소영이 친구가 태권도시범단 맴버네요. 인사말을 드리면서 큰딸 소영이하고 있었던 아침사정을 얘기하고 감사한 마음을 전했습니다.

대회가 아직 안 끝났는데, 비서실장이 다가와서 소식을 전하네요. 이천시 마장면 소재 특전사령부 영외체육시설에서 진행되고 있는 양평/ 여주/ 이천 건축직공무원 체육대회에 양평 정동균군수님과 여주 이항진 시장님께서 오셨는데 이천시장이 없어서 빨리 오면 좋겠다는 전화가 왔다는 내용이었습니다. 카네기총동문체육대회 회장님께 이해를 구하고 죄송스런 마음으로 행사장을 빠져나와 건축직공무원 체육대회장으로 갔습니다.

이천에서 진행되는 거니까 양평/ 여주/ 이천 건축직공무원 체육대회에 제가 먼저 가서 양평군수님과 여주시장님을 맞이했어야 하는데 정말 죄송했습니다. 사실 두 분이 오시는 걸 몰랐거든요. 양평/ 여주/ 이천 건축직 공무원들은 다른 지자체 건축직 공무원들과는 달리 팔당상수원수계에 묶여 있는 지역이라는 이유로 특별법에 의한 건축규제가 따로 있기 때문에 서로 정보를 공유할 필요가 있어 11년 전부터 단합대회의 목적으로 해마다 서로 돌아가면서 체육대회를 개최하고 있다고 하네요. 감사합니다.

연합동문회 체육대회
평생학습축제 마지막 날
- 20181015 (월요일 아침)

어제 오전에는 제26회 이천시연합동문회 가족체육대회가 부발 종합운동장에서 열렸습니다. 이천시 연합동문회는 향토협의회와 함께 이천지역을 기반으로 하는 향토색이 강한 단체로서 지역의 주요현안이 있을 때마다 선두에서 리더역할을 적극적으로 수행해왔습니다. 감사합니다.

이천이라는 도시가 이제 양적으로 성장하는 단계에서 새롭게 이천으로 이사오시는 분들에게는 '폐쇄성이 강한 도시'라는 부정적인 평가를 받고 있는 것이 사실입니다. 그래서 어제 연합동문회 가족체육대회 격려사를 통해, 지역의 선배로서, 전체 시민의 대표로서 좀 더 활짝 열린 마음으로, 좀 더 포용하는 마음으로 이천발전을 이끌어 달라고 당부드렸습니다.

오후에는 이천시 평생학습축제 마지막 날을 함께 했습니다. 각 부스를 찾아 격려도 드리고, 시민들과 함께 춤도 추고, 노래도 불렀습니다. 이제 한글을 배우셔서 글짓기대회에 참가한 수백 명의 어르신들, 엄마 아빠 손잡고 소풍 나오듯이 축제장을 찾은 어린이들, 친구들과 어깨동무하고 신나게 웃어대는 청소년들, 함께 모여 갈고닦은 기량을 뽐내는 음악동아리, 춤동아리, 미술동아리, 체육동아리와 자신들의 업무와 관련된 활동을 통해 시민들께 즐거움을 드리기 위해 부스를 마련해 열심히 재능기부하는 많은 사회단체들, 축제의 처음부터 마지막까지 시민들과 관광객들이 신나게 즐기고 갈 수 있도록 준비하고, 챙기고, 도와주고 열심히 뛰어다니시는 주민자치위원분들, 공설운동장에서 온천공원 축제장까지 가두행진 퍼레이드에 참여하면서 함께 즐긴 사랑하는 이천시민들, 폐막식 때 멋진 시범공연을 보여준 이천시 특공무술시범단 관장님을 비롯한 단원분들, 폐막식 공연 때 연습도 안 한 저를 기꺼이 끼워주셔서 시민들 앞에서 함께 통기타공연을 할 수 있도록 배려해주신 증포동 G-sound 통기타동아리 이분순 회장님을 비롯한 회원님들, 너무 너무 수고 많으셨습니다.

클린이천 우수마을 시상식
설봉서원 추향제, 이천쌀축제행사
- 20181018 (목요일 아침)

　어제는 클린이천 우수마을 시상식을 집무실에서 가졌습니다. 이번이 2018년도 4번째 클린이천 우수마을 시상으로, 1년에 다섯 마을을 지정해 시상을 하니까 올해는 한번 더 클린이천 우수마을 시상이 남았습니다. 이장님과 부녀회장님이 참석하셨고, 마을을 위해 노력해주셔서 감사드렸습니다. 이웃하는 동네주민들과 사이가 좋아야 우리들의 삶이 행복할 수 있습니다. 그래서 행복한 마을공동체 만들기사업을 추진하고 있으니, 동네주민들이 함께 신나게 어깨동무할 수 있는 아이디어를 찾으시면 이천시가 적극 지원을 드리겠다고 말씀드렸습니다. 클린이천 우수마을 시상식 끝나고 부랴부랴 설봉서원으로 갔습니다.

설봉서원 추향제에서 초헌관 역할을 하기로 되어 있었네요. 추향제에서 초헌관으로 예를 갖추기 위해 전통의상으로 옷을 갈아 입었습니다. 사회자와 안내자의 지시에 따라 초헌관으로서의 역할을 제대로 하기 위해 노력했습니다. 우리 이천시민들이 살기좋은 도시, 이천을 만들 수 있도록 지혜와 용기를 달라고 기도드렸습니다. 추향제 행사가 생각보다 늦게 끝나 뛰어서 다음 행사장으로 갔습니다.

다음 행사장은 이천쌀문화축제의 하이라이트인 2000명 초대형 가마솥밥 행사장이 열리는 설봉공원. 수많은 시민들과 관광객들이 줄을 서서 기다리고 계시고, 조금만 늦으면 가마솥밥이 시커멓게 타버린다고 하는데, 차량은 막혀 앞으로 가질 못하니 차에서 내려서 뛰어가기로 마음 먹고 힘차게 뛰어갔습니다. 현장에 도착하니 수많은 관광객들이 줄을 서 계셨습니다.

사회자의 요청에 따라 간단히 인사말씀을 드리자 200kg의 가마솥 뚜껑이 열리는데 엄청난 하얀 김이 주변을 덮었습니다. 사회자의 지시에 따라 다른 세 분과 함께 숫가락이 아닌 '삽'으로 밥을 퍼서 대기 중인 커다란 그릇에 담아드렸습니다. 관광객들과 함께 2000명 가마솥밥으로 금방 담근 김치와 고추장을 넣어 비빔밥을 만들어 먹으니 그 맛이 꿀맛이네요. 2000명 가마솥밥 행사는 하루에 두 번씩, 매일매일 진행된다고 하니 꼭 오셔서 맛있는 이천쌀 비빔밥 꼬옥 드세요.

이어서 이천쌀문화축제 개막놀이 마당행사가 있었습니다. 형식적인 개막식이 아니라 산신령 분장을 한 남자와 조선시대 아낙네 분장을 한 여자가 구수하고 익살맞은 입담을 나누는 방식으로 축제개막식을 진행했습니다. 저도 축제추진위원회가 시키는대로 전통의상으로 갈아입고 행사장에 앉아있었습니다. 남녀 두 진행자가 주거니받거니 재미난 얘기를 나누다가 갑자기 "이천 고을 원님이 새로 부임했다는데 고을원님한테 이천의 자랑을 들어봅시다"고 하면서 마이크를 주시네요. 저는 "이천의 복숭아, 도자기, 쌀이 세계 최고의 품질을 자랑하고 있지만 그보다 더 멋진 이천시민들이 세계 최고라고 생각한다"해서 큰 박수를 받았네요.

개막놀이 마당행사 끝나고 임금님 진상마차행렬 퍼레이드에도 참여하고, 이어서 임금님표 이천햅쌀로 만드는 2000미터 무지개 가래떡 행사를 함께 했습니다. 2000미터 무지개 가래떡을 무사히 만들어 함께 하신 시민들, 관광객들과 나눠 먹었습니다.

잠시 파란 가을하늘을 올려다보니 잠자리들과 드론이 함께 춤을 추며, 이천쌀문화축제의 흥겨움에 흠뻑 빠진 우리들에게 박수를 보내주고 있었습니다. 축제장 이곳저곳을 둘러보는데, 전혀 지루하지 않고 눈도 즐겁고 맘도 신나고 참 행복하네요. 농협의 쌀판매부스를 찾아 인사드렸더니, 올해는 예년보다 훨씬 많은 관광객들이 오셨다고 좋아하시네요. 감사합니다. 축제장을 예쁘게 만들어 주신 이천시 화훼농가부스에도 들러 감사한 마음 주고받았습니다.

축제장 한 가운데에는 크지는 않지만 적당한 크기의 아직 추수하기 전 논의 모습을 만들어 놓았는데, 그곳에는 누런 벼와 허수아비, 옛날 탈곡기를 이용한 벼이삭털기, 볏짚새끼꼬기, 모내기체험을 즐기는 예쁜 어린이들이 있었습니다. 한쪽에는 이천에 거주하시는 다문화가족들이 자신들의 모국 요리사를 모셔서 이천쌀로 만든 요리경연대회를 하고 있었습니다. 이천의 다문화가족들이 소외감을 느끼지 않고 당당한 이천시민으로 살아갈 수 있도록 노력하겠습니다. 사랑합니다.

제1회 경기도민의 날 행사
- 20181019 (금요일 아침)

오늘 아침 눈을 뜨자마자 창문을 열어 날씨를 확인하고 있는 제 자신을 발견했습니다. 어제 오후 늦게 비가 내려 쌀문화축제장을 찾은 관광객들께서 제대로 즐기지 못하시겠다 걱정했는데, 오늘 일기가 신경이 많이 쓰였나 봅니다.

어제는 제1회 경기도민의날 행사에 참석하기 위해 행사가 열리는 동두천으로 갔습니다. 출발 전에 이천쌀문화축제 행사장 상황이 어떤지 궁금해 축제행사장에 잠깐 들렀습니다. 날씨도 더 좋았고, 관광객도 더 많았고, 사람들 표정도 더 즐거워 보였습니다. 그래서 감사했습니다. 경기도민의 날 행사는 동두천시 소재 동양대학교 운동장에서 열렸는데, 동양대학교는 미군반환공여지에 세워진 4년제 대학으로서 공무원사관학교로 알려져 있습니다. 경기도 각 지역에서 시장군수/시도의원/ 시민들께서 많이 참석했고, 그곳에서 우리 이천분들 만나니까 너무 반갑더라구요. '경기'라는 이름이 지어진 지 1,000년을 기념하고, 앞으로의 1,000년을 준비하기 위한 기념식으로서, 경기도민헌장 낭독, 경기도민상 수여, 비전선포식, 평화비둘기 날리기 행사가 있었습니다.

축제로 나가 있는 시간이 많은 날들
이천시 영어마을 운영위원회의
- 20181020 (토요일 아침)

　요즘 낮 시간에는 밖에 나가 있는 시간이 많습니다. 그렇다 보니 8시 30분쯤 출근하면 업무보고하려고 대기 중인 직원들이 많은데, 어제 아침에도 역시나 출근하자마자 대기 중인 직원들로부터 업무보고 받았습니다. 죄송하고 감사하고 그러네요. 업무보고 마치고 나서 지난 8월에 5급 사무관 승진한 직원분들이 6주동안 교육들어간다고 인사왔길래 잘 다녀오시라고, 많이 배워오시라고 격려와 당부 드렸습니다. 이어서 그저께 예산안 설명을 하지 못한 실과소로부터 2019년 예산안 설명을 들었습니다. 09시부터 12시까지. 그런데도 체육지원센터는 결국 못했네요. 날을 잡아 따로 해야겠네요.
　점심식사는 설봉공원 축제장에서 먹었습니다. 2,000명 가마솥밥에다 고추장에 들기름과 금방 담근 김치를 넣어 비빔밥을 만들어 먹었습니다. 먹어보지 못한 사람은 얼마나 맛있는지 알 수도 없을 거예요. 저 또한 얼마나 맛있는지 말로 설명할 수가 없네요. 축제장 이곳저곳을 들러보다 다문화가족들 부스에 들러 따뜻한 마음을 주고받았습니다. 최고품질의 이천쌀을 재료로 자기나라 요리를 만들어 선보이고 있었습니다. 시장 왔다고 반가워하고, 모자도 씌워주고, 옷도 입혀주면서, 팔짱 끼고 사진도 찍고, 격려인사 해달라면서 마이크도 주고, 너무나 감사했습니다.
　경기도의회 건설교통위원회 소속 도의원님들께서 쌀문화축제장을 찾아주셔서 인사드렸습니다. 제대로 인사를 드렸어야 하는데 3시 일정이 기다리고 있어 짧게 인사드릴 수밖에 없어 죄송했네요.

오후 3시에는 운영위원장으로서 시청 중회의실에서 이천시 영어마을 운영위원회의를 진행했습니다. 2019년도 사업계획안 및 예산안, 2018년도 추가경정예산안을 심의하는 운영위원회의 였습니다. 유네스코에서 위탁 받아 운영을 하고 있는데, 얼마나 절약운영을 하고 있으면 오히려 운영위원들이 예산이 부족하지 않느냐고 묻기도 했네요. 유네스코가 위탁운영하다 보니 전혀 수익적 측면은 고려하지 않고 있었고, 그래서 다른 시군의 영어마을보다 참가자들의 부담이 매우 저렴한 것을 알았습니다. 감사합니다.

저녁식사는 이천쌀문화축제에 즈음하여 이천을 방문한 미국 뉴멕시코주 센타페이시 대표단과 함께 했습니다. 미국 센타페이시는 유네스코 공예부문 창의도시로서 이천의 자매도시입니다. 그동안 이천의 크고 작은 행사 때마다 이천을 방문하셔서 축하해주시고, 미국에서 이천을 적극 홍보하신 공을 치하하는 의미에서 대표단 두 분을 명예이천시민으로 위촉하고 명예이천시민패를 드렸습니다.

한마음걷기대회와 영어원어민강사 발표회
- 20181021 (일요일 아침)

오늘 아침 6시부터 설봉산 한마음걷기대회가 있어 시민들과 함께 설봉산 정상까지 올라가서 "야호!" 한번 하고 내려왔네요. 이번 한마음걷기대회는 농협이천시지부가 중심이 되어 마련한 대회로서 이천쌀문화축제 마지막날 하게 되었네요. 오늘은 유승우 민선 초대시장님께서 한마음걷기대회에 참석해서 격려말씀도 해주셔서 남다른 의미가 있었습니다. 저는 이 자리에 유승우 전시장님께서 오셔서 참 좋으니, 다음에는 조병돈 전시장님도 모셔서 덕담을 듣도록 하겠다고 시민들께 말씀드렸습니다.

경기도 각 시군에서 영어 원어민강사로 활동하시는 선생님들께서 1000명 넘게 이천을 방문하셔서 인사드렸습니다. 이천아트홀에서 발표회도 하시고, 이천지역 및 지역문화를 체험하시며, 이천쌀문화축제 행사장에도 가셨는데, 저는 아트홀에서 인사드렸습니다. 외국인분들이라 영어로 인사말을 준비해서 읽으려고 했고, 팝송도 한곡 부르기로 했는데, 최성연 회장님이 인사말 하시는데 한국말로 하시면서 한국말 다 알아들으신다고 하셔서 많이 허탈(?)했네요. 굳이 발음도 안 좋은데 영어로 인사말을 할 필요는 없는 거 같아 저의 모국어로 환영사를 했습니다. 그런데 용기 내서 팝송을 부르는데, 오래전에 부르고 평소 잘 부르지 않다가 무대에서 악보를 보면서 부르다가 가사가 잘 안 보여 애먹었습니다. 그래도 저의 당황스럽고 속타는 심정을 원어민 강사님들께서 아시고 더 큰 박수를 보내주셔서 감사했습니다.

아동/청소년 행복심포지엄 개최
양정여고 2학년 학생들과의 대화
- 20181024 (수요일 아침)

얼마 전 우리 이천시청 소속 정구팀(단체)과 마라톤선수(개인)가 영광스런 1위를 달성했습니다. 그래서 선수들 및 감독님들과 함께 우승의 기쁨을 함께 나누고 감사한 마음도 전했습니다.

시청 대회의실에서 이천시 아동/청소년 행복심포지엄이 개최되었습니다. 2015년부터 2017년까지 3년동안 이천시 관내 초중고 학생들의 행복지수 조사를 해서 전공 교수님들을 중심으로 전문가들이 조사결과를 비교분석하고, 그 연구결과를 발표하는 토론회였습니다. 인사말을 한 후 1시간 30분 동안 발표를 지켜보면서 많이 느끼고 많이 배웠습니다. 여러 사회복지 분야들 중 청소년복지에 대한 이천시 예산비중이 많이 낮다는 발표에 미안한 마음이 많았습니다. 율면과 창전동에 있는 학생들의 행복지수가 상대적으로 낮다는 발표도 있었네요. 원인을 정확히 찾아내면 확실한 대책도 마련될 수 있다고 생각합니다. 이천시 아동들과 청소년들의 행복을 잘 챙기도록 하겠습니다.

이어서 양정여고 2학년 학생들과 약속이 있어 급히 집무실로 올라갔습니다. 여고 2학년 학생들이 수업과제와 관련해서 이천지역경제 활성화를 위해 대형마트나 프렌차이즈 업체가 아닌 소규모 사업장을 중심으로 서비스가 좋은 사업장을 선정했는데 이천시가 적극적으로 홍보해주면 좋겠다는 요청을 하는 당찬 친구들이었습니다. 저는 "그렇게 도와주고는 싶은데, 이천시가 그렇게 하면 공정하지 못하다는 평가를 받을 수 있지 않겠느냐? 시민들 세금으로 운영되는 이천시는 공정하게 업무집행을 해야 하니 깊이 고민해보겠다"고 답변드렸습니다. 헤어지면서 저는 학생들에게 "청소년들이 꼭 원하는데 이천에 없는 것, 만약에 이런 게 이천에 있다면 다른 곳에 있는 청소년들이 이천으로 몰려올 수 있는 것들을 제안해주면 고맙겠다"고 당부했습니다.

- 20181026 (금요일 아침)

어제는 2018년 자카르타 장애인아시안게임 볼링 국가대표 권민규 선수를 집무실로 초대해 함께 기뻐하는 시간을 가졌습니다. 2011년에 이천시청 소속으로 등록된 권민규 선수는 얼마 전에 마친 아시안게임에서 금메달 1개(2인조)와 은메달 2개(개인전 및 3인조)를 획득해 대한민국과 이천의 이름을 널리 알렸습니다. 축하드리고 감사합니다.

이어서 9시에는 중회의실에서 더불어민주당 이천지역위원회와 당정협의회의를 하였습니다. 이천시청에서는 국장님들과 예산공보담당관이 참석했고, 민주당에서는 김정수 위원장님과 시도의원님들께서 함께 자리하셨습니다. 얼마 전에 자유한국당 이천지역위원장인 송석준 국회의원님 및 보좌진들과 이천시 현안에 대해 회의를 하면서 서로 정보를 공유하고 협력하기로 한 것처럼, 이번에는 민주당 이천지역위원회와 서로 긴밀하게 협조하여 이천의 현안사업을 풀어나가기로 했습니다. 이천시는 각 정당의 지역위원회에 시정에 대한 브리핑과 함께 협조를 당부드리고, 지역위원회는 시민사회의 요구를 이천시에 전달하는 멋진 소통의 자리가 되었습니다. 앞으로 당정협의회를 정례화해야 하겠다고 다짐했습니다.

10시부터는 이천시의회 본회의가 열려 참석했는데, 민주당 소속 정종철 의원의 5분발언이 있었습니다. 요지는 SK하이닉스 M16공장 증설계획이 발표된 후 하이닉스 주변에 무분별하게 다세대주택이 늘어나고 있어 난개발이 우려되고 있고, 도시계획도로 및 주차시설 등 기반시설이 체계적으로 공급되지 못해 주민들 불편이 크다 따라서 이천시가 그에 대한 대책을 신속히 마련하라는 것입니다. 옳으신 말씀입니다. 미리미리 준비했어야 하는데 그렇지 못해 주민들께 불편을 드리고 있어 정말 죄송합니다. 하루속히 대책을 마련해서 주민들 불편이 없도록 최선을 다하겠습니다.

오후 1시 30분부터는 2019년 이천시공무원 조직개편에 대한 회의를 했습니다. 이와 관련하여 각 부서별로 신경이 예민한 상태에 있는 것도 잘 알고 있습니다. 하지만 이 문제가 아무리 힘들고 괴롭더라도 우리가 반드시 넘어야 할 산입니다. 새로운 조직개편의 가장 중요한 기준은 이천시민들에게 가장 효율적인 행정서비스를 제공할 수 있는 조직시스템을 만드는 것입니다. 힘들더라도 뜻을 함께 모아주시기 바랍니다.

이통장단연합회 임원단 방문
율면 사계축제 개막식
도란도란 토크콘서트 등
- 20181027 (토요일 아침)

어제는 이통장단연합회 임원분들과 집무실에서 차 한잔 하면서 얘기 좀 나눴습니다. 마을 부락별로 주민들과 가장 가까이 지내면서 민심을 가장 잘 아는 분들이 이통장님들이겠지요. 내년부터 이통장단 임원분들 해외 선진지견학 보조금지원이 어려워진다는 소식을 들으시고 시장한테 따져 물으시려고 오셨던 겁니다. 저는 "민간조직의 해외연수 등에 지자체가 보조금을 지원해주는 것에 감사원의 지적이 있었음"을 설명드리면서 이해를 구했습니다. 그리고 그동안 이천시가 민간단체에 지원해 오던 보조금 총액이 매년 수백억 원 규모에 달하고 있는 현실에서, 이제 더이상 감당할 수 없음을 시민여러분들과 민간단체에 솔직하게 고백하고, 새롭게 출발하고 싶다고 말씀드렸습니다. 참석하신 이통장단연합회 임원분들께서도 이천의 발전을 위해 함께 고민하고 지혜를 모아보자고 말씀하시면서 저의 고민을 공감해주셨습니다.

10시에는 이천시장배 그라운드 골프대회에 참석해 어르신들의 생각과 마음을 들었습니다. 어르신들께서는 그라운드골프 전용구장이 필요하다고 하시고, 그렇게 해드리고 싶었습니다. 다만 워낙 예산이 많이 소요되기 때문에, 우선 이천 관내 축구경기장 이용현황을 파악하고, 이용자들의 이용시간대를 조율해서 어르신들께서 그라운드골프를 즐기시는데 불편을 없도록 해야겠다고 생각했습니다.

10시 50분에 이천시민장학회 이사장 이취임식에 잠깐 들러 인사드리고, 율면 사계축제 개막식장으로 갔습니다. 11시에 개막식이 계획되어 있었기 때문에 기다리지 마시고, 계획된 시간에 맞춰 개막식을 시작하도록 당부드려놓고, 중부고속도로 남이천IC/ 일죽IC를 거쳐 율면 실내체육관에 도착하니 개막식이 한창 진행 중이었습니다. 도착하자마자 시민들께 감사한 마음, 열심히 일하는 마음, 시민들 행복하기를 바라는 마음을 담아 축사를 했습니다. 주민들께서 정성껏 준비하신 소고기무우국에 임금님표 이천쌀밥을 말아서 한 그릇 먹고 나니 기분이 참 좋았습니다. 비가 와서 축제를 준비하신 분들께서 많이 속상하시겠다 여겨졌네요.

오후 2시부터 '이천시내 주차문제 해소방안'에 대한 시민토론회 '도란도란 토크콘서트'가 예정되어 있어 율면에서 1시에 출발했습니다. 도란도란 토크콘서트는 시민들의 참가신청을 받아 진행되었는데, 신청없이 오신 분들도 있어 원탁테이블을 하나 더 마련했습니다. 100명이 훨씬 넘는 시민들께서 참석해서 분임토의 방식으로 진행했는데, 얼마나 진지하고 열띤 토론을 하시는지 정말정말 감사했습니다. 미처 생각하지 못했던 참신한 아이디어들이 마구마구 나왔습니다. 시민들께서 제안해주신 멋진 아이디어들을 최대한 이천시정에 반영하도록 하겠습니다. 시민들의 참여열기가 대단하니 곧바로 시민들로부터 다음 시민토론회 주제를 받아 제2회 도란도란 토크콘서트를 준비해야겠습니다.

워킹맘들의 김장페스티발 행사 참여
대월면 도예교실 흙토람 공방 방문
- 20181028 (일요일 아침)

토요일인 어제는 오전 10시 이천시 워킹맘들의 김장페스티발 행사가 있어 인사드렸네요. 점점 나아지고는 있다지만, 대한민국에서 여성으로 살아간다는 것이 많이 힘겹다고 합니다. 그래서 대한민국 엄마들의 남아선호 경향도 크다고 하고, 혹시나 딸을 낳으면 어쩌지 하는 걱정 때문에 아이출산도 주저한다는 연구결과도 있네요. 열심히 직장생활 하다가 출산/ 육아/ 보육 등으로 인해 직장을 그만 둠으로써 경력이 단절된 여성들이 다시 용기를 내어 직장생활을 시작했습니다.

이천시여성새로일하기센터가 경력단절여성들을 도와 직업상담/ 직업교육/ 취업지원 서비스를 제공해서 2018년 취업희망 워킹맘들의 45%가 새로 일할 수 있게 되었다고 합니다. 이천YMCA 문효군 이사장님과 이교선 이천여성새일센터장님, 고맙습니다. 이천새일센터에서 만난 워킹맘들이 어제 여성회관 앞마당에 모여 김장 담그기 행사를 벌였습니다.

잠시 시간을 내서 대월면 초지리에 있는 어르신들 도예교실 '흙토람 공방'에 다녀왔습니다. 국도비와 이천시 예산의 지원을 받아 2016년부터 시작된 흙토람공방사업이 잘 운영되고 있는지 살펴보려고 다녀왔습니다.

아미리 상가번영회 간담회
- 20181030(화요일 아침)

어제 오전에는 SK하이닉스 앞 아미리 상가번영회 회장님 및 임원분들과 간담회를 가졌습니다. 요즘 장사가 너무 안돼서 속상하다, SK하이닉스에서 M16공장을 회사 안에 있는 기존 출퇴근버스주차장 위치에 지으면서 버스주차장을 후문 쪽으로 옮기다보니, 정문 쪽에 있는 아미리 상가 사장님들 영업이 안된다는 말씀, 회사 측에 사내 셔틀버스 배차간격을 좁힐 수 있도록 부탁드리겠다고 말씀드렸습니다. 그렇지 않아도 주차장이 부족한데 기존에 유료주차장으로 사용하던 부지에 새로 주상복합건물이 들어오게 되어 주차문제가 더욱 심각해질 텐데 걱정이라고 하시고, 골목길 배수가 안 되는 문제, 가로등과 CCTV를 더 설치해야 한다는 말씀도 있었네요. 귀담아 듣고 현장에 나가 살펴보고 합리적 해결책을 마련하겠습니다.

2018년
11월

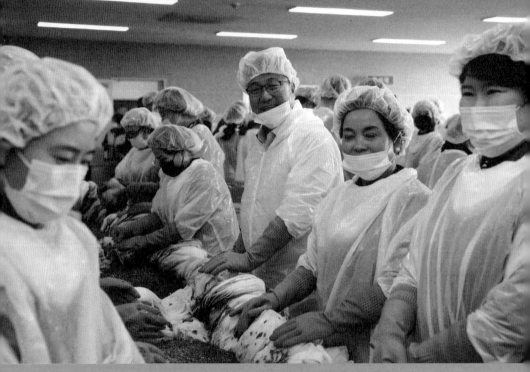

© 20181119 김장김치 나눔사업

어느 때든 우리들이 서로 사랑할 수 있어야

우리는 행복할 수 있습니다.

삶을 거부하면서 행복할 수 있는 사람은 없습니다.

삶을 수용할 때 누구든 행복할 수 있습니다.

삶을 수용한다는 것은

상대와 자신을 미워하지 않는다는 것을 의미합니다.

아일랜드 수도 더블린에서

- 20181101 (목요일 아침)

여기는 아일랜드의 수도 더블린의 외곽에 있는 레드카우 호텔입니다. 시차가 9시간 나는 이곳 아일랜드/ 스코틀랜드/ 잉글랜드로 해외 출장 중입니다. 여기가 지금 새벽 5시니까, 이천은 오후 2시쯤 되겠네요. 점심식사 맛있게 하셨죠?

어제는 아일랜드의 교육기술부(Department of Education and Skills) 소속 교육감(우리와 달리 선출직은 아닌 듯)과 관계공무원들로부터 아일랜드의 교육제도에 대해 강의도 듣고, 관공서 견학도 했습니다. 강의는 대체로 1) 아일랜드의 전반적인 교육제도, 2) 아일랜드 대학제도 혁신, 3) 아일랜드의 평생학습제도 등에 대한 내용이었습니다. 자신들의 교육제도 내지 교육정책에 대해 자긍심이 높은 걸 보면서 많이 반성되었네요. 아일랜드의 평생학습은 우리와 달리 대학에 진학하지 않는 청년들에게 기술을 가르치고 지도해주는 것이라고 합니다. 교육기술부 청사 앞 광장에 설치되어 있는 조형물이 인상적이었습니다. 무엇인가 정성스럽게 떠받히듯 손바닥이 하늘을 향한 오른손 모습의 조각작품, 강의도 잘 듣고, 청사견학도 잘 하고 나서 더블린 문화탐방을 했네요.

저녁에는 '더템플바거리'를 마구 걸어봤는데, 마침 할로인데이를 맞아 아일랜드의 청년들이 귀신마스크를 쓰고 다니면서 축제를 마음껏 즐기고 있었고, 여기저기서 폭죽 터지는 소리도 들리고 소박한 불꽃쇼도 보였구요. 더블린은 높은 건물들이 없어 하늘도 넓게 보였고, 모든 건물들이 매우 고풍스런 모습이었고, 거리 바닥도 천년만년까지 견디낼 수 있는 듬직한 화강암 대리석으로 아주 멋졌으며, 건물 하나 하나가 마치 조각작품이었고, 제 눈에는 예술작품이 아닌 건물이 하나도 없었습니다.

저녁 자유시간 내내 더블린의 밤거리를 걸었습니다. 더블린 시내를 흐르는 크지는 않지만 아름다운 '리피강'도 왔다갔다 건너고, 낮에는 기네스맥주 박물관을 견학했는데, 밤에는 커다란 하이네켄 빌딩 앞에 쭈욱 늘어선 청년들의 모습, 무슨 건물인지는 모르겠는데 너무나 멋져서 폼 잡고 사진도 찍었네요. 수백 년을 자란 플라타나스 가로수가 자신의 멋진 모습을 뽐내고 있는 것을 보면서 이천의 플라타나스 가로수들에게 그 기회를 주지 못했음을 비로소 알았고, 이천의 가로수들에게도, 이천시민들께도 미안한 마음이 들었습니다. 2층버스들이 수도 없이 많은데 제 눈에는 똑같은 모습은 하나도 없어 보였네요.

버스와 택시 그리고 자전거가 서로 비슷한 속도로 달리고 있는 것도 인상적이었고, 2층버스와 트램(도로 위 레일을 따라 움직이는 전동기차)이 함께 잘 어우러져 달리고 있는 모습도 너무나 인상적이네요. 매우 혼잡스러워 보였지만, 꼼꼼이 보니 보행자 우선의 신호체계가 잘 정비되어 있었고 일방통행도로가 많고, 양방향 도로인데도 황색 중앙선이 없는 것도 신기했네요. 높지 않으면서 고풍스런 건물들이 주는 매력에 푹 빠져있는데, 자세히 보면 샤시가 아닌 나무틀로 된 창문을 가진 건물들은 정부가 문화재로 지정하고 지원해주며 건물주가 함부로 수리를 못한다는 설명이 귀에 들어오네요. 트램 설치 비용도 좀 알아봐야겠고, 이천시내 교통체계도 다시 점검해 봐야겠고, 가로수도 멋지게 만드는 방법도 고민해야 하겠고, 이천시내도, 읍면동 소재지도 멋지게 단장하는 티에프팀이라도 구성하고 싶은 마음이네요.

해외연수 일정을 마치고 돌아오다

- 20181108 (목요일 아침)

전국평생학습도시협의회가 주최/주관한 10월 30일부터 11월 08일까지 8박 10일간의 평생학습도시 해외연수일정을 잘 마치고 이제 막 인천공항에 도착했음을 시민 여러분들께 보고드립니다. 전국의 시장/군수/구청장 12명을 포함해서 모두 52명의 공무원 및 평생학습사들이 참여했고, 우리 이천시에서는 저와 자치행정국장 그리고 평생학습과장이 다녀왔습니다.

그동안 아일랜드/ 스코틀랜드/ 잉글랜드 3개국 평생학습 관련기관을 공식방문해서 평생학습제도 및 현황, 그리고 각 기관의 커리큘럼 내지 프로그램에 대한 설명을 듣고 질문도 하고, 시설견학도 하고, 틈틈이 현지문화탐방도 했습니다. 더블린-밸파스트-에딘버러-윈더미어-맨체스터-옥스퍼드-런던을 순차로 방문해서 기관 공식방문일정을 숨가쁘게 소화하고 문화탐방 일정도 훌륭하게 해냈습니다.

첫날 더블린(아일랜드)에서 2박, 북아일랜드 밸파스트에서 1박, 스코틀랜드 에딘버러에서 1박, 잉글랜드 맨체스터에서 1박, 마지막 날 런던(잉글랜드)에서 3박.

태어나서 처음 가보는 유럽, 한눈에 보더라도 모든 도시들이 전통문화를 매우 중시하고 있다는 것을 알 수 있겠더라구요. 전통문화는 원한다고 해서 바로 만들 수도 없고, 오랜 시간 정성과 노력이 요구되는 일이라 전통을 중시, 보존하고 있는 유럽의 도시들이 많이 부러웠습니다.

더블린에서의 일정을 마치고, 북아일랜드의 '밸파스트'로 갔습니다. 한적한 항구도시였고, 유명하지만 슬픈 기억을 담은 '타이타닉'을 만

들어 진수식을 거행했던 조선소가 바로 밸파스트에 있다는 가이드의
설명에 따라서, 밸파스트성에서 저 멀리 있던 타이타닉호를 만들었다
는 그 조선소를 내려다 보던 기억, 낭만적인 밸파스트성에서 멀리 내
려다 보이는 밸파스트 시내의 아름다운 전경이 선합니다.

배를 타고 스코틀랜드로 갈 때 얼마나 부드럽게 항해를 하던지, 배
를 타고 있다기보다는 오히려 스케이트를 타고 대서양 바다 위를 미끄
러져 나가는 것처럼 느껴졌네요. 스코틀랜드의 수도 '에딘버러'의 모습
이 얼마나 아름답던지 오래오래 기억에 남을 거 같습니다. 저녁시간에
는 해리포터의 작가가 해리포터를 구상하며 들렀다는 카페에서 커피
한잔, 우리 돈으로 3만 원이나 되는 비싼 입장료를 내고 '에딘버러성'
에 올라가 내려다 본 에딘버러시티의 낭만적인 모습이 선합니다.

에딘버러에서 맨체스터로 가는 길에 들렀던 '윈더미어'라는 작은 도
시가 자꾸 생각나네요. 윈더미어 보우니스라는 호수마을에서 점심식
사를 했는데, 식당도 낭만적이었지만 마을전체가 편안하면서도 아주
매력적이었습니다. 개인적으로는 윈더미어 보우니스에서 하루밤 자
고 갔으면 하는 생각이 들었네요.

맨체스터시티는 프리미어리그로 유명한 도시입니다. 박지성 선수
덕분에 우리에게는 '맨유'가 더 익숙하고 유명하지만, 현지에서는 '맨시
티'가 더 유명하다고 하네요. '맨유 스테디움'에 들러 기념품도 좀 사고,
퍼거슨 감독 동상 앞에서 사진도 찍고, 맨체스터 시청사도 들르고, 한
국전쟁 참전 무명용사 추모비가 있어 함께 묵념행사도 가졌습니다.

다음은 '옥스퍼드시티'였는데 유명한 옥스퍼드 대학가를 찾아 주변
도 둘러보고 대학강의실 건물도 구경했네요. 수많은 세계적인 인물들
이 다니던 대학이라 그런지 아주 멋졌습니다. 우리 이천에도 그런 대
학이 있으면 참 좋겠다는 생각도 들었구요.

마지막으로 들렀던 곳은 잉글랜드의 수도 런던, 런던에서의 3일은 공식 기관방문 수업일정도 너무 빡빡했고, 그동안 누적되었던 피로까지 겹쳐 많이 힘들었네요. 그렇지만 런던의 매력에 푹 빠졌었습니다. 런던에서의 마지막 날이자, 이번 해외연수의 마지막 날인 6일 밤에는 템즈강가의 낭만적인 식당에서 식사를 하고, 런던의 명동거리인 '피카디리 거리'로 나갔습니다. 'yori'라는 상호의 한식당에 들러 두부김치에 소주도 한잔하고 런던 청년들의 버스킹 거리공연에 흠뻑 취했었네요.

이천외식업지부 임원들과의 간담회
- 20181113 (화요일 아침)

어제는 이천시 외식업지부 회장님과 임원분들을 집무실로 모셔 애로사항을 들었습니다. 가뜩이나 나쁜 경제상황에다 최저임금 인상까지 겹치니, 영세자영업자들이 정말 너무너무 힘들다, 대책을 세워달라고 하셨네요. 개인적으로는 소득주도성장정책의 기조가 맞다고 생각합니다. 다만 최저임금인상에 따른 영세자영업자들의 피해를 최소화시키는 보완책이 부족했지 않았나 반성해봅니다.

시내 식당영업 좀 잘 되게 점심식사 시간과 저녁식사 시간에 주차단속을 완화했으면 좋겠다고 말씀하셨네요. 얼마나 식당영업이 안 되면 저렇게 이야기를 하실까 생각했습니다. 교통이 너무 혼잡하니 주차단속을 확실하게 해달라는 시민들도 많은 상황에서 어느 선택이 지혜로운 결정일지 심사숙고해서 결정해야 하겠습니다.

1주일에 하루 정도는 공무원들이 구내식당이 아니라 밖에서 식사를 하도록 해달라는 요청도 있었구요. 우선 현 구내식당 수탁사업자에게 이해를 구해서 그렇게 하도록 노력하고, 다음에 구내식당 위탁운영계약을 체결할 때에는, 아예 1주일에 하루는 밖에서 식사하는 것을 전제로 주4일 구내식당 운영조항을 넣어야겠다고 생각해봤습니다.

증포동 보건소에 치매안심센터 개막
- 20181114 (수요일 아침)

어제 드디어 이천에 치매안심센터가 문을 열었습니다. 증포동 소재 보건소건물 2층에 치매안심센터를 마련했습니다. 내년에는 장호원과 마장면에 추가로 치매안심센터를 마련할 계획입니다. 그동안 치매안심센터 개소를 위해 노력해주신 보건소장님과 직원여러분들 너무 수고하셨고, 감사합니다.

그동안 오랜 준비를 통해 드디어 제4기 지역사회보장계획안이 확정되었습니다. 열심히 준비해주신 모든 분들, 너무너무 고생 많으셨고 감사합니다. 지역사회보장계획에 대한 최종 승인이 이루어진 후에도 실제로 실천해봐서 시민들로부터 박수를 받는 사업들은 더욱 강화시키고, 부족한 사업들은 계속해서 보완해나가도록 하겠습니다.

청소년관련 토론 콘서트
뻔뻔한(fun fun한) 클래식 공연
- 20181115 (목요일 아침)

어제 CGV영화관 한 칸을 빌려 이천의 중고교 학생들과 함께 학생들의 행복을 위한 청소년 정책 관련 토크콘서트 행사를 가졌습니다. 우리 이천의 청소년들, 정말 당차고, 똑똑하고, 멋진 친구들이었습니다. 청소년들과 함께 학교 밖 청소년에 대한 정책, 4차산업혁명시대를 준비하는 과학축제, 청소년들이 안심하고 걸을 수 있는 거리, 청소년 놀이문화 공간, 청소년의 정책참여 등에 대해 2시간 동안 진지하고 재미있게 토론을 했습니다.

저녁시간에는 이천아트홀 소공연장에서 육군항공작전사령부와 이천시 그리고 이천시민들이 함께 뻔뻔한(fun fun한) 클래식 공연을 즐기는 시간을 가졌습니다. 여성 1명과 남성 4명의 성악가들이 1시간 반 넘게 재밌게 풀어가는 클래식 공연, 참 재밌게 즐겼습니다. 이천은 육군항공작전사령부외에도 특전사령부와 육군 7군단사령부가 위치하고 있어 육군수뇌부가 시민을 지켜주고 있는 안전한 도시입니다. 앞으로 민관군이 서로 화합하고 협력해서 모두가 더불어 행복한 대한민국, 이천을 만들어 갔으면 좋겠습니다.

수능시험장을 찾아 격려와 응원
부서별 2019년 업무계획에 대한 보고
- 20181116 (금요일 아침)

어제는 부모님과 아침식사를 못하고 7시에 출근했습니다. 수험생들과 학부모님들 격려하기 위해 이천관내 수능시험장을 찾아 격려와 응원을 드렸습니다. 일찍 서둘러 시작했지만, 물리적인 시간이 부족해 모두 여섯 곳의 수험장 중에서 양정여고/ 이천고/ 이현고/ 이천제일고 등 네 곳을 들렀습니다. 응원 나온 후배학생들이 수능시험 잘 보라고 응원나왔길래 격려차 인사하는데, 학생들이 "시장님, 어제 청소년 행복콘서트에서 봤어요. 노래 잘 하시던데요. 청소년정책 잘 만들어 주세요!"라고 하네요. 알겠습니다. 그렇게 하겠습니다.

어제 오전 내내 부서별 2019년 업무계획에 대해 보고를 받았습니다. 시민 여러분들의 피와 같은 세금이 허투루 쓰이지 않도록 점검하고 또 점검하겠습니다. 시민 여러분들께서 이천에 계속 살고 싶은 마음이 들 수 있도록 내년도 업무계획 잘 세우겠습니다. 좀더 신중하게 계획하고, 좀더 주도면밀하게 집행해야 하는 사업들이 많이 있습니다. 더 챙기겠습니다.

K3리그 챔피언 결정전 결승 진출
임금님표 이천쌀배 전국배드민턴대회
- 20181119 (월요일 아침)

2018 K3리그 챔피언 결정전에는 이천시민축구단과 경주시민축구단이 올랐습니다. 우리 이천시민축구단은 구단창설 후 처음으로 결승전에 올랐으며, 경주시민축구단은 결승전에 여러 번 올랐고 우승도 두 번이나 한 팀입니다. 2회 우승을 했던 팀이 한 번 더 우승하는 것보다 이천시민축구단이 강력한 우승후보를 이기고 첫우승을 하는 것이 훨씬 더 감동이 클 거 같습니다. 이천에서의 1차전은 0:0 무승부, 24일 경주에서의 2차전 승부에 따라 챔피언이 결정된다고 합니다. 우리 이천시민축구단의 첫 우승을 위해 시민 여러분들의 힘찬 응원을 기대합니다.

일요일 임금님표 이천쌀배 전국배드민턴대회에는 멀리 제주에서도 참가했습니다. 이번 배드민턴대회에 참가하기 위해 이천에 오신 다른 지역 선수들께서 좋은 성적, 멋진 추억 만들어 가셨기를 바랍니다.

2019년 업무보고계획을 마치다
- 20181120 (화요일 아침)

2019년 업무계획보고는 어제로 마쳤습니다. 마지막으로 보건소와 청소년육성재단으로부터 업무보고가 있었네요. 보건소와 청소년육성재단이 시민들의 안정되고 행복한 삶을 위해 새롭게 준비하는 사업에 대한 보고를 듣고 있는데 기분이 참 좋습니다.

어제 오후에는 이마트후레쉬센터에서 이천의 기관단체장님들과 함께 소외계층을 위한 김장봉사를 했습니다. 우리 대한민국사회에서 성공한 사람이 박수받고 존경받을 수 있을까? 아직까지는 성공한 사람이 부럽기는 하지만 존경받지는 못하고 있는 거 같습니다. 성공한 사람들이 박수받을 수 있으려면 우리 사회가 어떠한 노력을 해야 할까? 생각하면서 김장봉사를 했습니다. 민원관련해서 이해관계 당사자들을 만나거나 관련부서로부터 업무보고를 받으면 서로 다른 이야기들을 하는데 어느 것이 진실일까 궁금합니다.

이통장단 직무역량강화교육
이천향교 기로연 행사
- 20181121 (수요일 아침)

어제는 이통장단 직무역량강화교육이 가산리에 있는 혜지움연수원에서 있었는데, 연수원강당이 꽉 찰 정도로 많은 이통장님들께서 참석하셔서서 마음이 든든하고 보기 좋았습니다. 이통장님들은 공무원과 마을주민들 사이에서 다리 역할을 하시는 분들로서 건강한 이천, 행복한 시민을 만드는데 가장 중요한 분들입니다. 410명의 이통장님들과 행복한 마을공동체를 꼭 만들어 시민 여러분들을 행복하게 모시겠습니다.

이천향교가 주관하는 '기로연'은 과거에 임금이 70세가 넘으신 어르신들을 모셔 베풀었던 경로잔치를 재현한 것입니다. 시도의원님들은 물론이고 경찰서장님께서도 자리를 함께 해주셔서 자리가 더욱 빛났던 거 같습니다. 다만 행사를 주재하셔야 할 이천향교 최상권 전교님께서 모친상(102세)을 당하셔서 부득이 참석을 못하신 점이 많이 안타까웠습니다. 참석하신 모든 분들께서 최상권 전교님의 슬픔을 함께 나눴습니다.

아름다운 이천을 만들기 위하여
- 20181122 (목요일 아침)

어제 설봉공원 주차장 매점 앞에서 매 주말에 직거래장터를 열어 직접 농사지으신 농산물을 판매하신 분들께서 수익금 중 일부를 행복한 동행사업에 기부하셨습니다. 감사합니다. 고맙습니다. 일전에 이런저런 문제점이 지적되었기에 행복한 동행사업 기탁금이 이천지역의 시설과 소외계층에 골고루 보내질 수 있도록 업무지시를 해놓았습니다.

예스파크, 설봉공원, 성호호수, 이천시내 거리, 읍·면사무소 소재지 거리, 전통부락마을 등을 아름답게 만들어 지역경제 발전을 도모하려는 노력을 하고 있습니다. 많은 아이디어를 공유했고, 이달 말에 밴치마킹도 함께 가기로 했습니다. 아름다운 이천, 꼭 만들어 내겠습니다.

SK하이닉스 대외협력실장님을 만나 M16공장 증설과정이 원만히 이루어질 수 있도록 회사, 시청, 시민사회의 조정기구를 설치하기로 말씀을 나눴습니다. 기업과 시민사회가 서로 의지하고 협력할 때 기업도 시민사회도, 모두 지속발전이 가능한 건강한 사회가 되리라는 생각입니다.

어제부터 설봉서원에서 이천시공무원들 자신을 다스리고, 시민들을 사랑하는 힘을 키우기 위한 3개월 코스의 명상프로그램을 시작했습니다. 부디 수신의 내공을 잘 다져서 시민들을 사랑하는 멋진 행정을 펼쳐주시기를 기원합니다.

이천쌀문화축제 평가보고회의 주재
- 20181123 (금요일 아침)

어제는 이천쌀문화축제 준비위원들을 모시고 농업기술센터에서 2018년 쌀문화축제 평가보고회의를 주재했습니다. 6년 연속 대한민국 최우수축제로 인정받을 수 있도록 최선을 다해 축제를 준비해주신 공직자분들과 시민여러분들 정말 감사합니다. 2019년 쌀문화축제 개최시기, 개최장소에 대한 토론도 했습니다. 농민들 추수 다 끝나고 10월 네째 주에 하자는 의견, 시기가 늦으면 날씨가 추워져 관광객들이 적으니 10월 세째 주에 하자는 의견, 설봉공원은 주차문제가 심각하니 구만리뜰에서 하자는 의견, 주차문제 보완해서 그대로 설봉공원에서 하자는 의견, 축제장 먹거리장터 활성화가 필요하다는 의견, 밤까지 축제장에 사람들이 북적일 수 있도록 하자는 의견 등등. 소중한 의견 잘 반영해서 내년에는 대한민국 대표축제가 될수 있도록 최선을 다하겠습니다.

지역치안협의회의를 진행하다
- 20181124 (토요일 아침)

올 들어 첫눈이 내리고 있습니다. 첫눈치고 무척 많은 눈이네요. 이천시가 보유하고 있는 제설차량 7대와 개인소유 제설차량 16대를 풀가동해서 제설작업을 하고 있습니다. 그럼에도 시민여러분들 보시기엔 더디게 보일 수도 있습니다. 더 노력하겠습니다. 만전을 기하도록 하겠습니다.

어제는 지역치안협의회의가 이천경찰서에서 진행되었는데, 제가 의장으로서 인사드리는 자리였습니다. 이천시청, 이천경찰서, 이천소방서, 이천교육청 등 공무원조직과 농협시지부 및 이천상공회의소 그리고 여러 시민사회단체가 함께 협의체를 구성해서 이천시민들의 안전한 생활을 위한 치안정책을 협의하는 회의입니다. 지역치안협의회의 의장은 시장이니까 이천시청에서 준비하는 게 도리인데, 이번에는 이천경찰서에서 멋지게 준비해 주셨습니다. 진심으로 감사드립니다. 내년에는 이천시가 주관해서 시청 회의실에서 위원님들 모시고 정성껏 회의를 준비하겠습니다.

자원봉사자 2018년 사업평가보고 및 기념대회는 아트홀 소공연장에서 열렸습니다. 1년 동안의 땀과 노력이 담겨있는 멋진 동영상도 잘 봤구요. 모든 봉사자들의 노력과 수고를 모아서 몇 분의 대표봉사자들께서 표창을 받으셨지요. 진심으로 축하드립니다. 노동할 때는 힘들지만, 봉사할 때는 행복합니다. 노동은 돈이 목적이고, 봉사는 봉사가 목적이기 때문입니다. 지금 하고 있는 바로 이 일이 '목적'이 되어야만 우리는 행복할 수 있습니다. 지금 하고 있는 이 일이 목적이 아니라 '수단'일 때에는 일할 때는 힘들고 그 '목적'이 달성될 때만 행복하게 됩니다.

적절하지 못했던 제설작업에 대한 사과
- 20181125 (일요일 아침)

어제 내린 첫눈에 적절한 제설작업을 하지 못해 큰 불편을 드렸습니다. 진심으로 죄송합니다. 우리 이천시는 겨울철 눈이 올 때 안전운행을 위해서 언덕길과 같은 위험한 구간에 대해서는 컴퓨터를 이용해서 원격으로 제설제가 뿌려지도록 용역계약이 체결되어 있습니다. 그리고 지난 10월경 제가 안전총괄과 직원들과 함께 직접 현장에 나가서 용역사 대표와 원격제설작업이 제대로 작동되는지? 시험운행도 해서 이상 없음을 확인했습니다. 그런데 공교롭게도 어제 첫눈이 오는 상황에서 용역업체 컴퓨터 서버가 다운되었고, 신속하게 수습이 안 되었으며, 적설량도 많아서 이천시공무원들이 제설차량을 이용해서 수동으로 위험지역부터 제설작업을 하게 되었습니다.

이천시가 보유하고 있는 제설차량뿐만 아니라 개인 보유 제설차량까지 임차해서 제설작업에 최선을 다했으나, 위와 같은 사정으로 인해 자동으로 제설작업이 이뤄져야 할 위험지역부터 수동으로 제설작업을 하다보니 교통량이 많은 시내의 제설작업이 늦어져 시내 곳곳에 교통정체가 심해 시민들께서 많은 불편을 겪었습니다. 다시한번 진심으로 죄송합니다.

팔당상수원의 상류인 복하천 청소
이천시 청소년육성재단 종사자분 워크숍
- 20181127 (화요일 아침)

팔당상수원은 2,500만 명 수도권주민들의 생명수입니다. 어제 팔당상수원 수계에 묶여있는 7개시군 주민들이 함께 모여 팔당상수원의 상류인 복하천 청소를 했습니다. 이처럼 팔당상수원 수질보호를 위해 7개시군 주민들이 열심히 노력하고 있는바, 우리들의 노력이 헛되지 않도록 정당한 보상이 이뤄져야 한다고 인사말을 해서 큰 박수를 받았습니다. 나정균 한강유역청장님께서 자리를 함께 하셔서 우리들의 노력을 보셨으니 정당한 평가가 있으리라 생각합니다. 이천시민들이 평소 복하천 청소를 잘하고 있어서 쓰레기가 매우 적었습니다. 한강유역청장님과 각 지역 주민대표들께서도 복하천의 평소 청소상태가 양호한 것을 보고 긍정적인 느낌을 받으셨으리라 생각합니다.

강원도 평창 소재 청소년수련시설에서 이천시 청소년육성재단 종사자분들 워크숍이 있어 격려차 다녀왔습니다. 재단이 설립되고 워크숍을 처음 왔다는 얘기를 듣고 죄송한 마음이 들었네요. 리더십에 대한 짧은 강연요청이 있어, 리더가 갖춰야 하는 덕목 중 가장 중요한 것이 '사랑'이라고 말씀드렸습니다. 상대를 사랑하는 마음이 부족하면 지식, 정보력, 경험, 학력 등 다른 덕목이 충분하더라도 진정한 리더로서 존경받을 수는 없을 거라는 생각입니다.

광역소각장 문제 해결과
전국규모의 드론경기대회 계획
- 20181129 (목요일 아침)

어제는 동부광역소각장을 수탁운영하고 있는 동부건설 대표이사님과 소장님을 집무실로 모셔 다른 곳에 있는 광역소각장 운영과 우리 광역소각장 운영을 비교해서 설명도 듣고, 호법면 주민들의 불편은 없는지, 특히 안평3리 주민들의 민원은 없는지, 지난해 소각장화재 시 대처는 적절했는지 등의 얘기를 나눴습니다.

한편 이웃 광주시에 설치하려는 광역소각장 문제로 신둔면 주민들의 걱정이 많습니다. 광주시장님, 하남시장님과 잘 협의해서 지혜로운 대안을 마련해야겠다고 다짐하고 있습니다.

요즘 많은 사람들이 4차산업혁명시대를 이야기합니다. 그 중에 하나가 바로 '드론산업'입니다. 우리 이천을 '드론의 메카'로 만들어 전국규모의 각종 드론경기대회를 이천에서 개최할 수 있으면 지역경제 활성화에 큰 도움이 되겠다는 생각입니다. 그래서 아세아항공 직업전문학교 이사장님을 뵙고, 이천에 드론 국가자격증 시험장을 설치하는 사업, 부발 종합운동장에서 전국 드론경기대회를 개최하는 사업, 이천관내 학생들과 시민들 드론교육장 설치하는 사업 등에 대해 말씀을 나눴습니다. 잘 준비해보겠습니다.

2018년
12월

내일만을 준비하면서 오늘을 보내게 되면,

오늘을 제대로 즐길 수 없을 뿐더러

제대로 된 내일도 준비할 수 없다고 합니다.

오늘은 어제의 내일이기에 오늘을 즐겨야

내일도 즐길 수 있다는 거지요.

오늘을 즐길 수 있는 지혜를 배울 수 있었으면 합니다.

ⓒ 20181202 크리스마스트리 점등식

분수대오거리 성탄트리 점등식 행사

- 20181203 (월요일 아침)

주말에 부모님과 함께 살고 있는 저희 집에는 늦은 김장을 담그느라 손님들이 북적북적했습니다. 김장 담그며 나누는 얘기들 속에 사랑과 행복이 들어있더라구요. 사랑이 행복입니다. 오늘 아침식사 하는데 아버님이 안 보이시네요. 어머님께 여쭤보니 친구분들과 함께 여행 다녀오신다고 아침 일찍 출발하셨다고 합니다. 그러고 보니 제 손으로 용돈 드린 지가 한참 된 듯합니다. 오시면 드려야겠습니다.

어제는 이천전철역과 분수대오거리에서 성탄트리 점등식 행사가 있어 참석했습니다. 시민들께서 가장 많이 통행하는 장소인 이천전철역과 분수대오거리에 인류의 구원을 위해 이 땅에 오신 아기 예수님의 탄생을 경배드리는 성탄트리를 설치했습니다. 이곳을 지나는 모든 분들께서 성탄의 축복과 은혜가 충만하시길 기원드립니다. 특히 분수대오거리는 제가 오랜 선거운동을 하는 동안 아침마다 시민 여러분들께 출근인사드리던 자리입니다. 매일 아침마다 "오늘도 행복하세요" 하면서 인사를 드렸고, 그러면 제 마음이 행복해지는 걸 느꼈습니다.

사랑이 행복입니다. 한 주가 시작되는 월요일, 많이 사랑하셔서 행복하시길 기원합니다.

즉석밥 제조판매하는 사업의 MOU를 체결

- 20181204 (화요일 아침)

어제는 이천시의회 2018년도 2차 정례회를 맞아 시의원님들께 2019년도 이천시의 계획을 시정연설 형식으로 말씀드렸습니다. 2019년도 이천시의 사업을 계획하고 그에 필요한 예산안을 마련해서 시의원님들의 동의와 허락을 구하는 단계입니다. 시민 여러분들의 피와 같은 세금을 시민들의 삶의 질 향상과 행복지수를 높이는데 잘 사용하겠습니다. 혹시나 저를 비롯한 이천시 공무원들이 간과하여 놓친 부분이 있으면 바로잡아 주시고, 그렇지 않다면 내년도에 이천시가 시민들을 위해 힘차게 일할 수 있도록 시의원님들께서 동의해 주시기 바랍니다.

오후에는 장호원, 설성, 율면 3개 농협이 하나의 쌀조합법인을 만들어 주식회사 텝스푸드 시스템과 즉석밥을 제조판매하는 사업에 대한 MOU를 체결하는 행사에 참석했습니다. 세 개 농협이 1년에 약 15000톤의 쌀을 생산하는데, 그 중 최소 약 4000톤의 쌀을 이용해서 즉석밥을 만들어 판매하는 사업입니다. 이천의 쌀농가로서는 안정적인 소득을 기대할 수 있고, 소비자들은 고품질의 이천쌀로 만든 즉석밥을 드실 수 있어 생산자와 소비자 모두에게 유익한 사업이 되리라 생각합니다.

오후 4시경에는 이천시청 2층 로비에서 나눔과 기쁨 푸드뱅크 모금 활동 발대식이 있어 인사드렸습니다. 복지 사각지대에 놓여있는 분들을 위해 노력하는 단체로서 연말 모금행사를 시청에서부터 시작하게 되었고 기꺼이 참석해서 응원드렸습니다.

미세먼지를 줄이기 위한 방안
- 20181205(수요일 아침)

어제는 12월 월례조회로 하루를 시작했습니다. 생각해보니, 전임 시장님의 멋진 퇴임을 도와드리기 위해 6개월, 신임 시장의 새로운 시작을 준비하기 위해 6개월, 참으로 힘들고 불안한 1년을 보내셨을 우리 이천시 공직자분들입니다. '어떻게 해야 이천시민들께서 이천에 계속 살고 싶으실까?'를 주제로 분임토의 및 발표를 하는 월례조회를 가졌습니다. 이어서 14개 읍면동장님들과의 회의를 했습니다. 읍면동 장님들이 주민들과 소통을 잘 하고, 무엇때문에 시민들이 불편한지, 찾아가서 묻는 적극적인 행정을 하는 것이 무엇보다 중요합니다. 잘 해 주시리라 믿습니다.

오후에는 미세먼지 저감대책 관련해서 용역사로부터 보고를 듣고 토의도 했습니다. 최근 우리 시민여러분들의 실생활을 가장 불안하게 하는 것 중의 하나가 바로 미세먼지 문제가 아닐까 생각합니다. 지자체의 노력으로 해당 시군의 미세먼지의 농도가 많이 달라질 수 있으니 우리 이천시도 최선을 다하겠습니다. 미세먼지의 직접적인 원인과 간접적인 원인에 대해 배울 수 있었고, 원인별로 대응책을 달리해야 하겠다는 생각도 했구요. 미세먼지를 줄이기 위한 시스템을 구축하고 계도와 단속을 병행해서 이천의 하늘을 맑게 만들겠습니다.

하수처리시설 설치장소 간담회
이천테크노벨리 조성사업 용역 최종보고 등
- 20181207 (금요일 아침)

어제는 하수처리시설 설치장소 문제로 부발읍 산촌리 이장님과 노인회장님 등과 미팅을 가졌습니다. 지역사회에 꼭 필요한 시설이지만, 해당 지역 주민들이 원치 않는 시설을 부득이 설치할 수밖에 없는 경우에는, 그 마을에 충분한 혜택을 주는 것이 마땅하고 그렇게 하겠다고 말씀드렸습니다.

이천테크노벨리 조성사업관련 용역사로부터 최종보고를 받았습니다. 최종보고서의 내용을 참고로 해서 멋지고 내실있는 이천테크노벨리를 만들어보겠습니다.

저녁에는 송년회 행사가 3개나 있었습니다. 2018년 한해 동안 상대를 사랑하는 마음으로 봉사하거나 근무해 온 활동을 되돌아보면서 그 마음과 활동에 대해 다시 감사의 마음으로 보답드리는 자리였습니다. 한해 동안 사랑을 실천해오신 것에 진심으로 감사드립니다.

주차공간 수급실태 보고
신둔농협 예스파크지점 준공식
- 20181208 (토요일 아침)

이번 주말은 엄청 춥겠네요. 어제는 올겨울 들어 제일 추운 날이었구요. 갑자기 추워진 날씨에 밖에서 좀 떨었더니 저녁에 머리가 지끈지끈 아프더라구요. 옷 단단히 입으시고 주말 보내시깁니다. 먼저 남천공원과 공설운동장에 주차타워를 설치하려고 예산을 세웠다는 보고를 드립니다.

어제는 용역사로부터 이천시 주차공간 수급 실태조사 결과보고를 받았습니다. 모든 시군이 똑같이 당면하고 있는 심각한 고민거리 중의 하나가 바로 주차문제입니다. 우리 이천은 다른 시군보다도 주차문제가 좀 더 심각하기 때문에 시민들의 불편은 더 큽니다. 하루빨리 해결해야 합니다.

용역사의 보고는 개략적으로 다음과 같습니다. 1)주차장 총공급이 총수요보다는 많다. 2)시간에 따라 주차수요가 몰리는 지역의 주차문제가 심각하다. 3)시내 외곽 주차장은 여유가 있는데, 시내 중앙에 불법주정차가 많다. 4)좁은 공간에 주차타워를 설치할 수 있는 공법이 있다.

용역사의 보고를 듣고 토의를 하면서 생각했습니다. 1) 다양한 방식으로 시내 중심에 주차장 공급을 늘리자. 2) 시민들의 시내 외곽주차장 이용에 불편이 없도록 쉬지않고 운행되는 무료셔틀버스와 인센티브를 제공하여 외곽주차장 이용을 유도하면 좋겠다. 3) 시내 중심 주차장 이용요금은 올리고, 불법 주정차 단속은 강화해서 시내 중심부의 교통흐름을 빠르게 하는 것이 필요하다.

신둔농협 예스파크(도자예술마을)지점 준공식에 참석해서 축하인사드렸습니다. 도자예술마을 대공연장에서 행사를 했는데, 추워서 죽는(?) 줄 알았습니다. 신둔농협 예스파크지점의 성공은 도자예술마을에 사람들이 많이 몰려들어야 가능한 일입니다. 그동안 이천시에서 막대한 예산을 투입해서 도자예술마을을 조성했습니다. 앞으로 이천시는 도자예술마을을 명품관광지로 만들 계획입니다. 다만 주민들께서 감당해야 하는 부분은 주민 스스로 적극적으로 해결해야 하고, 이천시는 공공적인 부분에 집중해서 지원할 것입니다.

신둔농협도 지점사업의 성공을 위해서는 예스파크 활성화를 위한 투자를 해야 할 것입니다. 이천시는 주민들께서 행복한 마을을 만들기 위해 스스로 적극적으로 노력하려는 마을을 찾아 적극 지원을 하려고 합니다.

귀농한 30대 청년 농업인들을 만남
이천지역사회협의체 보고회
14개 주민자치위원장과 평생교육사 워크샵
- 20181211 (화요일 아침)

어제는 우리 이천에 귀농하여 열심히 노력하고 있는 30대 청년농업인들을 만나 이야기를 나눴습니다. 자신들이 살고 있는 마을을 행복한 마을로 만들겠다는 열정으로 깊이 연구하고 정보를 서로 공유하면서 살아가고 있는 멋진 청년들이었습니다. 이야기를 나누다가 이런 청년들이 이천의 410개 마을마다 1명씩 있으면 이천의 모든 마을들이 행복해질 수 있겠다는 생각이 들었습니다. 앞으로 이천의 행복한 마을공동체를 만드는 노력을 함께 할 청년들이 많이 찾아줄 것을 당부드렸습니다.

금강웨딩홀에서 (이천)지역사회보장협의체 2018년 활동보고회가 있어 인사드렸습니다. 2019년부터 2022년까지 4년간의 이천지역사회보장계획이 얼마 전에 수립되었고, 그 과정에 열심히 노력하신 분들이 한자리에 모여 서로 격려하고 함께 파이팅을 외치는 자리였습니다. 우리 이천시민들 모두가 이천시라고 하는 하나의 공동체의 구성원으로서 소외감을 느끼지 않고 살아갈 수 있는 사회안전망을 꼼꼼히 만들고 실천하는 이천지역 사회보장협의체 활동가분들입니다. 감사합니다. 고맙습니다.

저녁에는 14개 읍면동 주민자치위원장님들과 평생교육사님들 그리고 읍면동장님들이 함께 장호원읍 어석리 소재 동원 리더스아카데미에서 워크숍을 하고 계셔 다녀왔습니다. 지방자치의 꽃은 주민자치입니다. 정치권력과 행정권력이 커질수록 시민들이 행복해지기는 더 힘들다는 의미에서 중앙집권이 아닌 지방자치 내지 지방분권을 지지합니다. 이제 주민자치(위원)회에 실질적인 자치의사 결정권한을 부여하는 방향의 큰 그림이 그려지고 있는 것으로 알고 있습니다. 시장의 권한을 주민들의 진정한 대표인 주민자치(위원)회에 돌려줄 수 있는 지혜와 용기가 필요한 시점이 아닐까 생각해봅니다.

단국대와 산학협력을 통한 도자산업 활성화 방안
민주노총과 노동계 현안 대책 논의
- 20181212 (수요일 아침)

요즘 날씨가 추워지면서 작은 화재가 잇따르고 있습니다. 인명피해가 없기를 바랍니다. 화재진압업무 및 주택화재의 경우 숙식제공업무를 챙기시느라 밤늦게까지 고생 많으신 이천소방서 및 이천시청 소속 관계공무원, 그리고 의용소방대원 여러분, 고맙습니다. 사람의 생명이 가장 중요합니다. 인명피해가 발생하지 않도록 초기대응에 더욱 만전을 기해주시면 감사하겠습니다.

어제는 단국대학교(도예과)와 이천시가 산학협력을 통해 도자산업을 활성화시키기 위해 만났습니다. 새해 1월 중에는 단국대학교 장충식 이사장님을 이천으로 초청해서 도자산업활성화를 위한 이천시와 단국대학교 사이의 산학협력에 대해 설명드리고 협조를 요청드릴 계획입니다. 명품 도자도시 이천을 꼭 만들어 내겠습니다.

민주노총 이천여주양평지부 의장님을 비롯한 임원님들을 집무실로 모셔서 말씀을 나눴습니다. 비정규직지원센터 설치문제, 민주노총사무실 이전문제, 관급공사 임금체불 해결방안, 지역건설업체 지원방안 등등 많은 얘기를 나눴습니다. 일하는 사람들, 농민과 노동자가 존중받고, 일한 만큼 정당한 대우를 받는 이천을 만들겠습니다.

이천지역 법인택시 노조위원장님들과 간담회를 가졌습니다. 이천시 택시정책을 수립하고 시행할 때 개인택시사업자와 법인택시사업자의 의견만 듣고 법인택시 운전자들의 의견은 듣지 않는 잘못된 관행을 지적하셨고, 시정하겠다고 말씀드렸습니다.

2018년 마지막 노사민정협의회 회의
청와대 정무수석실 자치발전비서관 면담
- 20181213 (목요일 아침)

어제 저녁에 행정안전부에서 문자가 보내왔습니다. 오늘 수도권에 눈이 내리고 도로결빙으로 많은 교통사고가 예상되니 각별한 주의를 당부하는 내용입니다. 우리 이천시청 공무원들은 오늘 새벽 5시 소금을 트럭에 다 싣고서 눈발이 날리면 곧바로 뿌릴 태세를 갖추고 대기 중입니다. 그래도 오늘 눈이 많이 오지 않기를, 교통사고가 없기를 두 손 모아 기원드립니다.

어제는 오전에 2018년 마지막 노사민정협의회 회의를 했습니다. 2018년 진행된 사업보고와 2019년 계획된 사업보고가 있었네요. 노동 현안이 발생했을 때 노/사/민/정이 한자리에서 지혜를 모아 이해관계를 조정하는 일이 노사민정협의회의 본질적 업무이지만, 평상시에 서로 상대방의 좋은 일도, 나쁜 일도 함께 할 수 있어야만 노동현안이 발생했을 때 대화가 잘 될 수 있고, 이해관계 조정도 좀더 잘 될 수 있겠다는 생각이 들었습니다. 그래서 평상시에 상대방의 좋은 일에는 박수쳐주고, 상대방의 아픔에 대해서는 서로 격려해주는 노력을 해보자고 제안드렸습니다.

오후에는 청와대를 방문해 정무수석실 민형배 자치발전비서관을 만나고 왔습니다. 중앙정부의 팔당상수원 수질보호정책에 강변지자체 7개시군이 적극적으로 협력할 수 있는 방안을 제안드리고 왔습니다. 제가 제안드린 내용은 상수원 상류지역 강변지자체의 재정자립도를 높일 수 있고 소비자는 맑은 물을 마실 수 있으며 중앙정부는 수질관리업무의 부담으로부터 벗어날 수 있는 멋진 방안입니다. 특히 문재인 대통령의 경기도 8대공약 중 하나인 상수원다변화정책을 풀어갈 수 있는 방안이라고 생각합니다. 민형배 자치발전비서관께서 하루빨리 환경부와 강변지자체가 함께 한 자리에서 이 문제를 논의할 수 있도록 하자고 답변을 주셨습니다. 이제 블루골드시대에 맞는 상수원정책은 무엇인지에 대해 국민들 앞에서 공개적인 논의와 토론이 필요한 때라고 생각됩니다.

이천시의 사회복지를 설계하며
이천시여성문화대학 작품 발표 전시회
- 20181214 (금요일 아침)

어제는 펄펄 내리는 눈을 바라보면서 걱정하고 있는 제 자신을 발견했습니다. 전에는 흰 눈이 내리면 그저 낭만적인 생각에 빠져 즐거운 생각만 했던 거 같은데, 이제는 걱정이 앞서네요. 그래도 어제는 걱정보다 눈이 적게 내린 거 같아 다행스럽게 하루를 마칠 수 있었습니다. 감사합니다.

어제 낮시간에는 모처럼 집무실에 앉아 열심히 공부 좀 했습니다. 얼마 전 담당부서에 "우리 이천시민이 이천에서 태어나서 사망할 때까지 생애주기에 따라 국가나 이천시로부터 받는 사회복지 내용을 한눈에 알 수 있도록 정리한 자료를 만들어 주세요" 하고 업무지시를 했고, 자료를 받아놓고서도 시간이 안 돼 못보고 있다가 어제 좀 봤습니다. 자료를 보면서 생각보다 많은 사회복지제도들이 있다는 것을 알게 되었습니다. 시민들은 이 내용을 다 알고 있을까? 몰라서 혜택을 못 받는다면 없는 거나 마찬가지 아닌가? 하는 생각이 들었구요. 그래서 임신부터 사망에 이르기까지 생애주기별 사회복지 내용을 시민들이 손쉽게 알 수 있도록 해서 시민들께서 그 혜택을 쉽게 누릴 수 있도록 해보겠습니다.

오후에는 이천시여성문화대학 발표 전시회가 열리고 있어 여성회관을 찾아 격려도 드리고 이야기도 나눴습니다. 전시된 작품들을 보고 체험하면서 참 재능이 많으신 분들이구나, 이런 멋진 작품들을 더 많은 시민들이 볼 수 있으면 참 좋겠다는 생각이 들었습니다.

장호원 회전교차로 설치 문제
- 20181218 (화요일 아침)

어제도 일정이 많았네요. 그중에 장호원에서의 일정이 기억에 많이 남는데, 해결해야 할 큰 숙제가 생겨서 그런가 봐요. 장호원은 농협앞 삼거리가 교통량이 가장 많은 장호원의 중심이라고 할 수 있습니다. 제가 취임한 후 그곳에 회전교차로를 설치하자는 제안이 있어 두 차례 주민회의를 거쳐 긍정적으로 검토하고, 다만 회전반경이 약간 좁아 임시회전시설을 설치해서 1개월 정도 시험운행을 해본 후 결정하기로 했습니다. 그런데 농협앞 삼거리 부근 상가 사장님들께서 그곳에 회전교차로를 설치하면 안 된다고 강력히 항의하고 나섰습니다.

제가 어제 장호원 주민들께서 소외된 이웃을 위해 모금한 성금을 전달하는 행사가 있어 갔는데, 회전교차로 설치에 반대하는 주민들께서 시장인 저를 만나 항의하시기 위해 읍사무소 앞에서 기다리고 계셨습니다. 마음을 진정시켜 드린 후 대표자들을 읍장실로 모셔서 의견을 들었습니다. 의견을 듣고 나서 "지금 얘기 나누는 회전교차로는 장호원주민들의 교통편익을 증진시키기 위해서 설치하려는 것입니다. 지금 말씀하시는 것처럼 편리함보다는 불편함이 많다고 하면 설치해서는 안 됩니다. 다만, 여기 계신 분들과 다른 의견들은 있는지? 있다면 얼마나 되는지? 잘 살펴서 결정하겠습니다" 하고 말씀드렸습니다.

정치인의 역할 중에서 자신의 신념을 밀어붙이는 것보다 충돌하는 이해관계를 조정해 내는 것이 더 중요하지 않을까 생각합니다. 사랑하는 마음을 놓치지 않으면서 신중하고, 지혜롭게 노력하고 실천하겠습니다.

혁신교육지구사업 관련 협의회

- 20181219 (수요일 아침)

어제도 많은 일들이 있었습니다. 그 중 혁신교육지구사업 관련 협의회 회의와 대한축구협회 2018 KFA 시상식이 기억에 많이 남습니다. 취임 후부터 지금까지 이천교육지원청과의 협력을 통해 꾸준히 준비해온 결과 내년부터 혁신교육지구사업을 하게 됩니다. 교육청, 학교, 이천시, 시민사회가 한마음이 되어 학생과 선생님 그리고 학부모님들이 모두 행복할 수 있는 교육환경을 만들기 위한 노력입니다. 이천시는 혁신교육지구사업이 반드시 성공할 수 있도록 최선을 다할 것입니다.

회의를 마치면서 이천시가 학교를 위해 최선을 다할 테니, 학교도 이천시의 극심한 주차난 해결을 위해 학교운동장을 야간주차장으로 개방해주실 것을 제안드렸습니다. 학교운동장을 시민들을 위해 야간주차장으로 개방함에 따른 모든 비용과 위험부담은 전적으로 이천시가 책임지겠다고 말씀드렸습니다. 이천시는 학교를 위해 지원을 아끼지 않고, 학교는 시민들을 위해 이천시의 극심한 주차문제를 해결해준다면, 대한민국의 최고의 명품 교육도시 이천이 될 것이라 생각합니다.

오후에 대한축구협회 2018 KFA 시상식에 참석했습니다. 대한축구협회로부터 감사패를 받았는데, 잘 해서 받은 게 아니라 잘 하라고 준 감사패입니다. 감사합니다.

공무원노조 임원들과의 만남
추모의 집 증축 용역보고회
경기도 축구인의 밤
- 20181220 (목요일 아침)

어제는 새로 선출된 공무원노조 변영구 이천지부장님을 비롯한 임원분들을 집무실로 모셔 이야기를 나눴습니다. 축하의 마음을 전하고 협력의 다짐 및 당부의 이야기를 나누는 편안한 시간이었습니다. 공무원노조와 함께 공무원들의 근로환경 개선을 위해 노력하고, 나아가 시민들로부터 박수받는 이천시공직사회를 꼭 만들겠습니다.

이천시립 추모의집 중축 용역보고회에서는, 건축물의 외관보다 봉안실의 규모를 최대한 많이 확보할 수 있는 실용적인 설계 및 건축을 당부드렸습니다.

미란다호텔에서 열린 경기도 축구인의 밤 행사에는 그제 서울서 뵈었던 대한축구협회 정몽규 회장이 직접 참석했습니다. 이틀 연속 만나서 그런지 낯설지 않았고, 차분한 성격이시라 편안한 마음으로 이런저런 얘기를 나눌 수 있어 감사했습니다. 큰 행사를 꼼꼼히 준비하시고, 무리없이 진행하신 이석재 경기도축구협회장님, 큰 행사에 축사까지 할 수 있도록 배려해주셔서 감사합니다.

시정질의 응답과 더불어민주당 송년의 밤
- 20181221 (금요일 아침)

어제는 이천시의회 시정질의와 답변으로 진땀을 흘린 하루였네요.

오전에는 의원님들께서 순서대로 시장인 저에게 일괄 질의하시고, 오후에는 제가 의원님들 모든 질의에 대해 하나씩하나씩 일괄답변을 드리는 방식으로 진행되었습니다. 준비한 답변자료를 쉬지 않고 읽었는데, 무려 1시간이 걸렸습니다. 처음 겪는 시정질의, 답변이기도 하고, 시정질의와 답변이 워낙 중요하기도 해서 잘 하고 싶은 마음이 컸습니다. 그런데 잘 하고 싶은 마음이 오히려 부담으로 작용한 거 같습니다. 1시간 답변자료를 읽고 나니 등에 진땀이 나더라구요. 그래도 정성스럽게 답변드리려고 최선을 다 했습니다.

어제는 더불어민주당 이천지역위원회 송년의 밤이었네요. 오래만에 원로고문님들과 당원동지 여러분들을 뵙고 인사드렸습니다. 감사한 마음과 죄송한 마음이 함께 있었습니다. 당과 당원동지들이 저를 시장으로 당선시켜 주셨으니, 어떻게 은혜를 갚아야 할지 고민이 많습니다. 결국 시장역할을 잘 하는 것이 은혜에 보답하는 것이라 생각합니다.

시민 여러분들께서 '민주당 후보를 시장으로 뽑았더니 일 잘하는구만. 국회의원, 시도의원도 민주당 후보를 찍어야 하겠어!' 하는 생각이 들 수 있도록, 제가 정치를 잘하고 행정을 잘 하는 것이 당과 당원님들의 은혜에 제대로 보답드리는 길이라 생각합니다. 경우에 따라 당원님들의 개별적인 요청을 받아들이지 못해 당원님들을 서운하게 할 수도 있겠지만, 민주당을 넘어 전체 이천시민을 위해 일할 수 있어야 민주당의 은혜를 갚는 길이라 생각합니다.

학교폭력해결 대책 모임

이천쌀 대체품종 홍보 및 시식회

- 20181222 (토요일 아침)

어제는 이천시의회 제5차 본회의가 열렸으나, 보충질의가 없었습니다. 시의원님들께서 초선시장인 저에게 "힘내서 일하시라!"고 응원을 보내주신 것이겠지요. 시민들을 위해 더 노력하겠습니다.

이천초교 교장선생님과 총동문회장님을 만나 애로사항도 듣고 당부말씀도 드렸습니다. 학생들 안전과 학교폭력해결 문제가 가장 중요하고 어려운 숙제 중에 하나라는 것을 다시 한번 느낄 수 있었습니다. 저는 학교 및 학부모님들께서 걱정하고 염려하는 모든 문제는 이천시가 책임지고 해결할 테니, 학교는 야간에 학교운동장을 시민들에게 주차장으로 개방해주실 것을 당부드렸습니다. 선생님, 학생, 학부모님, 경찰서, 시민사회가 한 자리에 모여 학교운동장을 야간주차장으로 개방하고 그에 따른 문제점은 해결하는 사회적 대타협을 이루었으면 좋겠습니다. 조속한 시일 내에 교육청, 학교선생님, 학생, 학부모님, 학부모님, 운영위원회, 경찰서, 시청, 시민사회 등이 모여 토론회를 갖도록 하겠습니다.

오후에는 이천쌀 대체품종 홍보 및 시식회 행사가 있었습니다. 1971년 이후부터 지금까지 약 50년가까이 조생종인 히토메부레와 고시히카리 그리고 중만생종인 추청이 이천쌀의 대표품종이었습니다. 하지만 일본벼품종으로 이천쌀농사를 짓는 일을 계속할 수는 없는 것이어서, 그동안 이천의 토질과 기후에 적합한 품종개발 연구를 해왔고, 마침내 여러가지 방식으로 검증을 거쳐 조생종은 '해들', 중만생종은 '알찬미'로 확정해서 시민여러분들께 보고를 드리면서 시식회 행사를 가지게 되었습니다. 그동안 수고 많으셨습니다. 앞으로 농민은 양질의 벼 재배에 이천시는 행정적 예산적 지원에, 농협은 홍보 및 판로개척에, 맡은바 역할을 다해서 '임금님표 이천쌀'의 명성을 확고히 다질 수 있도록 최선을 다하겠습니다.

공약1호 2층 집무실로 첫 출근하는 날
- 20181224 (월요일 아침)

지난 주말에 이사준비로 바빴습니다. 이제 공약1호인 시장집무실을 2층(사실상 1층)으로 옮겨 첫 출근을 합니다. 앞으로 더욱 시민과 가까운 곳에서 업무를 시작하니까 부담없이 찾아주시기 바랍니다.

오늘은 좀 생뚱맞기도 하지만, 우리가 겪는 '스트레스'에 대해 얘기 좀 해 볼까 합니다. 아마도 우리가 겪는 '스트레스'라는 것의 대부분은 타인과의 관계에서 발생합니다. 타인으로 하여금 자신의 생각에 따라오도록 하고 싶은데 잘 안되거나, 타인의 생각에 동의하지 않는데 억지로 따라가야 하는 경우에 우리는 스트레스를 받게 되는 거 같습니다. 내 생각에 상대가 동의하면 기분 좋은데, 반대하면 스트레스를 받지요. 우리가 누군가에게 진지하게 말을 한다는 것은 끊임없이 상대에게 내 생각에 대한 '동의'를 강요하고 있는 것이 아닐까요?

한편 농담이나 수다와 같은 가벼운 대화는 서로가 쉽게 동의하고 함께 웃을 수 있어 기분이 좋아지는 경우가 대부분입니다. 진지한 말을 많이 한다는 것은 대부분 스트레스의 원인이 되고, 가볍게 말을 한다는 거는 대부분 즐거움의 원인이 되는 거 같습니다. 진지한 말은 되도록 적게 하고, 가벼운 '농담과 수다'를 많이 하는 것이 마음을 편하게 하는 생활의 지혜가 아닐까 생각해봅니다.

반도체특화 클러스터 입지선정 문제
- 20181226 (수요일 아침)

지난 주 언론을 통해 정부가 반도체특화 클러스터 입지선정을 위해 고심 중이라는 소식이 전해졌습니다. 반도체산업은 이제 막 시작되는 산업이 아니라 이제 절정에 이른 산업으로서 이미 삼성과 SK하이닉스는 전국에 여러군데로 나눠 거대한 규모의 투자를 한 후 공장가동, 기업활동 중입니다. 한편 수많은 협력업체들도 각자 적절한 입지에 이미 엄청난 투자를 했고, 회사의 운명을 걸고서 현재 열심히 기업활동을 하고 있습니다. 나아가 거대한 반도체공장이 들어서 있는 지역에서는 지역과 반도체회사가 서로 운명공동체가 되어 상생협력을 위해 최선의 노력을 다하고 있습니다.

반도체특화 클러스터, 지금 이 시점에 꼭 필요한 것인지? 누구를 위해 필요한 것인지? 누군가에게 치명적인 피해를 주는 건 아닌지? 지역균형발전 내지 지방자치 또는 지방분권의 흐름에 역행하는건 아닌지? 새로운 입지에 만드는게 나은지? 기존 공장 위치 중 한 곳에 입지를 선정하는게 나은지? 국민들과 지역들을 어마어마한 분쟁과 갈등 속으로 빠져들게 하는 건 아닐지? 궁금한 게 많고 염려되는 게 너무 많습니다.

문재인정부의 최대의 화두 중의 하나가 바로 지방분권입니다. 지방분권은 시민들의 행복을 위해, 지방자치를 위해, 너무나도 중요한 것이라 헌법에 명시하기 위한 지방분권개헌도 추진하고 있습니다. 그런데 대한민국 반도체산업 관련 대기업인 삼성과 SK하이닉스, 그리고 수많은 협력업체인 중소기업들을 한곳에 모으기 위한 반도체특화 클러스터를 조성하는 것은 국민들이 수도권과 비수도권, 이천과 청주, 그리고 용인으로 나뉘어 지역경제의 운명을 걸고 싸우게 만드는 결과를 초래하고 말 것입니다.

정부의 반도체특화 클러스터 조성계획에 대한 언론보도가 있자마자 용인, 충북, 이천은 정부가 추진코자 하는 반도체특화 클러스터를 자기지역으로 유치하겠다는 결의문과 성명서를 서둘러 발표했습니다.

저도 이천지역경제를 잘 이끌어 이천시민들의 행복을 책임져야만 하는 이천시장으로서 정부가 반도체특화 클러스터를 기어코 만들겠다고 한다면 반도체특화 클러스터를 이천으로 끌어오기 위해 모든 행동을 다할 수밖에 없습니다.

평소 존경하고 사랑하는 용인시장님, 청주시장님과 앞으로 다시는 만나지 않을 사람처럼 싸워야 할지도 모릅니다. 각자 자신의 역할을 다하기 위해서 서로 존경하고 사랑하는 사람과 싸워야 한다면, 이보다 심한 감정노동이 어디 있겠습니까? 정신적으로 온전함을 유지하지 못할 것이고, 결국 정신적으로 온전하지 못한 사람이 시장의 역할을 수행해야 할지도 모르겠습니다.

정부와 문재인 대통령님께 간절한 마음으로 정중하게 요청드립니다. 수도권과 비수도권 주민들이 편을 나누어 극한 대립을 하지 않도록 도와주세요. 이천, 용인, 청주의 시민들이 싸우지 않고 서로 응원하며 살아갈 수 있도록 도와주십시오.

행복한 마을공동체를 만들기 위하여
- 20181228 (금요일 아침)

어제도 바쁜 하루였네요. 그동안 시설관리공단의 내실을 다지고 이천의 발전을 위해 노력해 오신 차태익 이사장님과 조영수, 조향동, 김상원 이사님들의 퇴임식에 참석해 아쉬운 마음을 함께 나눴습니다. 이제 이천은 시설관리공단을 이천도시개발공사로 전환시켜 이천의 미래를 적극적으로 계획하고 설계해야 할 시기입니다. 이를 위해 시설관리공단의 새로운 이사장을 뽑기보다는 당분간 안전건설국장의 권한대행 체제 아래 이천도시개발공사의 설립을 준비하고자 합니다. 많은 관심과 응원을 당부드립니다.

여러가지 어려운 환경 속에서도 모범적으로 어린이집운영을 이끌어 보건복지부와 행정안전부로부터 우수 어린이집 내지 우수 어린이놀이시설로 선정되고 표창을 받은 상승숲속어린이집과 우진어린이집, 감사합니다. 고맙습니다. 특히 우수 어린이놀이시설은 전국에서 7개소가 선정되었는데 그중 하나가 대월면 소재 '우진어린이집'입니다. 이천의 이름을 빛내주셔서 감사합니다.

마장면 행복플러스 나눔 선물전달식은 이장단협의회가 중심이 되어 행사를 준비했습니다. 다른 지역은 지역사회보장협의체 내지는 발전협의회가 주관해서 행사준비를 하는 것과 비교가 되었습니다. 이장님들께 행복한 마을공동체를 만드는 사업에 적극적으로 동참해주십사 말씀드렸습니다.

제가 어려서 느꼈던 시골마을은 집집마다 경조사가 생기면, 마을잔치를 벌였습니다. 온 마을 주민들이 함께 모여 마을잔치를 준비하면서 기쁨도, 슬픔도 함께 나눴습니다. 그래서 이웃이라는 게 참 좋았습니다. 지금은 마을 이웃에 경조사가 생기면 축의금 조의금 봉투 들고 가서 부페음식 먹고 오는 것이 전부입니다. 지금은 그저그런 이웃일 뿐입니다. 아파트의 경우, 이웃은 좋은 사이가 아니라 나쁜 사이가 되는 일도 많습니다. 사이좋은 이웃관계를 만들어 내야만 우리의 삶이 행복해질 수 있습니다. 이장님들과 함께 행복한 마을공동체, 꼭 만들겠습니다.

일자리

일자리

PART 2

2019년 1월
~12월

협회

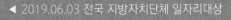
◀ 2019.06.03 전국 지방자치단체 일자리대상

2019년
1월

기대로 충만한가요?

걱정이 많은가요?

오늘 하루를 시작하는 지금 이 순간 우리의 마음은 어떤가요?

기쁜 일도 있을 것이고 힘든 일도 있겠지요.

기쁜 일이 찾아오면 기꺼이 받아들여 충분히 즐기자구요.

그 행복이 달아날까 걱정하지 말구.

힘든 일이 찾아와도 기꺼이 받아들여 충실하게 숙제를 풀어보자구요.

고난에 불평하며 피하려 하지 말고.

효양고 특강과 수산리 화재현장으로

- 20190102 (수요일 아침)

취임 후 쉼없이 달려온 덕에 일주일 전부터 체력이 방전되었나 봅니다. 면역성이 떨어져 외쪽 눈이 단순포진 바이러스에 감염되어 3일 간격으로 병원진료에 약물치료를 받고 있습니다. 덕분에(?) 일주일째 술도 못 먹고 있는데, 배가 좀 들어간 거 같네요. 차분한 마음으로 무리하지 않으면서 밧데리가 충전되길 기다리고 있습니다.

어제는 대회의실에서 시무식 행사를 가졌습니다. 지난 6개월 동안 걱정, 염려, 응원하는 마음으로 열심히 도와주셔서 감사한 마음, 2019년에는 외부행사 참여는 자제하고, 집무실에서 연구하고, 실과소 및 시민단체와 토론하는 시간을 많이 가지려고 하니 도와주십사 하는 당부의 마음을 전했습니다.

오후에는 효양고 졸업반 학생을 대상으로 특강을 하고, 수산리의 톱밥 만드는 공장에서 화재 소식을 듣고 달려갔습니다. 나무뿌리와 같은 수목폐기물을 자원으로 활용해서 톱밥을 만드는 공장인데, 야적된 수천 톤의 나무뿌리 속에서 메탄가스가 생겨 자연발화된 것으로 추정되고 있었습니다. 수목 폐기물이 워낙 많이 쌓여있어 소방용 헬기와 소방차 여러 대가 물을 계속 뿌리고 있음에도 화재진압에는 앞으로 5일 이상 걸린다고 합니다. 24시간 계속해서 화재진압을 해야 하는 상황이라 소방서장님을 비롯한 이천소방서 공무원분들, 그리고 의용소방대원 여러분들이 너무나 고생이 많습니다.

대한축구협회 트레이닝센터 유치 대책

여성사무관 13명 승진

- 20190104(금요일 아침)

어제는 큰딸 소영이 고등학교 졸업식이 있었는데 못갔습니다. 많이 미안했는데, 어머님과 아버님이 가셔서 축하해 주셨네요. 감사합니다. 저는 뒤늦게 중국집으로 합류해서 졸업기념 사진 한 장 "찰칵!" 찍었습니다.

어제는 참 많은 일이 있었습니다. 공무원노조 임원 새해인사, 시설관리공단 이사 임용장 수여, 공무원 임용장 수여, 설봉신문 신년인터뷰, 방문간호사 간담회, 반도체특화 클러스터 대책회의, 대한축구협회 유치 티에프팀 6차 회의, 창전동 복합센터 건립 용역보고, 여성사무관 간담회 등등.

이 중에 대한축구협회 트레이닝센터 유치경쟁이 치열합니다. 우리 이천시도 티에프팀을 꾸려 어제까지 6차에 걸쳐 대책회의를 했습니다. 그 동안의 노력이 좋은 결실 맺을 수 있기를 바랍니다.

현재 이천시청에 근무하는 여성사무관은 모두 13분입니다. 예전에 비해 고위공직의 여성공무원 수가 늘었지만, 여성계의 요구에는 미치지 못하고 있습니다. 제가 취임할 당시 8분이었던 여성사무관이 그 후 11분으로 늘었고, 며칠 전 조직개편과 함께 이루어진 새해인사 때에는 13분으로 늘었습니다. 이천을 여성친화도시로 만들기 위해서는 공직에 있어서 여성들의 위상도 매우 중요하다 생각됩니다. 능력이 있는데 여성이라는 이유로 불이익을 받지 않도록 하겠습니다.

새해 영농교육의 시작과 MBN신년 인터뷰

- 20190105 (토요일 아침)

어제부터 2019년 새해 영농교육이 시작되었습니다. 올해 풍년농사를 기원하는 마음으로 새로운 농법이나 정보 등을 공유하기 위해 농업기술센터에 마련된 교육장에는 많은 시민들께서 오셨습니다. 농민들께서는 농가 소득이 안정적이지 못해 많이 힘들어합니다. 이천시는 농민들의 소득안정을 위해 최선을 다하겠다는 약속을 드립니다. 저도 2019년 새해농사 계획을 세웠습니다. 저의 농사계획은 시민들과의 약속을 하나하나 실천하는 것입니다.

오후에는 MBN 신년인터뷰 녹화가 있었는데, 늘 그렇지만 방송인터뷰는 많이 긴장됩니다. 편안한 주제도 있었고, 예민한 주제도 있었습니다. NG 없이 한번에 끝난 게 얼마나 다행인지 모릅니다.

팔당상수원 특별대책지역 수질보전정책협의회

- 20190108 (화요일 아침)

매주 월요일 아침은 부시장님, 실국장님들과 주요 현안에 대해 점검회의를 시작으로 한 주를 시작합니다. 집무실을 2층으로 옮긴 후 처음으로 2층 소회의실에서 주간업무점검회의를 했는데, 5층에서 할 때보다 제 마음이 좀 안정된 걸 보니 제가 고소공포증이 좀 있었나 봅니다.

지난 주 중리동 새해영농교육에 이어 어제는 증포, 관고, 창전 및 신둔 지역 신둔영농교육이 있어 새해 인사 격려 인사 드렸습니다. 지난 번에 말씀드린 것처럼 이천쌀 품종개량이 진행 중에 있는데, 올해는 많은 논에서 '알찬미'와 '해들'이라는 신품종 벼가 자라는 것을 볼 수 있겠습니다. 가을 철에 풍년농사가 이루어져 많은 국민들로부터 "이천쌀 맛이 더 좋아졌네!" 하는 얘기를 들을 수 있기를 두손 모아 기원드립니다. 12년 연속 농산물 브랜드파워 1위, 임금님표 이천 브랜드 꼭 기억해주세요.

어제 오후에는 하남에 있는 한강유역환경청 3층 대회의실에서 열린 팔당상수원 특별대책지역 수질보전정책협의회 회의에 참석했습니다. 환경부차관, 환경부 물환경정책국장, 한강유역환경청장, 경기도 행정부지사, 팔당상수원 특별대책지역 7개 시군의 시장군수, 시군의회 의장, 주민대표 등으로 구성된 협의회로서 짧게 '특수협'이라고 부르고 있습니다.

지난 해 지방선거를 통해 민선 7기 지방정부가 들어서고 처음 갖는 회의로서, 7개 시군 시장군수 대표 및 시군의회의장 대표를 뽑았습니다. 양평군 정동균군수님의 추천으로 제가 팔당상수원 특대지역 7개 시장군수 대표를 맡게 되었고, 시군의회의장 대표는 송기욱 가평군의 회의장께서 맡게 되었습니다. 앞으로 팔당상수원 특별대책지역인 7개 시군의 소통의 다리가 되어 7개 시군의 목소리를 하나로 만들어내고, 나아가 중앙정부에 7개시군의 입장을 분명하고 충분히 전달하겠습니다. 7개 시군이 지금처럼 소극적으로가 아니라 적극적으로 팔당상수원의 수질보전을 넘어 수질개선을 위해 노력하고, 그러한 노력과 희생이 정당하게 평가되고 충분히 보상되도록 최선을 다하겠습니다.

상공회의소 새해 인사회 참석
- 20190109 (수요일 아침)

어제 상공회의소가 주관한 2019년 새해인사회에는 경기도 김희겸 행정제1부지사님이 오셨고, 여주에서 이항진 시장님과 유필선 시의회 의장님도 오셨습니다. 그 자리에서 저는 이렇게 말씀드렸습니다.

"국가의 경쟁력은 수도권의 경쟁력이다. 지방에 해를 주지 않음에도 수도권에 가해지는 규제는 완화되어야 한다. 수정법의 입법취지는 수도권에 인구집중을 막기 위한 것인데, 수정법 제정 이후 수십년이 지난 지금 수도권의 인구집중 현상은 지속되어 왔고, 앞으로도 지속될 수밖에 없으니, 이제 수정법은 전혀 그 역할을 못하고 있는바, 이제는 폐지되든지 개정되어야 한다. 팔당상수원 특별대책지역들이 받고 있는 규제를 경제적 가치로 평가하면 135조 원이 넘는데 5500억 원 정도의 물이용부담금으로 이를 보상하고자 하는 것은 역부족이다. 2500만 명의 수도권주민들에게 맑은 물을 공급하기 위해 특별대책지역 7개시군이 당하고 있는 규제는 특별한 희생임이 분명하고 특별한 희생에 대해서는 거기에 상응하는 특별한 보상이 이루어져야 한다. 이것이 이재명 도지사님께서 항상 말씀하시는 공정한 사회라고 생각한다."

맑은 상수원을 만들기 위해 특별대책지역 내지 지역보전권역이 당하고 있는 어마어마한 피해를 계속해서 감수하라고 할 것이 아니라, 이제 국가에서는 중앙정부 차원의 충분한 예산을 편성해서 특별대책지역이 받고 있는 규제 내지는 특별한 희생에 대한 정당한 보상을 해야 할 것입니다. 이것이 블랙골드시대를 넘어 블루골드시대의 흐름에 맞는 정책방향입니다.

새로운 이천, 하나되어 함께 갑니다.

바쁜 와중에 양각산 산불 소식을 듣다
- 20190110 (목요일 아침)

어제 오후에는 국회에서 민주당 '참좋은지방정부위원회' 발대식이 있어 참석했습니다. 시간여유가 없어 휴게소에서 간단히 점심을 해결하고 여의도로 달려갔습니다. 이해찬 당대표를 비롯하여 최고위원들과 김부겸 행안부장관, 많은 국회의원들, 광역시도지사님들, 전국의 시장군수구청장님들, 시도의원님들이 함께 했습니다. 국가사무 중 지방정부에 위임해서 처리하고 있는 수많은 위임사무를 일괄 지방정부의 자치사무로 이양하는 '일괄이양법' 신속처리, 실질적인 지방자치를 의미하는 제대로 된 지방분권의 실현 등에 대해 다짐을 하고 성명서를 발표했습니다. 지방의 발전이 대한민국의 발전입니다. 지방주민의 행복이 대한민국 국민의 행복입니다.

참좋은지방정부위원회 발대식 마치고 한 달에 한번씩 정례적으로 이천시 간부공무원과 이천시의회의원님들 그리고 이천지역 경기도의회의원님들과 이천지역 현안에 대한 토의를 하는 간담회가 오후 5시로 약속되어 있어 약속을 지키려고 서둘러 출발했습니다. 10분 전에 이천에 도착해서 집무실에서 숨 한번 돌리고, 시도의원님들과의 회의에 참석했습니다. 어제 회의에서는 '반도체산업 특화 클러스터 문제,

신둔면에 인접한 광주시 곤지암읍 수양리에 광역소각장 설치하는 문제, 대한축구협회 트레이닝센터 유치관련'에 대해 토의를 통해 지혜를 모았습니다.

회의 중에 마장면 양각산 산불 소식이 전해졌고, 회의를 서둘러 마치고 화재현장으로 달려갔습니다. 이천서방서 고문수 서장님을 비롯한 소방공무원, 의용소방대원들과 이천시청 안전총괄과 및 마장면 소속 공무원들의 신속하고 적극적인 대체로 약 300평 정도 산림을 태우고 진화되었습니다. 얼마나 감사하고 고마운지 모르겠습니다. 특히 마장면 소재 특전사소속 장병들께서 무려 320명 이상 화재진압에 인력지원을 해주셔서 산불의 조기진화가 가능했던 것입니다. 특전사 장병여러분 사랑합니다. 김정수 특전사령관님 고맙습니다. 위문공연 한번 가겠습니다.

양혜원의 장애인근로사업장 방문
- 20190111 (금요일 아침)

어제는 부발읍 가좌리에 있는 사회복지법인 양혜원의 장애인근로사업장을 방문해서 사업장 운영현황에 대해 원장님으로부터 설명을 듣고, 작업 중인 장애인분들께 격려인사 드렸습니다. 일반사업장 취업이 어려운 중증장애인들을 고용해 어려운 경제여건에도 불구하고 최저임금 이상의 급여를 지급하고 있었습니다. 만드는 제품은 엘이디 전등이었는데, 이천시에서 구매하는 양이 적은 것을 알고 죄송한 마음이 들었습니다. 이천시에서 좀 더 많은 양을 구매하도록 하겠습니다. 원장님 이하 임원님들, 그리고 장애인근로자 여러분들! 힘내세요.
파이팅입니다.

마장면과 장호원의 현황을 파악하다
- 20190115 (화요일 아침)

어제는 마장면 새해영농교육장을 찾아 마장면 농업인들을 만나 격려도 드리고 감사한 마음도 전했습니다. 지난 주에 양각산에 산불이 발생해서 화재진압활동을 했는데, 그 때 마장면 소재 특전사령부 장병 320명이 신속히 출동해서 소방대원들과 함께 화재진압을 해서 300평만 태우고 산불 초기진압에 성공했습니다. 면장님으로부터 마장면 주민들이 특전사 장병들께 감사한 마음을 전하는 현수막을 걸었다는 이야기를 듣고 제 마음이 얼마나 따뜻해졌는지 모릅니다. 감사하고 고맙습니다.

이천의 최남단 장호원에서 이장단협의회장님이 지역현안과 관련하여 상담을 요청해서 어제 집무실로 모서 말씀을 들었습니다. 장호원지역 최초의 여성이장님도 함께 오셨습니다. 장호원지역의 현안에 대한 전덕환 협의회장님과 정정옥 이장님의 의견을 잘 들었습니다. 바쁜 시간 내서 시청까지 오서서 지역현안에 대한 의견을 주심에 감사드리고, 내일 장호원 방문시에 참고하도록 하겠습니다.

가좌리 상수도관 피해보상 문제
이천초교 운동장 야간 주차장 개방 문제
- 20190116 (수요일 아침)

어제는 대면결재 시간을 오전과 오후로 나눠서 배정했습니다. 직원들이 필요한 시간에 언제든지 대면결재를 할 수 있으면 좋겠는데, 외부일정이 있다 보니 하루 전날 제가 결재시간을 정해서 공지하고, 그 시간에 집무실에서 대면결재를 하고 있습니다. 미안하고 감사합니다.

지난 해 12월에 부발읍 가좌리에 있는 상수도관이 터져 인근 시설하우스에 큰 피해를 주었습니다. 그때는 즉각적으로 적절한 피해를 보상할 수 있을 것으로 생각했는데, 지자체가 피해자와 임의로 손해배상 합의를 할 수 없고 국가배상심의위원회에서 심의를 통해 배상액수를 정하도록 절차가 규정되어있어 아직까지도 국가배상이 이루어지지 못하고 있었습니다. 게다가 피해자는 자력으로 복구를 할 수 있을 만한 경제력이 없어 생계를 걱정해야만 하는 상황이었고, 도저히 참을 수가 없어 시장인 저를 만나려고 집무실에서 기다리고 계셨습니다.

거의 한시간 동안 피해자의 억울함과 분노 그리고 답답한 심정을 최대한 말없이 들어드렸습니다. 말씀 듣는 중에 제 마음도 함께 울고 있었고, 눈에는 눈물이 고였습니다. 말씀 다 듣고 비록 일반적인 절차는 아니더라도 시장으로서 할 수 있는 권한을 발휘해서 피해자의 억울하고 시급한 사정을 해결해 드리도록 최선을 다하겠다고 말씀드리면서 안아드리는데 그동안 쌓였던 감정이 폭발해서 눈물을 쏟으셨습니다.

저는 너무나 죄송한데 그분은 저에게 감사하다고 말씀주시네요. 손해배상 액수는 국가배상심의위원회에서 나중에 결정되겠지만, 우선 예비비를 투입해서라도 긴급복구자금 및 생활비로 사용할 수 있도록 해야겠다고 마음먹었습니다.

죄송합니다. 힘내세요.

오후에는 이천초등학교 학부모님들께서 시장에게 건의할 게 있다고 하시기에 집무실로 모셔 간담회를 가졌습니다. 지난 해 연말에 제가 이천초교 교장선생님을 만나 학교운동장을 야간에만 시민들이 주차장으로 사용할 수 있도록 허락해 주실 것을 부탁드렸었고, 교장선생님께서는 어린 학생들의 안전문제를 크게 걱정하시면서 쉽지 않다는 의견을 주셨습니다. 저는 이천시에서 학부모님들과 선생님들께서 걱정하시고 염려하시는 일들이 발생하지 않도록 필요한 모든 인력과 시설 및 조치를 취할 테니 허락해주십사 재차 부탁을 드렸으나, 교장선생님께서는 거듭 쉽지 않다는 말씀을 하셨습니다.

이천초교 학부모님들께서는 제가 이천초교 교장선생님을 만나 학교운동장을 개방해서 주차장으로 사용하게 해달라는 요구를 했다는 소식을 들으시고, 아이들의 안전이 걱정이 되어 시장인 저를 찾아오신 것입니다.

저는 학부모님들의 말씀을 듣고 나서 학부모님들께서 동의하지 않으시면 교장선생님도 허락하지 않으실 것이고, 제가 강제로 그렇게 할 수도 없고, 그렇게 하지 않을 테니 걱정 마시라고 말씀드렸습니다. 다만 이천시가 많은 예산을 들여 학생들의 교육을 위해 노력하려고 하니, 학교에서도 이천시와 이천시민의 숙제해결을 위해 함께 노력해 주시면 감사하겠다, 학생들의 안전에 필요한 부분은 이천시가 전적으로 감당하겠다고 말씀드렸습니다.

학생들의 안전과 교육에 대해 학부모님, 학교 선생님, 교육청, 이천시, 이천시민들이 함께 고민하고 노력해야 합니다. 이천시의 숙제를 해결함에 있어서도 학교, 학부모님, 교육청이 함께 고민하고 실천해 주시면 감사하겠습니다.

아름답고 행복한 마을 만들기
- 20190117 (목요일 아침)

14개 읍면동 별로 읍면동사무소 소재지 마을을 멋지게 만드는 사업을 준비하고 있습니다. 읍면동장님이 중심이 되어 읍면동별 주민대표들과 함께 티에프팀을 꾸려 아름답고 행복한 마을만들기 사업을 준비하고 있는 것입니다. 읍면동장님들이 주민들과 함께 머리를 맞대고 아름다운 읍면소재지를 만들어 주시면 좋겠습니다.

어제는 설성면 새해영농교육장에서 농업인들께 인사를 드린 후, 아름다운 설성면 만들기 티에프팀회의장에서 권순원 면장님과 주민대표들을 만났습니다. 아름다운 설성면 만들기 사업계획을 멋지게 만들어 주민들께서 적극적으로 동참할 수 있도록 해주신다면 이천시도 적극적으로 지원하겠다고 말씀드렸습니다.

장호원 기관단체장님들과 간담회를 가졌습니다. 지방선거 때마다 꼭 장호원 출신 시의원을 배출시켜 왔는데, 지난 해 지방선거에서는 장호원 출신 시의원을 배출시키지 못했고, 그래서 장호원지역의 현안문제를 이천시가 챙겨주지 않을까봐 걱정을 많이 하고 계셨습니다. 장호원 지역 출신 시의원, 도의원이 없더라도 시장인 제가 이천의 최남단 장호원의 발전을 위해 최선을 다할 테니 너무 걱정하지 마시라고 말씀드렸습니다.

어제 오후에 마장 이치리 소재 양계농장에서 조류독감 의심보고가 있어 얼마나 걱정을 했는지 모릅니다. 다행히도 늦은 밤에 정밀검사 결과 조류독감이 아닌 것으로 나와 편하게 잠들 수 있었습니다. 감사합니다.

재난관리업무 평가를 위한 단체장 인터뷰
암산리에 축산분뇨처리장 문제
- 20190118 (금요일 오전)

어제 오전 11시에 집무실에서 기초자치단체 재난관리업무 평가를 위한 단체장 인터뷰가 예정되어 있어 율면에서 부랴부랴 달려왔습니다. 인터뷰 항목이 여러 개 있었고, 관련부서에서 충실히 준비해주셨지만, 제가 틈나는 대로 공부해서 인터뷰 자료를 따로 준비했습니다. 질문에 제가 아는 범위 내에서 성실히 답변드렸습니다. 지난 해에는 우리 이천시 재난관리업무에 대한 평가가 매우 좋아서, 우수기관으로 인정받아 행정안전부 장관 표창과 4억 5천만원의 재정인센티브를 받았습니다.

기후변화 및 사회경제적 변화로 인해 재난을 정확히 예측하는 것이 점점 어려워지고 있고, 이러한 '불확실성'이 재난(관리)의 핵심요소라고 합니다. 이러한 '재난의 불확실성' 때문에 재난관리행정은 반드시 현장중심의 행정이 되어야 합니다.

자연재난, 사회적 재난, 인적 재난 등 유형별 재난의 특성에 맞춰 재난예방, 재난대비, 재난대응, 재난복구 등 단계별 재난관리업무에 최선을 다하겠습니다. 특히 이천 관내에 있는 육군 7군단사령부, 항작사령부, 특전사령부의 협조를 받아 재난관리에 대한 긴급지원협조체제를 구축해서 이천시민들을 각종 재난으로부터 안전하게 모시도록 하겠습니다.

얼마 전 설성면 암산리 이장님을 비롯한 주민들께서 시장면담을 요청하셔서 제 집무실 옆 소회의실로 모셔 말씀을 들었습니다. 이천축산업협동조합에서 암산리에 축산분뇨처리장을 설치하려고 하는데, 이미 다른 이유로 피해를 받고 있는 암산리에 축산분뇨처리장까지 들어온다고 하니 주민들은 참을 수가 없다, 시장이 꼭 막아달라는 것이 암산리 주민들의 말씀 요지였습니다.

축산업 비중이 매우 높은 우리 이천입니다. 또한 축산분뇨 악취로 인해 민원 역시 매우 많습니다. 현대화된 축산분뇨처리시설을 통해 축산분뇨악취문제를 해결해야 합니다. 문제는 주민들의 반대민원을 어떻게 해결할 수 있겠느냐는 것입니다. 암산리 부녀회장님께서 "축협조합장님도 암산리주민들이 반대하면 설치하지 않겠다고 말씀하셨으니 시장도 허가를 내주지 마셔라!"고 하시네요.

시민사회단체, 축협관계자, 이천시가 함께 축산분뇨 악취문제 해결을 위한 민관합동토론회를 개최해서 사회적 대타협을 이끌어 내도록 노력하겠습니다. 억지로 밀어부치지 않겠습니다. 사회적 타협을 통해 해결하겠습니다.

혁신교육지구 시즌2 업무협약식
반도체특화 클러스터 유치를 위한 실무회의
- 20190122 (화요일 아침)

어제 오전에는 경기도 교육청에서 이천시와 경기도교육청이 혁신교육지구 시즌2 업무협약식을 체결했습니다. 수원시, 평택시, 광주시, 포천시, 양평군도 경기도교육청과 똑 같은 협약식을 같은 자리에서 체결했습니다. 이재정 교육감님 뵐 때마다 늘 환하게 웃으시는 모습이 참 좋습니다. 건강관리도 잘 하고 계신 거 같아 감사한 마음이었네요.

이천의 교육이 살아야 이천지역이 발전할 수 있습니다. 혁신교육지구사업은 학생들이 학교와 지역사회를 넘나들면서 함께 배우고 나누는 과정을 통해 건강하게 성장할 수 있도록 돕는 아주 의미있는 사업이라고 생각합니다. 이천지역의 다양한 주체들이 혁신교육지구사업에 참여하고 협력함으로써 이천지역발전의 새로운 동력이 되리라 기대합니다. 행복하게 성장한 학생들이 세상을 행복하게 만들 수 있습니다.

오후에는 반도체특화 클러스터 유치를 위한 실무회의를 했습니다. SK하이닉스는 회사가 위기에 처해 있을 때 이천시민들이 함께 어깨를 걸고 지켜낸 이천시민의 기업이고 이천의 향토기업입니다. SK하이닉스는 회사를 살리기 위해 이천시민들이 함께 투쟁했던 추억과 얼마전 M16공장 증설을 기뻐하며 시민들이 걸었던 수많은 현수막을 잊어서는 안됩니다. SK하이닉스를 끝까지 지켜줄 진정한 동지는 이천시민들 뿐입니다.

왜 이천에 반도체클러스터를 유치해야 하는가

- 20190123 (수요일 아침)

오늘은 반도체클러스터 유치 시민연대 발대식이 있는 날입니다. 과거 SK하이닉스가 구리공정 증설불허로 위기에 처했을 때, 우리 이천시민들은 하이닉스 살리겠다고 사업도, 가정도 모두 팽개치고 거리로 나와 삭발투쟁을 했었습니다. 당시 조병돈 이천시장님도 하이닉스 살려야 한다며 삭발투쟁에 동참하셨습니다.

지난 해 하이닉스가 16번째 반도체공장 짓는다는 소식이 들렸을 때, 우리 이천시민들은 너무나 기뻐서 하이닉스 공장증설 축하한다며 없는 주머니 털어서 거리에 현수막을 걸었습니다. 그 현수막들이 무려 수백 개였습니다.

하이닉스는 명실공히 이천시민의 기업이고, 이천의 향토기업이라고 생각합니다. 이천시민들에게는 반도체클러스터를 이천에 세워달라고 요구할 수 있는 자격과 이유가 차고 넘칩니다.

하이닉스 본사가 있는 이천은 자연보전권역입니다. 그래서 큰 공장을 지을 수가 없기 때문에 반도체클러스터 입지로 적합하지 않다고 말합니다. 자연보전권역이 무엇입니까? 자연보전권역을 만든 이유가 무엇입니까? 팔당상수원 물을 맑게 유지하기 위해 강물 따라 상류로 올라가면서 공장도, 농장도 못 짓게 정해놓은 땅이 바로 자연보전권역입니다. 우리가 한강지류를 갖고 싶어 가졌습니까? 우리가 팔당상수원 물을 맑게 만들어줬는데 2500만 수도권주민들은 이천, 광주, 여주, 양평, 가평 주민들을 위해 무얼 해줬습니까? 138조 원의 피해를 입고 있는 자연보전권역 주민들입니다. 수돗물이용자들로부터 물이용부담금 5500억원을 거둬서 그 중 얼마를 자연보전권역 주민들에게 주면서 이 정도면 충분하니까 계속 참고 있으라고 하는 겁니까? 팔당 상수원 수계의 자연보전권역 주민들과 전국의 상수원수계에 묶여있는 지자체 주민들도 더 이상 참고만 있지 말고 이제 하고싶은 얘기를 해야 합니다.

우리는 국민들의 생명을 지키는 상수원을 맑게 만들고 있는 자랑스런 상수원수계의 지자체 주민들입니다. 우리의 이러한 노력과 희생에 대해 정당한 대가를 지불해야 합니다. 그렇지 않으면 우리는 더 이상 희생만 당하며 살아갈 수는 없습니다. 우리는 너무 힘들어서 더 이상 상수원을 맑게 만들고 싶다는 의지도 없어져 가고 있습니다. 그러니 정부와 대통령께서는 상수원정책을 바꾸겠다는 결단을 내려주셔야 합니다. 이것이 블랙골드시대를 넘어 블루골드시대를 살아가고 있는 정의로운 대한민국, 공정한 경기도를 만드는 방향이라고 생각합니다.

반도체클러스터 유치를 위한 발대식
- 20190124 (목요일 아침)

어제는 SK하이닉스를 중심으로 하는 반도체클러스터 유치를 위한 시민연대조직 발대식을 가졌습니다. 상황이 급박하게 전개되는 바람에 이틀만에 서둘러 발대식을 준비했다고 들었습니다. 그래서 아트홀 대공연장에서 발대식을 하는 것이 걱정되어 소공연장에서 하는 게 좋지 않겠냐고 물었더니 소공연장은 이미 대관신청이 꽉 차서 대공연장에서 할 수밖에 없다고 들었습니다. 그런데 어제 발대식 행사장인 아트홀 대공연장에 갔더니, 1~2층 좌석이 꽉 차서 서서 계신 분들도 많았습니다. 다리가 불편하셔서 돌아가신 시민들도 많았다고 들었습니다. 얼마나 기쁘고, 감사했는지 모릅니다. 그래서 무대에 올라 인사말을 시작할 때 저의 걱정과 염려를 불식시켜 주신 시민여러분들께 큰 절을 올렸습니다.

2007년 SK하이닉스가 구리공정문제로 정부가 증설불허 결정을 내렸을 때 이천시민들의 이러한 결집력 덕분에 마침내 공장증설이 가능해졌습니다. 그후 SK하이닉스가 반도체산업 세계 9위회사에서 이제 세계 3위기업으로 우뚝 설 수 있게 되었고, 당당히 이천의 시민기업, 이천의 향토기업이 되었습니다.

저는 인사말을 통해 정부와 이천, 용인, 청주, 구미 단체장 등이 함께 하는 합동토론회를 개최해서 국민들 앞에서 SK하이닉스를 중심으로 하는 반도체특화클러스터 입지문제에 대해 충분히 토론한 후 반도체클러스터 입지를 결정해달라고 말씀드렸습니다.

오늘은 시청 대회의실에서 언론인들을 모시고 반도체클러스터 입지에 대한 이천시의 입장을 자세히 설명드리고 충분한 질의응답 시간을 가지려고 합니다. 차분하게, 정성스럽게, 솔직하게, 말씀드리겠습니다.

국방어학원 방문, 구제역 대응 화상회의
성남-장호원간 자동차전용도로 6공구구간 공사
- 20190130 (수요일 아침)

어제는 8시 30분 출근해서 9시까지 전자결재, 9시부터 9시 30분까지 대면결재하고, 이어서 장호원소재 7군단사령부와 국방어학원을 방문했습니다. 얼마 전 7군단장님께서 취임하셨는데 취임식 때 인사를 못드렸거든요. 근데 군단장님께서 갑자기 다른 급한 일정이 생겨 통화만 하고 부군단장님, 참모장님과 군대얘기 많이 나누고 왔습니다. 부대방문 때마다 제 마음이 편한 걸 보면 저도 군체질이 아닌가 싶습니다. 따뜻하게 맞아주셔서 감사합니다.

국방어학원은 처음 가봤는데 일반부대보다 군대 분위기가 덜 나는 거 같았습니다. 한국군인들의 외국어교육과 외국군인들의 한국어교육을 담당하는 국방부의 외국어대학교, 한국어를 배우러 오시는 외국군인들이 민간교류를 원한다고 하셔서 이천지역 국제봉사단체 내지는 주민자치위원회와 교류할 수 있도록 도와드려야겠다 생각했습니다.

오후에는 보건소, 농업기술센터, 상하수도사업소의 2019년도 업무계획 보고가 있었습니다. 중간에 이재명 도지사님 주재로 인근지역 구제역발생 대응관련 화상회의가 있어 참석했습니다. 구제역이 다른 지역으로 전염되지 않도록 입출입통제, 회합자제, 거점방역철저 등을 주문하셨습니다. 중앙정부의 지침에 따라 우제류 일시 이동중지명령을 내렸고, 모가면에 설치된 거점 방역, 소독시설 운영강화, 어제 백신교부 완료하고 오늘 추가접종 실시(2018년 4월과 10월에 2회 백신접종)합니다.

이천지역 축산인 여러분, 많이 고통스럽겠지만 우선 1주일 동안만 마을 밖 외부활동을 참아주시길 간절히 당부드립니다. 과거 2010년~2011년 겨울, 이천의 가축 90% 이상을 생매장시켰던 구제역참사의 아픔을 생각하면서 이천시와 이천시민이 함께 방역을 더 철저히 하도록 합시다.

그동안 이천지역의 숙원사업이었던 성남—장호원간 자동차전용도로 6공구구간 공사가 이런저런 이유로 미뤄져 왔습니다. 어제 정부의 과감한 결단으로 앞으로 자동차전용도로 6공구구간공사가 원만히 이루어질 수 있게 되었다는 희소식을 들으며 퇴근하는데 기분이 참 좋았습니다. 보람도 크게 느끼는 하루였습니다. 함께 노력해주신 모든 분들께 정말 감사드립니다.

미세먼지 국가측정망 1개 추가 설치
지하수개발공사 발주방식 변경 제의
- 20190131 (목요일 아침)

우리 이천시는 미세먼지 국가측정망이 창전동 1곳이었다가 작년 11월에 장호원 오남리에 추가 설치해서 2곳이 되었습니다. 결국 창전동과 장호원 오남리 2곳의 측정값으로 우리 이천시의 미세먼지 내지 대기오염상태를 평가받고 공개되어 그동안 시민들께서 걱정해 오셨음을 알았습니다. 그래서 이번에 KT와 업무협약을 체결해서 이천에 40곳을 추가로 미세먼지 측정망을 설치했습니다. 좀 더 객관적인 측정값을 파악하고, 미세먼지발생 위험시설에도 측정망을 설치해서 매일 수시점검이 가능하도록 했으며, 그 결과를 휴대폰으로 쉽게 알 수 있도록 했습니다. 이제 지역별로 미세먼지 상황을 파악하고 개별적으로 대응할 수 있게 되었습니다.

환경보호과에 멀티화면을 설치해서 한눈에 지역별 미세먼지 상태를 파악하고 조치할 수 있는 상황실을 마련했습니다. 미세먼지로부터 이천시민들의 건강을 잘 챙기는 이천시! 꼭 만들겠습니다.

지하수공사 하시는 분들을 집무실로 모셔서 말씀을 들었습니다. 이천시에서 발주하는 지하수개발공사가 읍면동별 수의계약으로 이루어지다보니 직접 공사를 하는 분들은 하청을 받아서 일을 할 수밖에 없고 수주받은 기업과 공사하는 사업자 모두 기업이윤을 남겨야 하니 부실공사가 이루어질 수밖에 없다. 그러니 경쟁입찰방식으로 바꿔달라고 하셨습니다. 시민들께서 '오케이.' 하시리라 생각되었습니다. 그래서 수의계약이 가능한 이천시 발주 관급공사에 대해 이천관내 기업들의 경쟁입찰방식으로 전환하려 합니다. 혹시 이에 따른 문제점은 없는지 내부 회의를 거쳐서 시민들께서 원하는 방향으로 힘차게 달려가겠습니다.

2019년
2월

사람의 입에서 나온 말이더라도
사랑이 담겨 있지 않다면
그건 아무것도 아닙니다.

도자기축제준비와 구제역 거점소독시설 점검

- 20190201 (금요일 아침)

올해 이천시는 총 80억 원의 이천사랑 지역화폐를 발행합니다. SK하이닉스가 지역경제 활성화를 위해 80억 원의 이천사랑 지역화폐 중 20억 원을 구매하기로 하는 업무협약을 시청 소회의실에서 체결했습니다. SK하이닉스와 이천시의 상생협력을 위한 노력이고 실천입니다. SK하이닉스가 이천시 지역경제를 위해 크게 도움을 주고 있으니 우리 이천시도 SK하이닉스를 위해 할 수 있는 최선을 다해야겠다고 다짐해봅니다.

이천시의 대표축제 중의 하나인 이천도자기축제가 올해 4월에 열립니다. 2017년까지는 이천설봉공원에서 축제를 열어오다가, 지난 해부터 이천도자마을인 예스파크에서 진행했습니다. 새로운 장소이고, 단지가 매우 넓기도 하고, 일기도 나빴고, 여러 가지 원인이 겹쳐서 준비하는 분들도 매우 힘들었습니다. 무엇보다 시민들과 관광객들에게 실망을 드려 아쉬움이 많았습니다. 올해는 준비를 철저히 해서 멋진 도자기축제를 보여드리려고 최선을 다하고 있습니다.

도자기판매부스를 돔텐트로 할 것인지 몽골텐트로 할 것인지를 놓고 이해관계가 충돌하고 있습니다. 돔텐트는 돔 모양의 커다란 텐트 안에 수십 개의 판매부스가 설치되는 방식으로 판매장 내부가 안정감이 있고, 기후가 나쁜 경우에도 영향을 덜 받는다는 장점이 있습니다. 반면에 돔 텐트가 설치되는 곳으로 관광객들이 몰릴 수밖에 없어 설치 위치를 놓고 이해관계가 크게 대립하게 만드는 것과 비용도 많이 들어가는 단점이 있습니다. 몽골텐트는 예스파크의 아름다운 거리를 따라 판매부스를 쭈욱 펼쳐서 시각적으로 축제장 분위기를 띄울 수 있고, 넓은 단지에 어느 정도 분산시킬 수가 있다는 장점이 있습니다. 반면 일기가 나쁜 경우에 그 영향을 많이 받게 되고, 작가분들의 귀한 작품들이 일반 생활자기처럼 가볍게 전시되어 작품들에 대한 올바른 평가를 어렵게 한다는 단점이 있습니다.

어떻게 해야 할까요? 참 어려운 숙제입니다. 더 많이 듣고, 더 많이 고민해서 결정하겠습니다. 어떠한 결정을 내리든 누군가에게 피해를 줄 수 있기 때문에 참 어렵습니다.

오후에는 모가면에 설치된 상설 거점소독시설 현장점검을 했습니다. 평상시에도 축산차량은 의무적으로 거점소독시설에 와서 운전자와 차량을 소독한 후 확인증을 받아가도록 되어 있습니다. 축산차량에 GPS가 설치되어 있기에 타 지역에서 이천으로 들어왔는데 거점소독시설에서 소독을 하지 않고 농장으로 들어가면 바로 적발되어 행정조치가 이루어지도록 되어 있었습니다. 이처럼 평상시에 가동되는 거점소독시설이 있지만, 인근 지역에서 구제역 양성반응 농가가 늘어나고 있는 상황이라 안심할 수 없어, 안성지역에서 이천으로 들어오는 길목 3곳에 추가로 임시 방역소독시설을 설치했습니다. 2018년 4월과 10월 두 차례 구제역 백신접종했지만, 이번에 추가로 백신접종을 했습니다. 접종 후 항체가 형성되기까지 5일에서 7일 소요된다고 합니다. 설 연휴 때가 우리 이천으로서는 최대 고비가 될 거 같습니다. 함께 기도해주시기 바랍니다.

구제역 방역소독초소 추가 설치

- 20190207 (목요일 아침)

 설 연휴 직전에 인근 지역에서 구제역이 발생해서 우리 이천지역으로 번질까 봐 걱정을 많이 했는데, 무사히 설 연휴를 넘겨서 다행스럽고 감사한 마음입니다. 지난 해에도 두 차례 구제역 백신접종을 했고, 이번 설연휴 전에 다시 구제역 백신접종을 했기 때문에 정상적이라면 지금쯤 항체가 형성되어 구제역 전염예방에 도움이 되리라 생각합니다.

 모가면에 설치된 상설 방역초소 외에 4곳의 방역소독초소를 추가로 설치해서 이천으로 진입하는 차량에 대한 소독에 만전을 기하고 있습니다. 그래도 이번 주와 다음 주가 큰 고비라고 하니 다음 주까지는 행사 등 모임을 자제하여 주시면 감사하겠습니다.

공무원노조와의 단체교섭

- 20190208 (금요일 아침)

 어제는 공무원노조와 단체교섭의 시간도 가졌습니다. 설 연휴 직후라 좋은 마음만 주고받아야 하는데 단체교섭을 위해 마주앉으려니 마음이 좀 그랬네요. 그래도 동료 직원들을 위해 열심히 봉사하시는 노조간부님들 보니 제 마음이 감사하고 고마웠습니다.

 이천지역 친환경농업인 회장님을 비롯한 임원분들과 이천지역 친환경농업의 발전을 위한 간담회를 가졌습니다. 처음에는 인근지역보다 이천지역 친환경농업이 선두에 있었는데, 그동안 이천시의 관심과 지원이 부족해 추격, 추월을 당하고 있는 상황이라면서 많이 서운해하고 계셨습니다. 친환경농업을 위해 정말 잘해야겠다고 다짐했습니다.

국정설명회에 참석하다
- 20190209 (토요일 아침)

어제는 하루 종일 서울에 있었습니다. 아침 일찍 이천을 출발해서 오전 9시 40분부터 시작된 전국 시장, 군수, 구청장 국정설명회에 참석했습니다. 국정설명회는 행정안전부가 준비를 했고, 광화문 근처에 있는 정부서울청사 별관 대강당에서 열렸습니다. 226명의 시장, 군수, 구청장 중에서 1분만 빠지고 225명의 시장군수구청장님들께서 참석하셨네요. 국가안보실 제1차장, 김수현 청와대 정책실장, 김부겸 행정안전부 장관, 유은혜 사회부총리 겸 교육부 장관, 홍남기 경제부총리 겸 기획재정부 장관께서 분야별로 국정에 대한 설명을 하셨습니다. 이렇게 한 자리에서 전국의 시장, 군수, 구청장님들을 뵐 수 있다는 것도 대단한 일이고, 눈빛 하나하나 말씀 하나하나에 지역에 대한 사랑과 지역발전을 위한 열정을 느낄 수 있어 감사하고 뿌듯한 마음이었습니다.

국정설명회 마치고 청와대로 옮겨 문재인 대통령님과 함께 하는 오찬간담회에 참석했습니다. 이낙연 국무총리님께서도 자리를 함께 하셨구요. 대통령님의 편안하면서도 따뜻한 인사말씀과 이낙연 국무총리님의 여유와 유머가 넘치는 덕담이 인상적이었습니다. 사전에 시장, 군수, 구청장 협의회와 조율한 바에 따라 6명의 건의 내지 제안을 주셨고 간단한 답변을 들었습니다. 아쉽게도 발언기회를 얻지 못했지만, 대통령님께 저의 생각을 편지형식으로 드려야겠다 생각했습니다. 점심식사도 맛있게 먹었습니다.

설봉호수를 돌고
백사면민과 증포3지구민의 고민을 듣다
- 20190213 (수요일 아침)

어제도 출근 길에 설봉호수 한바퀴 걸었습니다. 아침공기가 시원하게 느껴졌습니다. 그런데 눈에 들어오는 설봉호수 둘레길의 모습이 뭔가 자연스럽지 못한 거 같았습니다. 가만히 바라보니 가로수들이 멋지게 자리잡고 있는데, 가로수들 사이사이에 인공적인 가로등들이 주변과 전혀 어울리지 않게 설치되어 있었기 때문입니다. 순간 '가로수와 가로등이 조화롭게 있을 수는 없을까? 굳이 눈에 거슬리는 가로등을 따로 설치해야 하는 건가? 다른 좋은 방법은 없을까?' 하는 생각이 들었습니다.

어제 백사면 기관단체장님들께서는 "백사면 조읍리 지역에 이미 공설공원묘지 및 납골시설 그리고 장례식장이 설치되어 그로 인해 막대한 피해를 입고 있는데, 사설화장장까지 받아드리라고 하니 더이상은 도저히 참을 수가 없다. 도대체 백사면민들 알기를 뭐로 아는 거냐? 백사면 조읍리 지역에 화장장설치는 절대로 안 된다는 걸 시장은 분명히 알아야 한다!"고 하셨습니다. 저는 백사면 주민들의 마음을 충분히 이해할 수 있었습니다. 다만 "지역사회에 꼭 필요한 시설이지만 해당 지역에는 피해를 주는 시설의 설치를 마냥 미룰 수만은 없는 이천시의 어려운 입장도 이해하여 주셔야 한다"고 말씀드렸습니다. 참어려운 숙제입니다. 그래도 지혜롭게 잘 풀어보겠습니다.

증포3지구 아파트 주민들의 불편과 아픔도 들었습니다. 증포3지구에는 최근 몇 년 간 약 2000세대의 아파트가 들어섰고, 그곳 주민들의 어린 학생들이 이천초등학교에 다녀야 하는데, 불편한 점이 너무 많아 증포 3지구에 초등학교를 신설해달라는 요청이었습니다. 이천초등학교가 아니라 증포초교나 설봉초교에 보내기 위해 주민등록을 옮기지 않은 학부모님들도 많이 계시다고 합니다.

교육부 입장은 4000세대는 되어야 초등학교 신설이 가능하다는 것이므로 증포 3지구의 볼륨을 키우는 도시계획을 세워 초등학교를 신설하는 방안도 고민해야 하겠습니다. 그리고 학교가 신설될 때까지 어린 학생들의 안전을 위해 통학로를 재정비하고 학생들 안전한 통학을 위한 버스운영을 적극적으로 검토해야 하겠습니다.

소방헬기로 이천 전체를 돌아보며
- 20190218 (월요일 아침)

지난 토요일에는 소방헬기를 타고 이천 전체를 둘러봤습니다. 산불화재 진압을 위해 이천시가 임차해서 사용하고 있는 소방용 헬기입니다. 군생활 할 때 헬기를 타봤으니까 약 35년만에 헬기를 타본 셈입니다. 시장에 취임한 후 헬기를 타고 이천 전역을 한번 둘러보면 좋겠다 생각했는데, 이천시가 소방용헬기를 임차하는 시기가 따로 있어 이제서야 실천했습니다.

1시간 남짓 이천 전체를 살펴보면서 14개 읍면동이 어떠한 모습을 하고 있는지, 농지와 산지 및 강의 분포 그리고 인구분산과 도농복합 도시 이천의 경관을 한눈에 볼 수 있었고 도시개발의 방향성도 생각할 수 있는 기회가 되었습니다. 또한 최근 핫이슈인 반도체클러스터를 현재 SK하이닉스 공장 근처에 유치할 부지는 있는지, 그 곳이 팔당상수원 수질에 영향을 주는 지역은 아닌지 살펴봤습니다.

현재 SK하이닉스가 위치한 부발읍 아미리는 자연보전권역이면서 수질보전 특별대책지역 2권역에 속해 있지만, 현 SK하이닉스 공장 인근 부발읍 수정리, 송온리, 가산리, 응암리 및 대월면은 자연보전권역이지만 팔당상수원 수질보전을 위한 특별대책 지역은 아니였습니다. 자세히 보니 그 지역들의 소하천들은 복하천이 아니라 양화천으로 흘러들어 가는 것을 알 수 있었습니다. 즉 복하천의 물은 남한강으로부터의 거리 등 여러 원인으로 인해 팔당상수원의 수질에 영향을 준다고 판단하고 있으며, 양화천과 청미천은 남한강 본류로부터 멀리 떨어져 있어 하천의 자연정화기능으로 인해 팔당상수원의 수질에 영향을 주지않는다 판단되고 있음을 알수 있었습니다. 그래서 똑같은 청미천을 사이에 두고 있음에도 불구하고, 아래쪽은 충북 음성(감곡)으로 수도권에 속하지 않아(수도권정비계획법의 적용을 받지 않아) 자연보전권역이 아니라는 이유로 산업단지가 들어서 있습니다.

반면에 청미천 위쪽은 수도권인 경기도(이천/ 장호원)에 속해 자연보전권역이라는 이유로 2중 3중의 규제를 받아 공장증설이 안 되고 있습니다. 충북 음성군 감곡면의 물과 경기 이천시 장호원의 물은 똑같이 청미천으로 흘러들어 가고 있는데 말입니다. 결국 팔당상수원의 수질에 나쁜 영향을 주지 않음에도 불구하고 청미천 윗쪽 이천 장호원은 수도권에 속해 있다는 이유로 불합리한 규제를 받고 있는 것입니다. 그래서 장호원주민들은 "차라리 경기도가 아니라 충청도였으면 좋겠다"고 하는 것입니다. 그래서 이천시민은 반도체클러스터와 관련해서 다음과 주장합니다.

이천 전체를 자연보전권역으로 묶어놓은 수도권정비계획법 시행령을 고쳐서, 팔당상수원의 수질에 영향을 주는 지역(수질보전특별대책지역 2권역)은 계속 자연보전권역으로 하더라도, 팔당상수원 수질에 영향을 주지 않아 수질보전 특별대책지역에 속하지 않는 지역은 성장관리권역으로 풀어서 반도체클러스터가 유치될 수 있도록 해주세요.

SK하이닉스 공장 바로 옆 일부 부발읍과 대월면에는 반도체클러스터를 유치할 수 있는 충분한 부지가 있습니다.

6급 이하 직원들의 애로사항을 듣다
- 20190219 (화요일 아침)

아침 일찍 안전총괄과장님이 전화주셨네요. 새벽에 눈이 왔는데, 직원들이 새벽에 비상대기하면서 위험구간 염화칼슘을 뿌렸고, 아직까지 이천의 강설량이 많지는 않으며, 시내 도로는 대부분 녹고 있으니 너무 걱정하지 않아도 된다고 하시네요. 고맙습니다. 감사합니다.

어제 가장 기억에 남는 일은 직원들과의 정겨운 담소의 시간입니다. 시청직원들과 오전 11시부터 오후 1시까지 중간에 도시락 까먹으면서 담소를 나누는 시간을 갖고 있는데, 어제는 안전도시건설국 소속 6급

이하 직원들과 얘기를 나눴습니다. 직원들의 얘기를 들어보니 애로사항이 많네요.

"신규임용되어 바로 민원인을 만나 업무를 시작하게 되는데, 모르는 게 많아 실수도 많이 하게 되니, 전보인사를 하기 전에 신규임용 직원들을 먼저 자리 배치해서 2주 정도 실무수습을 한 후에 다른 직원들 전보인사를 할 필요가 있다."

"초등학교 4학년 이하 학생을 둔 직원들의 고민 중 하나는 방학기간 중에 아이들 점심식사를 챙겨주기 위해 집에 가게 되는데 1시간의 점심시간으로는 부족하다는 것, 그러니 30분만 점심시간 연장시켜 주면 오후근무를 18시 30분까지 하겠다."

"관련법률이 개정되거나 새로운 법률이 만들어지면 내용파악을 위해 강의를 해주면 좋겠다."

"교통지도팀 업무가 과중하니 업무를 나누고 팀도 분리하면 좋겠다. 업무가 과중하니 팀원을 늘려주면 좋겠다."

"직원들 육아휴직에 따른 인력충원이 바로 바로 안 돼 그 업무까지 처리해야 하는 직원들의 업무과중과 스트레스가 너무 크다. 대책 마련해달라." 등등.

직원들의 근무환경이 행정서비스의 질을 좌우한다고 생각합니다. 적극적으로, 긍정적으로 검토해서 불편을 줄이도록 하겠습니다.

부발읍 연두순시와 두 선배 시장님을 만나다
- 20190220 (수요일 아침)

오늘이 여러분들께는 어떤 날인가요? 저에게 오늘은 결혼 20주년을 기념하는 날입니다. 좀 늦은 나이에 결혼했지만, 아이 셋 낳고 부모님과 함께 열심히 살아온 기간이었네요. 돌이켜보니 우여곡절이 참 많았고, 견디기 힘든 시기도 많았네요. 그때마다 인내와 지혜로 슬기롭게 가정을 이끌어준 제 아내가 정말 고맙습니다.

어제도 일정이 많았는데 특별히 더 기억나는 것은 부발읍 주민과의 대화(연두순시)와 두 분 선배시장님과 만났던 일입니다.

부발읍 연두 순시에서는 제가 간략히 2019년 시정운영방향에 대해 말씀드린 후, 부발읍에서 선정한 주제에 대해 토론하는 방식으로 진행하였습니다. 부발읍은 이천의 14개 읍면동 중에서 증포동 다음으로 인구가 많은 지역인데, 특히 SK하이닉스가 위치한 곳이기도 합니다. SK하이닉스와 OB맥주가 위치한 아미리/신하리 지역은 아파트 밀집지역으로 도시화되어 있는 반면에, 읍사무소가 있는 무촌리를 비롯한 전통부락 지역은 상대적으로 박탈감과 소외감을 많이 느끼고 있습니다. 그래서 부발읍 주민들이 선정 내지 동의한 토론주제는 '무촌지구 미니도시 조성'이었습니다. 다만 미니도시를 조성하고자 하는 지역에 군부대가 있는 등 장애요인이 있으므로 해당지역에 미니도시를 조성하는 것이 타당하고 큰 무리가 없는지? 타당성 검토용역부터 실시하기로 했습니다. 또한 부발읍주민들의 종합복지관 수요가 크다는 것을 확인하고 긍정적으로 검토하기로 했습니다.

저녁에는 유승우, 조병돈 선배시장님을 만나 식사도 하고 소주도 한잔하면서 얘기를 나눴습니다. 제가 민선7기 이천시장이지만, 선배시장님은 두 분밖에 없습니다. 덕담과 칭찬도 있었지만, 아쉬운 점에 대해서도 허심탄회하게 이야기를 나눴습니다. 저는 "시장이라는 자리가 선출직이다보니 불가피하게 지지하는 사람과 비판하는 사람이 있게 마련이고, 따라서 누군가가 선배님들과 저의 마음을 불편하게 하는 이야기를 하더라도 직접 확인하기 전에는 믿지 않기로 약속하시지요. 두 분 선배시장님을 잘 모시는 후배시장이 되겠습니다"하고 말씀드렸습니다.

전국 첫 모내기 행사
5G서비스망을 이용한 미세먼지 대응 모의훈련
산수유마을을 이용한 백사면 관광 활성화 대책
- 20190221 (목요일 아침)

어제 오전에는 전국 첫 모내기행사를 가졌습니다. 명실공히 국민들께서 최고의 쌀로 인정하고 있는 임금님표 이천쌀을 하루라도 빨리 드실 수 있도록 하기 위해 이렇게 이른 모내기를 하게 되었습니다. 호법면에 있는 5개시군 광역자원회수시설(쓰레기소각장)에서 발생하는 소각열을 이용해 하우스 실내온도를 꾸준히 20도 이상 유지할 수 있어서 추운 시기에도 불구하고 하우스 안에서 모내기를 할 수가 있는 것입니다.

조선 성종 임금 때부터 진상하던 이천쌀입니다. 그래서 '임금님표 이천쌀'로 부르고 있습니다. 올가을 대한민국 최우수축제인 이천쌀문화축제에 꼭 오셔서 맛있는 임금님표 이천쌀밥도 드시고 이천의 농경문화를 맘껏 즐기시길 바랍니다.

오후에는 5G서비스망을 이용한 미세먼지 대응 모의훈련을 실시했습니다. 경제부총리님을 비롯한 여러 장관님들께서는 KT본사에 설치된 종합상황실에서 모니터를 통해 이천에서 실시하는 미세먼지 대응 모의훈련을 보시고 여러 의견들을 주셨습니다. 기존에는 이천지역에 국가가 설치한 미세먼지 측정소가 2곳밖에 없었고, 그 2곳의 측정값을 가지고 이천지역 전체의 미세먼지상황을 파악해서 대응하다보니 개별적이고 효율적인 대처가 불가능했습니다. 이에 우리 이천시는 최근 KT와 협력해서 주택가, 공원, 공사장 등 총 40곳에 미세먼지 측정소를 설치했고, 그 측정값을 전광판과 신호등을 통해 실시간으로 시민들께 알려드림으로서 시민들께서 실내외 활동을 하시는데 도움을 드리고 있습니다.

따라서 40곳의 미세먼지 측정소를 통해 실시간 확인되는 미세먼지 측정값을 이천시청 환경보호과에 설치된 종합상황실에서 측정소별로 파악할 수 있고, 미세먼지 상황이 나쁜 지역을 선별해서 즉각적으로 살수차를 보내 미세먼지에 대응할 수 있게 된 것입니다. 미세먼지 대책과 관련해서 가장 앞서가는 이천입니다. 더 노력하겠습니다.

백사면 주민들과 함께하는 토론회에서 '산수유마을을 연계한 백사면 관광 활성화'로 이야기를 나눴습니다. 산수유마을과 천연기념물인 도립리 반룡송과 신대리 백송 그리고 조읍2리 왕골돗자리 등 백사면이 가지고 있는 관광자원을 연결시켜 백사면을 찾은 관광객들의 눈과 마음을 즐겁게 만드는 이야기를 많이 나눴습니다. 옆동네인 신둔면과 관광자원을 연계하자는 의견, 꽃축제만 아니라 산수유열매축제도 하자는 의견, 주차장부지 확장의견 등과 마을에 버스가 아예 안 들어 오는 송말3리 주민들의 속상한 심정을 이장님의 말씀을 통해 충분히 알 수 있었습니다. 감사하고 죄송합니다. 최대한 신속히 해결하겠습니다.

반도체클러스터 용인으로 유치

- 20190222 (금요일 아침)

어제는 출근하면서 SK하이닉스 정문앞으로 갔습니다. 그곳에서 반도체클러스터 유치를 위해 아침식사도 못하시고 홍보활동하고 계시는 이천시체육회 임원들과 마음을 함께 나누었습니다. 오후에는 반도체클러스터가 사실상 용인지역으로 결정되었다는 언론보도와 충북의 환영 메시지가 담긴 브리핑 소식을 듣고서 이후 일정은 모두 미루고, 긴급회의를 가졌습니다.

언론에 따르면 SK하이닉스를 중심으로 한 반도체클러스터 입지를 위한 유치의향서가 용인시에 제출되어 사실상 용인시 원삼면에 앞으로 120조원이 투자될 반도체클러스터가 들어서게 된다. 이와 함께 SK하이닉스는 이천에도 앞으로 10년간 20조원을, 청주에도 앞으로 10년간 35조원을 투자하겠다고 밝혔습니다.

공무원들과 내부회의도 하고, 시민연대와 합동회의도 하고, 시의회 의장님 지역구 국회의원님하고도 회의를 했습니다. 저녁 9시까지 머리를 맞대고 진지하게 이야기를 나누었습니다. 지역구 국회의원님과는 오늘 아침 일찍 다시 만나 이야기를 좀 더 나누기로 했습니다.

마음이 많이 아픕니다. 함께 노력한 공무원들과 시민연대 대표님들, 시도의원님들을 비롯해서 앞장서 노력해오신 분들 모두 제 마음과 같을 것입니다. 이천시민이라면 누구나 마음이 아플 수밖에 없습니다. 시민들께서 힘들어하실 거를 생각하니 저와 공무원들은 물론이고 시민연대 대표님들, 시도의원님들의 마음이 더 아프리라 생각합니다.

그러나 마음이 많이 고통스러운 지금이지만, 우리는 어깨동무를 풀지 않고 있습니다. 지금 이 순간 우리에게 가장 필요한 것은 서로에 대한 따뜻한 격려와 사랑입니다. 모든 책임은 시민의 대표일꾼인 제가 지겠습니다.

호법면과 증포동 타운홀미팅
 - 20190226 (화요일 아침)

어제 호법면과 증포동 타운홀미팅은 정말 열띤 분위기였습니다. 호법면에서는 '찾고 싶은 고향! 살고 싶은 호법'이라는 주제로, 증포동에서는 '복지문화시설 확충 및 활용방안'이라는 주제로 멋진 토론회를 가졌습니다. 이통장님들과 주민자치위원님들께서 자신들이 살고 있는 읍면동을 살기 좋은 고장으로 만들기 위해 고민하고 연구해서 영상자료까지 준비해 설명하시는 걸 보면서 너무나 감사했습니다. 전직 조합장님과 전직 노인회장님께서도 지역발전을 위한 의견을 적극적으로 제시해 주셨습니다. 얼마나 멋진 모습입니까? 정말 고맙습니다.

올 가을에 개최되는 대한민국 최우수축제 이천쌀문화축제의 구체적 개최시기와 개최장소 그리고 축제의 주제를 정하기 위해 이천쌀문화축제 추진위원회 회의를 가졌습니다. 미리미리 준비해야 축제홍보를 할 수가 있어 지금부터 서두르고 있습니다. 어제 회의에서는 10월 세번째 주에 축제를 개최하기로 결정했고, 축제 주제와 관련해서는 5개의 주제 중 시민들의 투표?를 통해 가장 많은 선택을 받은 것을 올해 이천쌀문화축제의 주제로 정하기로 했습니다. 개최장소는 4월 도자기축제의 진행을 지켜보고 결정하기로 했습니다.

설성면과 율면 타운홀미팅
공무원노조 이천지부 출범식
- 20190227 (수요일 아침)

어제는 설성면, 율면 주민들과 타운홀미팅을 가졌습니다. 설성면에서는 면소재지인 금당리권역 재정비 및 성호호수와 노성산 등을 관광자원으로 개발하는 이야기를 주로 나눴습니다. 노인인구가 특별히 많은 율면에서는 어르신들 복지회관에 대한 얘기를 주로 나눴습니다. 면장님을 중심으로 지역주민들의 의견들을 잘 정리하고 엮어서 행복하고 아름다운 지역공동체를 만드는 계획이 만들어지길 바랍니다. 그리고 시골지역인 면지역은 쓰레기 수거가 잘 안되고 있다고 합니다. 쓰레기 종류별 수거차량이 오는 날이 달라서 주민들이 많이 불편하니, 한 개 면은 같은 날로 정해서 수거차량들이 다니도록 하고 주민들도 쓰레기를 집안 마당에 두고 있다가 수거차량이 오는 날 일제히 내놓으면, 쓰레기로 인해 지저분해지는 현상을 개선시킬 수가 있겠다는 의견에 깊이 공감이 되었습니다.

어제는 전국공무원노동조합 제10기 이천시지부 출범식이 있어 자리를 함께 해 마음을 나눴습니다. 제1기부터 제9기까지 어렵고 힘겨운 시기에 노조를 시작하고, 싸우고, 인내하며 기다리는 용기를 실천하신 전공노 이천시지부 지도부께 경의의 마음을 전합니다. 용기 중에 가장 어렵고 가장 큰 용기가 바로 시작하는 용기라고 하니까요. '광야에서'와 '님을 위한 행진곡'을 함께 부르는데 제 마음이 이전과는 좀 다른 것을 느꼈습니다. 이전에는 같은 방향을 향해 함께 서 있고, 함께 걷고 뛰었는데, 지금도 그러고 있는 건지? 아니면 서로 마주 보고 있는 건 아닌지? 많은 생각이 들었습니다. 이전에는 서로 의지가 되고 힘이 되는 관계였지만, 앞으로는 불편한 관계가 될 수도 있겠다는 생각이 들었습니다. 그래서 공무원노조로부터 가장 욕을 덜 먹는 시장이 되도록 노력하겠다고 말씀드렸습니다.

관고동과 모가면 타운홀미팅
- 20190228 (목요일 아침)

어제는 관고동(오전)과 모가면(오후) 주민들과 타운홀미팅을 가졌습니다. 전체 14개 읍면동 중에 11곳을 마쳤고 이제 3곳 남았는데 오늘 마장면과 신둔면을 하고 나면 대월면 한 곳이 남습니다. 처음에는 '언제 14개 읍면동을 다 하지?' 하고 걱정했는데 어느덧 거의 마무리되어가네요. 타운홀미팅에는 주로 이장님들과 주민자치위원님들께서 나오시는데, 워낙 지역에 대해 잘 알고 계시기 때문에 방향만 잘 잡으면 대부분 아주 멋진 의견 및 계획들이 나오는 거 같습니다. 그리고 제안하신 의견을 받아들여 예산을 투입한다고 해도 과연 지역발전에 도움이 될까? 의문이 드는 의견도 솔직히 있습니다.

어제 오후 모가면 타운홀미팅을 마치고 4월로 예정된 도자기축제와 관련해 대형 돔텐트 설치를 요구하면서 시위하고 계시는 작가분들을 대표해서 한영수 선생님을 집무실로 모셔 말씀을 나눴습니다. 솔직히 축제와 관련된 분들의 의견을 모두 받아들이고 싶지만, 대형돔텐트 설치문제는 찬성과 반대 의견으로 나뉘어 있기 때문에 결정이 참 어렵습니다. 더군다나 축제날짜는 하루하루 다가오는데 의견조율이 쉽지 않고 어떤 선택을 하더라도 고통스러운 쪽이 있을 수밖에 없으니.

한편 축제진행의 재원을 부담하는 시민들께서는 이와 같은 상황에서 어떤 결정을 내리라고 하실지 고민해 봤습니다. 서로서로 상대의 입장을 이해하면서 지혜로운 결정이 내려지기를 기원합니다. 축제시기가 하루하루 다가오고 있어 선택의 시간이 거의 없습니다. 자칫 잘못하면 축제를 못할 수도 있을 거 같습니다.

© 20190321 오픈미팅 '이천시장이 갑니다'(학원연합회)

2019년
3월

"마음(심령)이 가난한 자여 복이 있나니 천국이 그들의 것이다."
마음이 한가하다는 것과 마음이 가난하다는 것,
왜 마음이 한가하지 못한지? 마음이 가난하지 못한 이유는 무엇인지?
도대체 우리들은 무엇 때문에 마음이 늘 바쁘고 힘든 것인지?
우리 함께 고민해봅시다.

3.1절 100주년을 돌아보며

- 20190301 (금요일 아침)

3.1절 기념일이고, 100주년이 되는 날입니다. 전국 방방곡곡에 격문이 붙었고, 국민들은 손에서 손으로 독립선언문을 전달했으며, 200만명이 넘는 국민들이 일제로부터 독립을 선언하고 만세운동에 동참했다고 합니다. 국민들이 손에 받아 든 독립선언문은 우리가 흔히 알고 있는 점잖은 독립선언문도 있었지만, 피를 토하는 심정으로 목숨을 걸고 싸우자는 독립선언문도 많았다고 합니다.

1919년 3월 1일 200만명이 넘는 우리 국민들이 참여한 독립선언 및 만세운동에 이어 국민들의 독립선언을 받들어 실천할 대한민국 임시정부가 수립되었습니다. 그때부터 대한민국 임시정부를 중심으로 독립운동이 전개되었으며, 마침내 이 땅에서 일본군을 몰아냈던 것입니다.

1910년 8월 22일부터 1945년 8월 14일까지 이 땅에서는 친일하면 부귀영화를 누리고, 독립운동하면 패가망신과 순국을 각오해야 했다고 합니다. 패가망신을 각오하고 목숨을 던지며 독립운동을 하신 애국지사님들 덕분에 우리는 마침내 1945년 8월 15일 이 땅에서 일본군을 몰아내고 자유롭고 당당하게 살아갈 수 있는 것입니다.

오늘 우리는 애국지사님들의 숭고한 정신과 용기를 기리고 본받기 위해 전국 각지에서 기념행사를 갖습니다.

14개면 타운홀미팅 마감

- 20190305 (화요일 아침)

어제 오전, 대월면을 끝으로 14개 읍면동 타운홀미팅이 모두 마무리 되었습니다. 이번 읍면동별 타운홀미팅을 계기로 각 읍면동의 발전을 위해 토론하고 발전계획을 세워 이천시에 지원요청을 할 수 있는 시민조직이 구성되어지길 간절히 바랍니다.

시민사회와 공직사회가 지역사회의 숙제해결을 위해 함께 연구하고 노력할 수 있어야 하겠습니다. 앞으로 저는 그러한 노력과 실천에 대해 적극적으로 지원하겠다 다짐해봅니다.

오후에는 세금체납자 실태조사원 44분께 한 분 한 분 위촉장을 드렸습니다. 세금을 제대로 납부하는 사람들이 바보로 취급되지 않는 사회를 만들기 위해 노력해 주시고, 중간중간에 체납관리업무를 보면서 느끼는 경험을 공유하는 기회를 만들자고 말씀드렸습니다.

양각산 선비마을 마을지 발간
대중교통 현대화 용역착수

- 20190306 (수요일 아침)

어제 오후에는 마장면 관2, 3리에 다녀왔습니다. 관2리와 3리는 예전부터 관동마을로 불렸는데, 이번에 1년 정도 마을주민들께서 한마음으로 준비하셔서 '마을지'를 출판하고 그 기쁨을 나누는 자리에 다녀왔습니다. 마을지 책 이름은 『양각산 선비마을』입니다. 작년 신둔면 지석리의 마을지 편찬에 이어 이천에서는 두 번째 마을지 편찬이지만, 이번 관동마을 마을지 편찬은 전문가들 도움을 최소화하여 주민들이 직접 만들었다고 하니 실질적으로는 주민들이 만든 첫 번째 마을지라고 평가하고 있었습니다. 이장님을 비롯한 마을주민들 모두 수고 많으셨고, 정말 감사합니다. 앞으로 이천의 407개 마을마다 마을지가 만들어지면 얼마나 좋을까 생각해 봅니다.

　오후 늦게 대중교통 현대화 용역착수 보고시간을 가졌습니다. 이천의 시내버스는 버스회사 소유도 있고 이천시 소유버스도 있지만, 운영은 모두 버스회사가 하고 있습니다. 시민들께서는 버스노선과 배차간격에 대해 너무 불편하다고 하시고, 버스회사는 이천은 적자운영이기 때문에 이천시가 어느 정도 적자보전을 해줘야만 시내버스운행이 가능하다고 합니다. 그래서 이천시내버스 완전공영제를 실시하는데 예산은 얼마나 드는지? 예상되는 장애는 없는지? 시내버스공영제를 담당하는 기관은 어떤 형태가 좋을지? 검토하기 위해 용역을 실시하고자 합니다.

　시내버스는 대중교통수단입니다. 이천의 시내버스는 대중교통수단으로서는 많이 부족합니다. 그래서 이천은 승용차 비율이 매우 높습니다. 승용차 비율이 높은 만큼 교통문제, 주차문제, 미세먼지문제, 지역경제침체문제가 심각해지는 것입니다. 대중교통이 시민들에 대한 복지라는 마음으로 접근하고 싶습니다.

현대엘리벨이터 이전에 대한 소문 확인

- 20190313 (수요일 아침)

요즘 제가 월급값을 하려고 열심히 하고는 있는가 봅니다. 몸이 피곤해서 면역력이 떨어지면서 왼쪽 눈동자에 단순포진이 생겨 건강관리 모드로 급전환해야 하는 병이 지난 해부터 생겼습니다. 지난 해 연말에 무리한 탓에 지난 1월 초 왼쪽 눈에 단순포진이 발병해서 약 10일 이상 햇빛 보는 것도 조심하고 술도 금주하는 등 건강관리에 들어가 회복되었는데, 두 달도 안되어 지난 일요일부터 또 다시 왼쪽 눈에 단순포진이 시작되었네요. 이제부터는 건강을 위해서도 그렇고, 일을 위해서도 그렇고, 운동을 많이 해야 될 거 같습니다.

최근 언론을 통해 "현대엘리베이터가 다른 곳으로 이전할지도 모른다"는 소식을 들었습니다. 그래서 어제 오후에 현대엘리베이터 장병우 대표이사님을 찾아뵈었습니다. 저는 여러가지 규제로 인해 기업활동이 쉽지 않은 이천에서 현대엘리베이터를 대한민국의 대표기업으로 만들어 내고, 나아가 세계적 기업으로의 도약을 준비하는 시기에 수정법, 환경법, 산집법 등등등의 각종 공장규제로 인해 공장증설이 불가능해서 공장이전을 검토하고 계시다면 이천시가 경기도와 중앙정부에 이와같은 사정을 자세히 설명하고 설득해서 공장증설이 가능하도록 할테니 이천시를 믿고 함께 해 주시기를 당부드렸습니다.

장병우 대표이사님께서는 "공장증설과 관련해 어려운 상황에 있는 것은 맞지만, 회사차원에서 결정된 것은 아무것도 없다, 회사차원에서 결정을 하면 이천시에 협조를 구하겠다"고 말씀하셨습니다. 저는 "회사가 앞으로 어떠한 결정을 하더라도 이천시가 회사의 공장증설을 위해 최선을 다할 것이라는 것을 전제로 결정을 해 주시고, 회사가 어떠한 결정을 하더라도 이천시는 현대엘리베이터와 함께하겠다"
고 말씀드렸습니다. 대표이사님께서는 고)정주영, 고)정몽헌 두 분 회
장님과 이천지역의 관계에 대한 정서적 유대가 깊다는 점도 말씀하셨
네요. 현대엘리베이터를 비롯한 이천의 기업들이 승승장구할 수 있도
록 이천시는 최선을 다하겠습니다.

미세먼지 대책관련 법률 국회 통과
- 20190314 (목요일 아침)

이천시 관내 중소기업들이 이천시와 함께 손잡고 해외시장개척사
업을 멋지게 해내고 있습니다. 이천시와 함께 해외시장개척사업을 하
고 있는 관내 중소기업들이 소외된 이웃과 함께하고자 어제 행복한
동행사업에 거금을 기부하셨습니다. 감사합니다.

어제 미세먼지 대책관련 8개 법률이 국회를 통과했다고 합니다. 그
동안 황사나 스모그 정도로 치부했던 미세먼지 문제를 재난수준의 심
각한 문제로 인식하고 대응해 나갈 계획이라고 합니다. 법안 마련과
는 별개로 중국과의 협력을 통해 선진적인 인공강우기술 도입 등도
추진하고 있다고 합니다. 국회에서 통과 된 미세먼지 관련법률의 주
요내용을 살펴보겠습니다.

1. '청정한 학교' 초 · 중 · 고, 공기청정기 및 미세먼지 측정기 설치
의무화(학교보건법)

2. 어린이집, 대중교통 등 실내공기 관리 강화(실내공기질관리법)

3. 미세먼지 저감 LPG 차량, '이제 누구나 구매 가능'(액화석유가스법)

4. 미세먼지 배출 사업장과 차량관리 강화(대기환경개선특별법)

5. 효과적 미세먼지 관리를 위한 국가미세먼지정보센터 설치·운영 강화(미세먼지특별법)

6. '선박도 미세먼지의 원인', 항만 지역 대기질 개선 종합계획 마련 (항만대기질개선특별법)

7. 저공해자동차 종류 및 배출허용기준 새로운 규정 마련(대기환경 보전법)

8. 미세먼지 특별재난지역 선포와 피해조사, 복구계획 수립(재난기 본법)

안흥동 상업지구 지구단위계획 대책
본죽리 태양광발전시설 설치허가건
민원담당 직원들과의 대화
- 20190327 (수요일 아침)

안흥동 상업지구는 수 십년 전에 상업지역으로 지정되어 지구단위 계획까지 수립되었으나, 그 후 지구단위계획은 철회되고 상업지역으로만 지정된 상태로 방치되어 오다가 최근에 롯데캐슬을 비롯해 고층 건물들이 들어섰고 앞으로도 더 들어설 계획입니다. 이에 따라 교통 혼란이 예상되고 있어 교통흐름을 개선시킬 수 있는 방안에 대해 용역사로부터 연구결과 보고를 듣고 관련부서 국과장님들과 회의를 했습니다. 시민여러분들의 불편이 없도록 최선을 다해 노력하겠습니다.

율면 본죽리 이장님을 비롯해 주민들께서 화가 단단히 나셔서 저를 찾아오셨습니다. 본죽리에 유난히 많은 태양광발전시설 설치허가가 나는 것, 민가에 바짝 붙여서 허가가 나고 있는 것, 소외지역인 율면 지역을 더 챙겨주지는 못할망정 계속해서 피해를 주는 것 등등에 주민들께서 화가 많이 나셨습니다. 처음에는 주민들의 이야기를 경청하는 것이 힘들었으나 말씀을 들으면서 주민들의 불편, 아픔, 분노, 소외감이 크다는 알 수 있었습니다. 본죽리 주민들께서는 이천시 공무원들이 본죽리 주민들을 무시하고 사업자 편에 서서 행정을 펼치니까 이런 일이 생겼다고 생각하고 계셨습니다. 그래서 저는 주민들을 위해서 불허가 처분을 하고 싶어도 법에서 정하고 있는 요건을 다 갖춰 허가신청을 하면 이천시는 허가를 할 수 밖에 없으니, 이 때문에 우리 공무원들도 너무나 괴롭다고 말씀드렸습니다.

민원담당부서 직원들과 두 번째로 이야기를 나누는 시간을 가졌습니다. 민원인과 담당공무원의 아픔을 함께 생각해보는 시간이 되었기를 바랍니다. 누군가가 과도한 말과 행동으로 나를 아프게 하고 있다면, 그는 이미 그렇게 하지 않으면 안 될 만큼 마음이 아프다는 것, 우리는 경우에 따라 말과 행동을 하면서 지나치게 흥분할 때가 있습니다. 그때 우리의 모습을 자세히 보면 마음이 고통스러운 상태임을 알 수 있습니다. 우리의 흥분이 큰 만큼 우리의 아픔이 크다는 것을 발견할 수 있습니다. 우리가 대인관계에서 갈등이 생겼을 때 그 갈등이 제대로 해결되려면 서로 상대의 아픔을 이해할 수 있어야 합니다.

2019년
4월

심동신피(心動神疲)

심한신왕(心閒神旺)

마음이 바쁘면 정신이 지쳐 피곤하고

마음이 한가해야 정신이 맑고 왕성하다

산수유꽃축제는 끝났지만
- 20190401 (월요일 아침)

올해로 스무 돌을 맞는 이천백사 산수유꽃축제에 많은 관광객들께서 찾아주셨습니다. 감사합니다. 개막식날인 금요일에는 날씨가 너무나 좋아서 다행스럽고 감사했는데, 주말에는 일기가 나빠 축제장을 찾아주신 관광객들께서 축제의 기쁨을 충분히 즐기시지 못하셨을 거라 생각하니 죄송한 마음이 많았습니다. 또한 궂은 날씨에도 불구하고 최선을 다해 축제장을 지키시고 관광객들을 맞으시느라 고생하신 김재갑 위원장님을 비롯한 축제추진위원님들께는 너무나 감사한 마음입니다.

산수유꽃축제는 어제로 마쳤지만, 산수유꽃은 이번주가 절정이라고 합니다. 이번 주말 가족들과 함께 이천백사 산수유마을에서 행복한 시간 보내시길 바랍니다.

어제는 궂은 날씨에도 불구하고 주말에 부발읍 축구대회와 관고동 체육대회가 열려 참석해서 격려도 드리고 즐거움도 함께 나눴습니다.

특전사령부 창설 61주년 기념일
- 20190402 (화요일 아침)

어제는 대한민국 특전사령부 창설 61주년 기념일이었습니다. 그래서 마장면 소재 특전사령부 연병장에서 진행된 기념식에 다녀왔습니다. 1958년 4월 1일 창설된 세계최정예, 대체불가, 대한민국 특전사령부였습니다. 날씨도 추운 데다가 바람까지 세게 부는 상황에서도 고 공낙하시범, 의장대시범, 태권도시범까지 볼 수 있어 눈이 많이 호강 했습니다. 시범 하나하나가 아주 높은 수준이었기 때문에 마장면민들 을 비롯한 내빈들의 박수소리가 그칠 줄을 모르고 연병장에 울려 퍼 졌습니다. 1시간 넘게 진행된 기념식행사가 끝나고 맛있는 점심식사 가 준비되어 있다고 해서 영내 식당으로 들어갔는데, 따뜻한 실내공 기가 반갑게 맞아주었네요. 추울 땐 따뜻한 게 행복입니다. 갈비탕에 떡과 과일까지 감사한 마음으로 맛있게 먹었습니다.

김정수 특전사령관님께 특전사가 보유하고 있는 살수차를 이천시 의 미세먼지 대책을 위해 필요한 경우에 사용할 수 있도록 허락해주 서서 감사하다고 말씀드렸습니다. 또한 이번 달에 개최되는 도자기축 제 때 항공작전사령부와 함께 부대홍보 부스를 운영해 주십사 당부를 드렸습니다. 그렇게 하면 축제내용도 풍성해지고, 군과 시민이 함께 함으로서 군에 대한 시민들의 생각도 친근감있게 변화될 수 있을 거 같습니다.

치매전문 이천소망병원의 개원을 축하하며
- 20190403 (수요일 아침)

의술의 발달로 우리들의 평균수명이 점점 늘어나고 있고, 여성의 경우 평균수명이 82세가 넘는다는 기사를 본 적이 있습니다. 그 기사 에는 우리나라 국민들의 건강수명이 약 69세이라는 내용도 함께 있 었습니다. 결국 평균적으로 얘기해서 노년 인생 중 약 13년 넘게 만 성질환으로 고생하며 살아가고 있다는 것입니다. 그렇다면 오래 사는 것보다는 건강하게 사는 것에 더 많은 관심을 가져야 할 듯합니다. 나아가 65세 이상 노인인구가 빠르게 증가한다고 하는 내용과 함께 노인치매 인구증가는 노인인구증가 속도의 2배에 이른다는 기사를 보았습니다. 그래서 정부가 나서서 치매를 책임지겠다는 '치매국가책임제'가 실시 중에 있습니다.

우리 이천시도 지난해 하반기에 치매안심센터 1개소(증포동)를 열어 운영 중에 있고, 올해 장호원과 마장면에 추가로 치매안심센터를 오픈하기 위해 열심히 준비 중에 있습니다. 치매안심센터를 통해 치매예방에 최선의 노력을 다하겠지만, 부득이 치매환자가 발생하는 경우에는 치매환자 치료 및 가정보호를 위해 치매전문 노인병원이 꼭 필요합니다.

어제 개원한 치매전문 이천소망요양병원이 이천시가 운영하고 있는 치매안심센터와 유기적으로 협력해서 치매로부터 이천시민들을 안전하게 보호해줄 수 있기를 기원합니다.

이천향교 터의 본래모습을 떠올리며
이천관내 사회적기업 대표 간담회
- 20190404 (목요일 아침)

여기저기서 벚꽃소식이 들려옵니다. 우리 이천도 오늘 내일 중에 벚꽃망울이 곳곳에서 터지는 소리가 들릴 거 같습니다. 물론 이미 벚꽃이 핀 곳도 있구요. 설봉호수 제방길 바로 아래에는 며칠 전부터 벚꽃이 폈더라구요.

어제는 이천 유교문화의 소중한 자산인 이천향교의 전현직 전교님들을 집무실로 모셔서 이런저런 얘기를 나눴습니다. 어떤 연유 때문인지 모르겠지만, 이천향교의 터가 본래의 모습을 잃어버리고 매우 협소한 모양을 하고 있는 현실입니다. 그래서 이천향교 옆 부악공원 개발사업을 할 때 이천향교 터의 본래모습을 되찾도록 하여 이천의 문화를 잘 보전하겠다 말씀드렸습니다.

이천관내 사회적기업의 대표님들과 간담회시간을 가졌습니다. 이윤 극대화라고 하는 기업의 목적을 넘어서 사회에 대한 기여라고 하는 공적인 역할까지 수행하고 있는 사회적기업의 대표님들과 함께 '경쟁'하는 이천이 아니라 '공존'하는 이천을 만들어보기로 했습니다. 10년, 20년 후 우리들이 함께 노력해서 만들어낼 따뜻한 이천을 생각하면서, 그 때 과거를 되돌아보면서 우리들이 참 멋진 일을 했구나! 하고 자부심을 느낄 수 있으면 참 좋겠다고 말씀드렸습니다.

경기남부권 시장회의에 다녀오다
- 20190409 (화요일 아침)

어제 평택시청에서 열린 미세먼지 공동대응을 위한 경기남부권(평택/화성/오산/안성/이천/여주) 시장회의에 다녀왔습니다. 경기남부지역의 미세먼지상황이 나쁜 원인은 평택/당진항과 충청남도 서해안지역에 위치한 화력발전소가 주된 원인이기 때문에 중앙정부 차원의 대책마련이 반드시 필요하고, 중앙정부 차원의 대책마련을 촉구하기 위해 경기남부 6개 시가 경기도와 함께 공동협약을 체결하는 등 공동대응을 약속했습니다.

전체 대한민국을 위해 중앙정부가 설치한 평택항과 당진항 그리고 충남 석탄화력발전소의 운영으로 인해 경기남부지역에 미세먼지 등 대기오염을 야기하고 있으니 당연히 중앙정부 차원의 대책마련을 요구하는 것입니다. 나아가 2500만명의 수도권주민들의 생명수를 공급하기 위해 지역전체가 자연보전권역으로 지정되어 2중3중의 중첩규제를 받고 있고 그로 인해 지역경제 발전에 막대한 피해를 입고 있는 이천/여주/양평/광주/가평 지역에 대해서도 중앙정부 차원의 근본적인 대책마련이 필요합니다. 이들 경기동부권 5개시군은 팔당상수원의 수질보호를 위한 엄청난 희생에도 불구하고 그에 대한 정당한 평가 내지 정당한 보상이 이뤄지지 않고 있기 때문에 "팔당상수원을 옮겨달라!", "더 이상 팔당상수원 수질보호를 위해 협조 못하겠다!"고 외치는 것입니다. 수도권 2500만명의 생명과 건강을 지키기 위해 팔당상수원의 맑은 물이 필요하고, 경기동부권 5개시군의 희생으로 팔당상수원의 수질이 유지되고 있는 것이라면, 이들 5개시군에게 지금처럼 희생을 강요할 것이 아니라 이들 5개시군이 상수원 수질보호를 위해 적극적으로 나설 수 있도록 제도를 바꿔줘야 합니다. 이들 경기동부권 5개시군에게 그 희생을 보상하고도 남을 정도의 중앙정부차원의 지원이 이뤄져야 합니다. 그래야만 5개시군이 앞장서서 상수원수질을 깨끗하게 만들 것이고, 그래야 2500만 수도권 주민들의 생명을 지킬 수 있을 것이며, 그래야만 중앙정부(환경부)는 상수원수질보호를 위해 5개시군과의 힘겨운 줄다리기를 끝낼 수 있습니다.

우리 경기동부 5개시군은 2500만 수도권주민들의 젖줄인 팔당상수원의 수질보호를 위해 친환경도시로 나아가기를 희망합니다. 그러기 위해서는 지금처럼 희생과 강요가 아니라 보상과 적극성이 필요합니다. 경기동부권 5개시군이 친환경유기농산물만 재배하겠다고 한다면, 공장유치 안 하겠다고 한다면, 팔당의 상수원 수질이 얼마나 좋아지겠습니까? 이러한 일은 억지로 되는 것이 아닙니다. 이러한 일을 스스로 하도록 해야합니다.

지금처럼 희생을 강요할 것이 아니라 희생을 넘어서는 혜택이 필요합니다. 희생을 강요하면 몰래몰래 개발하고, 수질은 점점점점 나빠집니다. 수도권 주민들의 건강은 점점 나빠집니다. 중앙정부의 수질관리는 더욱 힘들어집니다. 희생을 넘는 혜택으로, 5개시군이 적극적으로 수질보호할 겁니다. 상수원 수질은 점점점점 좋아질 겁니다. 수도권주민들의 건강은 점점 좋아질 겁니다. 중앙정부도 골치아픈 수질관리 안해도 될 겁니다.

2500만 수도권 주민들의 건강과 생명을 책임져야 하는 팔당상수원! 경기동부 5개시군으로 하여금 다른 도시들처럼 공장늘리고, 인구 더 늘려 팔당수질을 악화시키도록 해야 하겠습니까? 경기동부 5개시군으로 하여금 공장 덜 만들고, 인구 덜 늘리고도 얼마든지 자립할 수 있도록 해서 팔당수질을 개선시켜야 하겠습니까?

대한민국 정부와 대한민국 국회의 결단이 필요한 시점입니다. 팔당상수원 만의 문제가 아닙니다. 전국의 모든 상수원의 문제입니다. 전국 상수원수계 모든 지자체 시장군수님들, 국회의원님들, 시도군의원님들, 주민들 모두가 관심 갖고 연구하고 함께 실천해야 합니다.

시몬스침대의 따뜻한 마음에 감사
신둔면 상가번영회 창립총회
- 20190412 (금요일 아침)

모가면 신갈리에 위치한 주식회사 시몬스는 그동안 20년 가까이 해마다 이천지역의 어려운 이웃들을 위해 큰 봉사를 해오고 있습니다. 어제는 이천지역 다문화가정의 자녀들과 결혼이민자들을 시몬스회사가 직원으로 채용할 수 있도록 회사와 이천시가 업무협약을 체결했습니다. 사회적 편견 등 여러가지 이유로 인해 취업에 어려움을 겪고있는 다문화가정의 자녀들과 결혼이민자들에 대한 시몬스침대의 따듯한 마음에 감사드립니다.

우리 이천시도 다문화가정에 더 많은 관심과 사랑을 실천하고 관내기업들의 기업활동에도 기여할 수 있도록 노력하겠습니다.

어제는 신둔면 상가번영회 창립총회가 있어 다녀왔습니다. 지역경기가 좋으면 상가번영회를 조직하지 않았을텐데, 상가번영회를 조직해서 어려운 상황을 이겨내보자며 의기투합하는 자리구나 하고 생각했습니다. 정치와 행정이 잘 돼서 상점 사장님들이 상가번영회를 만들지 않고도 얼마든지 사업장을 잘 영위할 수 있도록 노력해야겠다다짐했습니다.

행복은 많은 게 필요하지 않을 수 있다
- 20190415 (월요일 아침)

주말에 짬내서 설봉공원에 올라갔는데 벚꽃이 그야말로 절정이었네요. 활짝 핀 꽃들을 보려고 설봉공원에 사람들이 엄청 많았습니다. 저도 비록 짧은 시간이었지만 꽃들과 함께, 사람들과 함께 행복한 시간을 보냈습니다.

누구나 행복하기를 바랍니다. 따뜻한 햇볕을 쏘이며 앉아있을 때, 시원한 바람을 느끼며 앉아있을 때, 그저 넓은 바다를 바라보며 앉아

있을 때가 편안하고 행복했던 거 같습니다. 그러고 보니 우리가 행복하기 위해서는 많은 게 필요하지 않을 수도 있습니다. 하지만 행복하려면 이것저것 많은 게 필요하다고 착각하고 있기 때문에 그것이 갖춰지는 순간에만 잠시 행복한 듯하고 나머지 대부분의 시간은 불행한지도 모르겠습니다.

이번 주에는 좀더 쉽게 행복해질 수 있는, 좀더 저렴한 비용으로 행복해질 수 있는, 그런 삶의 지혜를 꼭 발견하시길 두손 모아 기도합니다.

그물에 걸리지 않는 바람처럼.

스마트폰으로부터 우리 아이를 구하라
중국작가들의 도자기작품 기증행사
- 20190417 (수요일 아침)

어제 오전에는 이천아트홀 소공연장에서 특별강사를 초청해서 '스마트폰으로부터 우리 아이를 구하라!'는 주제로 부모교육이 있었습니다. 이천시 어린이집연합회가 마련한 행사로서 격려인사드렸습니다. 우리 부모님들 입장에서는 4차산업혁명시대를 성공적으로 살아가야 할 자녀교육과 관련해서 걱정되는 것이 한두 가지가 아니겠지만, 젊은 날 우리가 그랬던 것처럼 우리의 자녀들은 4차산업혁명시대의 커다란 변화의 파도를 즐기면서 살아갈 테니 걱정마시라고 말씀드렸습니다. 우리 이천시는 이천의 미래를 이끌어갈 어린이들과 청소년들이 다양한 경험을 할 수 있도록 그 기반을 마련하는데 최선을 다하겠다고 말씀드렸습니다.

중국 북경에서 활동하시는 중국 작가분들로부터 도자기작품 등 공예작품 26점을 기증받는 행사를 가졌습니다. 중국작가님들의 소중한 작품을 정성껏 전시해서 시민들께서 잘 감상하실 수 있도록 하겠습니다. 이천시를 유네스코 창의도시 공예부문 의장도시로 만들어주신 이천지역 대한민국도자기명장님들과 이천도자기명장님들께서 자리를 함께 해주셔서 더욱 의미있는 행사가 되었습니다. 감사드립니다.

산동성 웨이팡시 초청에 다녀오다
- 20190423 (화요일 아침)

유네스코 창의도시 지정신청을 한 중국 산동성 웨이팡시가 유네스코 창의도시들을 초청했고, 우리 이천시는 지난 목요일에 공예부문 창의도시의 의장도시로 참석했다가 어제 밤에 돌아왔습니다.

웨이팡시는 산동성에 속한 인구 950만의 거대한 도시이며, 농수산물 생산량이 중국 전체에서 1위이고, 수공예분야가 매우 발달한 도시였습니다. 특히 인공조림사업을 통해 전체 면적 중 30%에 해당하는 숲을 만들어 전국 최고의 녹지공간을 가지고 있다고 합니다. 차를 타고 이동하는 중에 도로 주변을 보니 '조림사업에 정말 많은 정성을 쏟았구나!' 하는 생각에 감탄을 했습니다. 웨이팡시를 대표하는 후이신안 당서기께서 직접 마중나와 환대하여 주셔서 감사했습니다.

공업화, 세계화 시대에 수공예산업의 필요성 및 민간예술발전에 대한 전문가들 포럼행사에도 참석해서 많이 배웠습니다. 농아학교를 방문해서 훌륭한 농아교육을 보고 감동을 받았습니다. 어마어마한 인파가 몰린 세계연축제장에서 옛날 추억을 떠올리며 연을 날려봤습니다.

웨이팡시 이외에도 산동성에 속한 여러 도시들도 다녀왔습니다. 귀국할 때 칭따오공항을 이용했는데, 제70회 세계해군축제가 칭따오(청도)에서 열리고 있어 검문검시가 많았습니다. 이번에 보고 배운 것들 중 우리 이천시에 적용할 수 있는 것을 연구해서 실천해보도록 노력하겠습니다.

어깨동무하며 살아가는 대한민국
- 20190424 (수요일 아침)

어제는 제9회 새마을의 날을 맞아 설봉공원에서 이천 관내 407개 부락별 새마을지도자 및 부녀회장님들과 함께 그 동안의 우리들의 노력을 함께 격려하고 앞으로 이천을 어떻게 만들어 갈지에 대해 생각해보는 시간을 가졌습니다.

국민소득 수 백불 시대를 벗어나기 위해 온국민들이 허리띠 졸라매고 열심히 노력했던 것이 새마을운동이었고, 국민들이 그동안 흘렸던 땀과 눈물 덕분에 우리나라가 오늘날 경제대국이 되었으니! 우리들 스스로 자축할 만하다 생각합니다.

한편 국민들의 노력 덕분에 나라는 경제대국이 되었지만, 빈부격차 및 아이키우기 힘든 사회와 각종 사회적 갈등을 해소하지 못하고 있는 정치권에 대해서는 국민들의 불신이 매우 높습니다.

그동안 부자나라를 만들기 위한 새마을운동이 이제는 국민들이 행복한 사회를 만드는 방향으로 바뀌어야 하겠다고 생각했습니다.

그러기 위해서는 빈부격차를 해소하고, 아이키우는 비용은 정부가 부담하고, 정치권은 사회적 갈등을 부추기지 말고 갈등해결에 지혜를 모아주고, 대결적이고, 공격적인 정치를 지양하고, 개인과 지역들이 획일화된 사회가 아니라 다양성이 그대로 존중될 수 있도록, 경쟁을 줄이며 서로 어깨동무하며 살아가는 대한민국을 만들어야 하겠습니다.

부발읍에서 하루를 보내다
- 20190425 (목요일 아침)

어제는 현답시장실을 운영하는 날이라 부발읍에서 하루종일 보냈습니다. 9시경 부발읍사무소에 도착해서 직원분들과 수인사와 눈인사를 나누고, 팀장님들과 읍장실에서 차한잔하면서 부발읍 현답시장실을 시작했습니다. 부발읍 기관단체장님들로부터 애로사항 및 건의사항을 들었습니다. 제가 고민하고 연구해서 실천해야 할 내용들이 많았습니다. 잘 챙겨보겠습니다. 감사합니다.

아미2리 사시는 어머님들 3분이 저를 찾아오셔서 "읍내에 나오려고 해도 마을에서 직접 오는 시내버스가 없어 답답하다"고 말씀하셨네요. 시간이 되기에 곧바로 현장에 나가 살펴보니, 시내버스 노선변경까지는 어렵고, 1000원 택시를 아미2리 주민들께서 이용할 수 있도록 방법을 찾아드리면 좋을 듯하여 그러한 방향으로 업무지시를 했습니다.

점심식사 후에는 신하2리 마을회관을 방문했습니다. 신하2리 마을은 최근에 빌라가 많이 들어서서 900세대까지 늘었는데, 그러다보니 출퇴근 시간에 마을길 혼잡으로 주민들이 다투기까지 한다고 이장님이 말씀하시네요. 이장님과 함께 현장을 둘러보는데, 문제가 되고 있는 위치의 토지소유자인 롯데마트 관계자가 나오셨기에, 자초지종을 설명드리고 이천시가 토지를 매수해서라도 교통혼잡문제를 해결하고 싶으니 회사입장을 정해 알려주십사 부탁드렸습니다.

죽당리 마을회관에 가서 인사드리는데, 이장님께서 주민들과 함께 노력해서 5억원의 정부지원금을 받아 마을주민들을 위한 사업에 쓸 수 있게 되었다고 말씀하시면서 자부심이 대단했습니다. 주민들을 위해 열심히 노력하고 봉사하시는 이통장님들, 정말 고맙습니다.

인근 여주시와 경계에 위치한 대관리 마을에도 갔는데, 이장님께서 주민자치위원회와 협력해서 집집마다 예쁜 편지함을 만들어 설치해 놓으셨습니다. 마을을 예쁘게 만들려는 노력에 정말 감사드립니다.

복하천 옆에서 딸기하우스 농사를 짓고 계신 현장을 찾아갔습니다. 하우스 인근에 큰 공장이 있는데 대부분의 땅을 콘크리트 포장하다 보니 빗물이 한 곳으로 몰리게 되고, 하우스 옆 수로가 그 빗물을 감당하지 못해 하우스를 덮치는 경우가 있어 걱정이 많다고 하시네요. 우선 이천시와 회사가 공동으로 비용부담을 해서라도 수로확장 등 필요한 조치를 해 농경지침수 등을 막을 수 있도록 해야 하겠습니다.

전통부락에 대해서는 여러가지 마을지원사업이 있지만, 아파트와 같은 공동주택에 대해서는 거의 없다면서 대책마련을 요구하시기 위해 공동주택의 통장님들이 한꺼번에 찾아오셨습니다. 이천시의회와 함께 오래된 공동주택에 대해 어떠한 지원이 가능할지 고민하고 연구해서 대책을 마련해보자고 말씀드렸습니다. 전통부락 이장님들도 찾아오셔서 마을숙원사업을 이야기하셨습니다. 말씀주신 내용들 하나하나 잘 챙겨보겠습니다.

이천도자기축제 4일째

- 20190429 (월요일 아침)

지난 주 금요일 오후, 우중에 도자기축제 개막식을 진행하면서 축제를 준비하신 많은 분들과 축제를 보러 오신 많은 관람객 여러분들의 아쉬운 마음을 함께 나누었습니다. 그리고 주말에도 날씨가 안 좋으면 어쩌나 하고 걱정도 많이 했습니다. 그런데 토요일은 하루종일 눈부실 정도로 멋진 날씨에 너무너무 감사했고, 일요일인 어제도 좀 쌀쌀하긴 했지만 축제를 즐기기에 충분한 날씨여서 또 감사했습니다. 축제준비하시는 분들, 정말 수고 많으시고요. 축제장을 찾아주신 수많은 관람객 여러분들 너무 감사합니다.

토요일에는 아트홀에서 열린 어린이집 보육교사 의무교육행사 때 어린이집 선생님들과 함께 마음을 나눴습니다. 마장면민 체육대회가 특전사령부 영외운동장에서 개최되어 눈부신 하늘 아래서 주민들과 함께 했습니다. 세계최강, 대체불가, 대한민국 특전사 장병들께서 고공낙하시범을 통해 체육대회를 축하해주셔서 얼마나 멋지고 감사했는지 모릅니다. 오후에는 도자기축제가 열리는 예스파크를 둘러봤는데, 눈부신 날씨와 아름다운 예스파크, 그리고 수많은 관람객들이 함께 어우러져 보기만해도 정말 기분이 저절로 좋았습니다.

일요일인 어제는 제137회 이천시민 한마음 걷기대회가 예스파크에서 아침 9시부터 개최되어 아침식사 마치자마자 예스파크로 가서 시민들과 함께 아름답고 멋진 이천도자예술마을 예스파크를 걸었습니다. 오후에는 이천시불교연합회가 준비한 연등축제가 설봉공원 대공연장에서 열렸습니다. '착한콘서트' 공연과 함께, 수천명의 시민들과 함께, 멋지고 아름다운 축제가 되었습니다. 수천명의 시민들이 함께 비빔밥을 먹었고, 유명가수들의 멋진 공연도 즐겼으며, 설봉공원에서 시작해 이천시내를 거쳐 이천시청까지 연등행렬이 이어졌습니다.

2019년
5월

© 20190530 현장소통 '파라솔 토크'

우리가 새로운 사람을 만날 때는
'관심'을 갖고 그들과 대화하게 됩니다.
서로 관심을 기울이며 대화를 하게 되면
대체로 기분이 좋아져 행복한 시간을 보낼 수 있습니다.

이천도자기축제 6일째

- 20190501 (수요일 아침)

요즘 이천시 곳곳에 설치된 미세먼지 신호등을 보면 최고로 좋은 상태인 하늘색을 표시하고 있습니다. 시민여러분들께서는 마음껏 야외활동하셔도 좋겠습니다. 눈부실 정도로 맑고 깨끗한 봄햇살과 함께, 황홀할 정도로 아름답게 핀 꽃들과 함께, 세계 최고 수준의 이천 도자문화와 함께!

어제는 아침 일찍 출근하자마자 이천시공무원노조 임원들과 차한 잔하면서 얘기를 나눴습니다. 노조에서는 가정의 달 5월을 맞아 업무에 지장을 주지 않는 범위 내에서 직원들이 가족과 함께 충전의 시간을 보낼 수 있도록 1일 특별휴가를 요청하였고, 저는 우리 이천시청이 시민들로부터 박수받을 수 있도록 더 열심히 노력해줄 것을 전제로 노조의 요청을 받아들였습니다.

오전 결재를 마치고 서둘러 예스파크로 달려갔습니다. 제33회 이천도자기축제가 열리고 있는 세계 최대규모의 도자예술촌인 예스파크에서 연합뉴스티비와 이천도자기축제 홍보인터뷰가 있었거든요. 인터뷰하는데 예스파크에 설치된 미세먼지 신호등이 활짝 웃고 있었습니다. 국내 최초의 유네스코 창의도시인 이천시가 세계 최대 규모의 도자예술촌에서 서른세 번째 이천도자문화축제를 준비했습니다. 이천도자기축제는 국내를 넘어 세계인들에게 한국도자의 격조높은 문화를 알리는 축제로 이미 평가받고 있습니다.

가족들과 함께 연인들과 함께 이천 도자예술촌으로 오십시오. 여러분들의 행복한 시간을 책임지겠습니다!

도자기축제와 관련해 인터로컬 워크숍에 참여한 외국 도예작가분들과 점심식사를 같이 했습니다. 외국작가분들은 한국도자기, 특히 이천도자기의 높은 수준에 대해 너무나 잘 알고 있고, 해마다 인터로컬 워크숍을 통해 교류하면서 너무나 감사하고 행복하다고 말씀들 하시네요.

저는 이천이 유네스코 창의도시가 된 것은 이천에서 활동하고 계시는 도자명장님들을 비롯한 많은 도예작가님들과 다양한 분야의 수많은 문화예술인들께서 왕성한 활동을 하신 덕분이고, 그래서 우리 이천시를 멋진 문화예술의 도시를 만들어 보답을 드리도록 하겠습니다고 말씀드렸습니다.

언어사용에 대해 생각해 보며
- 20190502 (목요일 아침)

우리들은 하루에도 수없이 많은 말을 하며 살아갑니다. 하루라도 말없이 살아가라고 하면 큰일이 날지도 모르겠습니다. 그런데 이렇듯 생활필수품(?)인 말을 통해 소통이 잘 이뤄지면 참 좋겠는데, 반대로 말로 인해 소통도 안되고 관계가 엉망이 되어버리는 경우가 다반사입니다.

왜 그럴까 생각해봅니다. 언어(말)은 개념으로 이루어져 있고, 개념은 실제로 존재하는 하나하나에 붙여진 이름이 아니라 수많은 존재들의 서로 다른 점들은 무시하고 공통점만 강조해서 서로 다른 수많은 존재들을 똑같은 이름으로 부르기로 약속한 '가짜'입니다. 실재로 존재하는 것을 보고, 듣고, 느끼는 우리들의 경험이라는 것은 '진짜'입니다. 진짜를 가짜로 설명할 수는 없습니다.

그래서 진짜인 우리의 경험은 가짜인 말로 표현할 수가 없는 것입니다. 우리들은 우리의 경험을 말로 표현해서 상대방을 설득시키려고 무던히도 애를 쓰며 살아가지만, '말하는 사람 따로', '듣는 사람 따로'일 수밖에 없습니다. 그래서 우리는 대화를 하면서 내용을 전달하고 들으려 하기보다 심정을 전달하고 들으려 하는 것이 지혜롭다고 생각합니다. 소통보다는 공감이 오히려 더 쉽다는 생각입니다. 공감은 상대방의 심정을 이해하고자 하는 관심이 있으면 가능하니까요.

언어는 서로 다른 것을 같은 것으로 오해하도록 만들기도 하고, 반대로 본래 하나인 것을 서로 다른 것으로 착각하게 만들기 때문에 신중하고 조심해서 사용해야만 합니다.

오늘은 건강검진을 받는 날
- 20190503 (금요일 아침)

오늘은 마침내 건강검진을 받는 날입니다. 오래 전에 건강검진 예약을 했다가 급한 일이 생겨 날자를 변경해서 새로 잡힌 날자가 오늘입니다.

오늘 율면 경로잔치가 있는데 어르신들께 인사를 드리지 못해 너무나 죄송한 마음입니다. 특히나 태양광발전시설 설치문제로 율면 본죽리 주민들의 민원도 있는 상황이라 더더욱 인사를 드려야 하는데….

크게 아프거나 불편한 데는 없었으니까 나쁜 결과는 나오지 않겠지 하고 생각하고 싶은데, 솔직히 걱정이 되는 건 사실입니다. 평소에 운동이 부족하고, 거의 매일 술자리를 하다보니 간도 걱정되고요, 고지혈증도 걱정되네요. 검진결과에 따라서는 생활습관을 바꿔야 할 수도 있겠지요. 그게 순리겠구요. 다만 의사선생님께서 제 건강에 대해 점수 좀 후하게 주시기를 기대할 뿐입니다. 잘 받고 오겠습니다.

시장이란 계급장의 무게
- 20190508 (수요일 아침)

지난 주말(5월 5일) 이천도자마라톤대회 때 평소 운동을 하지 않다가 5키로미터를 달렸는데 많이 무리가 되었나 봅니다. 지난 해 도자마라톤대회 때에도 5키로미터를 뛰었지요. 그때는 옆에서 팔을 잡아당겨가며 속도조절을 해주는 사람이 있었습니다. 힘들지 않게 완주했고, 완주하고도 힘이 남아 있었지요.

올해는 시장이라 그런지 아무도 팔을 잡아당겨주는 사람은 없었고, 바로 옆에서 함께 달리던 허건영 항공작전사령관님께서 "시장님! 계속 이 속도로 달리실 거예요?"라고 말씀하시는데 '내가 너무 속도를 내고 있구나' 하는 생각이 들었습니다. 그러나 그때는 이미 속도를 줄이고 싶어도 제 의지대로 속도를 줄일 수가 없었습니다. 제가 선택할 수 있는 거는 멈출 것인지, 계속 달릴 것인지 양자택일 뿐이더라구요. 뒤에 따라오면서 쳐다보고 있는 사람들의 눈이 무서워서 끝까지 달렸습니다. 시장이라는 계급장(?) 덕분에 완주할 수 있었고, 덕분에 기록갱신한 거 같습니다. 하지만 다리도 많이 아파서 걸음걸이도 정상이 아니고, 아침 일찍 일어나는 것도 불편해서 오늘에서야 인사를 드리게 되었습니다.

어제는 비록 다리도, 마음도 정상은 아니었지만, 주어진 일정을 무난히 완수해냈습니다. 저에게 주어진 일정과 저에게 다가오는 삶을 머리가 아니라 '가슴으로' 만나려고 노력했습니다. 제가 만나는 거의 모든 분들께서 "자신의 발등에 떨어진 불을 끄는 일을 도와달라" 요청하시네요. 저는 그 요청에 대해 시민들께서는 저에게 어떻게 행동하라고 명령할까? 생각하고 고민합니다. 그래서 요청하신 것들을 모두 받아들이고 싶지만, 그것이 공적인 요청이 아니라면 시장으로서 할 수 있는 일이 아니라는 것을 깨닫게 됩니다. 어렵게 용기를 내서 저에게 요청을 주신 분들께는 무어라 죄송한 마음을 전할지 안타까운 심정도 많습니다.

올해는 공설운동장과 남천공원 등에 제법 규모있는 공설운동장 설치공사가 시작될 수 있겠습니다. 그래도 이천시내의 엄청난 불법주차와 시내외곽 갓길 불법화물주차 문제를 해결하려면 많이 부족합니다. 이천시내의 심각한 주차문제를 해결할 수 있으려면 5000대 정도의 주차공간 확보가 가능한 대형 공영주차장과 대규모 공영화물주차장 부지마련이 꼭 필요합니다. 우리 이천시가 그러한 도시계획을 수립하고 있습니다. 시민여러분들께서 응원해주시고 격려해주셔야 가능한 일입니다.

이천도자기축제 14일째
- 20190509 (목요일 아침)

어제 오전에는 장호원 소재 엘리야병원장님께서 찾아오셔서 이야기를 나눴습니다. 그동안 엘리야병원 의사선생님들을 비롯한 간호사님들과 직원분들이 함께 노력한 결과 이천 남부지역 주민들로부터 좋은 평가를 받고있어서, 병원장께서는 '이천시가 엘리야병원을 지역응급의료기관으로 지정해주면 보다 적극적으로 주민들의 생명과 건강을 지키고 싶다'고 하셨고, 저는 감사한 마음을 전하면서 기꺼이 협조하겠다고 말씀드렸습니다.

설봉공원 대공연장에서 이천설봉신문이 주최주관하는 이천지역 어린이 백일장 및 사생대회가 열리고 있어 격려차 다녀왔습니다. 어린이들을 보면 생명의 에너지를 느낄 수 있습니다. 어린이들이 너무 산만하다고 말씀들 하시지만, 제 눈에는 어린이들이 얼마나 집중력이 대단해 보이는지 모르겠습니다. 어린이들은 쉽게 몰입할 수 있습니다. 어린이들은 순간순간이 목적입니다. 어른들은 내일과 미래가 목적입니다. 어린이들은 지금 행복합니다. 어른들은 내일 행복하고자 합니다. 어린이들로부터 배워야 합니다. 어린이들처럼 살아갈 수 있어야 행복할 수 있습니다. 성경에서는 "돌이켜 너희들이 어린아이가 되지 않고서는 결단코 천국에 들어갈 수 없다"고 합니다.

오후 2시부터는 이천아트홀 대공연장에서 어버이날 기념 행복나눔 한마당 효잔치를 열었습니다. SK하이닉스와 이천시가 손을 꼭잡고 이천지역 어르신들을 위한 효도잔치를 준비했습니다. 어르신들께서 잘 사는 나라를 만들기 위해 젊은 날 청춘을 바치셨고, 그렇게 흘리신 피와 땀 덕분에 대한민국이 이렇게 세계경제대국이 되었으니, 어버이날을 맞아 이천의 향토기업 SK하이닉스와 이천시가 어르신들을 모시고 감사한 마음을 전하는 효도잔치를 열었습니다.

이천제일고 3학년 학생이 저를 찾아와 제 방에서 차를 마시며 이야기를 나눴습니다. 학생은 "청소년들에 대한 정책을 만들고 집행할 때

청소년의 목소리를 들어야 하고, 그러기 위해서는 청소년들의 정치참여를 보장하고 지원하는 이천시조례를 만들어야 하는데 시장의 생각은 어떠냐?"고 물었습니다. 참으로 올바른 생각과 건강한 정신을 가진 학생이라고 생각했습니다. 이천시의회 의원님들과 잘 상의해서 이천지역 청소년들의 정치참여기회를 충분히 보장하고 지원하는 조례를 하루빨리 만들겠습니다.

증포동 경로잔치
공무원노조와 단체협약 체결
- 20190510 (금요일 아침)

증포동은 이천시 14개 읍면동 중에서 제일 인구가 많은 곳입니다. 23만 인구 중에 5만명이 넘는 시민들께서 살고 계시는 증포동입니다. 어제는 어버이날이 하루 지난 어제 증포동 새마을 가족들께서 평소 봉사활동을 통해 마련한 자금으로 경로잔치를 열었습니다. 인사드리러 갔더니 저희 어머님도 나오셔서 친구분들과 즐거운 시간을 보내고 계시네요. 고맙습니다. 102세 되신 김귀년 어르신께 장수상을 드렸습니다.

어제 10년 만에 이천시공무원노조와 단체협약을 체결했습니다. 10년 만에 체결되는 단체협약이라고 하니, 그동안 얼마나 힘든 시간을 보냈을까 생각되었습니다. 정말 수고 많으셨습니다. 형식적으로야 제가 공무원노조와 단체협약을 체결했지만, 실질적으로는 공무원노조와 이천시민들이 단체협약을 체결하신 것입니다. 이 점은 매우 중요하다고 생각합니다. 앞으로 공무원여러분들의 근로환경이 개선되고,

나아가 열심히 일하셔서 시민들로부터 박수받고 사랑받는 이천시공무원이 되기를 두손 모아 기원합니다. 저부터 노력하겠습니다.

신둔면에서 보낸 하루

- 20190511 (토요일 아침)

어제는 하루종일 신둔면에서 신둔면 주민들과 함께 지냈습니다. 신둔면의 숙제를 신둔면에서 찾기 위해, 신둔면민들과 함께 해결책을 찾기 위해, 신둔면 현답시장실을 운영했습니다. 아침 일찍 도착해서 신둔면사무소 소속 팀장님들과 티타임으로 시작했습니다. 고소한 커피향을 느끼며 늘 수고하시는 팀장님들과 눈도 마주치면서 얘기를 나누는 시간이 참 기분좋게 느껴졌습니다.

신둔면 이장님들과 간담회를 가졌습니다. 한창 바쁜 농사철이라 이장님 몇 분이 못나오셨네요. 유일한 여성이장님도 나오셨고, 농협조합장님도 자리를 함께 해주셔서 감사했습니다. 이장단협의회장님께서 건의해 주신 마을회관 문제를 파악하기 위해 직접 현장에 나가봤습니다. 도로확장공사가 이뤄지면서 기존의 마을회관 이전이 불가피한 상황이었습니다. 서둘러 대책마련을 하겠습니다.

신둔면 마을도서관도 예쁘게 꾸며져 있었구요, 주민자치위원회가 정성스럽게 준비한 '도예솔 카페' 오픈식도 참 좋았습니다. 주민들과 함께 캘리그라피 글씨도 써봤네요. 앞으로 '도예솔 카페'에서 신둔면 주민들의 사랑꽃! 행복꽃이 활짝 피어날 거 같습니다.

노사민정 체육대회
성년의 날 청소년 행사
부처님 오신 날
- 20190513 (월요일 아침)

　지난 주말에는 노사민정 한마음체육대회가 OB맥주 잔디운동장에서 열렸습니다. 날씨는 많이 더웠지만, 맑은 하늘 아래서, 푸른 잔디밭 위에서 참가한 모든 사람들이 한마음이 되었습니다. 평소에 이렇게 어깨동무하고 한마음이 되는 추억을 자주 만들 수 있어야 이해관계가 충돌할 때에도 머리를 맞대고 서로 양보하며 협상을 할 수가 있겠다는 생각입니다.

　성년의날 기념식 및 청소년축제장을 찾아 축하드리고 기쁨을 함께 나눴습니다. 에너지가 넘치는 현장이었습니다. 청소년들의 눈에서 생명력을 느낄 수 있었습니다. 이천의 청소년들이 타고난 재능과 끼를 맘껏 발휘하며 활짝 웃으면서 살아갈 수 있도록 최선을 다하겠습니다. 1등 청소년들을 위한 이천이 아니라, 1등이 아닌 청소년들을 위한 이천을 만들겠습니다. 사회의 모든 영역에서도 1등보다는 1등이 아닌 사람들을 위한 정책과 제도를 만들도록 하겠습니다. 이천의 청소년들이 4차산업혁명시대의 파도를 즐기며 거뜬하게 넘어갈 수 있으리라 생각합니다.

　부처님 오신 날 이천 관내 스님들을 찾아뵙고 인사를 드렸습니다. 우리들 마음 속에 있는 욕망의 불, 노여움의 불, 어리석음의 불을 꺼야만 인생이라는 괴로움의 바다에서 벗어날 수 있다. 마음 속에 있는 불을 끄려면 세상의 모든 것은 변한다는 진실과 세상의 모든 것은 독자적 본성이 없다는 진실, 선과 악이 없다는 진실을 분명히 깨달아야 한다는 부처님의 말씀을 우리의 경험을 통해 분명히 깨닫게 되기를 두손 모아 기원합니다.

노사민정 1차 정기총회
창전동 주민자치학습축제
- 20190517 (금요일 아침)

어제 밤에 잠이 들 때 베란다 창문을 열어놓고 잠이 들었네요. 아침에 잠에서 깼는데, 창문을 통해 들어오는 아침 공기가 제 머리와 얼굴을 시원하게 마사지하고 있더라구요. 코로 들어오는 시원한 아침공기를 느끼며 잠에서 깨는데, 그냥 감사한 마음이 드네요. 건강검진 결과 발견된 위 선종은 제거해야 한다고 해서 병실예약까지 하고 왔습니다.

어제 오전에는 2019년 제1회 이천시 노사민정협의회 제1차 정기회의를 했습니다. 기존 실무위원 한 분 결원이 생겨 새로이 한분의 실무위원을 위촉했습니다. 공동선언문 채택을 비롯한 여러가지 논의가 있었고, 노사민정협의회의 내실있는 활동을 위해 진지한 토론회가 필요하다는데 의견을 모았습니다. 얼마 전 SK하이닉스 반도체클러스터 유치문제, 현대엘리베이터 이전문제와 관련해서 근본적인 원인을 제공하고 있는 수도권규제 및 개선방향에 대한 시민홍보캠페인도 진행하기로 했습니다.

오후에는 이천중앙통 문화의거리에서 제9회 창전동 주민자치학습축제가 열려 시민들과 함께 축제를 즐겼습니다. 창전동에 있는 작은 공방 사장님들께서 직접 만드신 수공예품들을 가지고 나와 판매하고 계셨습니다.

저는 딸이 둘이고 막내아들까지 자식이 셋입니다. 날씨가 더워 일단 예쁘게 만든 접이식부채를 하나 샀고, 두 딸을 위해 예쁜 귀걸이도 샀구요, 아들딸을 위해 예쁜 손도장도 샀습니다. 그러다 보니 제 비상금이 바닥이 났습니다. 장호원 꽃차동호회에서 만들어 가지고 나오신 꽃차와 꽃으로 만든 과자를 먹으면서 제 마음이 꽃이 되어버렸네요.

무지개문화축제와 한마음걷기대회
- 20190520 (월요일 아침)

단비가 내려 참 고마운 주말이었네요. 주말에 예정된 행사진행에는 크게 지장을 주지 않았으니 더더욱 감사했구요.

토요일 오전에는 제7회 이천 무지개문화축제가 중앙통 차없는 문화의 거리에서 열려 이천의 다문화가족들과 함께 했습니다. 오늘은 제12회 세계인의 날이네요. 사랑 중의 사랑은 있는 그대로를 존중하는 것입니다. 서로 있는 그대로 존중하고 존중받을 때 사랑과 평화, 그리고 행복을 만날 수 있습니다. 무지개는 사랑과 평화, 그리고 행복의 다른 이름입니다. 이천무지개문화축제에 대한 관심과 지원이 충분히 확대되어 이천에 있는 다문화가족들이 모두모두 참여해서 충분히 즐겼으면 좋겠다는 생각이 들었습니다.

창전동에서 보낸 하루

- 20190522 (수요일 아침)

아침 일찍 좋은 소식이 들려왔습니다. 고용노동부가 주관한 일자리 창출 종합 평가에서 이천시가 전국기초자치단체 부분 대상을 수상하였다고 합니다. 기업지원과 직원을 비롯한 이천시청 직원여러분, 수고 많으셨습니다.

어제는 창전동 현답시장실을 운영하는 날이라 하루 종일 창전동 주민들, 직원들과 함께 지냈습니다. 창전동사무소로 가자마자 직원들과 인사를 나누고, 동장님으로부터 창전동의 일반현황과 주요현안에 대해 브리핑을 들었습니다. 주민들 평생학습 현장에도 직접 가봤습니다. 마침 중국어를 배우는 반과 노래교실이 열리고 있어 인사드렸습니다. 노래교실은 늘 열정과 웃음이 가득하네요. 저도 노래 두 곡 불렀습니다. 많이 웃으시고 많이 행복하시기 바랍니다.

창전동의 소외된 이웃을 위해 매주 음식을 만들어 나눔봉사를 실천하시는 봉사단 여러분들께서 어제는 특별히 저와 창전동 직원들 그리고 창전동 사회단체에서 봉사하시는 분들을 위해 손수 점심식사를 준비해 주셨네요. 이통장단연합회장님이 손수 농사지으신 상추로 맛있는 쌈밥을 먹었습니다. 얼마나 맛있게 먹었는지, 땀을 뻘뻘 흘리면서 먹었습니다.

창전동에 10개나 되는 작은(?) 마을공원도 가봤습니다. 많이 개선되기는 했지만 주민들을 좀더 행복하게 할 수 있는 방향으로 지혜를 모아보고 싶은 생각이 들었습니다. 망현산 아래 도로가에서 꽃 나무식목행사가 있어 인사드리고, 저도 몇 그루 심으면서 주변 단독주택 마을을 둘러보는데 낮은 담벼락에 빨간 넝쿨장미들이 참 예뻤습니다.

망현산 아래 단독주택마을을 장미마을로 가꾸고 싶다고 말씀드리니 14통 통장님께서 이천시가 도와주면 해보겠다고 말씀하시네요.

창전12통 주민들께서 가꾸신 한뼘공원을 보고 있는데, 창전12통 노인회장님께서 창전 12통 마을회관에 가보자고 제 손을 잡아끄시더라구요. 노인회장님의 손에 이끌려 마을회관에 들어서니 수박과 참외를 정성스럽게 담은 커다란 접시가 눈에 들어오네요.

동사무소에 다시 들어가니 사회단체장님들께서 인사도 나눌 겸 청원도 하실 겸 많이많이 오시네요. 창전동 노인회장님과 사무국장님께서 오셔서 그라운드골프 전용구장 설치도 건의하시고, 어르신들께서 연명치료 거부신청을 하는데 ARS전화가 너무 복잡해 불편하다고 말씀주셨네요. 그 자리에서 곧바로 건강보험공단 이천지사장님께 전화드려 간단히 설명을 드리니 지사장님께서 흔쾌히 불편을 해소시켜 주시겠다고 하셨습니다. 저하고 통화 마치고 나서 건강보험공단 이천지사장님께서는 이천시노인회장님과 직접 통화하셔서 연명치료거부신청과 관련해서 노인회가 요청하시는 대로 건강보험공단에서 도와드리기로 하셨다고 하네요. 감사합니다.

퇴근 직전에 창전동사무소 바로 뒷편에 있는 평생학습관에 들러 방과후 학습을 하고 있는 청소년들을 만났습니다. 마침 합창대회에 나갈 준비를 하는 청소년들을 만났는데, 오히려 시장인 제가 가니까 많이 긴장하는 거 같아 미안했네요, 그래도 회관 현관문까지 배웅 나와 잘 가라고 손을 흔들어주니 참 고맙습니다. 청소년들이 타고난 재능과 끼를 마음껏 발휘하며 살아갈 수 있는 이천을 만들도록 노력하겠습니다.

노무현 대통령 서거 10주기

- 20190523 (목요일 아침)

오늘이 노무현 대통령 서거 10주기입니다. 2009년 5월 23일 노무현 대통령께서 돌아가셨습니다. 당시에 그 동안 방관자적 태도로 무책임하게 살아온 저와 같은 사람들 때문에 노무현과 같은 순수하고 맑은 영혼의 정치인을 잃게 되었다는 죄책감이 컸습니다. 2010년 1월 노무현의 부채를 승계하겠다며 국민참여당이 창당되었고, 저도 노무현 대통령에 대한 부채의식에 힘입어 2월경 난생 처음 정당가입을 했습니다. 그해 6월 3일 지방선거가 있었고, 3월경 국민참여당과 노무현의 이름표를 달고, 떨어질 줄 알면서도 이천시장선거에 출마했습니다. 그 동안 수도 없이 빨갱이 소리를 들어가며 버티고 또 버티며 정치의 길을 걸었습니다.

2017년 문재인 후보가 마침내 대통령이 되었고, 포용정치, 국민통합의 정치를 통해 노무현정신을 실천하고 있습니다. 2017년 대통령에 당선되신 문재인 대통령께서 선정을 하신 덕분에 저도 2018년 6월 이천시장에 당선되어 이천시민들의 대표일꾼으로서 노무현 대통령께서 꿈꾸셨던 사람 사는 세상, 이천을 만들기 위해 열심히 노력하고 있습니다. 노무현 대통령의 서거로 정치를 시작하게 된 저는 시민을 위한 제대로 된 정치와 행정을 해서 노무현 대통령의 노력과 희생에 보답드리고자 합니다.

어제 오전에 업무보고와 결제를 마치고 집수리봉사현장에 가봤습니다. 국제와이즈맨클럽 이천지회 회원분들을 중심으로 올해 96세이시고 혼자 사시는 어르신의 집을 고쳐드리는 봉사활동을 하고 있었습

니다. 어르신이 살고 계시는 집은 내부도 외부도 모두 많이 낡은 상
태였습니다. 저도 사진만 찍는 것이 죄송해서 열심히 페인트칠을 했
습니다. 덕분에 옷과 몸에 페인트가 많이 묻었구요. 그런데 기분이
좋으네요. 봉사하시는 분들과 함께 점심식사를 같이 하면서 서로 고
마운 마음을 나눴습니다.

2017년까지는 을지훈련 내지 을지연습이라는 이름으로 군사훈련이
진행되어 왔는데, 남북한 사이의 화해협력 분위기가 고조되면서 전시
를 대비한 군사훈련보다는 국가재난상황을 포함하는 국가위기상황에
대처하는 민관군 합동연습으로 바뀌었습니다. 그래서 올해부터는 을
지태극연습이라는 이름으로 국가재난상황과 전시와 같은 국가비상사
태에 대처하는 연습을 군과 행정부와 시민사회가 함께 하게 되었습니
다. 다행히도 이천시는 2019년 행안부가 선정한 재난관리평가에서 최
우수상을 받을 만큼 각종 재난재해로부터 시민들의 생명과 재산을 지
키는데 만전을 기하고 있습니다.

신둔면 주민자치 평생학습축제
- 20190527 (월요일 아침)

신둔면 주민자치위원회가 예스파크에서 멋진 평생학습축제를 열었
습니다. 해를 거듭할수록 그 내용이 풍성해지는 것을 한눈에 느낄 수
있었습니다. 손으로 예쁜 종이꽃을 하나하나 만들어 가슴에 달아주시
고 무대 앞에 화려한 종이꽃길까지 만들어 주셨습니다. 해금연주도
멋졌구요. 여자 중학생의 민요는 더 멋졌지요. 앵콜까지 받았으니까

요. 김태원 주민자치위원장님을 비롯한 주민자치위원님들 참 고맙습니다. 멀리서 자리를 함께 해주신 인천광역시 동구 송림2동 이대영동장님과 주민자치위원님들 감사합니다.

정치의 꽃은 민주정치입니다.
민주정치의 꽃은 지방자치입니다,
지방자치의 꽃은 주민자치입니다.
주민자치의 꽃은 문화자치입니다.
이천에서는 주민자치위원회를 중심으로 문화자치의 꽃이 활짝 피어나고 있습니다.

평택/부발 철도 업무협약체결 및 건의문 채택
- 20190528 (화요일 아침)

월요일인 어제는 간부회의로 시작해서 오전 업무보고 및 결재를 마치고, 경기도청에서 평택/부발 철도 업무협약체결 및 건의문 채택, 지역사회보장계획 2019년 이행상황 보고, 이천의 특산물 반도체 홍보영상 촬영 등이 일이 있었습니다.

평택/부발 철도계획은 오래 전에 세워졌지만, 그동안 이런저런 이유로 지지부진한 상태에 있었습니다. 도지사님께서 크게 관심을 가져주시면서 계획을 세운 지 오래 되었으니 변화된 현실에 맞도록 각 기초지자체의 의견을 적극적으로 들어 설계에 반영토록 하고, 조기에 추진될 수 있도록 경기도, 평택시, 안성시, 용인시, 이천시가 함께 업무협약을 체결한 후 중앙정부에 건의문을 올리기로 했습니다.

저는 평택/안성/부발로 계획된 기존 철도노선을 평택/안성/원삼(용인)/마장(이천)/부발(이천)로 이어질 수 있도록 요청드렸습니다. 이렇게 되어야 용인 원삼면에 설치되는 SK하이닉스 반도체클러스터의 배후도시로서 마장면을 키워낼 수 있고, 반도체클러스터를 유치하지 못한 상실감을 치유할 수 있겠다 생각했습니다. 나아가 각종 규제로 인해 기업들이 이천을 떠나고 있는 상황에서 수질보전 특별대책지역이 아닌 이천의 남부지역을 자연보전권역에서 성장관리권역으로 바꿔, 기업들이 지리적으로 유리한 이천으로 들어올 수 있도록 도와달라고 건의도 드렸습니다. 김인영 도의원님께서 함께 해주시니 든든한 마음이었습니다.

을지태극연습 비상소집
- 20190530 (목요일 아침)

어제는 아침 6시에 을지태극연습 비상소집으로 시작해서 대부분 을지태극연습으로 보낸 하루였습니다. 2019년 을지태극연습 기간 중, 어제 아침 6시에 전국적으로 비상소집이 발령되었습니다.

우리 이천시도 시(본)청 및 사업소와 14개 읍면동으로 나누어 집결했습니다. 아침 6시 20분경 이천시청 앞 광장에는 600명이 훨씬 넘는 직원들이 비상소집 발령에 응해 집결했습니다. 과거에는 전시대비훈련이 을지훈련의 주된 내용이었지만, 지금은 전시보다 재난재해 대응훈련에 중점을 두고 연습이 이루어지고 있습니다. 재난재해가 발생하지 않도록 하는 것이 가장 중요하지만, 현실적으로는 일단 재난재해가 발생했을 때 그 피해를 최소화시키는 것도 매우 중요하다는 생각입니다.

중앙정부와 지방정부가 각종 재난재해로부터 시민들을 신속하고, 적극적으로, 그리고 제대로 보호할 수 있다는 신뢰를 주는 것이 무엇보다 중요합니다. 우리 이천시는 2019년 중앙정부로부터 재난관리평가에서 최우수상을 받았습니다. 또한 수도권규제 및 상수원규제 등 이중삼중의 규제를 고려하면, 우리 이천시와 관내기업들은 상시 재난재해상태에 있는 것과 같은데, 그럼에도 불구하고 우리 이천시는 2019년 일자리창출부문에서 전국 기초자치단체 중 '대상'을 받았습니다. 이 정도면 박수 받을 만하지 않습니까? 그래도 더더욱 노력하겠습니다.

ⓒ 20190603 전국 지방자치단체 일자리대상

2019년
6월

행복은 어디서 올까요?

행복은 함께 하는 옆사람한테서 오는 거 같습니다.

함께 하는 사람하고 싸우면 불행하고요,

함께 하는 사람하고 사랑하면 행복하니까요.

함께 하는 사람은 바로 옆에 있을 수도 있고요,

생각 속에 들어있을 수도 있네요.

설봉공원 호수 둘레길에서 찾는 행복

- 20190601 (월요일 아침)

몇 년 전부턴가? 제가 살고 있는 아파트 베란다 창문과 에어컨 실외기 사이에 해마다 제법 큰 새가 둥지를 틀어 알을 낳고 있습니다. 한 번에 8~9개의 알을 낳는데, 정성스럽게 알을 품어 부화시키고, 쉴새없이 새끼새들에게 먹이를 물어다 키우고, 다 크면 어미새가 새끼새들과 함께 날아갑니다. 아마도, 이곳이 안전하다고 느끼는가 봅니다. 어떤 날은 많이 더워도 에어컨을 틀 수가 없습니다.

요즘 아침 출근길에 설봉공원 호수둘레길을 걷다 보면 설봉공원의 매력에 푹 빠지게 됩니다. 호숫가 가장자리에는 커다란 흰 꽃을 피우는 연과 작고 노란 꽃을 피우는 연이 어우러져 있고, 호숫가 바깥쪽에 자라고 있는 풀들도 호수로 뿌리를 뻗어 연꽃과 서로 손잡고 있네요. 호숫가 가장자리를 빼곡히 채우고 있는 연잎들 사이로 거북이, 남생이들이 주둥이를 내밀고 햇볕을 쬐고 있고요. 잉어들도 즐겁게 노는 건지, 싸우는 건지 서로 몸을 부딪치며 풍덩풍덩거리고, 커다란 가물치가 마치 뱀처럼 천천히 수영하고 있네요.

호숫가 둘레길에 핀 꽃과 나무들도 참 이쁘고 행복해 보이네요. 가족들과, 친구들과, 연인끼리, 꼭 시간 내셔서 설봉호수 둘레길 한번 걸어보시길 강추드립니다.

지방자치단체 일자리대상 1위 수상

- 20190604 (화요일 아침)

지난 주말은 유난히도 행사가 많았네요. 가족을 더 사랑한 day, 중포동민 체육대회, 호법초교 총동문체육대회, 백사중학교 총동문체육대회. 신둔초교 총동문체육대회, 부발초교 총동문체육대회, 솔직히 저도 주말에 쉬고 싶지만, 시장이 꼭 와야 좋겠다고 하시니 시민들과 함께 즐기는 주말을 보냈습니다. 부득이한 경우 외에는 평일로 행사 일정을 잡아주시면 감사하겠습니다. 시장도 주말에는 쉬게 해주세요.

어제는 참 뜻깊은 날이었습니다. 2019년 전국 지방자치단체 일자리 대상 시상식이 있었는데 이천시가 전국 226개 기초자치단체 중에서 1위를 수상했거든요. 우리 이천시는 수도권규제 및 상수원규제 등 이중삼중의 규제로 인해 기업들이 들어오려고도 하지 않고, 있는 기업마저도 빠져나가는 기업활동하기 참 어려운 지역이다, 그럼에도 이천시는 좌절하지 않고, 기업을 유치하기 위해 두세 배 더 노력하고, 구직자와 구인회사 중간에서 양측의 욕구를 잘 연결시켜 경기도 31개 시군에서 5년 연속으로 고용율 1위를 달성했다는 점을 강조했고, 이 점이 긍정적으로 받아들여져서 전국 226개 기초자치단체 중에서 1위를 수상하게 된 것입니다.

지금까지 최선의 노력을 다해준 이천시청 기업지원과 및 일자리센터 직원여러분들, 이천의 관내 기업 대표님들, 우리 이천시의 일자리 연결 사업에 적극적으로 동참해주신 시민여러분들, 모두모두 감사합니다. 고맙습니다.

여의도 조찬회의 참석
- 20190606 (목요일 아침)

어제는 여의도에서 조찬회의가 있었습니다. 팔당상수원 수계 수질보전 특별대책지역인 7개 시군의 지역구국회회원, 시장군수, 시의회의장, 주민대표, 환경부, 경기도부지사, 한강유역청장 등이 함께하는 자리였습니다. 7개 시군 지역구 국회의원과의 상견례 자리를 통해 팔당상수원 수계 7개 시군의 현안사항을 공유하고, 규제개선 및 지원요청을 건의하는 것이었습니다. 이천 지역구 송석준 의원님도 자리를 함께 하셨습니다.

규제철폐 내지 규제개선의 주장이 그동안 거의 관철되지 못했는데, 그 이유가 7개 시군의 주민들에게는 설득력을 가질지 모르지만, 전체 국민들에게는 설득력이 부족한 것 때문은 아닌지 고민해 주시기 바랍니다. 규제철폐나 규제개선을 주장하는 것보다 7개 시군이 중앙정부의 팔당수질 개선을 위한 요청에 기꺼이 따를 수 있도록 7개 시군의 수질개선협력을 이끌어 내기 위한 특별하고도 충분한 제도와 예산을 확보해달라고 요구하는 것이 더 설득력있고 지혜로운 주장이 될 수도 있을 것입니다라고 말씀드렸습니다. 이천의 향토기업들이 이천을 떠나지 않을 수 있도록 이천지역 중 수질보전 특별대책지역에 속하지 않는 남쪽지역을 자연보전권역에서 해제시켜 성장관리권역으로 바꿔달라는 요청도 드렸습니다.

보훈단체 대표님들과 식사를 하다

- 20190607 (금요일 아침)

어제 오후부터 비가 내리기 시작했는데, 오늘 아침까지 내리고 있네요. 그동안 가뭄이 너무 길어 걱정이 이만저만이 아니었습니다. 농민들께서 충분하다고 하실 만큼 내려줬으면 고맙겠습니다. 긴 가뭄으로 하천마다 물이 없어 바닥을 드러내고 있어 수질도 엉망이었는데, 이번에 내린 비로 하천마다 물이 흘러가는 모습을 볼 수 있기를 기원해봅니다.

어제는 예순네 번째로 맞는 현충일이었습니다. 우리 이천시도 설봉공원 현충탑 광장에서 시민들을 모시고 현충일 추념행사를 가졌습니다. 우리들은 그때그때의 경험이나 느낌을 말이나 글로 표현하려 하지만 경험을 언어로 표현한다는 것이 쉽지 않음을 늘 배우게 됩니다. 어제 추념행사에서 추념사를 하면서도 현충일을 맞아 호국영령들과 유가족들께 드리는 마음을 표현하는 것이 어렵다는 것을 새삼 느꼈습니다. 그래도 최선을 다해 정성스러운 마음으로 추념사를 하려고 노력했습니다. 현충일을 맞는 우리들의 마음속에서 가장 중요한 점은 조국을 위해 목숨을 바치신 호국영령들이 계셨기에 지금 우리가 이렇게 평화롭게 살아갈 수 있다는 점을 분명히 기억하고 감사한 마음을 가지는 것이라고 생각합니다.

추념행사 끝난 후에 보훈단체 대표님들 모시고 점심식사하면서 간담회를 가졌습니다. 제가 시장에 취임하고 처음에는 회장님들의 눈빛이나 표정이 밝지 않으셨는데, 어제는 회장님들의 마음이 활짝 열린 것을 느낄 수 있어 참 감사했습니다. 시장의 역할 중 가장 중요한 것이 사회갈등을 조정하고, 사회구성원인 시민들이 마음을 활짝 열고 서로 사랑하며 살아갈 수 있게 하는 것이 아닐까라고 생각해봅니다.

이천도자기축제에 대한 평가회의
구만리뜰 개발계획에 반대하시는 분들과 함께
- 20190608 (토요일 아침)

어제는 지난 4월 26일부터 5월 12일까지 진행된 제33회 이천도자기
축제에 대한 평가회의를 시청 대회의실에서 했습니다. 이천의 도예작
가님들, 이천도자예술촌인 예스파크 입주자분들, 자원봉사자 여러분
들, 시청직원들이 함께 했고, 이천도자기조합 이사장님도 자리를 함
께 하셨습니다. 평가회의를 하는 목적은 내년에 더 나은 축제를 준비
하기 위한 것입니다. 또한 침체한 도자산업에 활기를 불어넣을 수 있
는 지혜도 찾아내야 합니다. 도자예술촌인 예스파크를 활성화시킬 수
있는 노력과 지혜도 필요합니다. 첨예하게 부딪히는 이해관계도 잘
조정해야 하겠구요. 이천도자산업을 살리기 위한 토론회부터 시작하
겠습니다. 자랑스런 이천도자문화를 제대로 선보일 수 있는 이천도자
기축제를 꼭 이루어 내겠습니다.

어제는 구만리뜰 개발계획에 반대하시는 토지주분들께서 시청 앞
에서 시위를 하셨고, 대표자분들을 만나 서로 솔직한 얘기를 나눴습
니다. 저녁식사도 함께 하면서 마음을 터놓고 더 솔직하게 마음을 나
눴습니다. 앞으로 더 자주 소통하고, 더 많이 이해하려고 노력하겠습
니다.

버스정책관련 시장군수회의

- 20190611 (화요일 아침)

어제 아침 7시 30분에 수원에서 조찬회의가 이천에서 6시 30분에 출발했습니다. 버스정책관련 경기도 시장군수회의가 수원에서 있었거든요. 이천과 같은 도농복합도시의 경우에는 버스라는 대중교통수단이 부족해서 자가용보유비율이 상대적으로 높고, 이로 인해 교통문제, 주차문제, 미세먼지문제, 수질오염문제, 도로예산증가문제 등 여러가지 문제가 발생하고 있습니다. 한편 버스이용자가 줄어드는 상황에서 버스관련 예산을 늘리는 것은 어렵다는 것이 중앙정부나 경기도의 입장인 듯합니다.

개인적으로는 버스 등 대중교통수단을 대폭 늘리고 편리성을 확보함으로써 자가용 보유비율을 낮춰서 교통문제, 주차문제, 미세먼지문제, 수질오염문제, 도로예산증가문제를 풀어갈 수 있으면 좋겠다는 생각입니다.

이천의 원도심/구도심 활성화 방안

- 20190612 (수요일 아침)

어제는 시민여러분들 모시고, 아트홀에서 토론회를 가졌습니다. 토론주제는 중리신도시 개발에 즈음한 원도심/구도심 활성화 방안이었습니다. 현재 중리신도시 개발사업이 진행 중에 있어 수년 내에는 중리신도시가 만들어지게 될 것입니다. 중리신도시가 완성되면 이천의 원도심/구도심 지역은 쇠퇴하게 될 것입니다. 이에 원도심의 쇠퇴가 예상되는 만큼 그 원인을 분석하고 대안을 마련하고자 토론회를 가졌습니다.

이천의 역사와 문화는 중리신도시가 만들어지게 되면 원도심 지역이라 불리게 될 지역에 담겨있습니다. 지금 이천의 중심을 이루고 있는 창전동, 관고동, 중리동 지역이 바로 앞으로 이천의 원도심/구도심이라 불리게 될 것입니다. 원도심, 구도심 활성화 방안을 주차 및 교통문제 해결, 도시경관 사업, 상권활성화 방안의 소주제로 나누어 토론을 벌였습니다.

시청에서는 도시개발과장과 교통행정과장이, 이천시의회를 대표해서 이규화 의원님이, 시민사회를 대표해서는 박상욱 이장단 총협의회장님, 권혁관 주민자치위원회 총협의회장님, 김동승 새마을 이천시지회장님이 패널로 참석하셔서 좋은 의견주셨습니다. 방청객으로 나오신 이장님들, 주민자치위원님들께서 더 열띤 토론을 해주셨습니다.

어제 토론회에서 나온 많은 의견들을 더 깊이 공부하고 잘 다듬어서 이천의 역사와 문화가 살아 숨쉬는 이천의 원도심을 꼭 활성화 시키도록 하겠습니다.

아이들이 행복해야 합니다
- 20190613 (목요일 아침)

우리는 살아가면서 수많은 난관을 만나게 되고, 그 난관들을 극복하면서 한걸음씩 나아갑니다. 그런데 난관을 극복해 나가는 과정 속에서 우리들의 마음은 점점 딱딱해져 가는 게 보통이고, 마음이 딱딱해지는 만큼 세상을 향해 폭력적으로 변하게 됩니다. 그러나 난관을 극복해 가면서도 우리들 마음은 점점 부드러워져야만 합니다. 그래야 난관을 극복한 경험과 더 넓어진 마음으로 세상을 향해 사랑을 실천할 수가 있습니다. 오늘 아침, 요즘 제가 없는 곳에서 저를 모함하는 분들을 위해 기도하면서 시작합니다.

어제는 여성회관 내에 있는 어린이도서관에서 5, 6, 7세 어린이들에게 동화책을 읽어주는 행사를 가졌습니다. 노란 앞치마에 거미 마스크도 하고, 기타치면서 "거미가 줄을 타고 올라갑니다"를 함께 부르고, 『딩동거미』라는 동화책도 재미있게 읽어주려고 노력했습니다. 아이들은 저에게 "아저씨 어디 살아요?", "아저씨 회사가 어디에요?", "우리 엄마 아빠는 둘다 회사다녀요!"라고 말하네요. 아이들이 행복해야 하겠습니다. 그래야 엄마 아빠들도 행복할 수 있습니다. 혹시 우리 어른들이 아이들의 행복을 방해하고 있지는 않은지 생각해 볼 필요가 있을 거 같습니다.

이천시장 당선 1주년을 맞아
대중교통 제도개선을 위한 용역 중간보고회
이천 동요사랑 10년 행사
- 20190614 (금요일 아침)

오늘은 지난 해 선거를 통해 제가 시민 여러분의 선택을 받은 지 꼭 1년이 되는 날입니다. 존경하는 이천시민 여러분께 시민의 대표일꾼 이천시장 엄태준, 감사한 마음으로 인사드립니다. 다음 달 1일이면 취임 1주년이 됩니다. 취임 1주년이 다가오는 지금, 시민 여러분들의 선택에 부끄러운 1년을 보낸 것은 아닌지 되돌아 봅니다. 시민 여러분들께서 지난 1년 동안 저와 이천시행정부를 신뢰하고 응원해주셔서, 이천시는 2019년 대한민국정부로부터 재난관리 평가에서는 최우수상을, 일자리창출 평가에서는 전국 226개 시/군/구청 중 1위(대상)를 수상할 수 있었습니다.

요즘 광역버스와 시내버스 문제로 전국이 시끄럽고, 국민들은 불안한 상황입니다. 어제는 이천의 시내버스 대중교통 인프라 및 제도개선을 위한 용역 중간보고회를 가졌습니다. 시내버스는 시민여러분들의 '발'입니다. 시내버스 인프라가 부족해서 자가용 보유비율이 높아지고 있습니다. 이천은 23만명의 시민들께서 11만대의 자가용을 보유하고 있어서 교통문제, 주차문제, 도로부족문제, 미세먼지문제, 수질오염문제 등 여러 사회문제를 야기하고 있습니다. 이제 이천시의 시내버스 정책과 버스터미널 환경문제 및 이전문제를 획기적이고 과감하게 바꿔나가고자 합니다. 시민여러분들의 힘찬 응원이 필요합니다.

어제 오후 늦게 이천 동요사랑 10년의 과거를 되돌아보면서, 이천의 동요사랑 10년의 미래를 다짐하는 멋진 시간을 아트홀 대공연장에서 가졌습니다. 그동안 윤석구 (사)한국동요사랑협회 회장님의 열정과 노력에 감사드리며 근사한 동요박물관을 포함한 멋진 어린이회관의 건립을 조속히 추진해서 보답 드려야 하겠다는 다짐을 합니다.

전국 최초 벼베기 행사

이원회 창립 44주기 행사

- 20190619 (수요일 아침)

이제 막 모내기를 끝낸 거 같은데 어제 우리 이천시 호법면에서는 전국 최초로 벼베기행사를 가졌습니다. 호법면 소재 광역자원회수시설에서 나온 온수를 이용해서 하우스 내부 온도를 지속적으로 높게 유지할 수 있었던 것이 이렇게 빨리 추수를 할 수 있는 중요한 이유입니다. 밤낮으로 벼가 잘 자라는지 관찰하면서 자식을 키우듯 정성스럽게 벼를 키워준 안승권님께 가장 고맙습니다. 함께 노력해주신 호법면 주민자치위원님들께도 감사한 마음을 전합니다.

올해 추수한 벼는 기존의 품종(일본 품종/ 아끼바리, 고시히까리 등)이 아니라 새롭게 개발한 벼품종(국산품종/ 해들미)입니다. 그동안 국내에서 재배되는 거의 모든 벼는 일본품종이었으나, 2016년부터 정부가 우리나라 기후풍토에 맞는 벼품종개발에 착수하여 마침내 맛도 최고, 수확량도 최고, 벼의 키가 작아 쓰러지지도 않는 벼품종(해들미/ 조생종, 알찬미/ 중만생종) 개발에 성공해서 벼농사의 최적지인 이천시에서 재배하기 시작한 것입니다. 예로부터 이천쌀은 임금님께 진상하던 쌀이므로 대통령과 국회의장께 보내드릴 계획입니다.

이원회 창립 44주년을 맞아 『이섭대천(이천) 둘러보기』라는 작은 책자를 만들어 시민들께 드리는 내용으로 출판기념회를 설봉공원 내 '홍익인간탑' 앞에서 가졌습니다. 그동안 이원회가 걸어온 길을 되돌아보면서 공부가 많이 되었습니다. 앞으로 이원회가 더욱더 포용력을 보여주는 이천에서 맏형 역할을 하는 단체가 되어주길 두손 모아 기원드립니다.

온라인 밴드에서의 원활한 소통을 위하여
- 20190620 (목요일 아침)

어제 온라인 밴드에서 많은 분들께서 소통과 불통을 말씀하셨습니다. 저는 이천의 주요현안에 대해 오프라인에서 소통하길 소망합니다. 온라인 소통도 좋은 소통창구이기는 하지만, 일방적이 아닌 쌍방향 소통, 그리고 지켜보는 많은 시민들의 올바른 여론형성을 위해서는 온라인에서 소통하시는 분들을 포함해서 소통주제에 관심있는 분이라면 누구라도 참여할 수 있는 오프라인 소통이 더 좋은 방법이라고 생각합니다. 가급적 많은 분들이 참여할 수 있는 시간과 장소에서 오프라인 소통이 이루어지길 바랍니다.

온라인에서 의견주신 분들을 실제로 만나 '아, 이분이 그분이구나' 하면서 눈을 마주보고 많은 분들이 지켜보는 가운데 의견을 주고받는다면, 관심있는 시민들께서 생각을 정리하는데 도움이 되리라 생각합니다.

각자 일방적으로 이야기해버리고 마는 게 아니라 많은 시민들이 지켜보는 가운데 서로 이야기를 주고 받는 것이 민심이 왜곡되지 않고 올바로 민심이 형성될 수 있는 멋진 방법이라 생각합니다. 조만간 그 자리에서 뵙겠습니다.

아동친화도시를 위한 협약 체결
- 20190626 (수요일 아침)

우리 대한민국 아이들의 행복지수가 OECD회원국 중에서 최하위권에 놓여있다고 합니다. 어른들은 우리 아이들을 바라보면서 걱정도 많이 하고, 빨리 어른이 되어야 한다고 가르치고 있습니다. 그러나 성경은 '어린 아이처럼 살지 않고서는 결코 행복할 수 없다!'는 취지로 가르치고 있습니다. 그러고 보니 어린 아이들은 쉽게 몰입하고 쉽게 행복할 수 있는데, 우리 어른들은 몰입도 잘 안 되고 행복하기도 참 어려운 거 같습니다.

어제는 우리 아이들이 타고난 끼와 재능을 맘껏 발휘하며 행복하게 살아갈 수 있는 이천을 만들기 위해 이천시/ 시의회/ 교육지원청/ 이천경찰서/ 이통장단연합회/ 주민자치위원회/지역사회보장 대표자협의체가 함께 만나 아동친화도시 조성을 위한 협약을 체결했습니다. 아이들이 맘껏 행복한 이천을 꼭 만들겠습니다.

모가면에서 보낸 하루
- 20190628 (금요일 아침)

어제는 모가면에서 현답시장실을 운영하느라 하루종일 모가면에서 지냈습니다. 모가면 소속팀장님들과의 대화로 시작했습니다. 이어서 모가면 각 부락마을 이장님들과 간담회를 가졌구요. 이장님들의 마을과 주민들에 대한 사랑을 충분히 느낄 수 있었습니다.

11시에는 모가면 농업테마공원에서 열리는 농업인 한마음대회에 참석해서 인사드렸습니다. 행사를 준비하시느라 수고 많이 하신 농촌지도자회 원종규 회장님과 생활개선회 김종숙 회장님께 감사드립니다. 빡빡한 현답시장실 스퀘줄 때문에 개회식도 다 마치지 못하고 빠져나와 죄송했습니다.

이어 모가면 산내리에 위치한 중증장애인 요양시설인 '향기로운 집'을 방문해서 스스로 식사를 할 수 없는 분께 식사를 도와드렸습니다. 낯선 사람의 방문으로 놀라지 않도록 사랑하는 마음으로 정성을 다해 식사하는 것을 도와드렸습니다. 처음에는 기운이 없어 보였는데, 식사가 거의 끝나갈 무렵부터는 웃기도 하고, 스스로 몸을 움직여 트름도 하는 것을 보면서 제 마음이 기뻤습니다. 저도 향기로운 집 구내식당에서 맛있게 점심식사를 했구요. 25분의 시설종사자분들께서 27분의 장애인분들을 정성껏 돌보고 있는 것을 느낄 수 있었습니다. 많이 느끼고 많이 배웠습니다.

향기로운 집을 나와 주민자치위원장님, 이장단협의회장님과 함께 근처에 있는 이천시 소유의 임야를 둘러봤습니다. 주민자치위원장님께서 둘레길 조성사업을 제안해주셨고, 좀 더 적극적으로 시유지 활용방안을 검토해야겠다는 생각이 들었습니다.

이어서 각 부락마을 부녀회장님들이 2개조로 나누어 독거노인을 비롯한 소외된 주민들을 위해 반찬을 만들어 배달하는 봉사활동을 하고 계셔서 저도 함께 도왔습니다. 제가 반찬배달을 간 곳은 88세 독거어머님 집이었는데, 요양보호사의 도움을 받고 계셨습니다. 몸은 비교적 건강해 보였는데, 말씀을 들어보니 우울증으로 고생하신다고 하시네요. 짧은 시간이었지만 어머님 마음을 따뜻하게 해드리려고 노력했습니다. 어머님도 제 마음을 알아주시는 거 같아서 감사했습니다.

면사무소 맞은편 편의점 앞에서 진행된 '파라솔 톡'은 시장에게 답답한 마음을 전하기 위해 찾아오신 분들로 문전성시를 이뤘습니다.
모가면을 잘 챙겨달라고 하시면서 냉커피를 갖고오신 아주머니 고맙
습니다.

2019년
7월

ⓒ 20190729 글로벌 청소년 음악회 환영 만찬

힘들고 괴로울 때마다 내가 얼마나 힘들고 괴로운지,

스스로 고요하고 차분하게 살펴보고,

따지지 말고 있는 그대로 들어주고,

함께 울어주면서 다정하게 안아줘 보세요.

세상에서 가장 크고 위대한 위로는 우리 스스로 자신에게 하는 위로입니다.

취임 1주년을 맞아 토크쇼를 준비하다

20190701 (월요일 아침)

제가 이천시장에 취임한 지 꼭 1년이 되는 날입니다. 오전에는 '이심전심 진심토크'라는 이름으로 시청직원분들과 7월 월례조회를 하고, 오후에는 '허심탄회 정책토크'라는 이름으로 시민 여러분들과 취임 1년의 성과와 반성 및 향후 3년의 계획 그리고 시민질의와 응답의 시간을 가지려고 합니다. 오후 2시부터 3시 40분까지 아트홀 소공연장에서 진행하니 많이 참석하셔서 의견 주시기 바랍니다.

지난 주말에는 이천발전기획위원회 워크숍과 제4회 이천시 동요대회에 참석했습니다.

워크숍에서는 이천시의 발전과 이천시민의 행복을 함께 고민하며, 분과위원회별로 정책제안도 받았습니다. 이천의 정치와 행정이 이념 대결 및 신념관철을 넘어서, 상대의 아픔을 공감하고 사회적 갈등을 조정해낼 수 있는 수준으로까지 나아갈 수 있게 되길 바랍니다.

동요대회에서는 초등학교 1학년부터 6학년까지 이천의 많은 어린이들이 무대 위에서 당당한 모습과 맑은 목소리로 부르는 동요를 보고 들으며 이천의 어린이들이 타고난 재능과 끼를 맘껏 발휘하며 행복하게 살아갈 수 있는 도시를 만들어야겠다고 다짐했습니다. 하루빨리 이천시를 대한민국 동요의 메카도시로 만들겠습니다.

시민과 함께 하는 취임 1주년 토크쇼

- 20190702 (화요일 아침)

그제 판문점에서 이루어진 남북미 정상들의 역사적인 회담 소식에 감사한 마음으로 어제를 보냈습니다. 이번 남북미 정상회담이 대한민국의 평화통일을 이루는 데 중요한 역사적 사건으로 평가되길 기원합니다.

어제 오전에는 국회 의원회관에서 민주당 중앙위원회의가 열렸는데, 저는 참석을 못했습니다. 지난 해 7월 2일에도 시민들과 취임식 약속을 잡았다가 태풍으로 인해 취소했었는데, 어제 시장취임 1주년 기념 시민들과 허심탄회 정책토론회를 하기로 이미 약속을 해놓은 상태에서 중앙위원회의 일정이 잡혀 시민들과의 약속을 어길 수가 없었기 때문입니다.

오후에는 '이심전심 진심토크'를 통해 지난 1년을 돌아보면서 시민사회와 공직사회의 유공자분들께 표창도 드리며 감사한 마음을 전했습니다. 월례조회에 참석한 직원들과 함께 익명(닉네임)으로 카카오톡 오픈 채팅방에 가입해서 자유로운 얘기를 나누는 시간도 가졌습니다. 신선하고 편하고 직원들과 좀 더 가까워진 거 같아서 좋았습니다.

아트홀 소공연장에서는 많은 시민들을 모시고 취임 후 1년 동안의 업무보고와 성과, 그리고 반성 및 앞으로 3년의 계획에 대해 터놓고 얘기나누는 시간을 가졌습니다. '허심탄회 정책토크'의 패널로 참석하신 분들과 시민들께서 몹씨도 예민한 주제에 대해서도 질문을 주셨지만 솔직한 저의 생각을 말씀드렸습니다. 저도 시민들께 솔직하게 말씀드리고 나니 마음이 편안해진 느낌입니다.

청소년이 떠나지 않는 행복한 이천

- 20190703(수요일 아침)

어제 오전 이천아트홀 대공연장은 이천의 중학생들로 꽉 찼습니다. 청소년들의 열기로 가득 찼습니다. 청소년 진로콘서트가 열렸는데, 청소년들의 생명력으로 아트홀 대공연장이 들썩들썩거렸습니다. 이천교육지원청 김지환 교육장님께서 자리를 함께 하셨습니다. 이천의 청소년들이 이천을 떠나지 않고도 멋지고 행복하게 살아갈 수 있는 이천을 만들어야지 하고 다짐했습니다.

대원칸타빌 1차 및 호반베르디움 1차 공동주택 아파트 관리동 단지 내에 이천시립 어린이집을 설치하기 위해 어린이집 건물 및 부속시설을 이천시가 무상사용할 수 있도록 하는 내용의 업무협약을 주식회사 대원건설 및 주식회사 호반산업과 체결했습니다. 시민이 아이를 낳으면 정부가 아이를 키워주는 사회를 만들기 위해 한걸음씩 앞으로 나아가야 합니다. 이천시가 그러한 노력을 하도록 하겠습니다.

장애인 특수학교 다원학교 방문
설봉공원을 시민의 품으로 안겨드리기 위해

- 20190709 (화요일 아침)

어제는 장애인 특수학교인 부발읍 소재 다원학교를 방문해서 학교시설도 들러서 학생들도 만나고, 선생님들의 불편과 학부모님들의 아픔을 들었습니다. 선천적이 아니어도 우리는 누구나 다 장애를 가지게 될 수 있습니다. 자립능력이 부족해지거나 상실되는 장애를 가지게 되더라도 전과 같이 안전하게 더불어 살아갈 수 있도록 정부와 지역사회가 도와주리라는 신뢰가 우리 시민들로 하여금 마음속 깊은 안정감을 느끼게 해줄 것입니다. 그런 건강하고 안전한 이천시를 만들도록 노력하겠습니다.

설봉공원을 온전히 시민들의 품으로 안겨드리기 위해 통일그룹 임원을 만나 이천시를 위해 협조해주실 것을 당부드렸습니다. 양측 실무진을 구성해서 서로 상대의 기대와 바람을 충분히 이해하고, 양쪽 모두에게 유익한 결론을 도출하기로 말씀을 나눴습니다. 행복한 마을공동체 지원센타와 혁신교육지구사업 관련 교육협력 지원센타의 각 사무공간이 설봉공원 내에 마련되었습니다. 마을공동체의 행복을 위해 연구하고 노력하게 될 행복공동체 지원센터, 학생들의 행복을 위해 연구하고 실천하게 될 교육협력 지원센터가 함께 문을 열었습니다.

미국출장을 마치고 10일 만에
- 20190721 (일요일 아침)

미국출장 마치고 10일 만에 인사드립니다. 미국에서 출발할 때는 태풍소식이 있어 걱정했는데, 인천공항에 내려 물어보니 태풍경보가 해제되었다고 해서 참 감사했습니다. 오늘 새벽에 잠이 깨는 걸 보니 다시 시차적응 좀 해야겠네요.

미국의 자매도시인 뉴멕시코주 센타페이시티의 공식초청을 받아

10일부터 20일까지 미국출장을 다녀왔습니다. 센타페이 웨버시장님도 지난 해에 시장에 당선되어 저와 마찬가지로 얼마 전 시장임기 첫 돌을 맞았다고 하네요. 시장역할, 양 도시의 장단점, 민간교류 지원 및 행정교류 등에 대해서 말씀을 나눴고, 인터네셔널 포크아트마켓 행사에도 참관하고, 국제봉사단체인 국제로타리 센타페이클럽 임원들로부터 양도시 로타리클럽 상호간 교류협력을 중재해 달라는 요청도 받았습니다.

시의원님들의 환영도 있었고, 지역 도예작가님과 직접 도자기만드는 체험도 했는데, 다음 다음날 아침에 센타페이 지역신문에 제가 센타페이를 방문해서 활동하고 있는 내용의 기사가 나왔더라구요. 감사한 마음이 들었습니다.

일본의 반도체 핵심부품 수출규제에 맞서
- 20190724 (수요일 아침)

일본의 우리나라에 대한 반도체 핵심부품 수출규제로 우선 우리나라 국민들께서 경제에 악영향이 미칠까 크게 걱정하고 있습니다. 다만 이러한 큰 걱정스런 마음에도 불구하고, 아픈 과거역사가 떠오르면서 걱정의 마음이 분노의 감정으로 이어져 일본상품 불매운동이 들불처럼 번지고 있습니다.

이제는 일본국민들도 자국의 경제를 걱정하는 상황에 이르고 있습니다. 대한민국정부와 경기도 지방정부는 일본의 반도체 핵심부품 수출규제로 인한 경제불안의 근본적인 문제를 해결하기 위해서 핵심부품의 국산화를 천명하고 있는 상황입니다.

이에 우리 이천시는 반도체 핵심부품 국산화에 행정적, 재정적 지원 등 모든 노력을 다하겠다는 다짐과 함께 SK하이닉스의 본사가 위치한 이천시에 반도체 핵심부품 제조공단을 설치해 줄 것을 요청드리는 기자회견을 하였습니다.

농촌관광활성화를 위한 영농단지 준비
- 20190725 (목요일 아침)

어제는 모가면 신갈리에 농촌관광활성화를 위한 대규모 영농체험단지를 준비하고 있는 농업회사법인 (주)안촌의 대표이사를 만나 사업내용에 대해 말씀을 들었습니다. 모가면 신갈리와 어농리 일대는 남이천IC가 위치해 있어 접근성이 뛰어나고, 이천의 농경문화를 즐길 수 있는 농업테마파크, 우리나라 민주열사들께서 잠들어 계신 민주공원사업소, 독일식온천 테르메덴과 시몬스침대 박물관이 있어 지금도 많은 관광객들이 찾고 있습니다. 앞으로 온천관광지가 하나 더 추가로 조성되고, 주식회사 안촌의 멋진 영농체험단지도 내년에 만들어질 것이며, 이천시가 폐교된 모가분교를 활용해서 다른 관광자원과 함께 잘 어울어질 수 있는 공간을 만들어 볼 계획에 있기 때문에 더 많은 관광객들이 찾아주시리라 예상됩니다. 이천을 찾아주신 관광객들께서 즐겁고 행복한 추억을 만들고 가실 수 있도록 최선을 다하겠습니다.

설봉산 별빛축제의 발전을 위하여

- 20190729 (월요일 아침)

요즘 토요일 밤이 되면 우리 이천은 '설봉산 별빛축제'의 열기로 뜨겁습니다. 올해로 16회를 맞이하고 있는데, 지난 해부터는 매 공연마다 수천명의 시민들이 몰리고 있습니다. 설봉산 별빛축제는 매주 토요일 밤 8시부터 설봉공원 대공연장에서 열리는데, 7주 연속 이뤄지는 축제입니다. 지난 토요일 밤에는 에일리공연과 이천 '아이랑 밴드' 공연으로 3회차 공연이 있었고 이제 4회 공연이 남았습니다.

저는 미국출장 관계로 올해 설봉산 별빛축제의 개막식을 시민들과 함께 못해 죄송했는데, 지난 토요일 에일리공연 때 인사드리면서 시민들과 함께 멋진 공연을 감상했습니다. 설봉공원 대공연장에서 공연하는 사람과 관객들이 하나가 되어 그야말로 열광의 도가니가 되었습니다. 이제는 명실상부하게 이천의 대표축제로 자리를 잡은 거 같습니다. 그동안 이렇게 멋지게 설봉산 별빛축제를 만드시느라 노력해주신 모든 분들께 진심으로 진심으로 고마운 마음을 전합니다.

"설봉공원 대공연장이 너무 좁다."

설봉산 별빛축제에 참여한 분들께서 이렇게 말씀들 하시네요. 설봉산 별빛축제가 성공했기 때문에 들을 수 있는 칭찬 같은 지적이라 기분이 좋습니다. 시민들과 함께 머리를 맞대고 내년부터는 설봉산 별빛축제 마당을 더 크고, 더 멋지게 준비하겠습니다.

제22회 국제조각심포지엄 개막식

- 20190731 (수요일 아침)

아침에 일어났는데 어제 저녁을 짜게 먹었는지 갈증이 심했네요. 시원한 물을 찾아 냉장고가 있는 거실로 가는데 짐이 잘 꾸려져있는 여행가방이 보였고요. 중학교 1학년인 막내아들이 오늘 캠프간다고 어제 밤에 자기손으로 여행가방을 꾸렸네요. 물론 엄마의 도움도 있었지요. 갑자기 여행다니는 걸 좋아해서 완행열차타고 남해로, 서해로 여행다니던 고등학교 시절이 생각나네요. 그때 친구들이 보고 싶네요.

7말 8초, 사람들이 바다로 산으로 여름휴가를 떠나는 시즌입니다. 휴가계획 잡으셨나요? 이미 휴가 중이신가요? 사랑하는 가족, 친구들과 함께 멋진 여름휴가 보내시길 바랍니다.

어제 오후 늦은 시간에는 제22회 이천시 국제조각심포지엄 개막식에 참석했습니다. 22년 동안 한번도 쉬지 않고 진행되고 있는 국내 유일의 국제조각대회입니다. 청년시절 이천시조각심포지엄에 참석했는데 지금은 대부분 유명한 중견작가님이 되셨다고 합니다. 작가분들끼리는 농담반진담반으로 "이천에 당신 작품있어?" 하고 묻기도 하신답니다. 이천에 있는 작품들의 재배치가 필요하다고 하시고, 이천시가 갖고 있는 많은 작품들을 활용해서 멋진 조각공원을 만들어보라는 제안도 주시네요. 주신 의견들 잘 받아들이고 이천시국제조각심포지엄이 이천시민들의 문화욕구를 충족시켜줄 수 있는 방향으로 나아갈 수 있도록 하겠습니다.

© 20190803 제16회 설봉산 별빛축제(4회차)

2019년
8월

좋은 뜻으로 말을 하고 글을 쓰는 것,

좋은 뜻으로 말을 하고 글을 썼다고 믿는 것,

이것이 대화에 임하는 지혜로운 태도라고 생각합니다.

스스로를 괴롭히며 살아갈 필요는 없지 않을까요?

한 자리에서 부서회의 보고회를 진행
- 20190801 (목요일 아침)

어제는 오전 09시 30분부터 업무지시사항 보고회를 가졌습니다. 시청 대회의실에서 거의 모든 국과장님들과 함께 해당 과별로 쉬지 않고 보고 받고, 궁금한 것 질문하고, 당부말씀드리는 방식으로 진행했습니다. 점심시간 전에 끝내려고 했는데, 뜻대로 안돼 부득이 12시 15분이 되어서야 보고회를 마칠 수 있었습니다. 점심시간을 뺏어 미안합니다.

저에게도 그동안 지시한 내용들이 제대로 이행되고 있는지 확인할 수 있었고, 저의 생각이 정확히 전달되지 못한 부분에 대해서는 저의 뜻을 다시한번 전달할 수 있었습니다. 또한 모든 부서가 함께 한자리에서 보고회를 진행하니까 시행정 전체에 대한 시장의 생각을 모든 부서가 공유할 수 있어서 유익한 자리가 된 거 같습니다. 감사합니다.

일본제품 불매운동과 글로벌 청소년음악회
- 20190805 (월요일 아침)

지난 주말에는 아베 규탄 내지 일본제품 불매운동으로 전국이 들썩거렸습니다. 중앙정부와 지방정부는 일본의 경제보복 내지 수출규제로 인해 피해를 입게 되는 기업들에 대한 지원대책을 발표하고 있으며, 대다수의 국민들은 결연한 의지로 일본상품 불매운동을 벌이고 있습니다. 국민들의 불매운동은 들불처럼 번지고 있는데, 한일 간에 경제전쟁으로 나가고 있습니다. 일본 정치지도자 아베가 결정한 경제보복과 수출규제는 과연 일본국민들을 위한 것일까? 일본의 경제보복 내지 수출규제로 인해 우리 국민뿐만 아니라 일본국민도 고통스럽게 만들 것이 분명합니다. 정치의 목적은 국민을 행복하게 하는 것이 아닌가? 이번에 일본으로부터 경제독립을 반드시 이뤄내야 하겠습니다.

지난 금요일 저녁에는 글로벌 청소년음악회가 성황리에 잘 마무리 되었습니다. 관객이 적을까 봐 걱정을 많이 했는데, 이천아트홀 대공연장 1층이 꽉 찼습니다. 각국의 민속음악을 위주로 선곡하였고, 3~4일의 짧은 연습에도 불구하고 글로벌청소년오케스트라는 정말 멋진 연주를 보여주었습니다. 관객들은 기립박수를 보내주었고, 그 박수는 글로벌청소년들에게 매우 소중한 경험이 되리라 생각했습니다. 연주회를 마친 글로벌청소년들은 토요일 저녁에 설봉산별빛축제를 함께 즐겼습니다. 일요일 오전 10시 30분에 본국으로 귀국하기 위해 이천을 떠나는 청소년들과 작별인사를 나눴습니다. 여러 나라의 청소년들이 멋진 오케스트라 연주를 할 수 있도록 정성껏 준비를 해준 모든 분들께 진심으로 감사드립니다. 글로벌청소년음악회를 함께 준비했던 청소년들이 앞으로 대한민국과 이천을 많이 사랑하기를 기원합니다.

일본의 경제보복으로 피해를 입고 있는 관내기업
- 20190807 (수요일 아침)

어제는 일본의 경제보복으로 피해를 입고 있는 이천관내 중소기업을 방문해서 회사소개와 애로사항에 대해 듣고 왔습니다.

호법면 매곡리에 있는 유진테크라는 아주 견실한 중소기업(강소기업)인데, SK하이닉스와 삼성에 반도체부품을 공급하는 회사였고, 역시 일본의 수출규제로 큰 피해가 예상되어 걱정을 많이 하고 있었습니다. 중앙정부, 경기도, 이천시가 일본의 수출규제로 인해 고통받는 유진테크와 같은 기업들을 도와 지금의 힘겨운 시기를 넘겨서 일본기업으로부터 경제독립을 할 수 있도록 함께 노력하자는 말씀을 드렸습니다.

일본기업으로부터 부품 내지 원료를 공급받고 있던 기업들의 피해가 생각보다 큰 거 같습니다. 중앙정부와 지방정부 그리고 기업과 온 국민이 함께 결연한 의지로 어깨를 걸고 싸워나가야 하겠습니다.

아베 규탄, 일본상품 불매운동
- 20190806 (화요일 아침)

요즘 일본의 수출규제 내지 경제보복으로 인해 일본기업과 무역관계를 맺어온 우리나라 기업들의 피해가 점점 커지고 있습니다. 아베 규탄, 일본상품 불매운동의 함성으로 한반도 전역이 진동하고 있습니다. 정부와 지자체는 피해기업에 대한 지원책을 내놓는 한편, 이참에 일본의 의존성을 탈피하여 경제독립을 이루기 위해 부품국산화 등 모든 노력을 다하고 있습니다. 우리 이천시도 이러한 거대한 흐름에 함께 하고 있습니다.

어제 오전에는 이천관내 반도체부품 제조회사를 찾아 대표자님들을 만나 최근 일본의 수출규제에 따른 피해 및 우려를 듣고 왔습니다. 마장면에서 '반도체 제조공정 중 식각공정에 필요한 장비를 제조'하는 APTC(주), 신둔면에서 '세라믹 소재를 이용해 반도체 부품 내지 반도체장비 제조부품을 개발, 생산'하는 BC&C를 방문했습니다. 생각보다 일본의 수출규제에 따른 대표님들의 걱정과 염려가 매우 큰 것을 알 수 있었습니다.

자유무역이라는 국제경제질서 하에서는 다른 나라의 기업으로부터 부품을 사서 그 부품을 사용해서 완제품을 만들어 판매하게 되는데, 이때 물건을 판매하는 기업들은 자신들의 제품이 품질경쟁력을 갖추고 있으면 잘 팔릴 것이라는 신뢰를, 부품을 구입해서 완제품을 만드는 기업체는 원하는 가격을 지불하면 부품을 지속적으로 구입할 수 있다는 신뢰를, 전제로 무역거래를 하게 되고, 그러한 기업인들의 신뢰를 각국의 정부가 지켜줘야만 국가와 국가 사이에 자유무역질서가 유지될 수 있는 것입니다.

한국의 반도체회사인 SK하이닉스와 삼성반도체가 일본기업에게 원하는 가격을 주고 부품을 사겠다고 하고, 일본의 반도체부품 제조회사들도 팔겠다고 하는데, 일본의 아베정부는 정치적인 이유 때문에 일본기업들에게 한국에 반도체 핵심부품을 팔지 말 것을 강세하였고, 자유무역거래가 보호되리라 믿었던 한국의 반도체회사와 일본의 부품회사들은 아베정부의 반칙(강제수출규제)으로 기업의 생존을 위협받게 되었습니다.

정치는 기업인들의 기업활동이 잘 되도록 도와줘야 하는 것이고, 때로는 정치적 분쟁이 발생하더라도 기업인들의 기업활동만큼은 보호될 것이라는 신뢰가 있어야만 자유무역거래가 유지 발전될 수 있는 것입니다. 만약 어느 정부라도 정치적 고려를 이유로 자유무역거래를 하고 있는 기업인들에게 강제로 거래를 못하게 할 수도 있다는 위험성이 있다면 기업인들은 자유무역거래를 하지 않을 것입니다. 아니 자유무역거래를 할 수가 없을 것입니다.

아베정부가 스스로 잘못을 깨우치고 정상으로 돌아오길 기원합니다. 국제사회는 일본 아베정부에게 지금처럼 행동하면 안 된다고 경고해야 합니다. 그래야 앞으로 어느 나라도 아베정부처럼 행동해서는 안된다는 것을 알게 될 것입니다. 그렇게 하지 않으면 국제자유무역질서는 더 이상 유지되기 어려울 것입니다. 완제품을 만드는 기업들은 부품제조의 국산화 없이 자유무역거래에 의존해서 회사를 운영할 수는 없을 것입니다.

아베정부는 한국에 대한 수출규제를 당장 멈춰야 합니다. 그것이 일본을 위해서도 유익한 선택입니다. 정치는 언제나 국민을 위한 것이어야 하지, 개인의 정치적 신념을 관철시키는 도구가 되어서는 안 됩니다.

어제 오전에는 이천시민들이 이천 중앙통 문화의 거리에 모여 정치적 핑계를 이유로 수출규제의 억지를 부리고 있는 일본의 아베정부 규탄대회가 열렸습니다. 저도 시도의원님들과 함께 참여해서 자유발언을 했습니다. 이천시 재정의 30퍼센트를 책임지고 있는 SK하이닉스를 23만 이천시민과 함께 꼭 지켜내겠다고 말씀드렸습니다.

대한민국 정부수립은 1919년 4월 11일
- 20190815 (목요일 아침)

74번째 광복절을 맞는 마음이 죄송한 마음입니다. 패가망신을 각오하고 목숨을 던져가며 독립운동하신 분들과 강제징용 및 강제 일본군 성노예로 희생당하신 분들께 광복을 맞은 지 74년이 지나도록 그분들께 제대로 된 예우도 못 갖추고, 일본의 진정성 있는 사과도 받아내지 못했기 때문입니다.

대한민국 정부수립은 1919년 4월 11일입니다. 일제의 불법적인 침략에 맞서 1919년 3월 1일 온 국민들의 만세운동이 일어났고, 이에 근거하여 1919년 4월 11일 중국 상해에 대한민국 임시(망명)정부를 수립하고 독립운동을 주도하여 마침내 1945년 8월 15일 독립을 쟁취했습니다. 그후 제정된 헌법 전문에 분명히 대한민국은 상해임시정부의 법통을 계승한다고 규정하고 있는 것입니다. 따라서 1919년 4월 11일 대한민국 정부가 수립된 것을 부인하는 것은 헌법정신을 오해하는 것이고, 위헌적인 생각인 것입니다.

어제는 오후 늦게 이천시 아트홀 앞에 평화와 인권의 영원한 소녀, 김복동상을 이천의 소녀상으로 세우고 제막식행사를 가졌습니다. 김복동 할머니는 용기있게 일제의 만행을 만천하에 알리고 평화와 인권을 위해 노력하시다가 올해 1월에 돌아가셨습니다. 이천의 소녀상은 김복동 할머니의 모습으로 만들었지만, 저녁에 빛으로 김복동 할머니의 모습을 비추면 김복동 할머니의 어릴 적 소녀의 모습이 그림자로 나타나도록 설계가 되었습니다. 진정한 참회는 스스로, 자발적으로 흘리는 눈물이어야만 합니다. 그런 날이 하루빨리 오기를 기원합니다.

설봉공원에서 파라솔시장일 운영
- 20190817 (토요일 아침)

오늘 저녁 제6회차 설봉산별빛축제가 있는 날이구요. 밤공기가 시원해졌으니 오늘 밤 설봉공원에 오시면 공연과 함께 멋진 추억 만드시기에 최고일 겁니다.

어제는 설봉공원 물놀이장 근처에서 파라솔시장실, 이천시장 파라솔톡을 운영했습니다. 이제 더위가 좀 누그러져서 그런지 물놀이장 이용객들이 많이 줄었더라구요. 그래도 파라솔시장실을 찾아 생활불편을 말씀해주신 시민들이 많았습니다.

어린 아이들을 둔 엄마 아빠들이라 그런지 아이들 다니는 통학로의 위험성을 지적하고 과속방지턱 설치, 아파트단지가 커지고 있는데 초등학교가 설치되지 않아 멀리 있는 학교에 다녀야하는 불편, 대중교통인 버스를 타면 여기저기 도는 바람에 너무 시간이 오래 걸린다, 특히 8번버스 이용자가 많으니 배차를 늘려달라, 어린 아이들이 갑자기 아플 때 엄마아빠들은 너무 불안하고 답답하니 24시간 언제든지 소아과 전문의를 찾아가 적절한 진료를 받을 수 있도록 해달라는 등의 말씀들이 많았습니다. 하나하나 챙겨보겠습니다.

마음 아픈 민원인들과의 대화
- 20190822 (목요일 아침)

바다에 배 두 척이 보입니다. 하나의 배는 오른쪽에서 왼쪽으로 가고 있고, 다른 배는 왼쪽에서 오른쪽으로 가고 있습니다. 두 배는 어딘가를 향해 가는 중인데, 양쪽 모두 사정이 급해 가장 빠른 길을 선택해서 빨리 가고 있는 중입니다. 공교롭게도 두 배는 같은 시간에 같은 장소를 지나게 되었습니다. 두 배가 모두 예정된 방향과 속도대로 진행한다면 서로 부딪힐 수밖에 없는 상황입니다. 안타깝게도 두 배는 각자의 급한 사정 때문에 상대편 배가 방향을 틀어주기를 기대하고 그대로 진행했고, 결국 두 배는 충돌했습니다. 양쪽 배에 타고 있던 사람들은 서로 자기 배가 우선권이 있었는데 상대편 배가 양보를 안 해서 충돌하게 되었다고 싸웠습니다.

그중에 한 사람이 "우린 모두 잘못이 없어요. 나에게 피해가 발생했을 때 반드시 상대방이나 자신에게 잘못이 있어야 하는 건 아닙니다. 양쪽 모두 잘못이 없더라도 부득이 부딪힐 때가 있고 그로 인해 피해와 고통이 생길 수도 있습니다. 그 때 중요한 건 서로 상대를 비난하지 않고 서로의 아픔과 고통에 대해 이해하고 위로하며 피해를 줄일 수 있는 방법을 찾는 것입니다. 우리 그렇게 합시다."라고 얘기했습니다.

어제도 많은 일이 있었습니다. 마음 아픈 민원인들과 예정에 없던 대화를 나눠야 했기에 정해진 일정을 챙기지 못했습니다. 부득이 약속을 어기게 되어 죄송합니다. 어제 있었던 일들에 대한 업무보고는 어제 있었던 일에 대한 저의 심정을 담은 앞의 글로 대신하고자 합니다.

설봉산 별빛축제 폐막식
- 20190826 (월요일 아침)

지난 금요일 오후에는 국회에서 뉴데모크라시 지방정부협의회 창립총회가 있어 다녀왔습니다. '뉴데모크라시'는 영어식 표현이고 의미전달에 어려움이 있으며 국민들 눈높이에서 볼 때 적절하지 않다는 의견이 많아서 '참여민주주의 지방정부협의회'라는 표현으로 바꾸기로 했습니다. 지금의 민주주의 절차와 방식으로는 해결이 어려운 사회문제 내지 갈등이 많아 시민들의 적극적인 참여를 통해 이를 해결하기 위해 노력하는 지방정부협의회가 될 것입니다.

토요일에는 아침 9시부터 부발읍 꼬꼬리꼬농원에서 이천의 향토단체들과 관내 향우회 임원들이 모여 '어울림한마당축제'를 열었습니다. 이천시향토협의회가 주축이 되어 서로 어깨동무하며 운동도 하고 맛있는 음식도 드시고 신나게 노래도 부르며 즐거운 시간을 보내는 축제가 되었습니다. 그동안 우리 이천시가 좀 폐쇄적이라는 얘기를 들어왔는데, 이번 어울림축제를 계기로 좀더 따듯하고 포용적인 도시가 되면 좋겠습니다.

토요일 밤에는 2019년 설봉산별빛축제 폐막식이 있었습니다. 7주 연속 공연 중 마지막 공연은 장호원에서 이루어졌습니다. 지난 해에는 태풍으로 인해 폐막식이 취소되어 장호원에서 별빛축제공연을 한 번도 못해서 아쉬웠는데 올해는 참 다행입니다. 올해 설봉산별빛축제를 멋지게 준비하신 최갑수 회장님을 비롯한 모든 분들! 정말 수고 많으셨습니다. 고맙습니다. 감사합니다.

모처럼 일정이 많지 않은 날에
- 20190827 (화요일 아침)

이른 아침 눈을 떴는데, 창문 밖으로 빗소리가 요란하네요. 지금 내리는 비가 모든 이에게 단비가 되어주길 기도하지만, 누군가에겐 축복이 되고, 누군가에겐 아픔이 될 것입니다. 우리에게 중요한 것은 내가 받은 축복을 이웃과 나누려는 마음과 상대가 당한 아픔을 나누려는 마음입니다.

어제는 직접 챙겨야 하는 일정이 많지 않아 모처럼 많은 생각을 해봤습니다.

우리가 살고 있는 사회는 정상적인지?

어떠한 사회를 만들어야 할 것인지?

정치와 행정의 역할은 무엇인지?

다들 목소리는 큰데, 정말 자신 있는지?

너무 복잡하게 생각하는 건 아닌지?

오늘은 국회에서 경기도 기초자치단체 예산정책협의회의가 있어 아침 일찍 올라갑니다. 우리 이천시가 중앙정부에 국비지원을 요청한 사업들 중 핵심사업 세가지에 대해 설명드리는 시간이 있다고 하니 꼭 받아들여질 수 있도록 설명을 잘 하겠습니다.

치매극복 걷기행사에 부쳐
- 20190829 (목요일 아침)

어제 오전에는 '치매극복 걷기행사'가 있어 어르신들께 인사드렸습니다. 저의 어머님도 나오셨더라구요. 지난 해에 이천시 치매안심센터가 문을 열어, 관내 어르신들의 치매예방을 위해 열심히 노력하고 있습니다.

올해 중에는 장호원지역에 두번째 치매안심센터가, 내년 1~2월 중에는 마장면에 세번째 치매안심센터가 문을 엽니다. 피땀을 흘려가면서 대한민국을 이렇게 세계경제대국으로 만드신 어르신들께 보답하고자 정부가 치매국가책임제를 실천하고 있습니다.

이천시도 정부시책에 적극 맞춰 어르신들의 치매예방을 위해 치매안심센터를 설치해서 관내 어르신들의 치매예방을 위한 많은 노력을 하고 있습니다. 어르신들께서 많이들 좋아하셔서 장호원과 마장면에 치매안심센터를 추가로 설치하고 있는 것입니다. 어르신들의 치매예방을 돕는 일, 치매에 걸린 어르신들을 보호하는 일, 모두 모두 잘 챙기겠습니다.

오후 2시에는 시설관리공단을 도시공사로 전환하는 것이 타당한지에 대한 용역착수보고회가 있었습니다. 도시공사로 전환해야 할 필요성과 부실한 도시공사가 될 수 있는 위험성이 상존하고 있습니다. 전국의 사례를 면밀히 검토해서 위험성을 최소화시키도록 노력하겠습니다.

반도체기반 세라믹융합 R&D 특구조성을 위한 노력
- 20190830 (금요일 아침)

어제는 출근하자 마자 농협중앙회 이천시지부장님 및 관내 농협 조합장님들과 함께 NH농협은행 이천시청 지점에서 반도체 부품·소재·장비 분야 국내 기업을 응원하는 'NH-아문디(Amundi) 필승코리아 국내주식형 펀드'에 가입했습니다. 저와 농협조합장님들의 마음은 한국의 반도체 관련기업들이 일본으로부터 경제적 독립을 이룰 수 있도록 두손 모아 응원하는 마음이었습니다.

반도체 제조장비에는 거의 대부분 세라믹(도자기)소재가 사용된다고 합니다. 도자도시인 이천에는 한국세라믹기술원 이천분원이 위치해 있습니다. 지금 벌어지고 있는 한일간 무역전쟁의 과정에서 우리는 반도체부품의 국산화를 이뤄내 한국반도체 산업의 일본에 대한 의존성을 끊어야 합니다. 이를 위해 이천시는 얼마전 한국세라믹기술원 이천분원과 손잡고 반도체 제조장비용 세라믹 기능성 소재부품 검증기반 테스트베드 확장 및 기술지원을 중앙정부(산업통상자원부)에 요청하였는데, 어제 산업통상자원부로부터 긍정적인 답변을 받았습니다.

이천시와 경기도가 부지와 건물을 마련하기로 하고, 중앙정부가 장비 및 기술지원을 하기로 했습니다. 산업통상자원부는 이러한 내용을 내년사업에 반영하기로 하고 기획재정부에 2020년 예산으로 115억원을 요청했으며, 앞으로 2021년 및 2022년에는 200억원에서 250억원까지 추가 예산지원을 계획하고 있다고 합니다. 우리 이천시는 이에 필요한 행정절차를 신속히 진행하고, 경기도와 협력해서 필요한 건물을 빨리 지어 중앙정부로부터 장비와 기술지원을 받도록 하겠습니다.

앞으로 이천시에 SK하이닉스 중심의 반도체산업과 이천도자산업을 연결하는 반도체기반 세라믹융합 R&D 특구가 조성되도록 하여 이천시가 지식산업의 중심도시가 될 수 있도록 최선을 다하겠습니다.

© 20190927 이천시장이 갑니다

2019년
9월

백문불여일견 百聞不如一見

천사불여일행 千思不如一行

백번 들은 것이 한번 본 것만 못하고

천번 생각한 것이 한번 실천한 것만 못하다.

코끼리를 한 번도 못본 사람에게 말로 코끼리를 설명한들 그가 코끼리
를 이해하겠으며, 외국의 어느 도시를 가보지 못한 사람에게 말로서 그 도
시를 설명한들 그가 그 도시를 알 수 있을까요?

이천쌀 국산벼품종 해들미와 알찬미

- 20190903 (화요일 아침)

　어제는 참 기분좋은 날이었습니다. 잘 알고 계시는 것처럼 임금님표 이천쌀은 국민들께서 인정하고 있는 대한민국 최고의 쌀입니다. 그런데 이천쌀의 벼품종이 일본품종(히토메보레, 고시히카리, 아키바레)이라는 것이 그동안 국민여러분께 죄송했습니다. 그래서 이천시는 2016년부터 국립식량과학원 및 농협중앙회 이천시지부와 함께 '소비자가 직접 참여해서 이천지역 기후와 토양에 잘 맞고, 임금님표 이천쌀의 명성에 딱 맞는 국산벼품종을 찾아내는 사업'을 추진해 왔습니다. 그 결과 2017년에는 조생종 '해들미'를, 2018년에는 중만생종 '알찬미'를 선정해서 시범재배를 해왔습니다.

　어제 해들미 수확현장에 나가 직접 눈으로 확인하고 직접 먹어봤습니다. 밥맛도 좋고, 수확량도 많고, 병충해에 강하고, 바람에도 강해 잘 쓰러지지도 않는 국산벼품종 해들미와 알찬미로 이천쌀의 원료곡을 교체하려고 합니다.

　앞으로 해들미와 알찬미의 재배면적을 점차 확대해서 해들미는 2021년에, 알찬미는 2022년에 이천 전지역에서 재배할 수 있도록 하겠습니다. 임금님표 이천쌀의 원료곡을 국산품종으로 대체하는 중요한 사업인 만큼 최단기간 내에 대체품종이 안정을 찾을 수 있도록 모든 노력을 다 하겠습니다. 벼품종의 국산화를 이룩해서 대한민국을 대표하는 임금님표 이천쌀을 일본으로부터 독립시키겠습니다.

　국민여러분의 많은 응원을 당부드립니다. 다음달 중순 이천쌀문화축제에 오시면 2000명이 드실 수 있는 커다란 가마솥에 새로운 국산품종인 해들미 햅쌀로 이천쌀밥을 지어 맛있는 비빔밥을 드실 수 있도록 하겠습니다.

경기도 정책공모 최우수상 상금 45억 원
SK하이닉스와 이천의 경기침체 우려
- 20190904 (수요일 아침)

이른 아침 눈을 뜨니 창문틈으로 빗소리가 들려오네요. 올해는 예년에 비해 강우량이 적어 지하수 저장량이 부족하고, 강에 물이 적어 수질도 나빠졌다고 하니 걱정됩니다. 다른 한편으로는, 수확을 앞둔 가을철은 곡식과 과일이 영글고 익어가는 계절이라 비보다는 햇볕이 중요하다고 하니 곡식과 과일이 잘 익어갈 수 있도록 햇볕도 충분했으면 좋겠구요.

어제는 아침 6시 30분에 서둘러 일산 킨텍스로 갔습니다. 경기도 정책공모 본선발표와 심사 및 시상식 있었거든요. 큰 예산이 걸려있는 거라 제가 직접 발표를 하기로 했는데, 준비하는 중에는 괜히 내가 발표를 한다고 한 거 아닌가 하는 부담도 솔직히 있었습니다. 시민응원단 50여명도 김밥을 드셔가며 아침 일찍 일산으로 오셨습니다. 네 번째로 발표를 했는데, 발표를 하면서 멋을 부리기보다는 의미내용을 정확히 전달하려고 노력했습니다. 일반사업 경쟁은 10개 시군이 경쟁했는데, 발표가 끝나자 우리 이천시 응원단은 내심 대상을 기대하는 거 같았습니다. 결과는 우리 이천시가 2위, 최우수상을 받았습니다. 상금은 45억 원을 받게 되었습니다.

지금까지 여러 번 도전했지만, 한번도 본선진출을 못했는데 이번에는 본선진출을 넘어 최우수상을 받게 되어 이천시청 모든 직원들이 기뻐하고 있습니다.

아베의 반칙으로 시작된 한일간의 무역전쟁으로 대한민국 경제가 커다란 위기를 맞고 있습니다. 하지만 이러한 위기를 기회로 만들기 위해 중앙정부와 경기도 그리고 이천시가 함께 반도체부품제조 국산화를 이루기 위해 노력하고 있습니다. 반도체부품제조 장비에는 거의 필수적으로 세라믹(도자)이 들어간다고 합니다. 그래서 도자기의 도시 이천은 세라믹과 반도체산업을 연결하기로 계획했습니다.

이천시가 중앙정부 및 경기도의 적극적인 지원을 통해 '반도체기반 세라믹 융합 R&D 특구도시'를 조성하기로 계획하고 산업자원통상부에 적극적인 지원을 요청하기 위해 세종시청사로 간 것입니다. 최대한 긍정적이고 적극적인 방향으로 검토하겠다는 답변을 들었습니다. 내일은 이재명 지사님을 만나는 일정이 있으니 경기도의 적극적인 지원도 요청드릴 계획입니다.

이천시 재정의 약 3분의 1(3270억원)을 차지할 정도의 지방세를 내던 SK하이닉스가 반도체경기의 하락 및 한일간 무역전쟁으로 내년에는 거의 지방세를 내지 못하는 상황이 될 거 같습니다. 이천시 전체가 수도권정비계획법 상 자연보전권역으로 묶여 있어 특정수질유해물질을 배출하는 기업은 원천적으로 입지가 불가능합니다. 그렇지 않은 기업이더라도 이천에 들어와 열심히 노력해 회사경영이 좋아져서 공장을 확장하려고 해도 전체 면적이 약 9500평 이상으로는 확장할 수가 없습니다. 그래서 공장을 더 확장하고 싶어도 그럴 수가 없어 이천을 떠나는 기업들이 점점 늘어나고 있습니다. 칩팩코리아는 이미 이천을 떠났고, 현대엘리베이터는 2021년 충주로 이전하겠다는 발표를 했습니다. 이러한 상황에서 중앙정부와 경기도는 그동안 이천시의 재정상태가 좋았다는 이유로 이천시를 교부금 불교부지자체로 지정하려 한다는 이야기가 들려옵니다.

2020년은 이천시에 가장 큰 위기가 다가오는 시기입니다. 이러한 시기에 중앙정부와 경기도가 이천시에 더 큰 고통을 안겨주는 선택을 하지 않았으면 좋겠습니다. 23만 이천 시민들께서 마음을 하나로 모아주셔야 하겠습니다. 제가 중앙정부와 경기도에 이천의 특수한 사정을 잘 말씀드리겠습니다.

국립이천호국원 나라사랑 음악회 참석
- 20190905 (목요일 아침)

어제 오전에는 멕시코 대사님과 멕시코의 네곳 도시의 시장님들께서 이천시를 방문하셔서 제 방으로 모셔 이천인삼차 한잔 마시면서 말씀나눴습니다. 이천을 방문한 목적은 멕시코가 지금 쓰레기가 많아 그 처리문제로 크게 걱정하고 있는데, 이천에 있는 광역소각장을 벤치마킹하기 위한 것입니다. 아무쪼록 우리 이천의 광역소각시설 시스템이 멕시코의 쓰레기문제를 해결하는데 도움이 되어 멕시코 국민들이 편안해지길 바랍니다.

오후에는 설봉공원 대공연장에서 국립이천호국원에서 준비한 나라사랑 음악회가 열렸습니다. 호국원장님과 새로 부임하신 교육장님, 그리고 시도의원님들, 이천, 여주, 광주, 용인, 안성 지역 보훈단체장님들께서 자리를 함께 하셨습니다. 비가 오는 데도 많은 분들이 참석하셨고, 목숨을 던져 오늘의 대한민국을 만들어 주신 호국영령 및 애국지사님들 그리고 그 유가족분들께 감사한 마음을 전하는 자리가 되었습니다.

미세먼지 공동대응 협약식과 전국노래자랑 녹화
- 20190906 (금요일 아침)

어제는 오전에 경기도청에서 도지사님을 비롯해 평택, 화성, 오산, 안성, 여주 시장님들과 함께 미세먼지 공동대응협약식을 체결했습니다. 지난 번에 여섯 개 도시가 함께 미세먼지 공동대응 협약식을 체결했는데, 이번에 경기도가 함께 하기로 하였습니다. 위의 여섯 개 도시는 도시 자체가 미세먼지 원인을 제공한다기보다는 충남 서해안에 있는 석탄화력발전소와 항구에서 발생하는 미세먼지로 인해 지리적으로 가깝기 때문에 피해를 보고 있는 지역들입니다. 물론 각 도시는 자신들이 할 수 있는 미세먼지 저감대책을 마련해서 실천해야 하지만, 미세먼지의 큰 원인을 제거하기 위해서는 중앙정부 차원의 노력이 꼭 필요하기 때문에 중앙정부의 적극적인 노력을 촉구하고 미세먼지에 공동대응하기 위해 협의체를 구성하게 된 것입니다. 앞으로 당진시를 비롯한 충청지역 도시들과도 함께 연대해서 대응해나갈 계획입니다.

이천 장호원 햇사레복숭아 축제가 얼마 남지 않았습니다. 장호원복숭아축제에 즈음하여 전국노래자랑이 장호원에서 열리게 되었는데, 며칠 전 예심을 거쳐 오늘은 본선진출자들이 경쟁을 하는 녹화방송을 촬영합니다. 진행자이신 송해 선생님과 심사위원들께서 어제 미리 오서서 무대점검 등 방송준비에 여념이 없으시네요. 우리 이천을 특별히 사랑하시는 송해 선생님을 찾아뵙고 감사인사를 드렸습니다.

　세계 최장수 프로그램으로서, 세계 최고연장자 진행자로서, 세계기네스북에 등재되어 있다고 하네요. 송해 선생님께서 건강을 계속 유지하셔서 전국노래자랑을 사랑하는 시청자들을 오래오래 만나셨으면 좋겠습니다.

태풍 링링에 대한 피해 극복 대책
- 20190909 (월요일 아침)

　지난 주말은 태풍피해에 대한 걱정도 많았고, 실제로 태풍피해도 많아 속상한 시간이 되었습니다. 강풍에 사과 배 복숭아 등 과일이 많이 떨어졌고, 벼도 쓰러져 1년농사를 망친 농가가 많으며, 아파트 고층에 붙어있던 물건이 바람에 날려 주차된 차량을 덮치는 바람에 차량이 파손되기도 했고, 길가의 가로수 등 나무들이 부러져 길을 막아 차량통행이 안돼 크게 불편하기도 했고, 간판과 옥상의 구조물도 강풍에 날라가 버릴 위험이 있다는 신고가 있어 급히 사전조치를 취하기도 했고, 집주변 나무가 쓰러져 지붕을 덮쳐 집이 많이 파손되기도 했고, 강풍에 찢겨나간 비닐하우스도 많고, 강풍에 설봉산 입구 큰 나무 가지가 부러지기도 했고, 송말2리 연당 입구 커다란 나무도 부러졌습니다. 그 외에도 태풍피해가 많습니다.

　시청, 소방서, 경찰서 공무원들이 12시간씩 교대근무조를 편성해서 태풍대비 및 응급복구를 위해 최선의 노력을 했습니다. 그럼에도 피해가 많았습니다. 주말에 실시간으로 보고도 받았지만, 오늘 출근해서 피해상황 집계보고를 받도록 하겠으며, 아직 복구가 안된 곳이 있으면 서둘러 복구조치하도록 하겠습니다.

시민 여러분들께서도 주변을 둘러보시고 피해를 입은 이웃이 있으면 그 불편과 고통을 함께 나눠주시기 바랍니다. 우리 모두에게 닥친 태풍의 위험이 주민 중 일부에게 피해를 주었습니다. 우리들 누구에게나 일어날 수 있었던 피해였습니다. 피해를 입은 분들의 고통을 우리가 함께 나눠야 합니다. 그래야 나에게 그런 일이 생겨도 이웃이 도와줄 거라는 믿음을 가질 수 있고, 그래야 우리가 함께 살아간다는 것에 큰 안정감과 신뢰감이 생길 수 있으니까요.

농가 태풍피해 보험에 대한 홍보의 절실함
- 20190910 (화요일 아침)

어제는 월요일이라 간부회의로 시작했습니다. 다행히도 태풍 링링으로 인해 우리 이천에는 인명피해는 없었습니다. 다만 과수농가의 낙과피해 및 쌀재배농가 도복피해가 많은 것으로 파악되고 있습니다. 정확한 피해를 파악하고 집계해서 재해지역지정을 받아 중앙정부로부터 지원을 받을 수 있도록 최선을 다하겠습니다.

과수농가의 낙과피해와 관련해서는 아쉬운 점이 있습니다. 자연재해 등으로 인한 낙과피해에 대비하기 위해 본인이 10%의 보험료를 부담하면 중앙 및 지방정부가 90%의 보험료를 지원해주고 있는데, 아직까지 보험가입률이 높지 않습니다. 더 홍보하고 독려해서 보험가입률을 높여 태풍피해와 같은 유사시를 대비할 수 있도록 하겠습니다. 농가소득의 안정, 농업정책에서 가장 중요한 내용입니다.

태풍 링링의 피해복구를 위해 이천관내 군부대 장병님들께서 함께 도와주고 있습니다. 오늘 통합방위협의회의 마치고 위원님들과 함께 군부대를 방문해서 감사인사를 드릴 계획입니다. 시민여러분들께서도 군인장병들을 보시면 고맙다고 말씀해 주시면 좋겠습니다.

아프리카 돼지열병으로 복숭아축제 취소
- 20190918 (목요일 아침)

경기도 파주시까지 아프리카 돼지열병이 들어왔다는 소식에 우리 이천시는 비상방역체제에 돌입합니다. 현재 아프리카 돼지열병은 백신이 없어 치사율이 매우 높다고 합니다. 북한에 머물고 있던 아프리카 돼지열병이 일교차가 심한 요즘 파주와 연천까지 넘어왔다는 소식입니다.

이천은 2010년 겨울 구제역발병으로 인해 이천에서 기르던 돼지 95%이상을 생매장했던 경험이 있고, 그로 인한 트라우마로 양돈농가와 담당공무원들은 지금까지도 고생하고 있습니다. 돼지나 우리들 모두에게 너무나 가슴 아픈 기억입니다. 아프리카 돼지열병은 치사율이 거의 100%에 가까운 전염병인 데다가 아직까지 예방백신과 치료제가 개발되지 못한 상황입니다.

우리 이천시는 아프리카 돼지열병은 예방이 최선이라는 판단 하에 오늘부터 시에서 주관하는 집회형식의 모든 행사를 전면적으로 취소하기로 결정했습니다. 특히 내일 개막식을 하기로 예정된 장호원복숭아 축제도 취소하기로 결정하면서 1년 농사에 큰 피해를 걱정해야 하는 과수농가에 너무나 죄송했습니다. 지금까지 고생하시며 축제를 준비하신 추진위원님들과 과수농가 농민들을 설득시키는 어려움을 감내하시기로 결심하시고 이천시의 결정에 기꺼이 협조해주신 장호원농협 송영환 조합장님과 경기동부과수농협 유재웅 조합장님께 진심으로 감사드립니다. 아프리카 돼지열병의 확산방지를 위한 이천시의 노력과 복숭아 과수농가의 피해에 대해 우리 이천시민들을 포함한 국민여러분들께서 함께 공감해주시기를 간절히 바랍니다.

장호원복숭아는 세상에서 제일 맛있는 복숭아입니다. 경기동부과수농협 장호원본소에 전화(031-641-5214)하셔서 장호원복숭아를 택배로 주문하여 드신다면, 돼지열병 확산방지를 위한 이천시와 복숭아농가의 용기와 노력에 큰 격려가 될 것입니다.

돼지열병 확산방지를 위한 집회형식의 모든 행사 취소
- 20190920 (금요일 아침)

어제부터는 아프리카 돼지열병 확산방지를 위해서 예정된 집회형식의 모든 행사를 취소하였습니다. 예방하지 않으면 해결책이 없고, 경기도에서는 최고로, 전국에서는 두 번째로 양돈농가가 많은 이천이기 때문에 부득이하게 위와 같이 결정했습니다. 여러 가지 불편과 어려움이 많았을 텐데 기꺼이 협조해주신 모든 분들께 진심으로 감사드립니다.

거점소독시설을 추가로 더 늘리기로 했고, 이천으로 들어오는 모든 길목에 방역소독시설을 설치하는 것을 신중하게 고민하고 있습니다. 아프리카 돼지열병이 더 이상 확산되지 않을 수 있도록 이천시가 할 수 있는 모든 초기대응을 철저히 하겠습니다.

얼마 전 준공을 마치고 이제 곧 입주를 하게 될 '중리동 행정복지센터' 건물을 직접 둘러봤습니다. 새롭게 입주하게 되는 기관들의 공간 배치가 적절한지 살펴보고 싶었기 때문입니다. 시민들의 세금으로 지은 공적인 시설의 공간배분이 공정하고 적절한지 의문이 많이 들었고, 그래서 불편한 마음이 컸습니다. 앞으로 시민들의 피같은 세금을 들여서 지은 이천시 관내의 공적인 시설 전체를 대상으로 공정한 배분이 이루어지고 있는지, 함께 사용해야 할 시설을 특정단체가 독점하고 있는 일은 없는지, 더 많은 시민들께서 이용할 수 있음에도 시민들께 정보가 제대로 제공되지 않아 이용효율성이 낮은 것은 얼마나 되는지? 꼼꼼하게 챙겨서 시정할 것은 반드시 시정하겠습니다. 그것이 저에게 주어진 시민들의 명령이기 때문입니다.

돼지열병 방역 및 태풍 피해 대비
- 20190923 (월요일 아침)

오늘부터는 지난 주말 한반도를 지나간 태풍의 비바람으로 인해 손상된 아프리카 돼지열병 방역망을 보완하고 일제 방역소독을 해야겠습니다. 돼지열병 방역 및 태풍피해 대비를 위해 주말 비상근무를 한 공무원들에게 격려와 응원의 마음을 보내주시면 감사하겠습니다.

아프리카 돼지열병 확산방지를 위한 행사취소 내지 행사연기에 적극적으로 동참해주신 모든 분들께 감사드립니다. 예방이 최선입니다. 한번 발병하면 살처분해야 하고, 언제 다시 농장을 재가동할 수 있을지 장담할 수 없다고 합니다.

열심히 준비한 행사를 취소한다는 것이 얼마나 속상한 일이겠습니까? 그럼에도 함께 살아가는 다른 시민들의 생존권이 위협받을 수 있는 불안과 걱정스런 마음을 공감하시고, 그러한 위험상황을 예방하기 위해 함께 노력해주셔서 고맙고 감사합니다. 위험과 아픔을 함께 분담하려는 노력과 실천이 쌓여야 사회구성원 사이에 고통분담의 문화가 만들어질 수 있습니다. 고통분담의 문화가 정착되어 질 때 비로소 우리 이천시가 진정한 지역공동체가 될 수 있다고 생각합니다.

제대로 된 사회공동체라면 다른 구성원들의 아픔을 서로 거들어 분담해 주고자 하는 마음이 있어야 합니다. 이렇게 동고동락(同苦同樂)할 수 있는 단위의 지역공동체를 많이 만들고 활성화시켜야 하겠습니다. 그러한 사회가 되어야만 그 속에서 살아가는 시민들의 삶이 안전하고 행복할 수 있다고 믿으니까요.

국내 세 번째 돼지열병 발생
- 20190924 (화요일 아침)

어제 저녁에 김포에 있는 농장에서 아프리카 돼지열병 확진판정이 나왔습니다. 파주, 연천에 이어 국내에선 세 번째 돼지열병 발생사례고, 한강 이남 지역에선 첫 번째 사례입니다. 세 곳 모두 감염경로가 제대로 밝혀지지 않고 있고, 그래서 아프리카 돼지열병이 어디까지 퍼졌는지 알 수 없어 걱정이 이만저만이 아닙니다. 그러나 방역망을 더욱 철저하게 보강하고 각 지역별로, 각 농장별로, 더욱 철저하게 방역노력을 해야 하겠습니다.

외국의 경우 아프리카 돼지열병 발생국가가 많이 있지만, 나라별로 확산속도 내지 확산범위에 차이가 많습니다. 중앙정부의 방역조치결정에 각 지방정부가 얼마나 일사불란하게 협력하고, 산재해 있는 각 농장들과 국민들이 한마음으로 협조하는지에 따라 차이가 나는 것입니다. 중국 등 동남아시아 같은 경우는 아프리카 돼지열병의 확산속도와 범위가 빠르고 넓지만 유럽의 경우는 그렇지 않다고 합니다.

어제는 이재명 도지사님께 이번주 금요일부터 시작되는 세계도자비엔날래 행사를 전면적으로 취소해주실 것을 건의드렸습니다.

어제도 모가면에 설치되어 있는 거점소독시설에 나가 현장점검을 하고, 근무하고 계신 분들께 격려도 드리고 철저한 방역노력도 요청드렸습니다. 지난 주말 태풍 비바람으로 인해 약화된 방역망을 어제부터 새롭게 더 강화시켜 대응하고 있습니다. 철저히 대비하겠습니다.

세계도자비엔날레 행사 취소 결정
- 20190925 (수요일 아침)

아프리카 돼지열병이 이천지역으로 확산되지 않도록 하기 위해 지역 내 거의 모든 행사를 취소하고 다른 지역에서 진행되는 행사 역시 참여자제를 요청했습니다. 특히 오랜 기간 많은 예산과 노력을 들여 준비했고, 많은 외국손님들도 초대했으며, 모레 금요일부터 시작될 예정이었던 세계도자비엔날레와 관련해, 도자비앤날레 행사의 중심도시인 이천시의 요청을 받아들여 행사취소를 전격적으로 결정해주신 이재명 도지사님께 감사드립니다. 그동안 행사준비를 위해 많은 노력을 하신 도자재단 대표이사님을 비롯한 임직원 여러분들께 죄송한 마음을 전합니다.

각 시군의 아프리카 돼지열병 확산방지를 위한 방역노력에도 불구하고 어제 인천광역시 강화군에 있는 농장에서도 돼지열병 확진판정이 나왔습니다. 다만 지금까지 돼지열병 확진판정이 나온 다섯 곳의 농장들은 서로 차량의 이동경로 내에 있는 것으로 파악되고 있어 차량을 통한 감염을 예방하는 것이 중요하다 생각합니다.

이와 관련해서 돼지열병 확진판정된 김포시의 농장에 출입했던 차량이 우리 이천시 관내 일곱 곳의 돼지농장에 출입했던 사실이 확인되어 해당 일곱 곳의 농장에 대해 특별관리를 하기로 했습니다.

관내 모든 농장입구에 소독시설을 설치해 24시간 방역에 만전을 기하되, 위의 일곱 곳의 농장에 가장 먼저 방역시설을 설치하기로 결정했습니다. 나아가 일부 농장에 돼지열병이 발생할 경우 신속한 예방적 살처분을 실시할 전문인력 확보를 위한 용역계약과 살처분된 돼지를 담을 방역컨테이너 주문에 대한 업무지시까지 해두었습니다. 우리 이천은 과거 구제역과 AI 매몰지가 많기 때문에 매몰지를 추가로 확보하는 것이 쉽지 않고, 땅에 매몰하는 것보다 방역용기에 담아 처리하는 것이 훨씬 안전하다고 판단되기 때문입니다.

한 가지 걱정되는 것은 각 농장입구에 설치된 방역소독시설 근무자들과 농장에 근무하는 사람들이 접촉하게 되면 오히려 방역소독시설을 농장 가까이 설치하는 것이 더 위험하다는 점입니다. 따라서 돼지열병으로부터 이천의 돼지를 보호하는 가장 중요한 원칙은 농장주를 비롯한 농장근무자들이 외부와 접촉하지 않는 것, 외부인들이 농장에 출입하지 않는 것입니다. 농장관계자들과 시민여러분들의 적극적이고 철저한 방역의지와 실천노력이 가장 중요합니다. 농장관계자와 시민여러분들의 적극적인 협조를 당부드립니다.

이천시청 공무원들의 2인 1조 방역초소 운영

- 20190926 (목요일 아침)

그제 밤부터 이천의 모든 농장을 대상으로 이천시청 공무원들이 2인 1조가 되어 방역초소를 운영하고 있습니다. 우리 이천지역에서 기르고 있는 돼지는 약 45만 마리로 경기도 전체 중 약 4분의 1에 해당합니다. 전체 초소에 컨테이너로 공급하고 싶지만, 컨테이너가 부족하기 때문에 컨테이너를 공급할 수 없는 곳에는 몽골텐트로 초소를 운영하고자 합니다. 보통은 초소가 마련된 후 인력이 투입되는 것이지만, 이번에는 상황이 너무나 절박해서 초소설치 전에 시청공무원들이 먼저 초소설치 예정지로 나가 방역활동을 돕고 있습니다. 한마디 불평없이 열악한 환경의 농장 앞에서 24시간 방역초소를 잘 지켜주는 저희 이천시청 공무원들이 너무나 자랑스럽습니다.

이천시 관내 돼지농장 중 7곳이 돼지열병 확진판정이 난 김포지역 농장과 차량이동으로 연결되어 있어 특별한 방역망을 갖추려고 노력해왔습니다. 다행히 이천에서 특별히 관리하고 특별히 걱정되었던 위 7곳의 농장 돼지들 피를 뽑아 검사한 결과 돼지열병은 감염이 안 된 것으로 보고를 받았습니다. 고맙습니다.

어제 강화도 농장 한 곳에서 돼지열병 추가확진이 나왔지만, 우리 이천은 오늘도 기도하는 마음으로 더 철저히 아프리카 돼지열병 방역에 힘쓰겠습니다. 농장마다 초소를 설치하여 2인 1조로 24시간 운영하다보니 시청공무원만으로는 인력이 부족해 이천관내 군부대에 인력지원 협조요청을 드렸더니 7군단사령부, 항공작전사령부, 특수전사령부, 육군 3901부대에서 기꺼이 병력지원을 해주셨습니다. 사령관님 이하 군장병 여러분들께 감사드립니다.

2019년 10월

자신을 있는 그대로 받아들이고 사랑할 수 있는 사람은 상대방도 있는 그대로 받아들일 수 있다고 합니다.

우리 모두 자신과 상대를 있는 그대로 받아들이고 사랑할 수 있는 지혜를 배우고 실천할 수 있으면 좋겠습니다.

운동 삼아 걸어 출근하다 보니 보이는 것들

- 20191002 (수요일 아침)

지난 주 월요일부터 운동할 시간이 없어서 운동 삼아 걸어서 출근하고 있습니다. 걸어서 출근하기 전에는 보이지 않던 새로운 것들이 보입니다. 그동안 차가 다니는 차도에는 많은 예산이 투입되었지만, 사람이 걸어다니는 인도에 대해서는 소홀했구나 반성했습니다. 그동안은 차타고 가면서 눈에 들어오는 거리모습이 아름답다고 생각했습니다. 이제는 시내를 걸어다니는 시민들의 눈에 보이는 거리모습이 멋져야 하겠구나 하고 생각하게 되었습니다. 시민들께서 이천시내거리를 많이많이 걸어다녀야 이천시내 상권이 살아나겠구나, 시민들이 걷고 싶은 시내거리를 만들어야 시내상권이 살아나겠구나, 하는 생각을 해봅니다. 지금 차가 다니는 도로 중 일부를 아름다운 거리공원으로 만든다면 어떤 일이 벌어질까 생각해봅니다.

돼지열병에 태풍 미탁까지

- 20191003 (목요일 아침)

밤새 태풍 미탁이 한반도를 휩쓸고 지나갔습니다. 10월에 태풍이 한반도를 지나는 경우는 흔치 않은 일이라고 합니다. 뉴스에서는 전국의 태풍피해 소식을 전하고 있습니다. 큰 피해가 없기를 비랍니다. 피해지역의 신속한 복구를 통해 국민여러분들께서 편안한 일상으로 돌아올 수 있기를 기원드립니다. 우리 이천은 상대적으로 많은 비가 내리지는 않았고, 아직까지는 큰 피해접수가 없는 상황입니다. 좀 더 꼼꼼하게 읍면동별로 피해상황을 파악해서 복구가 필요한 곳은 신속히 조치하도록 하겠습니다.

돼지열병 방역과 태풍피해 대비를 위해 최선을 다하고 있는 공무원과 군장병 그리고 자원봉사자 여러분들께 많은 격려 보내주시면 감사하겠습니다.

반도체 제조 핵심소재 불화수소 국산화 성공
- 20191004 (금요일아침)

태풍 미탁으로 인해 부산, 포항, 울진 등 남동부지역을 중심으로 피해소식이 전해지고 있습니다. 사망, 실종자 및 재산피해도 상당한 것으로 보도되고 있습니다. 이천시는 상대적으로 태풍 미탁으로 인한 피해가 적지만, 그래도 태풍으로 인한 농작물피해가 있어 읍면동별로 파악하고 있습니다. 신속한 피해상황파악과 응급복구에 최선을 다하겠습니다.

비록 경기 북부지역에 한정되고 있으나, 돼지열병 추가 확진판정이 계속되고 있습니다. 이로 인해 강화도 전체 돼지에 대해 예방적 살처분을 진행한다는 뉴스가 있었는데, 파주시의회에서도 계속 이어지는 돼지열병 확진판정을 이유로 파주시 전체 돼지에 대한 예방적 살처분을 요구하고 있는 것으로 전해지고 있습니다. 아프리카 돼지열병에 대한 확실한 예방백신도 없는 상황에서 기본적인 방역소독조치로 돼지열병을 막으려고 하니 어려운 점이 많습니다. 그래도 주어진 여건에서 최선을 다하는 수밖에 없습니다. 접촉에 의해서만 전염된다고 하니, 우리 스스로 철저히 접촉을 차단한다면, 돼지열병 막을 수 있습니다.

이런 와중에 이천의 향토기업인 SK하이닉스가 반도체 제조 핵심소재인 불화수소 국산화에 성공해 곧 반도체 공정라인에 사용한다는 기쁜 소식도 들립니다. 하루 속히 반도체 제조공정에 들어가는 핵심부품과 핵심소재에 대한 국산화가 이뤄지기를 두손 모아 기원합니다.

지난 해 반도체경기의 호황으로 이천시는 올해 SK하이닉스로부터 3270억원의 지방세를 받았으나, 반도체경기의 악화 및 일본의 수출규제로 인해 내년에는 SK하이닉스가 이천에 내는 지방세는 500억원도 안될 것으로 예상하고 있습니다. 마음을 하나로 모아서 힘든 시기를 극복해야 하겠습니다.

지자체 재정분석 최우수상 수상
- 20191011 (금요일 아침)

어제는 기분좋은 소식이 있었습니다. 행정안전부에서 전국 243개 지방자치단체를 대상으로 2019년 지방재정분석을 하여 그 결과를 발표했습니다. 재정 건전성, 효율성, 책임성 3개 분야 14개 지표로 나누어 243개 지자체 재정분석을 했는데, 그중 14개 지자체가 최우수상을 받게 되었고, 이천시가 거기에 포함되었다는 소식입니다. 경기도 31개 시군 중에서는 이천, 화성, 포천, 연천이 최우수상 명단에 오르게 되었습니다. 시민 여러분들께서 이천시에 신뢰와 응원을 보내주시고, 그에 힘입어 이천시청 공무원들이 책임감을 가지고 시민들의 세금을 알뜰하게 사용했기 때문에 받게 된 상입니다. 정부에서는 4회 추경에 반영하여 14개 최우수 지자체에 각 1억원의 포상금을 지급한다고 합니다.

야생멧돼지에서 돼지열병 바이러스 검출

- 20191014 (월요일 아침)

아침 뉴스를 보니 야생멧돼지에서 돼지열병 바이러스가 거듭 검출됨에 따라 경기북부에 있는 멧돼지가 남쪽으로 내려오지 못하도록 철조망도 설치하고, 대대적인 포획 및 사냥을 통해 멧돼지 개체수를 줄여 돼지열병의 확산을 막기로 결정되었다고 합니다. 우선 돼지열병 발생지역, 완충지역, 경계지역까지 서울 위쪽(북쪽)지역의 멧돼지 개체수를 대폭 줄이기로 결정되었지만, 양돈농가가 특별히 많은 우리 이천시는 이천지역 내 멧돼지 개체수를 한발 먼저 줄이는 방안을 적극적으로 검토해야 할 거 같습니다.

시민들의 행복한 삶을 위해서 위대하고 거대한 사업을 하려고 애쓰기보다는 시민들의 편안한 삶을 방해하는 것들을 찾아 하나씩 제거하는 것이 오히려 지혜롭겠다는 생각이 요즘 많이 듭니다. 우리 사회가 지향하고 있는 방향이 옳은지에 대해서도 깊이 성찰해볼 필요도 있을 거 같습니다. 우리들이 당연하다고 믿고 있는 것들에 대해서도 다시 한번 고민해보면 좋겠습니다. 함께 고민하고, 함께 결정하고, 함께 실천해야 하겠습니다.

경기도형 정책마켓 공모전 최우수상 수상

- 20191015 (화요일 아침)

어제는 경기도형 정책마켓 공모전에서 우리 이천시가 최우수상을 받았다는 소식을 듣고 참 기뻤습니다. 경기도 31개 시군이 각자 자신들만의 독특한 정책으로 경쟁을 하여 5개 정책이 본선에 진출했고, 어제 최종적으로 본선경쟁 결과가 나왔는데, 우리 이천시의 생애주기별 맞춤형 서비스제공 플랫폼 정책인 이천온드림 정책이 최우수상을 받았습니다. 그동안 정성껏 정책을 만들고 공모전 준비하느라 수고하신 직원분들께 진심으로 고마운 마음을 전합니다.

여성친화적 도시로 만들기 위한 용역보고회
이천시혁신교육지구사업 운영위원회의
- 20191016 (수요일 아침)

이천시를 2021년까지 여성친화도시로 만드는 것을 목표로 열심히 노력하고 있습니다. 어제는 이천을 여성친화도시로 만들기 위해 어떠한 노력이 필요한지에 대해 연구하는 용역중간보고회를 가졌습니다. 결국 현재 이천이 갖고 있는 여성비친화적 상황들을 걷어내는 일을 해야 할 텐데, 왜 여성비친화적인 현상들이 벌어지고 있는지에 대한 원인분석이 가장 중요하겠다는 생각이 들었습니다. 정확한 원인분석을 통해 여성비친화적 요인들을 제거할 수 있어야만 여성친화적 시민의식의 변화와 함께 새로운 제도와 정책이 잘 어우러질 거 같다는 생각입니다.

어제 오후에는 이천시혁신교육지구사업 운영위원회의를 했습니다. 손희선 교육장님 오시고 처음하는 운영위원회의였고, 2020년 이천시 혁신교육지구 사업계획을 수립하는 중요한 회의였습니다. 이천시가 큰 폭의 예산증액을 통해 혁신교육지구사업을 추진하고 있는 만큼 그에 상응하게 우리 이천의 학생들이 더욱 행복해지고, 건강한 공동체 의식을 배워 성인으로 성장할 수 있기를 간절히 기원합니다.

우리벼 해들미와 알찬미 수확
- 20191021 (월요일 아침)

일본으로부터 독립을 선언한 임금님표 이천쌀을 수확하는 날입니다. 그동안 이천쌀의 벼품종은 아키바리, 고시히카리, 히도메부레 등 일본벼품종이었으나 올해부터 순수 국산벼품종으로 교체하고 있습니다. 일찍 수확하는 조생종 우리벼는 '해들미', 늦게 수확하는 중만생종 우리벼는 '알찬미'를 수확했습니다. 해들미는 일찍 수확하는 조생종 벼임에도 불구하고 기존의 중만생종 벼에 버금갈 정도로 밥맛이 좋았는데요, 알찬미는 해들미보다 훨씬 밥맛이 좋습니다. 임금님표 이천쌀 드시고 건강하세요.

디에스테크노 회사, 이천의료원 방문
증포동 희망우체통 설치
- 20191023 (수요일 아침)

그제는 마장면 관리에 새로이 설립된 디에스테크노 회사를 방문해 회사소개도 듣고 공장견학도 했습니다. 디에스테크노는 반도체부품 제조회사입니다. 다른 지역에서 운영하던 회사인데, 대표이사님을 비롯한 임원여러분들께서 이천으로 공장이전을 결정하셨으니 얼마나 감사한지 모르겠습니다. 종업원이 250명이나 되는 멋진 강소기업이며, 중요한 특허권을 보유하고 있어 2030년 1조원 시대를 목표로 발전을 거듭하고 있는 회사입니다. 그 많은 지역 중에서 이천지역을 선택한 것에 보답하기 위해서라도 디에스테크노가 성장발전하여 세계적인 기업이 될 수 있도록 이천시도 최선을 다해 회사를 응원하고 지원하겠습니다.

새롭게 단장하여 문을 연 경기의료원 이천병원을 방문해서 이문형 원장님과 말씀도 나누고 병원의 이곳저곳을 둘러봤습니다. 대학병원보다는 규모가 좀 작지만, 규모가 많이 커졌고(300병상), 진료과목도 늘었으며, 시설 장비도 현대화되었습니다. 분당서울대병원과 협력체계가 구축되어 있어 응급환자가 이천병원에 갖춰진 응급의료지원센터에서 응급처치를 받은 후 30분이면 서울대병원으로 갈 수 있게 되었습니다. 또한 촌각을 다투는 응급환자의 생명을 지키기 위한 닥터헬기 이착륙장을 경기도와 협력하여 복하천 친수공간에 설치하기로 했습니다. 앞으로 생명이 위험한 응급상황이 발생했을 때에는 닥터헬기를 이용하거나, 한층 업그레이드된 의료원의 응급의료지원센터의 도움을 받으시면 되겠습니다.

증포동 주민자치위원회와 증포동 지역사회보장협의체가 함께 '희망우체통'을 설치했습니다. 장소는 온천공원이고요, 주변의 어려운 이웃을 발견하면 그에 대한 소식을 공유해서 어려운 이웃에게 희망을 드릴 수 있도록 하기 위해 희망우체통을 설치한 것입니다. 앞으로 제2 제3의 희망우체통이 많이 만들어질 수 있도록 노력하기로 했습니다. 사람들이 가장 많이 다니는 중앙통 문화의 거리에도 희망우체통이 설치되면 좋겠다는 생각이 들었습니다.

미래이천시민연대 대표님들과의 만남
- 20191024 (목요일 아침)

어제는 이천지역 주요현안마다 건강한 여론이 형성될 수 있도록 늘 앞장서주시는 미래이천시민연대 공동대표님들 이하 임원분들을 만나 감사한 마음을 나눴습니다. 이천지역사회의 여론이 충돌하여 분열과 갈등으로 이어지지 않도록 화해와 조정 역할을 멋지게 해주고 계신 미래이천시민연대 임원여러분들께 진심으로 감사드립니다.

이천 일루전산업 육성발전을 위한 세미나
- 20191025 (금요일 아침)

어제 국회 의원회관에서 진행한 '이천 일루전산업 육성발전을 위한 세미나'를 잘 마쳤습니다. 본 세미나를 함께 준비해주신 김진표 의원님은 물론이고 그 외에도 많은 의원님들께서 자리를 함께 하시며 응원해 주셨습니다. 감사합니다.

저는 환영사를 통해 소비자들의 접근성, 지역의 문화적 창의성, 4차 산업혁명 첨단기술과의 관련성, 자연보전권역에 굴뚝없는 산업유치 필요성, 세계적 일루전니스트 이은결 님의 선택이라는 관점에서 이천이라는 도시가 일루전산업의 최적지라고 설명드렸습니다.

오후에는 문희상 국회의장님과 경기도 시장군수님들과의 간담회가

있어 참석했습니다. 의장님의 말씀을 들으면서 의장님의 정치철학을
배울 수 있었고, 의장님의 진정성을 느낄 수 있었습니다. 신뢰가 무
너지면 아무것도 할 수 없다, 청렴은 공직자의 생명과 같다는 말씀이
크게 와 닿았습니다.

최고의 휴식처 생태하천 계획
- 20191029 (화요일 아침)

우리 이천시 도심지에는 크지는 않지만 멋진 하천이 흐르고 있습니
다. 이천의 명산 설봉산에서 시작해서 복하천에 이르는 약 4km의 중
리천이 바로 그것입니다.

설봉호수 아래부터 중앙목욕탕까지 멋진 생태하천을 만들어 시민
들께서 쉽게 접근할 수 있는 최고의 휴식처를 만들어낼 계획입니다.
수생식물과 물고기들이 잘 어울려 살아가고 그 모습을 바로 눈앞에서
지켜보며 산책할 수 있는 멋진 생태하천을 만들어 내겠습니다. 많은
사람들이 찾아오는 멋진 하천공원을 만들어 주변상가에 사람들이 북
적북적하도록 만들어 보겠습니다. 함께 지혜를 모아주시고 함께 실천
해 주시면 감사하겠습니다.

어머니의 사랑을 생각하며
- 20191030 (수요일 아침)

문재인 대통령의 어머님께서 어제 돌아가셨다는 소식을 들었습니

다. 어머님을 보내는 아들의 마음을 헤아려 봅니다. 평생토록 받으려는 마음없이 지식 위해 주려고만 하시며 살아오신 분이 바로 어머니입니다. 수많은 사람들 중에 온전한 사랑을 할 수 있는 사람은 어머니밖에 없다고 합니다. 자식은 어머니의 사랑을 제대로 이해하지 못하다가 늦게서야 깨닫고 눈물을 흘리며 후회한다고 합니다. 저도 부모님과 함께 살고 있지만, 부모님의 사랑을 잊고 사는 때가 많은 거 같아 죄송합니다. 오늘은 문재인 대통령의 어머님을 보내드리는 아들로서의 마음을 공감하면서 지내고 싶습니다.

방탄소년단의 소식을 들으며
- 20191031 (목요일 아침)

아침에 출근준비를 하는데, TV에서 방탄소년단의 소식이 들려오네요. 방탄소년단이 1년 2개월 동안 이어진 월드투어를 마치고 새로운 준비를 한다는 내용입니다. 대한민국의 위대함을 전세계에 당당히 전파한 방탄소년단에게 감사의 박수를 보냅니다. 앞으로 제2, 제3의 방탄소년단이 나오기를 기원합니다.

깊어가는 가을을 충분히 즐기고 계신가요? 여러분들의 올가을이 편안하고 행복한 시간들로 채워지면 좋겠습니다. 함께 살아가는 사회구성원들이 함께 행복한 사회를 기원합니다. 상대를 이겨야만 자신의 삶이 더 나아질 수 있는 게임의 룰이 지배하는 사회에서는 사회구성원들이 함께 행복하기가 참 어렵겠다는 생각이 드는 아침입니다. 경쟁을 줄이는 것도 한번 고민해봐야 하겠습니다. 경쟁의 룰이 공정한지도 깊이 살펴봐야 하겠습니다.

전국주민자치박람회에서 우리 이천시 마장면주민자치위원회와 창전동주민자치위원회가 각각 장려상을 수상했습니다. 하나의 대회에서 두 개의 장려상을 수상한 점을 생각하니 기쁜 마음이 더 큽니다. 여러분들도 이천시의 주민자치를 많이 응원해주시기 바랍니다.

2019년
11월

우리는 지금을 목적으로 하지 않고서는
결코 '지금' 행복할 수 없습니다.
미래가 목적이고, 지금은 수단이 되어서는
결코 '지금' 행복할 수 없습니다.
순간순간이 바로 '지금' 입니다.
순간순간을 목적으로 살아야 합니다.

민간인 출신 체육회장 시대를 맞아

- 20191101 (금요일 아침)

국민체육진흥법 개정에 따라 내년부터는 자치단체장이 당연직 체육회장이 될 수 없고, 민간에서 새로운 체육회장을 선출해야만 합니다. 우리 이천시도 새로운 이천시체육회장을 선출하기 위한 절차를 진행하고 있습니다. 지난 화요일 이사회심의에 이어 어제는 대의원총회를 통해 새로운 체육회장선출 절차를 담은 이천시체육회규약 개정을 했습니다. 새로운 민간인출신 체육회장 시대를 맞아서 생활체육을 통한 시민들의 삶의 질 향상을 위해 이천시와 이천시체육회가 제대로 된 역할분담을 해야겠다는 생각입니다.

이천을 위해 애써주는 지역 기업들

- 20191104 (월요일 아침)

지난 주 금요일에는 일산킨텍스에서 열린 2019년 중소기업 우수제품 박람회(2019 G-FAIR KOREA)에 다녀왔습니다. 전국의 수많은 중소기업들이 참여하고 있었습니다. 우리 이천의 중소기업들도 30개 업체가 참여하고 있었구요. 그동안 우리 이천의 중소기업들은 박람회에 참여하지 않았다고 합니다. 올해부터 처음으로 참여하게 되었다네요. 참 기쁜 소식은 그렇게 많은 참여기업들 중에서 우리 이천의 기업이 만든 제품이 최고의 평가를 받아 최우수상을 받았다고 합니다. 우리 이천의 중소기업 모든 부스를 찾아 인사드렸는데, 참여한 이천의 기업대표님들께서 대부분 흡족한 마음인 것을 확인하고 기분이 참 좋았습니다.

그동안 SK하이닉스는 2014년부터 이천의 청소년들을 위해 11개의 학습공간을 만들어 기부해왔습니다. 기업의 사회공헌사업의 일환으로요. 이번에도 SK하이닉스 임직원들이 자발적인 모금을 통해 장호원의 청소년들을 위한 행복 IT ZONE을 청미청소년문화센터에 설치 기부해 주었습니다. 지난 주 금요일 그 개소식이 있어 마음과 의미를 함께 공유하기 위해 다녀왔습니다. 장호원 청소년들의 멋진 댄스공연도 봤구요. 관장님도 학생들도 모두모두 기뻐하고 있었는데, 제 기분도 덩달아 좋더라구요.

주말에 부천 심곡천을 다녀왔습니다. 최근(2014~2017)에 정부의 예산지원을 받아 복원된 생태하천이 부천의 시내를 관통하는 심곡천입니다. 그 과정에 인근 상가를 중심으로 걱정과 반대가 많았지만, 줄어든 노견주차장을 대체할 공영주차장을 새로이 마련하면서 생태하천을 복원해, 지금은 부천시민들의 사랑을 듬뿍 받고 있었고, 주변 상가도 장사가 더 잘되고 있다 하네요. 일요일인 데도 장덕천 부천시장님께서 직접 나오셔서 반갑게 맞아주셨고, 실제 심곡천 복원사업을 주도했던 담당공무원께서 나오셔서 자세한 설명도 주셨습니다. 너무너무 감사합니다.

임금님표 이천쌀문화축제와 이천인삼문화축제가 돼지열병으로 인해 취소되어 축제준비를 해온 많은 분들의 상실감이 크고 시민들도 많이 아쉬워하고 있습니다. 그래서 마장 아울렛의 협조를 받아 지난 금토일, 이천쌀과 이천인삼 판매행사를 가졌습니다. 많은 분들께서 응원해 주시고 직접 방문해 이천쌀과 이천인삼을 구입하셨습니다. 고맙습니다. 감사합니다.

청소년 복합문화공간 준비 중

- 20191106 (수요일 아침)

이천제일고 앞 교육청 소유 부지 위에 이천의 청소년들이 재능과 끼를 맘껏 발휘하며 미래를 준비할 수 있는 청소년 복합문화공간을 준비하고 있습니다. 경기도로부터 45억 원, 중앙정부로부터 53억 원의 예산지원이 확정된 상태입니다. 토지 역시 소유자인 교육청의 적극적인 협조덕분에 우리 이천시는 시설건축비 중 일부를 부담하게 됩니다. 관련부서 공무원들의 적극적인 노력 덕분에 국도비 예산지원을 확보할 수 있었구요. 정말 감사한 일입니다.

앞으로 복합문화센터를 이용하게 될 이천의 청소년들의 의견이 충분히 반영되고, 이용의 효율성을 최대한 높여서 이천의 미래를 이끌어갈 이천의 청소년들이 가장 좋아하고, 부모님들도 만족해하시는 멋진 청소년문화센터를 만들어보겠습니다.

오후에는 전국에서 활동하시는 평생학습 전문가들을 이천으로 모셔서 이천의 평생학습 발전을 위한 토론회를 가졌습니다.

어제 2020년 이천시 주민자치평생학습축제를 새롭게 준비하기 위해 '이천(2000)가지 평생학습 축제'라는 주제로 전문가 토론회를 율현동 아모르컨벤션홀에서 열었습니다. 주민자치와 평생학습의 조화, 이천시 주민자치의 특색이고 이천시 평생학습의 특색이며, 주민자치와 평생학습을 연결시켜 이미 오래 전에 전국 평생학습 대상까지 받았으니, 이천의 자랑입니다. 이천시민들이 생애주기에 따라 불가피하게 마주하게 되는 불편들이나 위험들을 잘 극복해 나갈 수 있는 지혜를 빠짐없이 가르쳐주는 이천시 평생학습 프로그램이 멋지게 만들어지고, 그 내용들을 해마다 축제를 열어 시민 모두가 공유할 수 있으면 참 좋겠다는 생각이 들었습니다.

도자기축제 추진위원회 회의
- 21091108 (금요일 아침)

어제는 오전에 도자기축제 추진위원회 회의를 했습니다. 이천도자 기조합 이사장님, 한국도자재단 대표이사님, 한국도예고등학교 교장 선생님, 오순환 교수님, 조인희 시의원님, 이천도자예술촌 입주자 대 표님, 이천시청 관련부서 공무원들이 함께 머리를 맞대고 지혜를 모았습니다. 특히 오순환 교수님께서 그동안의 이천도자기축제의 역사 와 현주소를 설명해 주시고, 부족한 점, 개선방향까지 말씀해 주시는 데 참 감사했습니다. 앞으로 이천의 도자문화를 사랑하는 분들과 꾸준히 토론하면서 실천해 나가면 침체하고 있는 이천도자산업에 다시 활력을 불어넣을 수 있겠다는 생각이 들었습니다.

이천행복의 길 만들기 구상
- 20191111 (월요일 아침)

요즘 한 달 넘게 걸어서 출근하고 있는데, 최근 며칠 동안 아침 출 근길에 꾀를 부리고 싶을 정도로 공기가 춥게 느껴집니다. 특별히 감 기 걸리지 않도록 신경써야 할 계절입니다.

주말에 잠시 짬을 내서 고향인 백사면 시골길을 걸어봤습니다. 시골마을에 접해있는 낮은 산자락길을 두 시간 가까이 걷는 동안, 어린 시절 추억들이 생각났습니다. 시골 흙길에서 추수 끝나고 논위에 쌓아놓은 볏짚단 주변에서, 마을 입구 개울에서, 친구들과 장난치고 고기잡으며 신나게 놀던 추억들이 하나둘 생각났습니다.

지금보다 물질적으로는 더 부족한 시절이었지만 정신적으로는 더 행복한 시절이었습니다.

시민들의 행복한 삶을 생각한다면 지금 우리가 달려가고 있는 방향이 옳은지 깊이 고민해봐야 하겠습니다. 14개 읍면동 별로 옛추억을 되살릴 수 있는 추억의 길, 역사와 문화가 담겨있는 얘기의 길, 걸으면 저절로 마음이 치유되는 치유의 길 등을 발굴해서 서로 연결하고 이천의 추억의 길, 이야기길, 치유의 길 등등을 안내하는 '이천행복의 길 지도'를 만들면 시민들의 삶이 좀더 행복해질 수 있을 거 같습니다. 때때로 삶에 지친 시민들이 시골길을 걸으면서 힐링하고 용기를 얻어 다시 힘차게 나아갈 수 있는, 시민들에게 휴식이 되고, 치유가 되고, 용기가 되고, 행복이 되는 이천 행복의 길을 만들어 보겠습니다.

지난 주 금요일에는 이천이 낳은 세계적인 드러머 리노 씨를 집무실에서 만나 이천시홍보대사 위촉장을 드리면서 이천을 문화와 예술의 멋이 살아숨쉬는 문예의 고장으로 만들기 위해 함께 노력하기로 약속했습니다. 밝은 성격과 배려심도 많은, 그리고 봉사하는 마음도 큰 사람이라는 걸 알 수 있었습니다.

팔당상수원 보호 이대로 안녕하십니까?

- 20191112 (화요일 아침)

어제는 서울 광화문에 있는 한국프레스센터에서 열린 경기동남부 자연보전권역 규제개혁 포럼에 참석했습니다. 환영사(서울신문사)와 축사(경기행정 1부지사)에 이어 광주, 이천, 여주, 양평 시장군수의 순서로 각 지역의 고통과 희생, 그리고 건의를 담은 기조발제를 하였고, 토론에 참여한 전문가들과 국토부 및 환경부 과장님들 그리고 국회 입법조사관께서 각자의 견해를 발표했으며, 전문가들 견해에 대한 광주, 이천, 여주, 양평 시장군수들의 질문과 답변, 그리고 각 지역 시민 참여단의 질문이 이어졌습니다. 전체 토론회 진행은 중앙대학교 허재완 교수님께서 맡아주셨습니다.

각 지역이 처한 열악한 상황은 비슷했고, 발언 내용과 수위는 조금씩 차이가 있었으며, 강변지자체의 입장과 다른 견해도 있었습니다. 정말 하고 싶은 얘기가 많았는데 그럴 수가 없어서 좀 아쉬웠습니다.

팔당상수원 수계만의 문제가 아닙니다. 전국의 모든 상수원수계의 문제입니다. 수도권과 비수도권의 문제가 아닙니다. 이제 시작입니다. 앞으로 전국에 있는 모든 상수원의 강변지자체 주민들, 시장군수들, 지역구 국회의원들, 도의원 및 시군의원들이 함께 모여 토론회도 하고, 합리적인 대안제시도 해야 합니다.

국민들의 건강 및 생명을 지키는 상수원입니다. 그렇기 때문에 상수원의 수질을 양호하게 유지해야 합니다. 상수원수계의 상류지역 강변지자체 주민들은 상수원의 수질을 보호하기 위해 오랫동안 부단히 노력해 왔습니다. 그러나 이제는 그 노력을 하기가 싫습니다. 왜냐하면 강변지자체 주민들의 그러한 노력과 희생을 평가절하하면서 그에 대한 정당한 평가와 보상을 해주지 않기 때문입니다.

상수원하류지역 주민들께 여쭈어봅니다. 만약 상수원이 지금의 위치보다 더 하류쪽으로 내려간다면 여러분들께서 살고 계시는 지역에 어떤 일이 벌어지는지, 잘 알고 계시는지요? 만약 강줄기를 따라 여러 개의 댐을 건설해서 상수원을 많이 만들고, 각 지역주민들이 가까운 곳의 상수원을 사용해야만 한다면, 여러분들이 살고 있는 지역의 회사들은 기업활동을 하기가 어려워 다른 곳으로 이전할 수밖에 없을 것입니다. 회사가 다른 지역으로 이전하게 되면 회사를 따라 이사하는 주민들만큼 지역에 인구가 줄어들고 회사를 따라가지 못하는 사람들만큼 지역에 실업자가 생기게 됩니다. 그러한 상황에도 굴구하고 그동안 상수원수계의 강변지자체들은 묵묵히 참으며 상수원수질보호를 위해 노력하고 희생해 왔던 것입니다.

이제 이천의 기업들이 상수원보호를 위한 이중삼중의 규제를 견디지 못해 하나둘 이천을 떠나가고 있습니다. 이천을 비롯해 광주, 여주, 양평, 가평은 지역 전체가 팔당상수원의 맑은 물을 만들어내기 위해 자연보전권역으로 묶인 지역들입니다. 남양주와 용인 일부지역도 자연보전권역입니다.

지금은 블랙골드시대를 넘어 블루골드시대입니다. 검은 색 석유가 최고인 시대에서 파란 색 맑은 물이 최고로 중요한 시대로 변했습니다. 블루골드시대에는 맑은 물을 많이 가진 나라가 경쟁력을 가지게 되고, 더 잘 살게 된다고 합니다. 그런데 어찌하여 이러한 블루골드시대를 살아가는 대한민국에서 맑은 물을 만들어내는 강변의 지자체들이 상수원 때문에 못살겠으니 상수원 좀 옮겨달라고 비명을 지르게 되었습니까? 진정으로 국민들의 건강과 생명을 지켜드리는 상수원의 맑은 물이 소중하고, 꼭 필요하다면 맑은 상수원을 만들어내는 강변지자체의 노력과 희생에 대해 정당한 평가를 해주어야 하지 않겠습니까?

상수원을 맑게 만들기 위해 강변지자체 지역에 공장을 짓지 못하게 하거나, 있던 공장들이 떠나도록 해야한다면, 그러한 특별한 희생에 대해 특별한 보상을 하는 것이 공정하고, 정의로운 거 아니겠습니까? 더 나아가 정말로 맑은 물, 맑은 상수원이 절대적으로 필요하다면, 수질을 오염시키는 않는 굴뚝없는 산업을 강변지자체에 유치시켜주는 중앙정부 차원의 노력과 실천이 있어야 하는 거 아니겠습니까?

그래야만 강변의 지자체들이 지금처럼 마지못해 끌려가는 게 아니라 적극적으로 나서서 상수원을 맑게 만들려고 하지 않겠습니까? 상수원이 지역경제발전에 장애가 아니라 오히려 지역경제발전에 원동력이 되는 정책과 시스템이 만들어지면, 여기저기서 상수원을 보호하려고 하지 않겠습니까? 여기저기 상수원이 만들어지는 것이 문재인대통령의 대선공약인 상수원다변화, 취수원다변화 아니겠습니까? 상수원, 취수원다변화가 이루어져야 팔당상수원에 대한 독극물 테러에 대응할 수 있지 않겠습니까? 상수원, 취수원 다변화가 이루어져야 국민들께서 해마다 수질이 좀 더 나은 상수원과 용수계약을 체결해서 맑은 물을 마시고 건강할 수 있는 거 아니겠습니까?

상수원에 대한 권리를 의미하는 '상수원의 용수권'을 지금처럼 수자원공사가 독점하게 하지 말고, 상수원수질에 결정적 역할을 하는 강변지자체가 상수원의 용수권을 행사할 수 있도록 법률을 개정해주십시오. 국민세금으로 댐을 건설했을 뿐인데 왜 수자원공사가 상수원의 용수권을 독점하도록 하고 있습니까?

그러니까 강변지자체는 수질관리에 협조하기 싫은 것이고, 중앙정부(환경부)는 상수원 수질관리가 어려운 거 아니겠습니까? 그러니까 국민들이 맑은 물을 먹기가 점점 어려워지는 거 아니겠습니까? 어렵게 상수원수질관리를 하다보니 힘(권력)으로 강변지자체를 찍어누르는 거 아니겠습니까? 언제까지 이러한 시스템으로 맑은 물이 유지되리라고 생각하십니까?

이제 점진적으로 수자원공사가 가지고 있는 상수원의 용수권을 강변지자체로 이양하는 노력을 해야 할 것입니다. 전국의 상수원수계 지자체들이 함께 모여 지혜를 모으고 합리적인 대안을 마련해서 정부와 국회에 건의합시다. 맑은 물을 만들 수 있는 지역은 맑은 물을 만들어서 경제자립을 할 수 있도록 시스템을 만들어주는 것이 모두를 위해 좋은 일입니다.

설성면에서의 하루
- 20191113 (수요일 아침)

어제는 설성면에서 하루 종일 보냈습니다. 현장에서 답을 찾기 위해, 제가 일일면장 역할을 하는 설성면 현답시장실을 어제 열었습니다. 이천시 전체 14개읍면동 중 12번째 현답시장실을 어제 설성면에서 열었습니다.

오전 9시에 설성면 직원들과 티타임으로 시작했습니다. 노인회장님, 이장님, 주민자치위원님, 부녀회장님 등 지역사회 리더분들께 일일 설성면장으로 신고인사를 드리고, 설성주민들 중심으로 구성된 성호호수 및 노성산 관광사업 추진위원회 회의에도 참여해서 준비상황도 듣고 저의 당부사항도 말씀드렸습니다.

제요1리와 제요3리 마을을 방문해서 주민들의 불편과 건의사항을 듣고, 주민들 불편해소를 위해 최선을 다해 노력하겠다고 말씀드렸습니다. 제요리 일대를 지나는 청미천의 바닥 준설사업을 한 지가 수십 년이 지났는데, 그후로 지금까지 한번도 하지 않아 하천주변마을 주민들께서 장마철에 하천이 범람할까봐 너무나 불안하다고 하십니다. 신속히 상황점검해서 주민들께 보고회 내지 설명회 자리를 마련해서 주민들의 걱정을 덜어드리겠습니다.

설성면 관내 중소기업을 방문해서 기업소개와 애로사항을 들었습니다. 공장증설의 어려움, 지원채용의 어려움, 관내기업에 대한 특별한 관심과 배려, 특정업체 일감 몰아주는 관행 타파 등등. 할 수 있는 모든 것을 최선을 다해 노력해서 이천의 관내기업의 기업활동을 지원하겠습니다.

새로 도로공사가 이루어지고 있는 공사현장에도 나가봤습니다. 새로 도로공사를 하면서 길을 높이다보니 큰 길로 진입하는 기존의 작은 도로가 상대적으로 낮아져서 교통사고 위험성이 높아졌으니 빨리 대책마련을 해달라는 대죽리 이장님의 말씀대로 빨리 대책을 마련하겠습니다.

맛좋기로 유명한 설성딸기 농장에도 나가봤습니다. 농장사장님께서 딸기는 선선한 기후에서 잘 자라는데 올해는 무더위 때문에 성장이 더뎌 보통 지금쯤 수확해서 팔아야 하는 데도 아직 열매가 제대로 익지 않았고, 앞으로 최소 몇 주는 걸려야 수확할 수 있을 거 같다며 한숨을 쉬셨습니다. 저도 마음이 많이 속상했습니다.

시골마을 폐가를 조각작품 전시장으로 꾸며놓은 송계1리 마을도 가봤습니다. 여기저기 폐가들이 눈에 들어왔습니다. 아주 오래 전 옛날 마을회관도 보이고, 옛추억을 떠오르게 하는 디딜방아도, 탈곡기도,

새끼꼬는 기계도 있었습니다. 시골마을의 정취가 물씬 풍길 수 있도록 마을을 단장하면 관광객들이 찾아올 수 있겠다는 생각이 들었습니다. 이천 초가지붕마을, 멋지지 않을까요?

농아인들이 운영하는 카페 개점식
- 20191114 (목요일 아침)

어제 오후에는 마장면 롯데아울렛 건물에 중증장애를 가진 농아인들이 운영하는 카페 개점식이 있었습니다. 마장 롯데아울렛에서 멋진 위치, 넓은 공간을 무상으로 임대해 주셔서 너무나 감사합니다. 또한 이천시가 이렇게 멋진 일에 동참할 수 있도록 동의해주신 이천시의회 홍헌표 의장님을 비롯한 의원님들께도 감사드립니다. 기업체의 후원도 있었습니다. 고맙습니다. 카페이름이 좀 어렵습니다. 공모를 통해 선정된 이름이라고 하는데...

'I got everything.'

카페의 이름입니다. 직역하면 '나는 모든 것을 가졌습니다'는 뜻인데, 저는 갑자기 스티븐 호킹 박사님이 생각났습니다. 어떤 사람이 호킹박사님을 찾아가 이렇게 물었다고 합니다.

"선생님은 우리 인류를 위해 위대한 업적을 많이 남기셨습니다. 그렇지만 스스로 움직일 수가 없으니 불편하고 괴롭지 않으세요?"

호킹 박사님께서는 이렇게 답변하셨답니다.

"이 이상 무엇을 더 바라겠습니까. 저는 지금 행복합니다."

농아인카페의 이름 'I got everything'이 호킹 박사의 "무엇을 더 바라겠습니까? 나는 지금 행복합니다. 나는 마음의 장애가 없습니다"라는 뜻이 아닐까 하고 생각했고, 축사를 통해 그렇게 말씀을 드렸습니다. 들을 수도, 말할 수도, 볼 수도 없는 중복장애를 가졌던 헬렌 켈러 박사께서는 "저는 들을 수도 없고, 말할 수도 없고, 볼 수도 없지만 손으로 나뭇잎 뒷면에 나있는 솜털을 느낄 수 있으며, 손으로 나뭇잎의 멋진 대칭구조를 느낄 수 있습니다"라고 말씀하셨던 것을 학창시절에 책으로 읽었던 기억이 납니다. 이러한 섬세한 감각을 가진 농아인들께서 만들어 낼 맛있고, 정성이 들어있는 커피를 많이 사랑해 주시면 고맙겠습니다.

수능날 네 번째 파라솔 톡
- 20191115 (금요일아침)

어제는 대학수학능력시험 보는 날이라 격려도 하고, 응원도 하러 새벽부터 시험장 입구로 달려갔습니다. 이천은 모두 여섯 군데 학교에서 수능시험을 봤습니다. 다산고, 양정여고, 이천고, 이현고, 이천제일고, 효양고. 일찍 서둘러 여섯 개 시험장 입구에 나가 차분한 마음으로 시험을 잘 보라고 응원했습니다. 고1, 2학년 후배들도 나와서 고3선배를 응원하고, 부모님들도 나오셔서 기도하고 계셨습니다. 올해도 모범운전자 여러분들과 이천경찰서 교통경찰관들께서 시험장 주변 교통정리를 맡아주셨습니다. 수험생들 모두 시험장으로 들어간 후에 교통봉사하시느라 수고하신 모범운전자분들과 함께 해장국을 먹었습니다.

오후 3시부터는 중앙통 문화의거리에서 네 번째 '파라솔 톡'을 진행했습니다. 학생들, 청년들, 노동자분들, 상인분들, 통장님께서 파라솔

시장실을 찾아오셔서 불편사항을 말씀해 주셨습니다.

대월면 사동중학교 부근에 규모있는 도서관이 있으면 좋겠다는 학생들, 이천시내에서 이천전철역까지 정기 버스노선을 더 늘려달라는 청년, 살아온 과정도 말씀하시면서, 지금 하루하루 살아가는 것도 힘들다는 일용직노동자분, 장사가 안 돼 먹고 살기 힘들다는 상인분들, 마을주민들의 불편사항을 하나하나 말씀해 주시는 통장님, 모두모두 삶의 현장에서 느끼고 있는 힘겨움과 아픔들입니다. 행정을 잘해야 한다, 정치를 잘해야 한다. 다짐했습니다.

서로 사랑하며 사는 사회를
- 20191118 (월요일 아침)

저는 계절 중 가을이 참 좋습니다. 화려했던 꽃도 모두 지고, 무성했던 잎들도 다 떨어졌지만, 왠지 두꺼운 옷을 훌훌 벗어버린 것처럼 홀가분해지고, 솔직해 진 거 같아서요.

언제부턴가 사회활동이 넓어지면서 친하게 지내는 지인들의 경조사를 챙겨야 하는 일이 늘었습니다. 지인들의 경조사를 챙겨서 인사 드리는 것이 당연한 도리라고 여기는 사회에서 살면서, 결혼식장이나 장례식장에 얼마나 많은 분들이 오셨는지를 자랑으로 여기기도 하고, 많은 분들이 그렇게 평가하며 살아가는 거 같습니다.

그런데 혹시 경조사 때 꼭 해야할 일을 하지 못하고 축하객이나 조문객의 규모에만 너무 집착하는 건 아닌가? 하는 생각도…. 특히 조사의 경우는 그런 생각이 더 많습니다. 누군가가 생을 마감하는 순간, 가장 필요한 것은 무엇일까? 생각해봅니다. 우선 함께 살아온 사람들과 함께 살고 있는 사람들에 대한 좋은 감정이 본인의 마음 속에 많아야 하겠습니다. 그건 사랑의 마음입니다. 죽음을 앞둔 사람의 마음 속에 함께 살아온 사람들에 대한 사랑은 적고, 오히려 미움, 서운함, 원망심 등의 감정이 많다면 어떻게 그 순간을 감당해낼 수 있겠습니까?

다음으로 중요한 것은 함께 살고 있는 가족들과 특별히 친한 사람들이 임종의 순간을 함께 하면서 사랑하는 마음을 표현하는 것이라고 생각합니다. 그래야 사랑하는 세상과 작별하는 순간을, 사랑하는 사람을 보내드리는 순간을, 지혜롭게 이겨낼 수 있을 거 같습니다. 우리들은 세상을 사랑할 수 있어야 합니다. 옆에 있는 사람을 사랑할 수 있어야 합니다.

시민들이 그렇게 살아갈 수 있도록 해야합니다. 시민들이 서로 미워하며 살아가게 만드는 게 아니라 서로 사랑하며 살 수 있도록 해야 합니다. 정치와 행정이 그 역할을 잘 해내야 합니다. 정치와 행정이 시민들을 갈등으로 몰아가서는 안 됩니다.

우리 함께 노력합시다. 사회구성원들이 서로 미워하지 않고, 서로 사랑하며 살아갈 수 있는 그런 이천과 대한민국을 만듭시다.

제안활성화 우수기관 선정
- 20191119 (화요일 아침)

우리 이천시가 행정안전부로부터 2019년 제안활성화 우수기관으로 선정되었습니다. 행안부는 해마다 시/도 교육청을 포함해서 중앙행정기관 각 부처 및 전국의 광역/기초 자치단체를 대상으로 제안활성화 운영평가를 실시하여 우수기관을 선정해 발표하고 있습니다. 올해는 모두 6개 기관이 우수기관으로 선정되었는데, 우리 이천시도 우수기관에 포함되는 영예를 안았습니다. 제안채택 증감률, 정책반영률, 불채택제안 재발굴, 우수사례 등을 심사해서 제안활성화 우수기관을 선정하게 됩니다.

우리 이천시는 평생학습도시로 재지정되어 평가를 받았는데, 평생학습도시로 재지정되어 시범운영 우수도시로 평가받은 20개 지자체 중 우리 이천시가 당당히 1위를 했습니다. 수고하신 직원분들 수고많으셨습니다.

얼마 전 대월면 소재 목욕탕에서 세신사로 일하시는 여성분께서 "시장 좀 만나고 싶다" 하셔서 어제 오후에 집무실로 모셔 차한잔 하면서 이야기를 나눴습니다. 열심히 일하고 계시지만 가끔씩 사람들이 세신사 직업을 무시하는 말을 할 때는 자존심도 상하고 많이 속상하다고 하시네요. 저는 "고운 손이 멋진 게 아니라 일을 열심히 해서 거칠어진 손이 멋진 손입니다. 남을 무시하는 사람은 그만큼 부족한 사람입니다. 부족한 사람의 말을 듣고 상처받지 마세요. 아무도 하기 싫어하는 힘든 일을 하고 계시는 거니까! 자부심을 가지세요"라고 말씀드렸습니다.

신라시대 유물 출토로 늦어지는 중리신도시 개발
- 20191120 (수요일 아침)

어제는 그동안 '분가'를 위한 공간을 마련하지 못해서 창전6통과 창전13통 어르신들께서 좁은 공간에서 함께 생활해 오셨는데, 창전6통

경로당을 새로 마련함으로써 이제 창전13통 어르신들께서는 그동안 계시던 경로당에서 생활하시고, 창전6통 어르신들께서는 이사를 나오시게 되어 어제 집들이(입주식)를 했습니다. 그동안 꾸준히 건의해주시고, 제안해주신 노인회장님, 통장님, 동장님, 시의원님들께 감사드립니다. 어르신들께서 활짝 웃으시는 모습이 너무 감사했습니다. 한창 진행 중인 중리신도시 개발과 관련해 LH경기지역본부장님을 집무실로 모셔 차 한잔 하면서 말씀을 나눴습니다. 본부장님께서 중리신도시개발 공사현장에서 신라시대유물이 출토되고 있어 공사기간이 부득이하게 늦어질 수밖에 없다는 말씀을 주셨습니다.

저는 중리신도시는 일반 신도시가 아니라 이천시의 행정타운이라고 강조했습니다. 이미 오래 전에 이천의 관공서가 대부분 이곳으로 이전한 상황이라, 공사가 늦어지는 만큼 시민들의 불편이 커질 수밖에 없으니 최대한 서둘러 주실 것을 당부드렸습니다. 또한 LH가 장호원지역에 계획 중인 임대주택건설사업과 관련해 장호원이 소외받아온 지역임을 참작하셔서 주민들을 위해 부지면적을 좀더 넓혀줄 것을 당부드렸습니다.

지방재정집행과 관련한 간담회
- 20191122 (금요일 아침)

어제는 서울에서 챙겨야 하는 일들이 많아 출근하자마자 업무보고와 결재를 마치고 서울로 갔습니다. 여의도에서 경기도 시장군수들과 더불어민주당 김경협 경기도당위원장, 박광온 최고의원, 조정식 정책위의장, 윤호중 사무총장께서 지방재정집행과 관련한 간담회를 가졌습니다.

저는 이천시민들의 대표로서 지난 해 반도체경기가 최고로 좋았던 덕분에 SK하이닉스가 올해 이천시에 납부한 지방세가 기대이상(3279억 원)으로 많았던 점, 반대로 올해는 반도체경기가 침체에 침체를 거듭하고, 일본의 수출규제로 인한 무역분쟁때문에 SK하이닉스와 소재, 부품, 장비 회사들이 직격탄을 맞았으며, 그로 인해 내년에는 3000억 원 가까운 지방세수 감소가 예상되어 그에 대비해야 했던 점, 나아가 내년 6월말에 공원일몰제에 걸리는 공원부지 매입예산을 확보해야 하는 특수한 상황 등 어려운 점이 있어 예비비로 편성해놓은 SK하이닉스 지방세를 충분히 사용할 수 없었던 점, 경기도에서 양돈돼지가 가장 많은 이천으로서는 아프리카 돼지열병에 선제적으로 대응하기 위해 부득이 취소된 행사가 많을 수밖에 없어 재정집행에 어려움이 많았다는 점을 설명드렸습니다.

SK하이닉스 송전선로 지중화사업

- 20191123 (토요일 아침)

그동안 주민들의 안전과 건강을 지키기 위해 SK하이닉스 송전선로 지중화사업에 부정적 입장을 견지해오던 신둔면 상가번영회 및 수광리 주민들께서 저와 이천시의 간곡한 부탁을 받아들여 SK하이닉스 송전선로 지중화사업을 적극 지지하기로 하였습니다. 그래서 비상대책위원회 임원분들을 집무실로 모셔서 감사한 마음을 전하는 시간을 가졌습니다. 이천시 전체의 발전을 위해 통크게 양보해주신 수광리주민 여러분, 갈산2통 주민여러분들, 정말 감사합니다. 함께 노력해주신 미래이천시민연대 임원 여러분들께도 진심으로 감사드립니다.

저녁에는 관내 군부대장님들을 모시고 이천시가 2019년 행안부 선정 재난관리평가 최우수상을 수상할 수 있도록 협조해주신 데 감사인사드렸습니다. 시민들의 생명과 재산을 지키기 위해 함께 노력해 주신 이천소방서 및 이천경찰서와도 감사인사를 나눌 수 있는 시간을 조만간 갖도록 하겠습니다.

© 20191203 한 · 중 청소년 국제 교류활동 격려

2019년
12월

사람들에게 하나의 '의무' 가 있다면
그것은 '행복하게 살아야 할 의무' 입니다.
그리고 우리에게 행복을 가져다주는 것은
오직 '사랑' 뿐입니다.

- 톨스토이

지난 일 년을 돌아 보며

- 20191202 (월요일 아침)

올해의 마지막 달 12월이네요. 올해의 마지막 달 12월을 맞이하는 우리들의 마음은 어떤가요? 혹시 2019년 1월 1일 새해를 시작할 때의 마음을 기억하시나요?

저는 '욕속부달'의 다짐으로 시작했던 기억이 납니다. 너무 급하게 서두르면 목적지에 도달하지 못한다. 욕속부달의 다짐이 대체로 잘 지켜졌고, 덕분에 빠른 속도는 아니지만 제가 가고자 하는 방향으로 순항하고 있고, 좀더 속력을 낼 수 있는 기반이 조성되고 있다고 생각합니다.

우리가 살아가는 데 가장 중요한 건 우리의 인생을 이루는 순간순간을, 하루하루를, 얼마나 적극적으로 살고 있는가라고 생각합니다. 하루하루 적극적으로 진지하게 살았다면 그것만으로도 결과와 관계없이 훌륭한 삶이라고 할 수 있겠습니다. 반대로 하루하루를 그냥그냥 그저 그렇게 소극적으로 보냈다면, 그건 자신의 소중한 인생을 형편없이 낭비한 것이라 생각합니다.

우리들은 새해에는 복 많이 받으라고 덕담을, 연말에는 한해 동안 수고 많았다고 덕담을 주변 사람들에게 많이 합니다. 저는 우리 모두가 지나온 한해의 일들을 돌이켜 보면서 정말 수고 많이 한 우리 자신에게 "수고 참 많았어!"라고 격려해주면 좋겠습니다. 그렇게 하셔서 살아가는 데 큰 힘이 되는 걸 느끼신다면, 매일매일 그렇게 하시면 더 좋겠습니다.

지난 1년을 돌아보니 힘든 시간도 있었지만 잘 참아냈고, 순간순간

좀더 솔직하려고 노력했고, 마음을 아프게 하더라도 미워하지 않으려고 무던히 노력해 왔네요.

"태준아! 참 수고 많았다. 참 잘했다. 고맙다!"

법인 지방세로 인한 긴축재정운영 불가피
- 20191203 (화요일 아침)

어제는 이천시의회 제2차 정례회가 시작되는 날이었습니다. 시의회 본회의장에서 2020년 예산안과 관련하여 그 취지를 설명 드리고 협조를 당부드렸습니다. SK하이닉스 영업이익 대폭감소에 따라 대략 2800억 원 가량의 법인 지방세 감소가 예상되는 상황에서, 아무리 노력을 해도 긴축재정운영이 불가피하기 때문에 2019년도 예산 대비 약 700억원이 감액 편성된 예산안에 대해 설명을 드렸습니다. 법인 지방세 수입의 감소로 부득이하게 지출을 줄일 수밖에 없어 거의 모든 사회단체의 보조금 역시 줄일 수밖에 없습니다. 사회단체 여러분의 넓은 이해 바랍니다.

어려운 여건 속에서도 최선을 다한 결과 우리 이천시가 올해 최고의 성적표를 거둔 점에 대해서도 말씀드렸고, 또한 시민 여러분들의 편안한 일상을 책임지는 시정을 하겠다는 말씀도 드렸습니다.

한 · 중 청소년 국제교류의 장
- 20191204 (수요일 아침)

어제는 아침 8시에 우리 이천의 청소년들이 이천시청 앞에서 집결하여 중국으로 출발하는 행사가 있어 인사드렸습니다. 이천시와 서희 청소년문화센터가 한중 청소년 국제교류활동의 장을 마련하고 공모 방식을 통해 이천의 중고등학생과 대학생을 선발했습니다. 대한민국 임시정부의 이동 경로 중 하나인 중국 장시성 구강시를 방문해 교류 활동을 하게 됩니다. 중국의 가정문화, 구강대학교 등 교육기관 방문, 중국역사문화 교류, 한국 K-POP 문화교류 등 멋진 경험들을 하고 오게 될 것입니다.

청소년들이 타고난 재능과 끼를 마음껏 발휘하며 살아갈 수 있도록 우리 어른들이 도와주면 좋겠습니다. 우리 어른들이 살아왔거나 살아가고 있는 방식을 청소년들에게 강요하지 말구요.

전현직 시장군수님들의 만남의 자리
- 2019120 5(목요일 아침)

어제 아침 걸어서 출근하는데 날씨가 제법 추웠습니다. 손도 시리고, 이마도 시렸지만, 그래도 이어폰 끼고 좋아하는 음악 들으면서 1시간 가까이 걷는 게 참 즐거웠습니다. 걷기 전에는 몰랐습니다. 대리석 바닥돌이 보기에는 깔끔해서 좋은데 겨울철에는 많이 미끄러워 매우 위험하네요. 시민 여러분들, 특히 어르신들께서 넘어지시지 않도록 안전장치를 설치해야 할거 같습니다. 안전장치를 마련할 때까지는 시민 여러분들께서 스스로 주의해 주시면 감사하겠습니다.

출근해서 필요한 결재 마치고 의정부로 갔습니다. 경기도 전현직 시장군수님들 만남의 자리가 있어서, 유승우, 조병돈 두 분 선배시장님들 모시고 다녀왔습니다. 전현직 시장군수님들 만남의 자리는 경기도시장군수협의회장인 의정부 안병용 시장님의 제안으로 마련된 자리로 전직 시장군수님들은 많이 참석하셨는데 비해, 현직 시장님들은 사정상 많이 참석하지 못하시고, 의정부/ 안산/ 동두천/ 포천/ 하남/ 여주 시장님께서 참석하셨습니다. 이천제일고 출신으로 여주군수를 지내신 이기수 선배님도 참석하셔서 반가운 마음으로 인사드렸습니다. 평소 두 분 선배님을 자주 인사드리지 못하고 있기 때문에 말씀 좀 많이 나누기 위해 제 차를 함께 타고 가면서 선배님들의 소중한 경험담을 들었습니다. 선배 시장님들의 소중한 경험을 잘 배우고 실천해서 시민여러분들을 편안하게 잘 모시겠습니다.

다문화여성분들의 고민을 듣다
- 20191206 (금요일 아침)

얼마 전 페북메신저로 다문화여성 한 분께서 문자를 주셨습니다. 한국에 오신 지 15년이 되었는데도 살아가는데 여러가지 어려움이 많이 있고, 다문화여성들이 제대로 정착할 수 있으면 좋겠는데 필요한 정책을 제안하고 싶다고 하셔서 어제 제 방으로 모셔서 이야기를 나눴습니다.

문자 주신 분은 베트남이 고향이셨고, 캄보디아와 중국이 고향인

분들이 각 두 분씩 모두 다섯 분의 다문화여성분들과 이분들을 도와 드리고 계신 한국이 고향인 여성 한 분이 함께 오셨습니다. 필요한 자격증도 있고 일도 더 잘할 자신도 있는데, 다문화여성에 대한 차별 대우 때문에 너무나 힘들다고 말씀하시네요.

저는 "다문화여성분들이 더 잘할 수 있는 분야의 일을 찾아서 함께 노력해봅시다. 우리 이천시도 도와드릴 수 있는 방법을 찾아볼 테니 함께 노력합시다" 하고 말씀드렸습니다. 이런저런 이유로 사회구성 원들 사이에 마음의 문이 점점 닫혀가고 있는 것 같아서 마음이 많이 아픕니다. 서로서로 마음이 활짝 열릴 수 있도록 행정과 정치를 잘 해야겠다고 다짐해봅니다.

이미 설치한 대각선 동시통행 횡단보도에 대한 시민여러분들의 긍정적인 평가가 많아 이천 전 지역을 대상으로 25곳을 추가로 설치할 계획을 세우고 있습니다. 어제 중간보고회를 가졌는데, 이천경찰서와 협의를 하면서 관련 법령에서 요구하는 조건이 충족되지 않아 부득이 11곳은 제외되고 14곳의 교차로에만 추가설치를 해야 할 거 같습니다. 시민 여러분들께서 원하시는 모든 교차로에 동시통행 대각선횡단보도를 설치하고 싶었는데 오히려 동시통행 대각선횡단보도가 교통사고 위험을 증가시키거나 교통혼잡의 원인이 되는 경우도 있다고 합니다. 그래서 일단 그러한 위험과 문제가 없는 곳 14곳에 우선 설치하고, 추후에 추가설치가 필요한 곳을 검토하기로 했습니다. 동절기 공사가 어려워 내년 봄에 시민들께 새롭게 추가설치되는 대각선횡단보도 서비스를 제공할 수 있겠습니다.

미세먼지 대책마련 협의체 구성

- 20191211 (수요일 아침)

어제는 출근해서 업무보고와 대면결재 마치고 평택시청으로 갔습니다. 경기남부권 및 충청환황해권 12개 시군 공동협의체를 구성해서 미세먼지와 관련 공동으로 연구하고 공동으로 대응하기로 했습니다. 의미 있는 자리를 마련해주신 평택시 정장선 시장님께 감사한 마음입니다.

지난 번에는 경기지역 남부권 도시만 공동협의체를 구성했었는데, 이번에는 충청환황해권 지역도 합류했습니다. 공동협의체를 구성해서 공동연구 공동대응하기로 한 지역들은 쉽게 생각하면 미세먼지상태가 나쁜 지역이라고만 생각하기 쉬운데, 좀더 깊이 생각하면 대한민국 전체를 위한 석탄화력발전소, 항구 등이 설치되어 있어 그로 인해 미세먼지상태가 나빠진 지역이거나, 이 지역들에서 발생한 미세먼지가 겨울철에 동쪽으로 부는 바람을 타고 이동하다가 높은 산에 의해 더이상 이동하지 못해 미세먼지 피해를 받고 있는 지역들입니다. 국민 전체를 위한 시설의 설치 및 계절적 풍향 및 지형적인 특수성으로 인해 미세먼지 피해를 입고 있는 지역이라는 얘기입니다.

중국에서는 왜 중국대륙의 동쪽해안 쪽에 그렇게 많은 석탄화력발전소를 설치했는지 그 이유를 우리는 분명히 알아야 하겠습니다. 우리나라도 석탄화력발전소를 줄여야 하겠고, 서해안에 설치된 석탄화력발전소는 가동을 줄이거나 멈추는 것이 필요하겠습니다. 발전소를 계속 가동해야 한다면 석탄이 아닌 가스로 가동되는 발전소로 전환시켜야 하겠습니다. 선박에 사용되는 질 나쁜 연료가 미세먼지의 주요 원인으로 파악되고 있으니까 미세먼지발생을 최소화시키는 질좋은 연료로 바꿔야 하겠구요. 그동안 미세먼지로 가장 고생해온 당진시

김홍장 시장님은 미세먼지 대책에 대해 해박한 지식과 풍부한 경험을 가지고 계셨습니다. 많이 배우고, 함께 대응해 나가겠습니다.

지방정부가 할 수 있는 일이 아니라 중앙정부가 주도적으로 대책마련을 하고 지방정부가 협조해서 미세먼지로부터 국민들의 건강을 지켜야 한다는 생각입니다.

어떤 어머니의 행복한 동행사업 기부
- 20191212 (목요일 아침)

숨막히는 일정이지만 꾀 안 부리고, 형식적인 인사말이 아니라 상황상황에 어울리는 말씀을 드리려고 노력하면서 주어진 일정을 정성껏 소화하려 애쓰는 제 모습이 참 대견해 보입니다. 또한 저의 얘기를 잘 들어주시고, 기꺼이 반응해주시며 박수 보내주시니 감사하고 또 고맙습니다.

어제는 오전에 행복한 동행 기탁식이 있었는데, 너무나 감동이었습니다. 올해 86세 되신 어머님 한 분이 천만 원이나 되는 큰 돈을 행복한 동행사업에 기부하셨습니다. 그 어머님께서는 살고 계시던 집을 팔고 원룸으로 이사하셨고, 집 매각대금 중 원룸얻는 비용을 제외한 나머지 돈을 주위에 어려운 사람들에게 주었습니다. 그러고도 남은 돈 1천만원을 행복한 동행사업에 기꺼이 기부하신 것입니다.

함께 오신 분의 말씀에 따르면 그 어머님은 검소한 생활이 몸에 배어있다고 합니다. 또한 건강이 안 좋아 일주일에 한번씩 투석을 하신다고 하며, 돌아가시면 장기기증서약도 해놓으셨다고 합니다. 어머님께서는 "사회로부터 받은 돈인데 더 이상 쓸 곳이 없어 사회에 돌려주는 것뿐이에요. 인생은 빈손으로 왔다가 빈손으로 가는 거니까요"라고 말씀하시네요. 참으로 멋지십니다. 마음이 치우침이 없으시니 밝은 지혜가 분명히 보이시고, 그 지혜에 따라 실천하시며 살아가시는 모습이 마치 빛을 보는 것 같아 감동먹었습니다.

그 어머님은 젊어서 이천군청 소속 공무원이셨다고 하네요. 그래서 2020년 새해 첫날 해맞이행사 때도 나오시고, 1월 월례조회 때도 초청드릴 테니 꼭 나오셔서 후배들에게 좋은 말씀 좀 해주십사 부탁드렸습니다.

같은 시간에 행복한 동행사업에 동참해주시고 함께 마음을 나눠주신 이천시전문건설협회 임원분들과 덕평씨씨 직원분들께도 진심으로 감사드립니다.

이천시내버스 현대화 연구용역 최종보고회와
성직자들의 정치참여에 관한 소회
- 20191213 (금요일 아침)

어제 오전에는 1시간 동안 업무보고 받고, 이천시내버스 현대화 연구용역 최종보고회를 가졌습니다. 이천시내버스가 이천시민들의 발이 되어 시민들이 편리하게 이용할 수 있어야 하는데, 이런저런 사정이 복잡하게 얽혀 제 기능을 못하고 있습니다. 그만큼 시민들께서 많이 불편하십니다. 예산이 좀 더 들어가더라도 이천시내버스는 이천시가 운영하는 '공영제'가 타당하다는 생각입니다. 시내버스 운송사업뿐만 아니라 이천버스터미널사업도 마찬가지라고 생각합니다.

이천시민들의 이익과 행복을 맨 위에 두고 일을 추진하되 사업자 등 이해관계인들의 입장도 충분히 이해하면서 진행해 나가겠습니다. 다만 목소리가 크다고 해서 그 분들의 입장을 더 크게 고려하지는 않을 것입니다. 시민들의 피와 같은 세금을 쓰는 일이기 때문입니다. 언제나 '전체' 이천시민의 행복이 우선이고 먼저입니다. 이것은 양보할 수도 없고, 양보해서도 안 되는 시민들께서 저에게 부여한 사명입니다.

어제 오전에는 참석여부에 대해 한참을 고민하다가 참석한 행사가 있었습니다. '건강한 이천시 만들기 시민연합'이라는 조직의 출범식인데, 이러한 시민연합조직체가 출범하기 위한 가장 중요한 전제조건은 팜플렛에 적혀 있는 사회단체 소속 회원들의 동의입니다. 그런데 이 조직을 만들고자 추진하는 분들께서는 각 단체의 회장님들께 솔직하고 정확하고 자세하게 출범목적을 알려드렸어야 하고, 각 단체회장님들은 자신이 이끌고 있는 단체의 회원들에게 소상히 설명하고 동의를 얻은 다음에 출범식을 했어야 하는데 그렇지 않았습니다. 사정이 그렇다보니 어제 출범식에는 팜플렛에 참여단체로 적혀있는 단체의 회장님들이 너무나 많이 참석하지 않았습니다.

저에게도 참석과 축사를 부탁하고 팜플렛에도 이천시민의 대표로 적어놨는데, 순복음교회 김명현 목사님이 기독교계의 대표로 기재되어 있었습니다. 그러면 어떠한 절차를 거쳐 어느 목사님들께서 동의를 하신 것인지 분명하게 밝혀주셔야 했는데, 그러지 않았습니다. 김명현 목사님은 그 유명한 전광훈 목사와 만나 자신의 정치적인 편향성을 분명히 밝히고 특정 정당과 특정정치인을 지지하는 내용의 대담을 하였으며, 그 내용이 유튜브를 통해 알려져 시민들의 우려가 많으신 분입니다.

저에게 인사말을 할 기회를 주셨기에 저의 솔직한 생각을 말씀드 렸습니다. 이 조직을 만들고자 하시는 분들 중에 목사님들이 많이 계 셨습니다. 목사님들께서는 정치적 중립을 지키셔야만 하나님의 말씀 이 제대로 들릴 것입니다. 같은 교회에 다니는 성도들도 정치적으로 는 다른 생각을 가지고 있는데, 목사님께서 자신의 정치적 신념을 실 천하기 위해 목사님의 신분과 이름을 내세우는 것은 바람직하지 않 습니다. 성도분들의 아픈 마음을 안아주고 치유해 주시려면 겉으로는 물론이고 마음속에서도 정치적인 중립의 지혜가 꼭 필요합니다.는 취 지의 말씀을 드렸습니다. 그럼에도 불구하고 목사님들께서 적극적으 로 정치활동을 하고 선거운동을 하시고자 한다면, 그러한 의지를 갖 고 계신 목사님들께서는 선거에 직접 출마하셔서 정치활동을 하시는 것이 정정당당한 모습이라는 것을 정중하게 말씀드립니다.

간절한 마음으로 당부드립니다. 성직자의 사명과 역할은 정치가 아 니라 진리를 전파하시는 것입니다. 정치는 시대와 지역 그리고 상황 에 따라 다르지만, 진리의 말씀은 시대와 지역 그리고 상황을 초월하 여 똑 같이 적용되는 것입니다. 나에게 다르고 너에게 다르다면 그것 은 진리가 아니고 생각입니다. 성직자는 정치하시면 안 됩니다. 이것 이 성경의 가르침이고, 불경의 가르침입니다.

리더의 역할 중 가장 중요한 역할은 갈등을 예방하고, 갈등을 해소 시키는 것입니다. 저부터 그 역할을 성실히 수행하겠습니다. 상대가 없는 곳에서 그를 험담하거나, 악의적으로 이간질시키는 행동을 통 해 갈등을 조장하는 사람들과는 함께 하지 않겠습니다. 악의적인지, 아닌지 자신은 분명히 알고 있습니다. 상대는 속일 수 있어도 자신은 속일 수 없습니다.

따뜻한 사람이 많기에

- 20191216 (월요일 아침

지난 주 목요일에 찾아온 감기 덕분에(?) 금요일까지 약속된 강행군 일정을 사실은 링거주사 맞으며 간신히 소화하고, 주말에는 링거주사 한번 더 맞고 푹 쉬었습니다. 그러다 보니 토요일에 응원가기로 약속했던 이천코럴합창단 발표행사에 못갔습니다. 약속해놓고 못 갔으니 정말 죄송합니다.

링거주사와 여러분들의 사랑 덕분에 제 몸과 마음에 밧데리가 100%는 아니지만 상당히 충전된 거 같습니다. 감기몸살 덕분에 주말에 쉬면서 책 한 권을 읽게 되었는데, 책을 읽으면서 제 마음이 많이 따뜻해 졌습니다. 『따뜻한 사람이 많기에』라는 책인데 내용이 참 좋네요.

"사랑하는 마음으로 상대를 바라보라! 그러면 그 사람이 달라 보일 것이다. 이전에는 단점투성이로 보였을 것이지만, 사랑하는 마음으로 상대를 보면 단점이 아닌 장점들이 보일 것이다."

이 내용을 읽으면서 저는 이렇게 생각했습니다.

'사람뿐만 아니라 우리가 살아가는 세상을 사랑하는 마음으로 바라봐야 한다. 그러면 세상이 달라 보일 것이다. 사랑하는 마음으로 상대와 세상을 바라보면 단점만 보이던 상대의 모습에서 장점도 보이게 될 것이고, 삭막해 보이기만 하던 세상이 따뜻해 보이게 되겠구나. 사랑하는 마음으로 바라보면 지적이 아니라 칭찬을 하게 되겠구나! 우리 자신의 마음이 그만큼 따뜻해지고 행복해지겠구나!'

교육발전을 위한 토크 콘서트

- 20191218 (수요일아침)

어제는 오산시장님과 교육장님 및 많은 교장선생님과 선생님들, 그리고 학부모님들과 학생들을 모시고 이천시 혁신교육사업 관련 토크 콘서트행사를 이천제일고 강당에서 진행했습니다. 오산시는 우리 이천시와 인구규모가 비슷하지만 지난 10년 동안 시민사회와 교육청 및 학교 리고 오산시가 함께 협력해서 '학생들이 행복한 교육도시 오산'을 만들기 위해 노력해왔고, 이제는 오산시를 교육도시로 자랑하고 있습니다. 곽상욱 오산시장님의 지난 10년의 경험을 바탕으로 한 기조발제를 시작으로, 사회는 교장선생님께서 보시고, 교육장님과 저는 학생, 학부모님, 선생님과 함께 패널로 참여해서 질문에 답변드리는 방식으로 토크콘서트를 진행했습니다. 죄송한 점도 많았고, 감사한 것도 많았으며, 해결해야 할 숙제도 많았습니다. 잘 듣고, 잘 협력해서 학생, 학부모님, 선생님 모두 행복한 이천, 잘 준비하겠습니다.

중리동 행정복지센터 개청식

- 20191220 (금요일 아침)

올해 14개 읍면동 현답시장실 (1일읍면동장)을 운영했는데, 중리동이 제일 마지막이었습니다. 어제가 중리동 현답시장실이었습니다. 원칙대로 하면 하루 종일 중리동에서 1일 중리동장의 역할을 했어야 하는 건데, 새로 지은 중리동행정복지센터 개청식, 이천문화원 이전개원식, 이천시건강가족 다문화가정 지원센터 10주년 기념식, 중리동 행복나눔 소원물품 전달행사 등 직원들이 챙겨야 하는 행사가 많은 상황에서 저까지 현답시장실을 원칙대로 운영하자고 하면 중리동 직원들이 도저히 감당하지 어려울 것이라 중리동 현답시장실은 약식으로 진행했습니다.

중리동 행정복지센터에서 주민들의 생명력을 느낄 수 있었습니다. 이곳 중리동 행정복지센터가 중리동 주민들의 행복을 만들어내는 '중리동행복공장'이 되면 참 좋겠습니다. 일정을 모두 마치고, 수고한 중리동 직원들과 저녁식사를 같이 하면서 하루의 수고와 한해의 수고를 서로 격려하는 시간을 가졌습니다.

경기도의원 이천병원 개원식
- 20191225 (성탄절 아침)

오늘은 성탄절입니다. 예수님께서 설파하신 진리의 핵심은 '사랑'입니다. 예수님께서 말씀하신 '사랑'은 우리가 이해하는 그런 '사랑'은 아닙니다. 우리가 하고 있는 사랑은 누구는 좋아하고, 누구는 싫어하는 그런 사랑입니다. 예수님께서 말씀하신 '사랑'은 그 누구도 미워하지 않을 수 있는 마음을 의미합니다. 그래서 원수를 사랑하라. 나를 박해하는 자를 위해 기도하라. 설파하신 것입니다.

성탄절을 맞아 예수님께서 말씀하신 조건없는 사랑, 대상없는 사랑의 참된 의미를 이해할 수 있으면 좋겠습니다. 거의 50년 전, 예수님 오신날 돌아가시고 싶다고 기도하시던 외할아버님께서 그해 성탄절에 돌아가셨던 일을 기억합니다.

그래서 오늘 아침 식사하는데, 어머님께서 여주에 살고 계시는 작은 외삼촌과 함께 청주에 사시는 큰외삼촌 댁으로 내려가신다고 말씀하시네요.

어제는 경기도의료원 이천병원 개원식에 이재명 도지사님 및 경기도의원님들과 함께 참석해 경기의료원 이천병원 개원의 의미와 기쁨을 나눴습니다. 진료과목도 대폭 늘었고, 병상도 300병상으로 늘렸으며, 분당 서울대병원과 협력(협진)체계도 갖춰 이천시민들에게 종합병원의 의료서비스를 제공할 수 있게 되었습니다. 이천뿐만 아니라 여주, 양평지역 주민들의 생명과 건강을 좀더 정성스럽게 지켜줄 수 있게 되었습니다. 특히 잠시라도 지체하면 생명을 잃을 수 있는 심혈관계질환 환자분들께 훌륭한 의료서비스를 제공할 수 있게 되어 얼마나 감사하고 고마운지 모릅니다.

경기도의료원 이천병원의 개원을 위해 노력해주신 모든 분들께 이천시민들을 대표하여 진심으로 감사한 마음을 전합니다.

합동약식 퇴임식
장호원 남부치매안심센터 개원식
- 20191227 (금요일 아침)

어제는 명예퇴직 내지는 공로연수 가시는 분들이 많이 있어 합동으로, 약식으로 퇴임식을 가졌습니다. 마음 같으면 대회의실에서 근사하게 합동퇴임식 행사를 하고 싶은데, 모두가 같은 마음은 아니어서 약식으로 진행했습니다. 아쉬운 마음을 나누기 위해 후배들이 꽃다발을 들고 모여들다보니 시장실 앞이 마치 장날 같은 분위기였습니다.

사진촬영 마치고, 차 한잔 하면서 담소를 나눴습니다. 서로가 아직은 실감이 잘 안나지만, 시간이 지나면서 느껴지겠지요. 40년 가까운 세월을 함께 해온 직장을 떠나는 마음, 저는 경험이 없어서 그 마음을 제대로 알 수는 없지만, 이제 제2의 인생을 펼칠 수 있으려면 자신이 좋아하는 것을 찾아 자신을 위한 시간을 흠뻑 즐길 수 있으면 좋겠다는 말씀을 드렸습니다. 후배들도 선배님들이 빠진 자리가 크게 느껴지겠지요. 더 멋지고, 더 즐겁고, 더 자유로운 선배님들의 인생 2막을 기원합니다.

오후에는 장호원에서 이천시 남부치매안심센터 개원식이 있어 참석했습니다. 작년 11월 이천보건소에 이천시 치매안심센터가 개원된 후 이천시에 두 번째로 치매안심센터를 열게 되었습니다. 내년 봄에는 마장면에 치매안심센터를 개원하게 될 것입니다. 어르신들 치매예방교육과 조기검진 그리고 치매환자 및 가족들에 대한 지원프로그램을 운영함으로써 정부가 어르신들의 치매를 책임지는 정책을 실천하고 있습니다.

내년부터 해맞이는 한국도자센터 앞마당에서
- 20191230 (월요일 아침)

이제 2019년도 오늘과 내일 이틀 남았네요. 지난 한해, 수고 참 많으셨습니다. 새해에는 꼭 복많이 받으세요. 한해 동안 보내주신 응원과 사랑, 정말 고맙고 감사합니다.

작년까지는 새해 첫날 해맞이행사를 설봉산 위에서 진행해 왔습니다. 새해 첫날 해맞이행사에 참여하고 싶은데, 설봉산 꼭대기까지 올라갈 수 없는 시민들도 많이 계시다고 들었습니다. 그래서 2020년 새해 첫날 해맞이행사는 설봉산 위가 아니라 설봉공원 한국도자센타 앞마당에서 진행하기로 했습니다. 많은 시민들께서 함께 모여, 손에 손을 잡고, 마음을 하나로 모아 우리 모두의 소망을 함께 기도했으면 좋겠습니다. 가족들과 함께 많이많이 오세요.

◀ 2020.07.01 민선7기 2주년 기념
과수피해(냉해) 농가 방문(장호원 진암리)

2020년
1월

절언절려(絶言絶慮)

무처불통(無處不通)

말이 끊어지고 생각이 끊어지면

마음이 막혀 답답한 순간이 없다.

시무식을 시작으로 새로운 이들을 만나다

- 20200103 (금요일 아침)

새해 복많이 받으셨지요? 연초에 받으신 복을 연말까지 쭉 간직하기로 합니다. 어제는 2020년 시무식을 시작으로 힘차게 한 해를 시작했습니다. 올해 이천시청 공직사회의 목표를 '자발적이고 적극적으로 일하고 싶은 직장 분위기 만들기'로 정하고, 직급별 대표들이 모여 이 목표를 달성하기 위해 꼭 필요한 근무규칙을 스스로 만들어 함께 실천하자고 당부드렸습니다. 자발적이고 적극적으로 일할 때 업무의 효율성이 높을 것이고, 그래야 효율적인 행정서비스를 제공함으로써 시민들로부터 박수받을 수 있으리라 생각합니다. 우리는 행정을 하는 공무원입니다. 행정은 시민을 소비자로 하여 공적인 서비스를 제공하는 것입니다. 그렇기 때문에 공무수행을 잘해서 시민들이 웃을 수 있어야만 공무원들이 박수를 받을 수 있고, 그때 공무원도 행복할 수 있습니다.

이천세무서장님과 이천소방서장님이 모두 새로 바뀌셨습니다. 정이 많이 들었는데 헤어져야 하는 마음이 많이 아쉽네요. 새로 부임하시는 세무서장님과 소방서장님을 집무실로 모셔 차 한잔 하면서 얘기를 나눴습니다. 두 분 다 성품이 좋으신 분이라는 생각이 들었습니다.

새로 설치해야 하는 버스정류장을 산뜻한 모습으로 바꿔봤습니다. 버스정류장 기능과 희망우체통 기능을 결합 시켜서 버스를 기다리는 동안 도움의 손길이 필요한 소외된 이웃을 소개하는 편지를 써서 희망우체통에 넣을 수 있게 하였습니다. 버스정류장에는 겨울철에 시민 여러분들로부터 사랑을 받고 있는 온열의자를 설치했습니다. 앉아보니 엉덩이가 따뜻하더라구요.

2020년 새해 첫 근무하는 날이라 구내식당에서 직원들에게 떡만두국 배식을 했습니다. 직원들과 주고받는 눈빛과 인사 속에 서로 신뢰하며 일할 수 있겠다는 자신감이 생겼습니다.

육군정보학교장 이·취임식이 있어 참석했습니다. 이임하시는 송운수 소장님 전역식도 함께 진행되었기에 그 마음을 나누기 위해 다녀왔습니다. 장군님, 그동안 정말 수고 많으셨습니다.

이천시장애인체육회 사무국장님이 공모절차를 거쳐 새로이 선임되었기에 회장님과 함께 집무실로 모셔 임명장을 드리고 장애인체육회와 관련해 말씀을 나눴습니다. 강함이 부드러움을 이길 수 없다는 말씀과 함께 회장님을 잘 보필하셔서 장애인체육회를 잘 이끌어주십사 당부드렸습니다.

마음을 푹 쉬게 하려면
- 20200106 (월요일 아침)

주말 잘 보내셨나요? 저도 모처럼 주말다운 주말을 보냈습니다. 몸도 마음도 충분히 휴식이 된 거 같습니다. 몸이 휴식을 취한다는 것은 몸을 너무 힘들게 하지 않는 것입니다. 마음이 휴식을 취한다는 것도 마음을 너무 힘들게 하지 않는 것입니다. 몸이 너무 힘들 때는 그냥 집에서 몸을 푹 쉬게 하면 몸의 피로가 풀립니다. 마음이 너무 힘들 때도 마음을 푹 쉬게 하면 마음의 피로가 풀리겠지요.

그렇다면 마음을 푹 쉬게 하려면 어떻게 해야 할까요? 마음이 힘들때 자세히 살펴보면, 어제 있었던 일을 후회하거나, 내일 발생할지 모르는 일을 걱정하고 있는 우리의 모습을, 또 누군가를 몹시 미워하거나, 자신에게 가혹하게 채찍을 가하고 있는 모습을 발견하게 됩니다. 마음 속에서 이런 일이 벌어지고 있을 때 좀더 자세히 자신을 살펴보면, 지금 우리 바로 옆에서 실제로 일어나고 있는 일에는 전혀 관심도 없고, 머리 속의 상상과 생각에 사로잡혀 마치 그 일들이 지금 벌어지고 있는 것처럼 확신하고 있는 우리들의 모습을 발견할 수 있습니다.

그래서 우리는 명심해야 합니다. 우리가 자신의 생각을 확신하는 순간, 그 생각이 실제로 존재하는 것보다 더 중요한 현실(가상현실)이 되어, 우리는 실제를 살지 못하고, 생각 속의 현실인 가상현실을 살게 된다는 점을. 따라서 마음을 쉬게 하려면, 생각을 멈추게 할 수 있으면 가장 좋은데, 생각이라는 것이 우리의 의지대로 멈출 수가 없는 게 문제입니다. 이때 어떻게 해야 할까요? 우리가 할 수 있는 일, 우리가 꼭 해야 하는 일은, 우리 스스로 자신의 마음에 집중하는 힘을 기르는 것입니다. 수시로, 저절로, 자기 마음대로, 일어났다가 사라지는 생각과 감정을 가만히 지켜볼 수 있는 힘을 기르는 것입니다.

어떤 사람이 깊은 고민거리가 있었습니다. 그래서 그 고민거리를 해결하기 위해 등산을 갔습니다. 산을 오르면서 무엇이 문제인지, 상대가 문제인지, 자신이 문제인지, 골똘히 생각하면서 걸었습니다. 정상에 오늘 때 쯤, 상대가 가진 문제와 자신이 가진 문제를 알게 되었고, 상황이 충분히 이해되어서 마음이 편안해졌습니다. 이제 그 사람은 올라갔던 그 길로 다시 내려왔습니다. 그런데 내려올 때 계곡물 소리가 크고 시원하게 들렸습니다. 올라갈 때는 전혀 들리지 않았던 계곡의 물소리가 내려올 때는 들리기 시작한 것입니다.

새해 농업인실용교육의 시작

- 20200107 (화요일 아침)

2020년 새해 농업인실용교육이 어제부터 시작되었습니다. 제일 먼저 호법면부터 새해영농교육이 시작되어 호법면 지역 사회단체장님들과 주민들을 찾아뵙고 인사드렸습니다. 쉼없이 달려온 지난 한해를 돌아보니 함께 걱정해 주시고 응원보내 주신 시민여러분들 덕분에 좋은 성과를 낼 수 있었습니다. 마음을 모아 함께 해주신 호법면 주민 여러분들께 감사한 마음을 전하면서 앞으로도 이천시민 모두가 함께 행복한 이천을 만드는 노력을 함께 해주십사 당부를 드렸습니다.

호법면 주민 여러분들께 인사드리고, 율현동에 있는 로컬푸드매장에 들렀습니다. 매장에서 일하고 계신 직원분들 격려도 드리고, 센타장님으로부터 이천의 로컬푸드사업 현황에 대한 브리핑을 들었으며, 앞으로의 과제에 대해 함께 이야기 나누는 시간을 가졌습니다. 지금 연구용역 중에 있는 이천시 먹거리종합계획(푸드플랜)을 확정할 때 이천지역 로컬푸드사업의 목적이 제대로 달성될 수 있도록 꼼꼼하게 살피고 챙겨야겠다고 생각했습니다.

새해영농교육 인사일정 때문에 월요일 주간 간부회의를 좀 늦게 하게 되었습니다. 간부회의 마치고 함께 갈비탕을 먹으며 2020년 새해 시민들의 편안한 일상을 위해 함께 최선을 다하자는 마음을 모았습니다.

모처럼 14개 읍면동장님들을 만나 각 읍면동 지역 마을가꾸기사업에 대한 계획을 듣고 공유하는 시간을 가졌습니다. 하루빨리 14개 읍면동사무소 소재지를 주민들이 일상의 스트레스를 확 풀 수 있는 따뜻한 휴식공간으로 만들어 내고, 이를 통해 지역상권도 살려낼 수 있도록 해야겠다고 다짐했습니다.

대월면 새해영농교육행사

이천상공회의소 신년 인사회

- 20200108 (수요일 아침)

어제는 대월면 새해영농교육 행사 인사로 시작했습니다. 한참만에 대월면 주민들께 인사드리는 제 마음이 반갑고 감사한 것을 보니 제가 대월면 주민들을 많이 보고 싶었나 봅니다. 작년 한 해 동안의 노고를 서로 격려하고, 비록 많이 힘든 상황이었지만 우리 모두가 맡은 바 역할을 충실히 해서 멋진 성적을 거둔 것에 감사드렸습니다. 또한 지난 해 경기가 많이 나빠 올해 지방재정 세수가 좋지 않겠지만, 함께 고통을 분담하면서 노력한다면 충분히 이겨낼 수 있다고 말씀드렸습니다.

대월면 주민들께 신년인사드리고 신년기자회견이 있어 부랴부랴 시청으로 돌아왔습니다. 올해 예산편성 기준과 내용 그리고 주요 진행사업에 대해 설명드렸고, 질의답변시간을 가졌습니다. 다른 취재일정도 많이 바쁘실 텐데, 정말 많은 언론인들께서 참석해 주셔서 너무나 감사했습니다.

새로 부임해 오신 한국전력 이천지사장님을 제 집무실로 모셔 인사 나눴습니다. 업무적으로 어렵고 힘든 일이 있으면 서로 협조해서 풀어나가기로 말씀나눴습니다.

오후 5시부터 이천상공회의소 신년인사회가 있어 참석해 인사드렸습니다. 이천관내 기업인들이 새해 연초에 한자리에 모여 지난 한 해의 수고를 서로 격려하고 이천의 지역발전을 위해 함께 노력하기로 다짐하는 자리여서 그런지 제 기분도 조금은 업되어 참 즐거운 자리가 되었습니다. 이재명 도지사님을 대신해서 경기도 최계동 경제실장님께서 함께 자리를 하셨습니다. 큰 행사를 준비하신 정백우 이천상공회의소 회장님과 직원 여러분들, 그리고 박경미 이천기업인협의회 회장님께 진심으로 감사드립니다.

백사면 농업인실용교육과
이천시지속가능발전협의회 제18차 정기총회
- 20200109 (목요일 아침)

어제도 새해 농업인실용교육이 있었습니다. 백사면에서 진행했는데, 백사면은 제 고향이라 그런지 갈 때마다 좀더 따뜻하게 느껴지는 게 솔직한 심정입니다. 백사면 주민들의 오랜 숙원사업이었던 이천—백사—이포에 이르는 국지도 70호선의 4차선 확포장사업이 사업성이 없다는 이유로 수십년 동안 미뤄지고 심지어 사업중단 발표까지 있었습니다. 그런 와중에 이천에서 백사면 모전리까지는 자동차전용도로 개통과 함께 4차선 확포장공사가 부분적으로 이루어졌고, 나머지 구간 중 사업성이 있다고 판단되는 구간 만이라도 나누어 확포장공사를 추진해 줄 것을 꾸준히 건의한 결과 이천시 백사면 모전리에서 여주시 흥천면 문장리까지 우선적으로 확포장공사를 진행하기로 최근에 결정되었습니다. 백사면 주민들께 기쁜 소식을 전달할 수 있어 제 마음도 얼마나 좋았는지 모릅니다.

백사면 쓰레기매립장을 활용한 제2레포츠공원 조성사업 또한 제1레포츠공원의 부족한 시설을 보완하는 방향으로 설계용역 중에 있다는 말씀도 드렸습니다. 국비지원을 받아 실내수영장도 갖추고, 어르신들이 좋아하시는 그라운드 골프장도 갖춘 체육시설이 되도록 설계하려고 합니다. 하루빨리 완성해서 백사면 주민들의 삶의 질을 높일 수 있도록 하겠습니다.

이천시 지속가능발전협의회 제18차 정기총회가 시청 대회의실에서 열려 인사드렸습니다. UN이 지속가능한 지구발전을 고민하고, 정부가 지속가능한 나라발전을 얘기하고, 이천시가 지속가능한 이천발전을 말하는 이유가 어디에 있는지? 지속가능발전의 핵심은 뭔지?

저는 함께 더불어 잘 사는 것이 지속가능발전의 핵심이라고 생각합니다. 현재 세대와 미래세대가 함께 잘 살 수 있는 방법을 찾기 위해 환경파괴적 발전을 멈추자는 것, 수도권과 비수도권이 함께 잘 살기 위해 균형발전을 이루자는 것, 이천시내 주민들과 시골마을 주민들이 함께 행복하게 살자는 노력, 여성과 남성이 함께 잘 살자는 성평등사회, 가족구성원 모두가 함께 행복하게 잘 살자는 노력과 지혜, 공동체에서 특정한 구성원만 행복하고 나머지는 불행해진다면 그 공동체의 발전은 멈출 수밖에 없고, 결국 공동체는 파괴되고 말 것이라는 이해, 이러한 이해로부터 지속가능발전이 시작된다는 것이 저의 생각입니다.

창전동 중리동 관고동 증포동 농업인실용교육

- 20200110 (금요일 아침)

어제도 새해농업인실용교육이 있었는데 창전동, 중리동, 관고동, 증포동 이천시내 4개동 지역주민들을 시청 대회의실에 모셔서 함께 교육을 진행했습니다. 4개동의 인구가 이천시 인구의 절반에 해당하니 명실상부하게 이천시의 중심부라고 할 수 있습니다. 그런데 읍면지역마다 레포츠공원과 실내체육관을 설치하면서도 오히려 이천시내 동 지역에는 상대적으로 체육시설이 부족해 시민들께서 역차별 받고 있다고 느끼고 계신 것 잘 알고 있습니다.

하루속히 이천시내 주민들께서 쉽게 이용할 수 있는 대형실내체육관을 지어 생활체육을 통해 삶의 질이 향상될 수 있도록 하겠습니다. 또한 대형 공영주차장을 올해부터 여러 개 공사를 시작하니까 조금만 기다려주시면 주차문제는 어느 정도 해결될 것입니다. 신속히 중리지구 택지개발사업을 마무리 짓고 그곳에 멋진 여성비전센터를 건설해 이천의 여성들이 당당하게 활동할 수 있는 여성 친화도시 이천을 만들겠습니다.

이천시내에 도심공원을 여러 개 조성하게 되는데 그 공원들을 이천의 어린이들이 엄마아빠 손잡고 맘껏 뛰어놀 수 있는 멋진 공간으로 만들어 아동친화도시 이천을 꼭 만들겠습니다. 시민들의 발의 역할을 하는 이천 시내버스 역시 시민들의 대중교통불편을 최소화시킬 수 있도록 시내버스완전공영제를 이루고, 교통체계도 획기적으로 개선하고, 나아가 이천터미널이전문제도 시민들의 뜻을 받들어 하루빨리 해결하도록 하겠습니다. 시민들께서 좋아하시는 순환버스와 관련해서도 시민들의 의견을 적극 반영해서 새로운 노선을 찾아내서 순환버스를 더 많이 늘리고 배차간격도 더 줄일 수 있도록 하겠습니다.

우리 모두는 더불어 함께 행복할 수 있어야만 지속적으로 행복할 수 있습니다. 특정 부류의 집단이나, 특정 지역의 사람이나, 특정 계층의 사람들만 행복하다면, 그런 사회는 건강하지 못한 사회일 것이고 늘 분쟁과 불화가 있을 수밖에 없습니다. 더불어 다 함께 행복한 이천을 우리 모두 힘을 합쳐 만들어 봅시다.

김용진 선배님의 출판기념회 참석

- 20200113 (월요일 아침)

어제는 장호원출신 김용진 선배님의 출판기념회가 있어 참석해 축하드렸습니다. 지방자치단체장은 선거출마하는 분들의 출판기념회에서 참석해 축사하는 게 참 어렵고 힘듭니다. 선거법에 저촉되면 안되니까요. 책 제목은 『공공기관에 날개를 달자』, 김용진 선배님의 궁극적인 꿈은 대한민국에 날개를 다는 것이라고 합니다. 어제 출판기념회에서의 주제는 '날개'라고 생각했습니다.

우리는 누구나 하늘을 날아다니는 새가 부럽습니다. 우리도 하늘을 날고 싶습니다. 우리는 하늘을 나는 새를 바라보면서 '새처럼 날 수 있으면 참 자유롭겠다' 하고 생각합니다. 새가 하늘을 난다는 것은 무슨 의미일까? 새가 하늘을 난다는 것은 새가 지구의 중력을 거뜬히 이겨낸다는 것을 의미합니다. 지구상에 존재하는 거의 모든 것은 지구의 중력으로부터 자유롭지 못합니다. 우리는 지구의 중력 때문에 자유롭게 움직이기 어렵고, 일어나고 걷고 달리는 데에도 중력을 이기기 위해 힘을 써야만 합니다. 그러니 지구의 중력을 거뜬히 이기고 훨훨 날아다닐 수 있는 새를 보면서 우리가 부러워하는 것은 당연한 거 같습니다.

"하늘을 나는 새의 조상은 본래 파충류다."

어디선가 이런 글을 읽은 기억이 있습니다. 파충류는 중력에 가장 취약한 생명체여서 늘 땅바닥을 기어 다녀야만 하는 동물입니다. 그런 파충류가 중력을 이겨내기 위해 진화에 진화를 거듭해 마침내 날개를 만들어 중력을 거뜬히 이기고 하늘을 날아다니는 존재가 되었다는 것입니다.

공공기관에 '날개'를 달아주려는 김용진 선배님의 목적이 무엇일까? 파충류가 중력을 이기기 위해서 날개를 만들어 하늘을 날았던 것처럼 공공기관이 관료주의를 비롯한 여러가지 비효율적 '행정의 중력'을 이겨내고, 시민들이 원하는 효율적인 공공서비스를 제공하기 위해서 날개를 달아주려는 것이 아닐까? 생각해봤습니다. 그렇게 함으로써 국민들의 행정불신, 정치불신을 극복하고 공공기관이 국민들로부터 사랑을 받도록 하기위해 국가와 공공기관에 날개를 달고자 하는 것이라고 생각했습니다.

저도 우리 이천시에 '엄태준표 날개'를 달아서, 이천시청이 비효율적인 행정을 극복하고 훨훨 날아서 시민들이 원하는 행정서비스를 제공할 수 있도록 해서, 시민들로부터 박수받고 사랑받는 이천시를 꼭 만들어 내야겠다고 다짐했습니다.

민원서비스 최우수기관으로 선정
 - 20200116 (목요일 아침)

어제는 모가면 새해 영농교육 인사로 시작한 하루였습니다. 아침 일찍 모가면사무소에 도착해서 제일 먼저 직원들과 새해인사를 나누고 모가면 지역단체장님들과 새해인사 및 지역현안에 대해 이야기를 나눴습니다. 이어서 모가면에서 농사짓고 계시는 분들과 걱정도 함께 나누고, 성과도 공유하고, 앞으로 마음을 하나로 모아 함께 행복하게 살자는 다짐도 했습니다. WTO에서 개도국지위를 포기할 수밖에 없는 상황에서 농민들께서 많이 불안하시겠지만 이천시가 책임지고 지역의 농업인들의 안정적인 소득을 유지할 수 있도록 해서 이천의 농업을 지켜내겠다고 말씀드렸습니다. 농업은 우리의 생명을 지키는 산업입니다.

전국 304개 기관(중앙44/ 시도교육청17/ 광역17/ 기초226)을 대상으로 2018년 10월 1일부터 2019년 9월 30일까지의 업무처리에 대해 총 3개 분야 5개 항목 19개 지표에 따라 민원서비스 종합평가를 하였습니다. 평가는 행정안전부와 국민권익위가 함께 합동으로 진행했습니다. 평가결과 상위 10%에 대해 민원서비스 최우수기관으로 선정하고 3월경 정부세종컨벤션센터에서 기관표창과 함께 특별교부세를 시상한다고 합니다. 우리 이천시가 당당히 최우수기관에 선정되었다는 소식을 들었습니다. 최선을 다해 함께 노력해주신 이천시 공무원 여러분들께 진심으로 감사드립니다. 그리고 늘 이천시청을 신뢰해 주시고 응원해주신 시민 여러분들께도 고마운 마음을 전합니다.

저녁시간에는 민선 4/5/6기 이천시장을 지내신 조병돈 선배시장님의 책『오직 한길』의 북콘서트 행사장에 다녀왔습니다. 중앙당 및 경기도당 주요당직자분들은 초청하지 않고, 이천시민들을 위주로 행사를 준비했다고 들었습니다. 저는 축사를 통해 12년 동안 이천시발전과 이천시민의 행복을 위해 노력하신 노고에 대해 감사드리면서 12년 동안 오직 이천시 발전을 위해 한길을 달려오신 멋진 이천시장님으로 영원히 기억되길 기원드린다고 말씀드렸습니다.

설성면 새해영농교육

- 20200117 (금요일 아침)

어제는 설성면 새해영농교육 인사로 시작된 하루였습니다. 이천시 내에서 차를 타고 한 40분 걸리더라구요. 하루 빨리 329지방도 4차선 확포장이 이루어져 모가, 설성, 율면으로 오가는 일이 좀더 편해졌으면 좋겠습니다.

서울에서 오후 1시 30분에 회의가 있어 차안에서 김밥을 먹으며 달려갔습니다. 요즘 체력이 좀 딸리는지 차만 타면 잠을 자네요. 국회의원회관에서 열린 회의를 마치고 이천으로 서둘러 내려와 동요박물관 용역보고회의/ 민주평화통일자문회의 임원진 차담회/ 재난관리평가 기관장 인터뷰를 차례로 마쳤습니다. 시간은 급하지만 마음은 급하지 않으려고 노력했습니다.

마지막 일정은 이천의 최남단 장호원에서 있었습니다. 장호원 원로회 선배님들께서 장호원지역 후배들인 현역 단체장들에게 떡국을 대접하면서 힘내라고 응원하시는 자리였고, 시장인 제가 덕담 한마디 해야 한다고 해서 기꺼이 달려가 인사드렸습니다. 장호원, 설성면, 율면은 이천의 남부지역으로서 그동안 많이 소외 받아온 지역입니다. 비록 소외시키고자 하는 의도는 없었겠지만, 소외된 지역을 좀더 살피고 지원하는 것은 특혜가 아닙니다. 그것이 공정하고 공평한 행정입니다.

우리 모두 함께 사는 사회를 위하여

- 20200120 (월요일 아침)

이천시장 역할을 시작한 지가 1년 반이 지났습니다. 이천시장직을 수행하면서부터 이천시민들의 행복한 삶을 방해하는 사회적 원인에 대해 더 깊게 고민하게 되었습니다. 시민들의 행복한 삶을 방해하는 원인을 찾아내 하나씩 고쳐나가되, 오른손은 시민사회와 왼손은 공직사회와 꽉 잡고 함께 가야만 성공할 수 있으니까 너무 급히 서두르지는 말자고 다짐하며 하루하루 열심히 일하고 있습니다.

시민들의 행복한 삶을 방해하는 원인은 공직사회에도 있고, 시민사회에도 있으며, 개인적인 부족함도 있고, 집단적인 결함도 있습니다. 가장 중요한 것은 지금 우리 사회는 '사회적/집단적 병'을 앓고 있고, 그러한 우리 사회의 병 때문에 시민들의 행복한 삶이 방해받고 있다는 것입니다.

이러한 사회적 병을 치유하기 위해서는 우리 사회구성원들이 다함께 '시민들의 행복한 삶을 방해하고 있는 사회적 병을 치유하기 위해서 사회전체적인 노력과 실천이 꼭 필요하다'는 것에 대한 사회적 이해와 공감이 있어야 하고, 이를 전제로 시민사회와 공직사회가 함께 사회적 대전환의 운동을 실천하는 것이라고 생각합니다.

우리들은 흔히 시민들의 행복한 삶을 방해하는 원인을 상대방에게서만 찾으려 하는 거 같습니다. 그러면서 매일매일 싸우며 살아갑니다. 개인도 그렇고, 정치권도 그렇고, 사회단체도 그렇고, 거의 대부분 그런 거 같습니다. 시민들의 행복한 삶을 방해하는 원인을 상대에게서만 찾으려는 행동을 멈추고, 우리가 함께 갖고 있는 원인을 찾으려 하고, 우리 모두의 공통원인을 제거하기 위한 노력과 실천을 해야만 하겠습니다. 그래야 우리가 함께 살아가는 이천이 바뀌고, 대한민국이 바뀔 수 있을 거 같습니다.

시민들이 행복한 방향으로 우리 함께 노력합시다. 우리 모두가 함께 행복한 사회를 위하여!

중국발 전염병 우한폐렴의 발발

- 20200128 (화요일 아침)

설 연휴가 충분한 휴식이 되었길 바랍니다. 저도 설 연휴 동안 집에서 가족들과 함께 보내며 충전의 시간을 가졌습니다. 설날에는 친척들이 한자리에 모여 떡만두국 먹으면서 살아가는 얘기도 나눴는데, 떡만두국에 나이도 한 살 들어있더라구요. 건강이 좋지 않아 함께 하지 못한 작은할아버님은 댁으로 직접 찾아뵙고 인사드렸고, 친척들과 다 함께 조상님들 산소에 가서 성묘도 드렸네요. 두 딸과 막내아들, 저하고 집사람, 다섯식구가 집에서 멀지 않은 산을 찾아 가볍게 산길을 걷기도 했습니다. 아이들과 함께 산길을 걸으면서 휘파람으로 동요를 같이 불렀는데, 기분이 참 좋았습니다.

설 연휴 직전에 갑자기 건강이 나빠져 의료원에 입원하시는 바람에 설 연휴 함께 못하신 작은아버님을 위해 기도합니다. 하루속히 건강이 회복되셔서 퇴원하시길 기원합니다.

중국에서는 우한폐렴 감염환자가 급속히 늘고 있고, 국내에서도 네 번째 확진판정이 나왔다고 합니다. 국민들의 걱정이 이만저만이 아닙니다. 각국의 정부를 비롯한 국제사회가 함께 지혜를 모으고 협력해야만 하겠습니다.

전염병은 초기대응이 매우 중요합니다. 정부는 중국발 우한폐렴 대응관련하여 주의단계에서 경계단계로 대응수준을 높히면서 방역체계를 강화시켰고, 어제 대통령께서는 공항입국자들에 대해 중국 우한을 경유했는지에 대한 전수조사 및 철저한 방역업무를 지시하셨습니다.

바이러스 감염은 '접촉'에 의해 이루어진다고 합니다. 마스크를 꼭 착용하셔야 하겠습니다. 사람들 만나면 보통 악수로 수인사를 하는데, 앞으로 당분간 수인사는 가급적 삼가시고 눈인사 내지는 목례인사로 대신하는 것이 지혜롭겠다 생각됩니다. 설 연휴 기간 중에도 보건소 직원들로부터 우한폐렴 발생상황 및 대처상황에 대해 보고를 받았습니다. 오늘 출근하자마자 우한폐렴예방을 위한 철저한 대응을 지시하도록 하겠습니다.

시민여러분들께서도 수인사는 가급적 삼가시고, 수시로 손을 깨끗하게 씻으시고, 손으로 얼굴을 만지는 습관을 줄이도록 각별히 신경을 써주시면 감사하겠습니다. 바이러스 전염병은 손을 깨끗하게 씻고, 손으로 입, 코, 눈을 만지지 않는 습관만으로도 충분히 막을 수 있다는 말을 명심하시고 함께 노력하기로 합니다.

신종 코로나바이러스 비상사태
- 20200130 (목요일 아침)

어제를 돌아 보니 걱정을 많이 하면서 지낸 하루였습니다. 왜냐하면 어제 이천시민 중 1명이 신종 코로나바이러스에 감염된 것으로 의심되어 감염여부를 판별받기 위해 정밀검사를 받았거든요. 다행히 정밀검사결과 이천의 의심환자는 신종 코로나바이러스 감염환자가 아닌 것으로 나왔다는 보고를 저녁에 받고 크게 한숨을 쉬었습니다.

대통령의 지시에 따라 최근 중국 우한시를 방문했다가 귀국한 사람들에 대한 전수조사를 실시한 결과 경기도민 442명이 최근 우한시를 방문했다 귀국한 것으로 파악되었지만, 그중 우리 이천시민은 한명도 없다는 보고를 받았습니다. 참, 다행입니다. 고맙습니다 감사합니다.

어제 오후에는 시민여러분들께서 신종 코로나바이러스 감염예방을 위해 지켜야 하는 예방수칙 포스터 및 스티커를 대량제작하여 관공서 및 공공기관, 의료기관과 공동화장실 등에 배포하여 부착하도록 하였습니다. 전염병 예방수칙만 잘 지키셔도 신종코로나 바이러스 감염을 막을 수 있다는 것을 잊지마시고 꼭꼭꼭 실천해 주시면 감사하겠습니다. 손세정제보다도 비누로 충분히 거품을 내어 천천히, 오랫동안 손을 씻는 것이 더욱 효과적이라고 합니다.

경기도에서 신종코로나 바이러스 감염예방을 위해 시민들이 많이 모이는 행사를 자제하여 줄 것을 요청하는 협조공문을 보내왔습니다. 지난 해 가을부터 시작된 아프리카 돼지열병으로 인해 많은 행사가 취소되어 지역경제가 많이 침체되었는데, 또다시 신종코로나 바이러스 감염병 예방을 위해 행사취소를 해야하는 상황을 맞아 시민여러분들께 너무나 죄송한 마음입니다. 그래도 시민들의 건강과 생명을 지키기 위한 불가피한 조치라는 점을 이해하시고 적극적인 협조를 당부드립니다.

경기도 동부권 10개 시군의회 의장단협의회

- 20200131 (금요일 아침)

어제도 출근해서 업무보고와 결재하는 시간으로 시작했습니다. 매일매일 대면보고 및 결재 시간을 정해서 시행하고 있는데, 하루 전날 그 시간을 행정게시판에 공지하고 있습니다. 주어진 일들을 최선을 다해 연구해서 실행계획을 세우고 자료를 만들어 저에게 설명을 하는 시간이지요. 저는 매일매일 맞이하는 이 시간을 통해 직원들과의 신뢰를 쌓고 있습니다. 열심히 노력하는 모습을 볼 수 있고. 최선을 다해 일하는 마음도 느낄 수가 있습니다. 직원들도 그 시간 저의 모습을 통해 저의 마음을 느끼겠구나 생각하니 매일매일 진행되는 업무보고 및 결재시간이 소통과 공감의 시간이라는 생각입니다.

경기도 동부권 10개 시군의회 의장단협의회 2020년 첫 정례회의가 이천시의회에서 열려 환영하는 마음으로 인사드렸습니다. 경기동부권 시군은 대체로 2600만 수도권주민들의 생명수인 팔당상수원의 맑은 수질을 지키기 위해 희생당하고 있는 지역입니다. 이러한 희생은 경기도부권 시군주민들을 위한 것이 아니라 2600만 수도권 전체주민들을 위한 것이므로 특별한 희생에 해당합니다. 특별한 희생에 대해서는 특별한 보상을 하는 것이 상식이고, 공정이고, 정의입니다. 얼마 전 이재명 도지사께서도 이러한 점을 분명히 인정하고, 경기동부권의 특별한 희생에 대해 특별한 보상을 말씀하셨습니다. 경기동부권지역 시군들이 서로 응원하고, 의지하고, 파이팅하자고 의장님들께 말씀드렸습니다.

2020년
2월

ⓒ 20200211 3차 우한교민 이천시 수용관련 행안부장관 장호원읍 지역주민 간담회

"상대의 모습 속에서
자신의 어머니의 모습을
발견하려고 노력하라."

신종 코로나바이러스 방역비상체계

- 20200202 (일요일 아침)

TV뉴스를 보든, 신문을 보든, 인터넷을 열든, SNS 대화를 하든, 온통 신종 코로나바이러스 관련내용으로 꽉 찼습니다. 많이들 불안하시고 걱정되신 줄 잘 알고 있습니다. 그래서 대한민국 중앙정부와 지방정부는 신종 코로나바이러스로부터 국민들의 건강과 생명을 지키기 위해 최선을 다하고 있습니다.

우리 이천시도 중앙정부 및 경기도와 긴밀하게 협조하면서 방역대책을 마련해 실천하고 있습니다. 주말인 어제와 오늘 우리 이천시에서 파악하고 있는 발병현황 및 방역상황을 시민여러분들과 함께 공유하기 위해서 주말에 제가 보고받은 일일상황보고서를 올립니다. 중앙정부와 경기도 그리고 이천시가 철통방역업무를 수행하고 있으니 시민여러분들께서도 정부와 이천시를 믿고 예방수칙을 철저히 지켜주시기 바랍니다.

내일 오후에는 신종 코로나바이러스 발생상황 및 방역상황, 그리고 앞으로의 계획과 시민사회의 협조를 구하는 내용의 언론브리핑 시간을 가지려고 합니다.

능동감시자 3명 발생

- 20200203 (월요일 아침)

신종 코로나바이러스로 인한 불안 때문에 지난 주말에는 맘편히 쉬지도 못하셨을 거 같아서 "지난 주말 잘 보냈나요?"하고 인사드릴 수가 없네요. 그렇지만 중앙정부와 지방정부가 함께 긴밀히 협력하여 철저히 대응하고 있고, 현재 발병현황과 대처상황을 국민들께 자세히 공개하고 있으니, 너무 불안해 하지 마시기 바랍니다. 다만 시민 여러분들께서는 예방수칙을 철저히 지켜주시고 많은 사람들이 모이는 자리를 피해주시기를 거듭 당부드립니다.

시민여러분, 이천시 관내 능동감시 대상자 3명이 인천검역소로부터 통보되어 보고드립니다. 2월 1일과 2일 국내 입국자로 인천검역소에서 능동감사자로 분류되어 우리 이천시에 공문으로 통보된 분들입니다. 신종 코로나바이러스 감염과 관련된 아무런 증상이 없어서 능동감시자로 분류되어 통보된 분들이지만, 우리 이천시는 선제적 대응을 위해 자택에서 머물며 마스크를 쓰고 생활하시도록 요청드렸고, 수시로, 철저히, 상태를 모니터링하고 있습니다. 현재까지 우리 이천시민 중에는 확진환자와 접촉한 사람은 없는 것으로 보고 받고 있습니다. 안심하시기 바랍니다.

대설과 한파주의보 발령
- 20200205 (수요일 아침)

어제 밤에 눈이 많이 내렸습니다. 오늘 아침 출근길 각별히 신경쓰셔서 안전운전 꼭 부탁드리겠습니다. 교통사고는 단순한 부주의로 발생하지만, 자신과 가족들, 상대방과 그 가족들의 삶을 모두 망가뜨립니다. 자신의 잘못은 작을지 모르지만, 그로 인한 피해는 누구도 감당할 수 없을 만큼 치명적이므로 자신과 가족 그리고 상대방과 그 가족의 평화롭고 행복한 삶을 위해 안전운전을 신신당부드립니다. 오늘은 특히나 어제 내린 눈으로 도로상황이 매우 위험하니 각별히 안전운전을 당부드립니다.

우리 이천에는 어제 저녁 7시 30분부터 눈이 많이 내렸습니다. 게다가 밤늦게는 한파주의보까지 내려졌습니다. 그래서 시민 여러분들의 안전한 출근길을 위해 제설담당부서인 건설과와 읍면동사무소를 중심으로 밤부터 새벽까지 제설작업을 했습니다. 새벽 3시부터는 블랙아이스 대비하여 2차로 제설제를 살포하였습니다. 새벽까지 제설작업으로 수고하신 직원여러분들, 고생많으셨습니다. 고맙습니다. 또한 한파로 인한 재난예방을 위해 담당 부서별로 사전점검 및 예방활동을 실시했습니다.

신종 코로나바이러스 방역으로 취소된 월례조회

- 20200206 (목요일 아침)

본래 계획대로라면 2월 월례조회 때 직원분들께 2020년 인사기본계획에 대해 말씀드리려고 했으나, 신종 코로나바이러스 방역을 위해 월례조회를 취소하는 바람에 어제 2020년 인사기본계획 기본방향에 대해 영상촬영을 했습니다. 직원분들께서는 새로운 인사제도 변화에 대해 그 취지를 잘 살피셔서 적극 동참해주시면 감사하겠습니다.

신종 코로나바이러스 감염예방수칙 잘 실천하고 계시죠? 정부는 정부대로 최선의 방역대책을 마련해 실천하고, 시민들은 시민들대로 전염병예방 생활수칙을 철저히 지켜주셔야 신종 코로나바이러스를 물리칠 수 있습니다. 자주, 오래, 손씻기, 꼭 지켜주시기 바랍니다.

신종 코로나바이러스 철통방어를 위해 거의 모든 행사를 취소하고 방역업무에 최선을 다하고 있습니다. 학생들 개학을 앞두고 부모님들께서 자녀들이 학교생활을 하다가 신종 코로나바이러스에 감염될까 걱정을 많이 하고 계십니다. 이천교육청과 협의해서 오늘부터 개학을 앞둔 학교와 유치원, 어린이집에 대해 먼저 방역소독을 실시하기로 했습니다.

우리 이천시에서는 시민 여러분들께 손세정제 등 전염병 예방에 필요한 방역물품을 오늘부터 마을별로 공급할 계획입니다. 이러한 이천시의 실천에 이천관내 농업협동조합과 인삼조합이 함께 하기로 했습니다. 시민 여러분들의 면역력 증강을 위해 비타민과 홍삼액 등 건강보조식품을 후원해주셨습니다.

이천시에서 준비한 방역물품과 예방수칙 포스터 및 스티커와 함께 면역력을 높여 신종 코로나바이러스를 막을 수 있는 건강보조식품을 담은 선물꾸러미를 마을별로 시민들께 드릴 수 있게 되었습니다.

노력봉사는 미래이천시민연대에서 힘써 주시기로 했습니다. 또한 이천시 백사면에 소재한 중소기업 주식회사 앨앤에스는 KF94 고성능 마스크 2만개를 오늘 오전에 기탁하시기로 했습니다. 당장 시급한 곳에 먼저 전달하도록 하겠습니다. 정말 감사합니다.

언론에서는 선별진료소 운영 시 일반환자와 동선이 겹쳐 신종 코로나바이러스 감염위험이 있다고 합니다. 우리 이천시는 선별진료소를 옥외에 설치하는 등 일반환자의 동선과 엄격하게 분리되도록 하고 있음을 알려드립니다.

신종 코로나바이러스 예방 협조 단체들

부발읍 상하수도 사업소 방문

- 20200207 (금요일 아침)

신종 코로나바이러스 때문에 지역경제가 너무나 위축되고 있습니다. 많은 사람들이 모이는 것이 아니라면 평소 만나시는 지인분들이 삼삼오오 모여서 식사하고 저녁 술 한잔 하는 것은 괜찮다고 생각됩니다. 물론 중국 등 외국에 다녀온 분이라면 약 2주 정도 사람 만나는 것을 스스로 자제하셔야 하겠구요. 그래서 우리 이천시청 직원들도 지역경제 활성화를 위해서 낮시간에 함께 일하는 팀이나 과 단위로 저녁회식을 할 수 있도록 독려하고 있습니다.

어제는 참으로 훈훈한 하루였습니다. 노인복지회관 휴관에 따라 집과 마을에 계셔야만 하는 어르신들의 마음을 위로하기 위해 우리 이천시에서 세정제 등 방역물품과 예방수칙 포스터를 마을별로 전해드리려고 하는데, 김영춘 농협중앙회 이천시지부장님의 중재로 이천관내 단위 농업협동조합 조합장님들께서 면역력을 높이는 비타민 등 건강보조식품을, 경기동부인삼조합에서 홍삼으로 만든 건강보조식품을 후원해 주셨습니다. 덕분에 우리 이천시에서는 400개가 넘는 각 마을별로 커다란 선물을 전달할 수 있게 되었습니다. 각 마을로 전달하는 노력봉사는 이천미래시민연대와 자원봉사센터에서 함께 수고해 주십니다.

이천관내 중소기업인 주)엘앤에스에서는 고급 방역마스크 KF94 2만 개를(성인용과 어린이용이 함께 있네요) 후원해 주셨습니다. 이천관내 손세정제를 제조하는 사회적기업 '다래월드'에서는 일할 사람이 없어 세정제를 구입하겠다는 수요를 감당하지 못하고 있었는데, 이천시의 중재로 이천시 자원봉사센터에서 파견한 자원봉사자들의 도움으로 어려움을 극복하고 있습니다.

부발읍 효양산 자락에 있는 상하수도 사업소를 찾아 직원들을 격려하고, 시설을 하나하나 둘러봤으며, 직원들과 점심식사를 같이 했습니다. 시민들께 수질 좋은 수도물을 충분히 공급하기 위해 24시간 철저히 노력하고 있습니다. 맑은 수도물이 만들어지는 시스템에 대해 설명을 듣고 시설을 하나하나 둘러봤습니다. 직원들과 함께 점심식사를 한 후 잠깐 시간을 내 효양산 정상에 올랐습니다.

효양산 정상에서 바라보는 이천시내 전경이 남다르다는 얘기를 들었기 때문에 꼭 한번 가보고 싶었는데, 효양산에 위치한 상하수도 사업소에 온 김에 정상까지 올라갔습니다. 듣던 대로 효양산 정상에서 내려다본 이천시내 전경이 정말 멋졌습니다. 설봉산에서 내려다보는 시내전경보다 효양산에서 내려다본 전경이 훨씬 멋졌습니다. 효양산이 마치 이천의 한 중앙에 자리잡고 있는 것처럼 느껴졌고, 봉우리마다 내려다보는 맛이 달랐습니다. 근사한 전망대가 있으면 시민들께서 쉽게 접근할 수 있어 낮이고 밤이고 많이 이용하시겠다 싶었습니다.

신종 코로나바이러스 상황보고
- 20200210 (월요일 아침)

지난 1월 26일 한국을 출국해 라오스에 갔던 한국인이 1월 27일 0시부터 같은 날 아침까지 묵었던 호텔이 있는데, 신종 코로나바이러스 확진 판정을 받은 중국인이 그 시기에 그 호텔에 묵었던 것으로 2

월 6일 뒤늦게 파악되었습니다. 중앙에서는 그 한국인을 자가격리 대상자로 분류하고 대상자 주소지 관할지자체인 여주시에 통보했는데, 그분의 실제 거주지가 이천시이기 때문에 우리 이천시가 토요일부터 감시 감독하고 있었습니다. 다행히도 9일(어제) 자정까지 아무런 증상이 없어 10일(오늘) 0시에 자가격리에서 해제되어 일상생활로 복귀되었습니다.

그 외에 이천시에는 총 5명의 능동감시 대상자(일상생활하면서 검진만 받으면 되는 사람)가 있고, 다만 이 중 3명은 이천시의 요청에 따라 자발적 자가격리 상태에 있었는데, 오늘부터 직장생활을 해야하기 때문에 오늘부터는 5명 모두 일반생활을 하면서 능동감시를 받게 됩니다. 이분들 모두가 아무런 증상없이 감시대상에서 해제될 수 있기를 우리 모두 기도해주면 좋겠습니다.

지난 달 30일과 31일 중국 우한에 있던 한국교민들이 전세항공기를 타고 귀국하여 아산과 진천에서 각각 격리생활을 하고 있으며, 아무런 이상증상이 없으면 이달 15일에는 격리생활에서 해제가 된다고 합니다. 그리고 아직까지 우한에 남아있는 한국교민들이 있는데, 그 이유는 중국정부가 중국국적을 갖고 있는 사람들은 우리교민들의 가족이더라도 출국을 금지했기 때문이라고 합니다. 그런데 이제 중국정부가 입장을 바꿔 한국교민의 배우자나 그의 직계혈족들도 출국을 허용함으로서 3차로 전세기를 타고 우리 교민들과 그 가족들이 한국으로 오게 된다고 합니다. 우한에서 전세기를 타고 우리나라에 오는 사람들은 한국교민과 그 가족들인 만큼 우리가 따뜻하게 맞이하고 무사하도록 함께 기도해 주어야 하겠습니다.

우리들도 그러한 입장에 처할 수 있는 것이고, 우리가 그러한 입장에 처했을 때에는 정부와 국민들이 위험에 빠진 우리들의 손을 잡아주길 간절히 바랄 것이기 때문입니다. 우리는 모두 대한민국 국민이고 그 가족입니다.

급박했던 우한교민 이황리 국방어학원 체류 과정
- 20200211 (화요일 아침)

어제는 갑자기 닥쳐온 이천의 큰 숙제를 지혜롭게 해결하기 위해 최선을 다한 하루였습니다. 어제 오전 11시 뉴스에서는 중앙사고수습본부 정례브리핑을 통해 중국 우한에서 교민들과 그 가족들이 3차로 귀국하게 되는데, 귀국해서 경기 이천시 장호원읍 소재 국방어학원에서 당분간 격리생활을 하기로 결정했다는 소식이 나왔습니다.

사실 지난 토요일(8일) 오후에 행정안전부 차관으로부터 이천시가 3차로 귀국하는 우한교민들 격리시설 후보지에 포함되었다는 소식을 들었습니다. 그 다음날인 일요일(9일)에는 행안부 사회재난대응정책관이 직접 이천에 내려와 이천시 국방어학원이 후보지에 포함된 과정에 대해 자세한 설명을 해주었고 저는 궁금한 점에 대해 질문하고 답변을 듣는 시간을 가졌습니다. 우한교민 3차 귀국일정은 12일이나 13일에 이루어질 것이고, 후보지들 중 격리시설 위치결정은 월요일(10일) 아침회의를 통해 결정해서 11시 정례브리핑을 통해 발표된다고 들었습니다.

저는 어떻게 행동하는 것이 지혜로운 것인지 생각해봤습니다. 지혜로운 시민들이 제 입장이라면 어떻게 행동할지 곰곰히 생각해봤습니다. 그래서 비록 일요일이기는 했지만, 비서실 직원들과 자치행정과

장, 보건위생과장, 안전총괄과장을 만나 상의를 했습니다.

우선 이천지역사회단체 리더분들께 상황설명을 드리자, 그리고 나서 장호원지역의 주민리더분들과 상의하고, 그 다음에 국방어학원 인근 마을 이장님들께 설명 드리고 함께 고민해보자고 계획을 세웠습니다. 그래서 일요일 오후에 제 집무실로 이천시 이통장단 연합회장님, 새마을운동본부 이천지회장님, 이천시 주민자치위원장 연합회장님을 모셔서 있는 그대로 상황설명을 드리고 어떻게 하면 좋을지 조언을 구했습니다. 세 분의 이천지역 시민사회 리더분들께서는 후보지들 중 이천의 국방어학원으로 결정되면 가장 크게 고생하게 될 장호원지역의 주민대표들을 만나 설명 드리고 앞으로의 계획에 대해 얘기 나눠보자고 하셨습니다. 그래서 저녁 늦게 장호원읍장님을 통해 장호원지역 기관사회단체장님들께 전화 드려 장호원읍사무소로 나오시도록 하고, 그간 있었던 정황설명을 드리고 어찌하면 좋을지 의견을 여쭤봤습니다. 진지하게 함께 고민해 주셨고, 내일(월요일, 10일) 아침 일찍 국방어학원 인근 마을 이장님들을 모셔 설명 드리고 결과를 기다리자고 조언해 주셨습니다.

보통 같으면 월요일인 어제는 주간 간부회의로 시작해야 하는데, 장호원읍사무소로 출근해서 국방어학원 인근마을 이장님들과 9시부터 회의를 했습니다. 중국 우한에서 3차로 귀국하는 교민들을 격리수용하는 후보지에 이천이 포함되어 있고, 후보지의 구체적인 위치는 장호원 이황리 소재 국방어학원이며, 2시간 후인 11시에 언론을 통해 최종결정이 발표될 것인데, 만약 우리 이천시 소재 국방어학원 시설이 격리시설로 최종 결정되면 주민들의 충격이 크실 테니 미리 말씀 드려주시고, 만약 이천으로 결정되면 우리 이천시민들 전체가 마을주민들의 고통을 함께 분담하겠다고 말씀드렸습니다. 장호원읍사무소에서 이장님들과 회의를 마치고 시청청사로 돌아오는 시간이 참 길게 느껴졌습니다. 차를 타고 시청으로 오면서 11시에 간부회의를 소집하고 뉴스를 함께 본 후에 회의를 해야겠다 생각했습니다.

이재명 경기도지사님, 행안부 이승우 정책관님으로부터 차례로 전화가 왔고, 거의 이천시로 결정될 거 같다는 얘기를 들었습니다. 제 방에서 혼자 차 한잔 마시면서 혼란스러운 마음을 차분하게 하기 위해 명상을 했습니다.

오전 11시에 국장님들과 함께 티브이 뉴스를 시청했습니다. 뉴스에서 중앙사고수습본부의 정례브리핑 현장화면이 나왔고, 얼마 안 있어 3차 우한교민 격리시설로 이천시 국방어학원이 결정되었다는 내용이 발표되었습니다. 곧바로 간부회의를 시작했고, 모든 일정을 변경해서 오후 2시에 시청 대회의실에서 14개 읍면동 시민사회리더분들을 모시고 자세히 설명을 드리기로 하고, 이어서 오후 3시에는 언론인들을 모시고 제3차 우한교민 귀국에 따른 격리시설로 이천시 소재 국방어학원이 결정된 것에 대한 이천시민의 대표일꾼인 저의 마음과 생각을 말씀드리는 시간을 갖기로 했으며, 그 다음에는 국방어학원과 가장 가까운 마을중 하나인 이황1리 마을회관으로 마을주민들을 찾아뵙고 인사드리기로 계획을 잡았습니다.

"3차 우한교민들도 우리 국민이고, 얼마나 고통스러웠겠느냐? 우리가 따뜻하게 안아주자!"

"국방어학원 인근 마을 주민들의 불안과 아픔을 우리 이천시민들이 함께 분담하자!"

이천지역 시민사회 리더분들께서 말씀해 주셨습니다. 얼마나 감사했는지 모릅니다. 언론 브리핑까지 마치고 이황1리 마을회관으로 내려갔습니다. 이황1리 마을회관이 유난히 좁게 느껴졌습니다. 주민들과 인근 마을 이장님들 그리고 많은 기자님들이 마을회관 큰 방을 가득 채웠습니다. 행정안전부 이승우 정책관이 함께 자리하셨습니다.

우선 제가 먼저 인사드리고 말씀드렸습니다. 평화롭게 살고 계신데 불안과 걱정을 드려 죄송합니다. 앞으로 우한교민들이 국방어학원에 입소할 때부터 퇴소할 때까지 제가 마을에 컨테이너로 시장실을 설치해서 주민들과 함께 하겠습니다! 하고 말씀드렸습니다. 내일(11일 오늘) 이재명 도지사님과 행정안전부 장관님이 직접 오셔서 마을주민들과 마음을 함께 나누기로 하셨다는 말씀도 드렸습니다. 이승우 정책관께서는 중앙정부, 경기도, 이천시가 전력을 다해 주민분들 불안하시지 않도록 최선을 다하겠다고 말씀하셨습니다.

시청으로 돌아와서 새로 오신 부시장님과 보건소장님께 임명장을 드리고 차한잔 마시며 이천시민들의 행복한 삶을 위해 많이 도와달라고 말씀드렸습니다.

우한교민 이황리 국방어학원 입소
- 20200212 (수요일 아침)

오늘 우한교민들이 가족들과 함께 이천시 장호원읍 이황리 소재 국방어학원에 입소합니다. 국방어학원에 입소하여 생활하시게 된 교민들과 그 가족들은 중국우한에서 비행기 탑승 전에 신종 코로나바이러스 감염여부에 대한 검사를 받아 이상이 없고, 김포공항에 내려 다시 검사를 받게 되고, 그 때에도 감염증상이 없는 분들만 입소하게 됩니다. 국방어학원에 입소하여 생활하시는 중에도 부디 신종 코로나바이러스 감염증상이 없이 생활하시다가 무사히 퇴원하시길 23만 이천시민들과 함께 두손 모아 기도드립니다.

어제는 출근해서 업무보고 및 결재를 마치고, 이천시의회 2차본회의가 열려 참석했으며, 이어서 현장실사가 필요한 업무가 있어 마장면에 갔다가 점심식사 후 장호원으로 내려갔습니다. 진영 행정안전부장관께서 3차 우한교민들이 격리생활을 하게 될 임시생활시설인 국방어학원에 교민들을 맞이할 준비가 잘 되었는지? 방역준비는 철저히잘 되었는지 확인하시고, 이어서 장호원읍사무소 2층 대회의실에서 국방어학원 인근 마을 주민을 비롯한 장호원 시민사회단체 대표들을 만나 감사한 마음과 위로의 마음을 전하고, 주민들께서는 궁금하고 답답한 내용에 대해 장관님께 질문드리고 답변을 듣는 시간을 가졌습니다. 박재민 국방부차관과 김희겸 경기도 행정1부지사도 함께 자리를 했습니다. 장호원주민들의 많은 불안과 염려의 심성을 느낄 수 있었고, 중앙정부와 경기도가 장호원 주민들의 통큰 결단의 용기에 진정으로 감사하게 생각하고 있다는 것을 느낄 수 있었습니다.

제가 직접 사회를 보면서 장호원주민 여러분들의 용기와 사랑에 대해 감사한 마음을 전하려고 노력했고, 장호원 주민들의 용기와 사랑이 헛되지 않도록 최선을 다해야겠다는 다짐도 했습니다.

시청에 돌아와서 우한교민 국방어학원 입소와 관련해 MBC라디오와 TBS라디오 생방송 출연이 있어 저녁도 늦추고 출연했습니다. 또한 우한교민 국방어학원 입소와 관련하여 시민들께 드리는 호소를 담아 동영상 촬영을 했습니다. 주제와 내용이 무거워서 그런지 표정도 어둡고 말투도 부드럽지 못한 듯합니다.

국방어학원 입소자 구체적 현황

- 20200213 (목요일 아침)

　어제 무한교민 3차 귀국이 이루어졌습니다. 이천 국방어학원에 도착한 시간은 오전 11시경이었습니다. 김포공항에 도착한 교민과 그 가족은 모두 147명이었으나, 그중 140명만 이천의 국방어학원 임시생활시설로 오셨습니다. 7명은 발열증상이 있어 정밀검사를 위해 의료기관으로 갔고, 검사결과 양성판정 받으면 의료시설에서 격리치료를 받게 되고, 음성판정을 받으면 국방어학원 임시생활시설로 오시게 됩니다. 국방어학원 임시생활시설에 입소하신 분들의 구체적 현황을 보면 아래와 같습니다.

　1.성별 : 남자 67, 여자 73
　2.국적별 : 한국74, 중국65 , 미국 1
　3. 연령별 : 1~6세 23명, 7~12세 9명, 19세~59세 100명, 60세이상 3명, 미지 5명입니다.

　이분들은 임시생활시설 밖으로 나오실 수 없을 뿐만 아니라 각자 자기방에서만 생활하실 수 있습니다. 층간 이동을 하실 수 없다고 하며, 도시락이 방문 앞에 배달되면 문을 열어 도시락을 방으로 가져가드시고 케이스를 내놓으면 일반 쓰레기와는 달리 별도로 처리한다고 합니다. 세탁도 스스로 방안에서 손빨래를 하셔야 하며, 임시생활시설에서 발생하는 쓰레기는 일반쓰레기가 아닌 의료폐기물에 준해 엄격히 처리된다고 합니다. 매일매일 발열 등 증상점검을 받아야 하고, 이상증상이 생기면 의료기관으로 옮겨 정밀검사를 받게 되고 음성 판정 되어야 임시생활시설로 돌아오실 수 있다고 합니다.

입소하는 날과 퇴소하는 날을 합쳐 총 16일 동안 이곳 임시생활시설에서 생활하시게 됩니다. 오늘이 2일차입니다. 부디 한 분도 감염된 분이 없기를, 혹여 감염된 분이 있더라도 완치되시길 23만 이천시민들은 두손 모아 기도합니다.

어제는 이재명 경기도지사님께서 직접 국방어학원 인근마을에 오셔서 주민대표님들과 만나 마음을 나눴습니다. 송한준 경기도의회 의장님을 비롯한 많은 도의원님들께서도 오셨으며, 우리 이천지역의 김인영, 허원, 성수석 도의원님도 함께 자리를 하셨습니다. 이재명 도지사님께서는 이번에 우한교민들의 국방어학원 임시생활시설 입소와 관련하여, 아주 짧은 기간 내에 이천시민들 특히 장호원 주민들께서 긍정적인 여론수렴을 통해 교민들을 따뜻한 마음으로 맞이하기로 결정한 것은 정말 대단한 일이어서 기록으로 남길만큼 경기도민의 자랑이고 대한민국 국민의 자랑이라고 격려의 말씀을 주셨습니다.

저는 어떠한 경우에도 장호원주민들을 비롯한 우리 이천시민들의 순수한 뜻이 희석되거나 훼손되는 일이 없도록 우한교민들과 그 가족들이 임시생활시설에서 잘 지내시다가 모두 건강하게 퇴소하실 수 있도록 정성을 다하겠습니다. 이러한 우리 이천시민들의 노력과 희생이 앞으로 우리 대한민국 사회에 유사한 사태가 발생할 경우에 실천해야 하는 모범사례가 될 수 있도록 대한민국 정부와 경기도 그리고 우리 이천시는 지혜를 모아야 할 것입니다.

국방어학원 주변마을을 비롯한 장호원지역 마을에는 하루에 두번씩 소독을 실시하겠습니다. 어제는 비가 와서 못했습니다. 마스크와 손소독제의 공급량이 절대적으로 부족하지만, 국방어학원 주변마을을 최우선으로, 그 다음에는 장호원지역에 우선적으로 드리겠습니다.

정세균 국무총리 국방어학원 방문
- 20200214 (금요일 아침)

어제는 오전에 청사로 출근해서 업무보고를 받고 필요한 결제를 마친 후 장호원 국방어학원 부근에 설치한 현장시장실로 갔습니다. 점심식사는 국방어학원 부근 이황1리에 있는 식당에서 마을주민들과 함께 했습니다. 주민들께서는 좋은 말씀을 해주시는 분들이 많았지만, 표정과 음성에 걱정과 불안한 마음도 함께 들어 있는 것을 느낄 수 있었습니다. 그래서 제 마음은 더 감사하고, 더 죄송했습니다.

우한교민들이 이곳에 계시는 중에도 그렇고, 이곳을 떠나신 후에도 저는 장호원지역 시민사회 대표분들과 함께 우한교민들 입소를 두고 상처받고 갈라진 민심을 하나로 회복시키는 데 최선을 다해야겠다 다짐합니다.

우한교민들과 그 가족들이 이곳 국방어학원 임시생활시설에 처음 입소할 때는 모두 140명이 입소하셨습니다. 그리고 1인 1실 사용이 원칙이고, 12세 미만의 아동은 부모 중 한명과 함께 2인 1실을 사용해야 하는데, 엄마 한 분이 아이 2명을 보살펴야 하는 상황이 생겼습니다. 이 소식을 듣고 한국에 사시던 할머니께서 손주를 돌보시겠다며 자진입소를 신청하셨고, 지금은 시설에 들어가 손주와 함께 생활하고 계십니다. 또한 교민들께서 12일 김포공항에 도착했을 때 이상증상을 보인 다섯 분의 교민과 2명의 가족이 국립중앙의료원에서 정밀검사를 받은 결과 모두 음성으로 판정되어 어제 임시생활시설에 추가로 입소하여 지금은 모두 148명이 입소하여 생활하고 계십니다.

저희 이천시청 팀장님 한 분이 시설에 들어가 생활하시면서 내부상황에 대한 정보를 실시간으로 알려주고 계십니다. 국방어학원 안에는 약국이 없어, 팩스로 처방전을 받아 처방전에 따라 보건소에서 약품을 조제하여 국방어학원으로 직접 배달하고 있습니다. 국방어학원 내 보급되는 모든 도시락에 대해서는 식의약처의 요청에 따라 식중독 예방을 위해 식중독 신속검사를 실시한 후 투입하고 있습니다. 도시락 제조업체는 이천시 신둔면 소재 데리카후레쉬인데, 이천아트홀 옆 주차장에 260인분 도시락 배달을 위한 버스차량이 상주 중입니다.

오후에는 정세균 국무총리께서 국방어학원 임시생활시설 앞까지 격려차 오셔서 지금까지의 상황에 대해 브리핑을 들으시고, 현장에서 고생하시는 분들을 격려하셨습니다. 현장근무자 격려를 마치시고, 장호원 청미노인복지관으로 이동하여 그곳에서 주민대표님과 상인대표님들과 간담회를 가졌습니다. 총리께서는 이번에 장호원주민들께서 보여준 희생이 헛되지 않도록 중앙정부가 충분히 준비하고 있다고 말씀하셨습니다. 저는 이천시민을 대표해서 총리님께 이렇게 말씀드렸습니다.

"대한민국정부가 국정운영을 해가다 보면 위기에 빠진 국민들의 손을 잡아 구해줘야 하는 상황이 발생하게 되고, 지금과 같이 특정지역주민의 희생이 뒤따라야 하는 경우도 있게 되는데, 이때 해당 지역주민들이 어떠한 마음으로 어떻게 행동해야 하고, 중앙정부와 지방정부는 어떠한 역할을 해야 하는지에 대해 이번에 이천에서 모범사례가 만들어지기를 간절히 바랍니다. 저는 장호원주민들을 포함한 이천시민들과 함께 우한교민들과 그 가족들이 이곳에서 편안히 계시다가 건강한 모습으로 퇴소하실 수 있도록 최선을 다하겠습니다."

총리께서는 간담회를 마치고 장호원 전통시장에 가서 침체한 경기 때문에 힘들어하는 상인분들을 격려하시고 물건도 구입하셨습니다.

총리님 배웅을 마치고, 저는 현장시장실로 돌아와 주민들과 만나 말씀을 듣고 심정을 더 나눴습니다.

국무총리 발언의 악의적 보도에 대한 해명
- 20200215 (토요일 아침)

쉼표가 있는 주말을 위하여 가급적 토요일과 일요일에는 글을 올리지 않았지만, 지금은 시민들께서 많이 불안해 하시니까 우한교민과 그 가족들의 상황과 신종 코로나바이러스 관련 내용에 대해 시민여러분들께 보고 올립니다.

우한교민 입소 2일차였던 13일밤 10시 50분경 입소자 중 1세의 어린아이가 38도의 고열로 위급상황이 발생했습니다. 한밤 중인 14일 00시 30분경 엄마와 함께 음압구급차에 태워 서울 국립중앙의료원으로 가서 입원치료를 받았습니다. 치료도 잘 받았고, 신종 코로나바이러스 감염여부에 대한 정밀검사도 받았으나 음성으로 판정되었습니다. 정말 다행입니다.

어제 뉴스에서 정세균 국무총리의 부적절한 발언에 대한 보도가 있었는데, '상식적으로 생각해보면, 그럴 리가 없는데, 참 이상하다'고 생각되었습니다. 저를 비롯해 도대체 진실이 무엇인지 궁금해 하시는 분들을 위해 총리께서 방문하신 밥집 사장님(오종환)께서 직접 페이스북에 글을 올리셨습니다. 공유하기 위해 여기에 올립니다.

"제가 원래 페북을 안 하는데 선의가 왜곡되는 현상을 보고 마음이 아파 졸필이지만 글을 올려 봅니다. 어제 제가 운영하는 자그마한 매장에 정세균 국무총리께서 방문을 하셨습니다. 코로나 19로 고통받고 있는 소상공인들을 위로하시고 국민들에게는 불안감을 덜고 일상생활에 복귀하자는 취지로 매장들을 방문하여 격려하시고 제품도 구매하셨습니다. 정부는 코로나19에 대한 대책에 만전을 기하겠으니 민간에서는 일상생활을 영위하셔서 지역경제와 소상공인을 살리고자 하는 취지라고 생각했습니다.

그러던 중에 저희 매장도 총리께서 들어오셔서 좋은 말씀을 해주셨습니다. 기사의 내용 중 사실이 왜곡되게 전달되어 국민에게 엉뚱한 오해를 낳게 하고 있어 그 부분을 바로 잡으려고 글을 올립니다.

기사에 나온 부분을 그대로 인용하면【상인은 "원래 (손님이) 많은 편이긴 한데 코로나 때문에 아무래도 (손님이 줄었다)"고 답했다. '빨리 극복해야한다'는 상인의 말에 오히려 "손님이 적으니 편하시겠네"라는 말을 건넸다.】라고 되어 있는데 여기서 말하는 상인은 상점 주인인 제가 아니라 저희 매장에서 일하는 이모님이었습니다.

저는 (사)서대문구 소상공인회의 이사장이라는 직책을 맡고 있기에 총리님을 신촌의 각 매장으로 모시고 들어가야 했으므로 저희 매장에서 총리님을 맞으신 분은 당일 직원으로 근무하는 이모님이었습니다. 총리님에게 미리 직원들이 매장에 계신다고 말씀을 드렸고 그런 상황이 인지된 상태에서 총리님은 코로나 19 이후에 손님 상황을 이모님에게 물어보셨고 이모님은 손님이 줄었다는 답변을 하셨습니다. 그분이 직원이라는 것을 이미 파악하신 총리께서 "손님이 적으니 편하시겠네요."라는 말씀을 웃음을 띄우면서 농담조로 건네신 상황이었습니다.

그러자 이모님이 "손님이 적더라도 직원들이 편한 게 아니고 마음이 불편합니다"고 하셨고, 총리께서 "지금은 손님이 없으니 편하게 일하시고 손님이 많아지면 그때 사장님을 도와 열심히 일하시라"고 격려를 하셨습니다.

대표인 저에게는 "장사가 어렵다고 일하는 사람들 자르고 그러는 것은 아니지요"라고 하시기에 저도 "그런 일은 하지 않습니다"라고 대답을 하였고, 총리께서는 "나중에 이 위기가 잘 극복되면 지역사회에도 좋은 일을 많이 하시라"고 격려를 하시고 저희 매장을 떠나셨습니다.

격려를 받은 저나 저희 직원분이나 다 기분 좋게 하루를 보냈는데 난데없이 저희 매장과 총리님이 구설에 오르내리니 당혹스럽습니다.

이런 기사를 내기 전에 매장의 대표인 저에게 팩트 체크를 하시고 그런 말을 들었을 때에 기분이 어땠느냐는 사실확인 하나만 했어도 "손님이 적으니 편하시겠네"라는 발언의 취지가 소상공인인 저에게 한 것이 아니라 그 곳에서 일하는 직원에게 근무강도가 약해져서 편하겠다는 노동자 입장에서의 일상적인 내용이었다는 것을 금방 알 수 있었을 텐데 그렇지 못하고 이렇게 많은 파장을 낳게 한 것은 유감입니다.

코로나 19로 가뜩이나 어려운 소상공인들과 민생경제를 살리시려 현장방문을 하신 총리님의 일거수일투족이 사실이 왜곡되어 국민에게 전달되는 것은 바람직 못하다 생각됩니다. 사실이 왜곡되어 잘 못

나간 부분에 대해서는 당사자의 한 사람으로서 기사를 정정해 주시면 감사하겠습니다. 기자님들께서는 향후에 기사를 쓰실 때 사실 확인을 꼭 해주시면 엉뚱한 일에 시간낭비하는 일들이 좀 더 줄어들지 않을까 생각해 봅니다.

코로나 19의 극복을 위해 이 시간에도 불철주야 애쓰시는 대한민국의 모든 공직자분에게 응원의 박수를 보냅니다.

이황리 컨테이너 현장시장실에서
- 20200216 (일요일 아침)

오늘은 눈 내지 비가 온다는 소식입니다. 대비가 필요한 것이 있으면 미리 하셨으면 좋겠고, 특히 안전운전 꼭 당부드립니다. 우리 모두는 우리를 사랑하는 가족들이 있고 친구들이 있습니다. 그분들의 사랑에 보답하기 위해서라도 우리들 스스로 안전운전 꼭 부탁드립니다.

어제도 오후에는 장호원 이황1리에 설치된 컨테이너 현장시장실에서 장호원주민들과 함께 있었습니다. 오후 3시경에는 송기섭 진천군수님과 보건소장님을 비롯한 많은 공무원분들 그리고 비상대책위원장님을 비롯한 주민대표님들이 주말임에도 불구하고 격려차 현장시장실을 찾아주셨습니다. 후원금도 가지고 오셨네요. 고맙습니다.

어제 진천 임시생활시설에서 생활하셨던 1차 우한교민분들께서 한 분도 빠짐없이 모두 건강한 모습으로 귀가하셨다고 합니다. 교민들이 처음에 입소할 당시 반대여론이 강해서 어려웠던 점과 그후 긍정적인 방향으로 여론을 수렴해 가면서 보람을 느끼셨던 점 등등 많은 것을 가르쳐주셨습니다.

저는 진천과 아산의 두 분 선배님들이 계셔서 많은 것을 배울 수 있었고, 그래서 좀더 큰 용기를 낼 수 있었습니다. 어제 진천에서 생활하시던 교민들이 모두 건강하게 퇴소하시는 모습을 보면서 이제 시작하는 이천으로서는 많이 부럽기도 합니다. "경험을 많이 알려주시고, 우리 이천에 오신 교민들도 한 분도 확진자 없이 모든 분들이 무사히 퇴소하실 수 있도록 함께 기도해주세요."라고 말씀드렸습니다.

오늘은 아산 임시생활시설에서 생활해 오신 2차 우한교민들께서 퇴소하시는 날입니다. 그동안 고생 많이 하신 아산시민 여러분들께 감사의 박수를 보내드리고, 그동안 힘든 격리생활을 잘 이겨내고 퇴소하시는 2차 우한교민들께도 건강한 퇴소를 축하드립니다.

장호원 이황리 임시생활시설에서 생활하고 계신 우한 교민들께서 장호원 주민들을 비롯한 이천시민과 이천시 그리고 대한민국 정부에 감사한 마음을 적은 메시지가 봇물처럼 이어지고 있다는 소식입니다.

임시생활시설에서 우한교민들과 함께 생활하고 계시는 이천시청 소속 팀장님께서 우한교민들과 SNS소통을 하시면서 그 소식을 밖으로 전해주고 계십니다. 우한교민분들과 함께 생활하고 계신 우리 이천시청 팀장님을 비롯한 중앙정부 공무원분들께도 따뜻한 감사의 박수를 보내주시면 좋겠습니다.

어제와 오늘 1, 2차 우한교민들께서 격리생활을 마치시고 무사히 퇴소하시는 상황이며, 국내 코로나19 추가 확진자 소식은 없고, 오히려 기존 확진자분들도 완치되어 차례로 퇴원하시고 있다는 소식이 들려오고 있습니다.

대한민국 정부와 지방정부가 함께 초기에 강력한 방역대책을 세워 다소 과하리만큼 실천했기 때문에 가능한 일이라고 생각하며, 이제는 중앙정부와 지방정부의 확실한 방역대책 속에서 시민들도 철저히 예방수칙을 준수하신다면 너무 위축되지 않고 일상생활을 하셔도 좋을 거 같습니다.

이제는 침체된 지역경제 살리기에 적극 나서야 할 때라고 생각합니다. 이천시부터 노력하겠습니다.

신종 코로나바이러스로 확인하는 공동체 정신
- 20200219 (수요일 아침)

우리는 모두 대한민국 국민입니다. 우리 국민들 누구라도 우한교민들처럼 위험에 처할 수 있습니다. 대한민국 정부는 위기에 빠진 국민들을 구해야 할 국가적 책무가 있고, 우리 국민들 역시 정부의 그러한 책무수행에 협조해야 할 의무가 있습니다. 국민이 스스로 극복할 수 없는 생존위기에 빠졌을 때 정부가 위기에 빠진 국민을 구하기 위해 최선을 다하지 않는다면 국민이 국가에 충성할 이유를 어디서 찾아야 합니까?

어제 이천시지속가능발전협의회 2월 정기운영위원회가 장호원 주민들을 응원하기 위해 장호원에서 열려 인사드렸습니다. 장호원 소재 카페에서 커피와 함께 운영위원회의를 하고, 근처 식당에서 점심식사를 하신다고 하네요. 지속가능발전협의회 운영위원님들의 따뜻한 공동체 마음, 너무나 고맙고 감사합니다.

점심식사는 3차우한교민 국방어학원 입소관련 장호원 비상대책위원님들과 함께 했습니다. 넓은 마음으로 흔쾌히 우한교민과 그 가족들을 맞아주셨을 뿐만 아니라 장호원주민들께서 우한교민들을 향해 마음을 활짝 열 수 있도록 지혜를 모아주시고, 실천해주신 분들입니다. 이천의 위상, 경기도의 위상, 대한민국의 위상을 높여주셔서 진심으로 감사합니다.

전국 시장군수구청장협의회 염태영 대표회장님과 황명선 상임부회장님, 그리고 안산시 지역구 국회의원을 지내시고 민선6기 안산시장을 역임하신 제종길 전)안산시장님께서 장호원 현장시장실을 방문하셔서 격려해주시고 커다란 후원품도 가져오셨습니다. 황명선 논산시장님께서는 맛있는 논산딸기를 500상자나 가져오셨습니다. 지금이 논산딸기축제 계절인데 코로나19로 인해 취소되고, 황명선 시장님께서 딸기농가의 소득보전을 위해 진천과 아산에 이어 우리 이천시에 어제 논산에서 수확한 딸기를 모두 가져오셨다고 합니다. 정말 고맙습니다.

한상혁 방송통신위원장님께서 이천시 관고전통시장을 방문하셔서 격려해주시고 관고전통시장에서 물건을 많이 구입하셨습니다. 위원장님께서는 저와 사법연수원 동기여서 편하게 말씀 나눌 수 있었습니다. 민춘영 상가번영회장님께서 처음부터 끝까지 꼼꼼하게 챙겨주셔서 너무 감사드립니다.

참으로 기쁜 소식있어 공유합니다. 잘 알고 계시는 것처럼 지금은 돈을 주고도 마스크를 구입하는 것이 매우 어려운 실정인데, 우리 이천시로서는 우한교민 국방어학원 입소에 따른 장호원 주민들의 심리적 불안을 해소하기 위해 매우 많은 마스크가 절실히 필요한 상황입니다. 이런 상황에 마스크제조업을 하시는 대표님께서 우리 이천시민의 멋진 시민의식에 힘찬 응원을 보내고 싶다고 하시면서 KF94 마스크 10만 개(2억원 상당)를 기탁하신다는 소식입니다. 코로나19에 대응하는 데는 보건용 마스크로도 충분한데, 장호원 주민들의 심리적 안정을 위해 초미세먼지도 잡아주는 KF94 마스크를 무려 10만 개나 후원하신다고 합니다. 그 주인공은 경기 포천시에 있는 주)글로제닉 박규현 대표이사님입니다. 얼마나 감사한지 모르겠습니다. 우리 23만 모든 이천시민들과 함께 박규현 대표님의 따뜻한 마음을 오래오래 기억하겠습니다.

29, 30, 31번 확진자 발생으로 지역사회감염이 우려되는 상황입니다. 그래서 많은 사람을 접촉해야 하는 직업군(택시, 버스, 의료기관, 약국 등)에 방역물품을 충분히 공급해야만 하는 상황입니다. 최선을 다해 방역물품 추가확보에 총력을 기울여 코로나19로부터 이천시민의 건강을 지켜내겠습니다.

코로나바이러스 31번 확진자의 여파
- 20200220 (목요일 아침)

어제 오전에는 대구를 비롯한 여러 지역에서 코로나19 확진자가 다수 발생했다는 뉴스를 접하셨고, 오후에는 우리 이천에도 대구지역 확진자와 접촉한 사람이 있다는 소식을 들으셔서 많이 불안하시고 걱정되셨지요. 밤잠까지 설치지 않으셨을까 염려됩니다.

코로나19 감염의심을 받는 사람이 검사요청을 거부하면서 많은 사람을 만나고 다님으로써 코로나19 방역에 비상상황을 만들었으며, 대한민국 국민 전체를 불안하게 하고 있습니다. 코로나19 감염이 의심되는 증상이 조금이라도 있으면 반드시 거주지역의 선별진료소를 방문하셔서 검사를 받으시기 바랍니다. 이것은 손을 깨끗이 씻고, 마스크를 쓰는 것보다 훨씬 더 중요한 코로나19 예방수칙입니다. 꼭 당부드리겠습니다. 시민 여러분들의 협조가 없이는 감염병과의 전쟁에서 이길 수 없습니다.

　코로나19 의심증상에도 불구하고 검사요청을 거부하고 다님으로써 코로나19 감염을 확산시킨 사람은 신천지 교인으로서 두 차례 예배를 드렸다고 합니다. 그래서 우리 신천지 이천지역본부에 연락해 확인해 본 결과, 이천지역 신천지 교인들 중 대구에 다녀온 분도 없고, 대구지역 신천지 교인이 이천지역에 온 사실도 없으며, 예배당은 이미 폐쇄한 상태라고 합니다. 신천지교회 이천지역 예배당에 대해서는 혹시나 모를 경우를 대비해 방역소독을 실시했습니다.

　하이닉스 신입사원 한 명이 대구지역 확진자와 접촉한 사실이 밝혀져 일단 교육장을 폐쇄, 방역소독을 한 후 직접 접촉자 및 함께 교육을 받고 있던 280명에 대해 자가격리조치를 취했으며, 직접 접촉자에 대해 코로나19 감염여부 정밀검사를 의뢰하고 그 결과를 기다리고 있는 상황입니다.

　검사결과 음성판정이 나오면 다시 정상적으로 교육이 진행될 것이고, 양성판정이 나오면 그에 따라 추가 방역조치를 취할 것입니다. 다만 대구지역 확진자와 접촉한 하이닉스 신입사원은 지난 15~16일에 접촉하고 16일 오후 3시경에 헤어졌는데 3~4일이 지난 지금까지 아무런 이상증상이 없는 점, 24살의 젊은 청년인 점 등을 감안해 볼 때 음성판정이 나오길 시민여러분들과 함께 두손 모아 기도합니다. 검사결과는 빠르면 오늘 오후에, 늦으면 내일 오전에 나온다고 합니다.

　31번 확진자의 확진 전 검사요청거부와 많은 접촉으로 인해 대구지역을 중심으로 확진자가 크게 늘어나고 있습니다. 따라서 그동안은 확진자의 이동동선을 따라 추적관찰 방식으로 코로나19 방역이 어느 정도 가능했지만, 이제는 지역사회 감염우려가 현실로 다가왔음을 인정하고, 지역별로 코로나19 방역망을 구축해 철저히 지역방어에 나서야 하리라 생각합니다.

코로나19의 지역방역이 가능하려면 이천시는 물론이고 시민사회의 협조가 반드시 필요합니다. 이천시에서 요청 드리는 지역방역에 필요한 시민사회의 협조를 신신당부 드립니다.

지난 주에 이어 어제도 이재명 도지사께서 이천시 장호원을 방문하셨습니다. 애초의 계획은 3차 우한교민들이 입소한 장호원지역 주민들을 격려하기 위해 오시는 것이었지만, 대구를 중심으로 코로나19가 크게 확산되는 상황을 맞아 장호원 이황리에 설치된 경기도상황실에서 먼저 코로나19 확산에 따른 긴급간부회의를 진행한 후, 장호원 장터를 찾아 시민들께 격려드리는 시간을 가졌습니다. 장터에서 맛있는 칼국수로 점심식사도 했습니다.

이천 신천지교회 4곳 폐쇄명령
- 20200222 (토요일 아침)

서울 서초구에 거주하시는 분이 대구 신천지행사에 참석했다가 어제 확진자로 발표되었습니다. 확진자는 병원에서 격리치료를 받고 있습니다. 그 확진자는 이천 장호원 공사현장으로 출퇴근하였고, 그와 함께 근무하던 사람들이 밀접접촉자(13명)로 파악되어 자가격리조치와 함께 검채를 채취해 정밀검사를 의뢰하였습니다. 밀접접촉자 13명 중 이천 장호원에 거주하는 사람은 5명이고, 음성군 거주자는 7명, 마산 거주자는 1명입니다.

장호원에 거주하는 5명 중 1명이 역학조사결과 코로나19 양성반응이 나왔습니다. 그래서 오늘 아침 경기도에서 역학조사관이 이천으로 출동해서 경찰과 함께 현장방문과 동선파악을 하고 있으며 동선에 따라 방역조치 및 추가 접촉자를 파악하고 있습니다. 다만 질병관리본부에서 매일 오전 10시와 오후 4시에 전체적으로 발표를 하고 있고, 이천시도 그에 맞춰 발표를 해야 하는 상황인데, 질병관리본부에서는 오늘 10시 발표를 기준으로 이천 확진예정자의 경우 확인이 필요한 사항이 있어 오후에 발표하기로 하였다고 합니다.

이에 우리 이천시는 발표는 오후 4시에 이루어지더라도 확진자파악에 따른 모든 조치는 역학조사관과 경찰 그리고 이천시가 협력해서 이미 이루어지고 있는 상황입니다.

이천시가 파악한 신천지교회 4곳에 대해 폐쇄명령 및 소독을 실시하였습니다. 선별진료소 인력이 많이 부족해서 대폭 인력을 보강(11명)했으며 사전교육도 마쳤습니다. 국방어학원에서 생활하다 발열증상으로 검사를 의뢰했던 1세아이는 음성으로 나왔습니다. 내일부터 자가격리자 7명에 대한 1:1전담공무원(시청52명)을 순번대로 배치하여 자기격리자에 대한 감시를 강화하여 운영합니다.

이천에서 코로나19 확진 발생
- 20200223 (일요일 아침)

오늘 오후에 대통령께서 직접 주재하시는 코로나19 대책 영상회의가 예정되어 있어 저도 회의 참석합니다.

우선 한국수자원공사가 발주하여 진행되고 있는 광역상수도 건설현장 중 우리 이천시 관내지역에서 근무하던 분들이 코로나19 확진자로 밝혀지면서 마치 SK하이닉스가 발주하여 진행 중인 공사로 오해되고 있어 바로잡아 드립니다. 우리 이천시의 향토기업 SK하이닉스를 많이 사랑해주시기 바랍니다.

서울 서초구 거주하면서 신천지 대구 및 서울관악 교회에 다녀온 분(A)이 코로나19 확진자로 밝혀지면서 그 분이 수자원공사의 광역상수도 건설현장으로 출퇴근하였기 때문에 우리 장호원지역 건설현장의 직장동료들이 밀접접촉자로 파악되었습니다. 역학조사 진행에 따라 확진자와 밀접하게 접촉했던 사람들이 추가될 수 있습니다.

어제 말씀드렸던 것처럼 A씨의 이천지역 직장동료 중 1명(B)은 이미 양성으로 판정되었고, 어제 저녁 늦게 1명(C)이 추가양성판정을 받았습니다. B와 C는 광역상수도 건설현장에서 일하기 위해 장호원지역에 있는 투룸을 얻어 방을 함께 쓰며 생활하는 사이였습니다.

이와 관련하여 A씨의 직장동료 중 이천지역에 거주하는 사람이 6명(역학조사가 진행되면서 어제 1명이 추가됨)파악되었는데, 그 중에 안흥동에 거주하는 분이 포함되어 있었습니다.

A씨의 직장동료 6명에 대한 감염여부 검사결과 2명이 확진자로 판정되어 발표되는 과정에 발열증상이 있었던 안흥동에 거주하는 직장동료분이 확진자에 포함된 것으로 오해되어 소문이 돌고 있으나, 사실은 그렇지 않고 위와 같이 투룸을 함께 사용하던 분들(B/C)이 A씨로부터 감염된 확진자로 발표되었고, 안흥동에 거주하는 직장동료는 아직까지는 음성이라는 점을 보고드립니다.

코로나19 확진자 A/B/C의 동선을 추적하여 방역소독 및 접촉자 파악 그리고 정밀검사 등 역학조사를 철저히 실시하고 있습니다. B씨는 분당서울대병원에서, C씨는 국군수도통합병원에서 강제격리치료를 받고 있습니다.

요즘 119소방대원들께서 환자들을 호송할 때는 코로나19 감염우려

때문에 방역복을 착용한다고 합니다. 그런데 이천에서 주취자신고가 있어 경찰과 119 소방대원이 함께 출동하여 주취자를 검거하여 호송하는 상황이 있었는데, 그 모습을 바라보는 많은 시민들께서는 '코로나19 감염조사를 거부해서 강제로 체포하는 것'이라고 오해하셨다고 합니다. 오해 없으시길 바랍니다.

코로나19 대응 최고단계 격상
 - 20200224 (월요일 아침)

어제 오후에는 대통령께서 주재하시는 코로나19 긴급대책영상회의가 있었습니다. 코로나19 대응단계를 최고단계인 심각단계로 격상시키고 대구와 청도를 감염병 특별관리지역으로 지정하여 특별한 방역지원을 하겠다고 말씀하셨습니다. 방역과 경제 두 마리 토끼를 모두 잡겠다는 계획을 변경하여, 우선 코로나19 방역에 모든 역량을 집중하겠다는 의지를 읽을 수 있었습니다.

적당한 방역활동으로 방역과 경제를 모두 지킬 수 있으면 좋겠지만, 지금 코로나19 사태의 심각성은 이를 용납하지 않는 엄중한 상황입니다. 감염병 대응단계를 최고단계인 심각단계로 격상시켜 방역에 올인함으로써 코로나19 사태를 하루속히 진정시켜 경제를 살리겠다는 계획이 훨씬 더 설득력이 있다고 생각합니다.

우리 이천시도 중앙정부, 경기도와 긴밀하게 협력해 코로나19 사태 종식을 위해 할 수 있는 모든 행정력을 투입하겠습니다. 우선 우리 이천지역에도 코로나19 확진자가 2명 발생했으므로, 역학조사관이 파악한 확진자의 동선을 시민 여러분들께 공개했습니다. 확진자의 동선공개가 조금 늦어졌는데, 그 이유는 1차 확진자에 이어 2차 확진자 발표가 있어 함께 발표할 필요성도 있었고, 확진자 활동동선에 이웃 음성군지역도 포함되어 있어 음성군에 알려준 후에 발표했기 때문입니다. 시민여러분들의 넓은 이해 부탁드립니다.

코로나19 확진자가 이제는 전국적으로 발생하고 있는 상황이라 중앙의 확진자 격리치료시설 결정을 따라야 합니다. 우리 이천지역 2명의 확진자는 분당서울대병원과 국군수도병원에서 각각 격리입원치료를 받고 있으며, 반대로 우리 경기도립의료원 이천병원에도 2명의 확진자가 격리입원치료를 받고 있습니다. 앞으로 도립의료원 이천병원은 25일까지 50%를 28일까지 100%를 비우고 확진자 격리치료시설 사용에 대비해야 하는 상황입니다.

3차 우한교민과 가족들이 생활하고 있는 장호원 국방어학원에서는 철통방역과 함께 안전하게 생활하고 있습니다. 이번 주 목요일에는 교민들과 그 가족들이 퇴소하게 됩니다. 지금 같은 상황이라면 교민들 임시생활시설인 국방어학원이 대한민국에서 가장 안전한 장소일 수도 있겠다 여겨집니다.

오늘 오전 10시에 우리 이천지역 확진자 발생 및 감염병 대응수준 심각단계 격상에 따른 우리 이천시의 계획과 다짐을 말씀드리는 언론 브리핑을 준비했습니다

선별진료소 방문자 급증
- 20200225 (화요일 아침)

감염병 대응수준, 위기단계가 최고단계인 '심각'으로 격상됨에 따라

우리 이천시는 '심각단계'에 맞는 단계별 코로나19 대응계획을 수립했습니다. 우리 이천시 보건소 및 보건지소의 진료업무, 보건증발급업무, 건강진단업무, 예방접종업무예방접종업무, 건강증진업무 등 일상업무는 잠정중단하고, 코로나방역업무에 집중하기로 하였습니다. 우리 이천에는 선별진료소가 경기의료원 이천병원과 보건소에 각 1개소씩 2곳이 있었으나 보건소에 1개소를 더 늘리기로 하였습니다.

어제는 선별진료소 방문자가 급증했습니다. 그제는 27명이던 방문자가 어제는 90명으로 매우 많이 늘었습니다. 저는 이러한 현상이 긍정적이라고 봅니다. 왜냐하면 시민들께서 코로나19에 대한 경계심을 높였다는 것을 보여주고 있고, 지금은 지역사회 구성원 누군가에게 숨어있을 수 있는 코로나바이러스를 빨리 찾아내 치료하는 것이 가장 중요한 시기이기 때문입니다.

전국적으로 돈을 줘도 마스크를 구입할 수 없는 상황입니다. 그러나 병원과 같이 많은 시민들께서 부득이 방문할 수밖에 없는 곳에서는 의사와 간호사가 감염되면 지역사회 코로나 감염이 급속도로 퍼질 수 있으므로 이천시가 가지고 있는 마스크 중 24,000개를 이천관내 의료기관에 보급했습니다. 또한 경기의료원 이천병원에 방역복 1,000개 마스크 1,000개를 보급했습니다. 마을회관, 경로당, 사회단체에는 손세정제 1,243개와 살균제 363개를 보급했습니다. 시내 사거리 주요 횡단보도에 손세정제 200개 설치해서 시민 여러분들께서 손을 수시로 소독할 수 있도록 했습니다.

국방어학원에 입소해 생활하고 계신 교민들과 그 가족 그리고 그곳에서 교민들과 함께 생활해오신 방역근무자분들의 검채를 채취해 검사의뢰를 했습니다. 2주 동안(오는 날과 가는 날 포함해서 16일) 힘든 격리생활을 잘 참고 모레(목요일) 퇴소하시게 되는데, 마지막으로 코로나바이러스 정밀검사를 하기 위한 것입니다. 모두 음성반응이 나올 것으로 예상되지만, 만약 양성반응이 나오게 되더라도 그 분만 따로 격리치료시설로 보내져 치료를 받고, 다른 분들은 모두 계획대로 귀가하시게 됩니다.

우리 이천시에서는 이천의 특산물로 만든 작은 선물상자를 준비해서 퇴소할 때 드리려고 합니다. 교민여러분들과 가족여러분들의 멋진 인생을 우리 23만 이천시민들이 응원한다는 의미입니다. 우리 이천시민의 따뜻한 마음을 오래오래 기억해 주시면 감사하겠습니다.

우한교민 국방어학원 퇴소하는 날
- 20200227 (목요일 아침)

우리 이천지역 확진자 4명 중 3명은 2월 16일 신천지 대구교회 예배에 다녀온 확진자로부터 감염된 직장동료 분들이고, 나머지 1명은 2월 16일 대구 결혼식에 가서 감염된 것으로 파악되고 있는 바와 같이 2월 16일 대구지역 방문과 밀접한 관련이 있습니다. 따라서 2월 16일 이후 대구 및 청도 지역방문자들과 신천지교인들에 대한 감염여부 확인 및 일정기간 격리가 가장 중요하다고 생각됩니다. 그러니 우선 2월 16일 이후 대구 및 청도지역 방문자들 스스로 마스크 착용하고 선별진로소를 찾아 검사를 받으시기 바라며, 신천지교인들 중 어느 누가 감염되었는지 알 수 없는 상황이니까 코로나 사태가 종식될 때까지는 신천지 예배활동을 중단해야 하며 당분간 스스로 자가격리 생활을 해야만 합니다. 나아가 경기도에서 이미 신천지교인들 명단을 확보했으니 신천지교인들께서는 한 분도 빠짐없이 마스크를 꼭 쓰시고 선별진료소를 찾아 검사를 받으시길 바랍니다.

오늘 오전에 3차 우한교민들과 그 가족들이 16일 동안 국방어학원 임시생활숙소에서의 격리생활을 마치고 퇴소합니다. 지난 12일 입소할 때부터 오늘 퇴소하는 시간까지를 돌아보니 감사한 일이 하나둘이 아닙니다. 이천시가 임시생활시설 후보지에 속했다는 소식을 듣고 이천지역 시민사회 리더들과 상의했을 때 함께 고민하고 지혜를 모아주셨던 일, 장호원지역 시민사회 리더분들께서 대승적 차원에서 주민들을 설득해 주신 일, 특히 국방어학원 인근 마을 이장님들께서 마을주민들을 이해시켜 주신 일, 장호원 주민들께서 지역사회 민원해결 요구하지 않으시면서 우한교민들과 그 가족들의 안전귀가를 위해 끝까지 정성스런 마음을 모아주신 일, 자진해서 국방어학원 시설로 들어가 16일 동안 교민들과 함께 생활하신 이천시청 류병환 팀장님을 비롯하여 시설 안에서 교민들과 함께 생활하신 많은 분들, 국방어학원 출입구 근처 및 이황1리에 설치된 현장상황실에서 매일매일 충실하게 맡은 바 역할을 다하신 많은 공무원분들, 전국 각지에서 교민들과 장호원주민들에게 보내주신 수많은 후원품과 따뜻한 마음들(총 39건에 506,325,000원 상당), 국방어학원 경비병력(경찰)과 현장지원반 등 교민 지원 관계자를 위해 위문품을 보내주신 고마운 마음들(총 23건에 6,130,000원 상당), 익명으로 위문품을 주시고 가신 분들도 계셔서 현황에 없는 분들도 계시네요. 기부물품 접수 및 배부, 우한교민 정부합동지원반 물품 수급에 많은 고생을 하신 복지정책과, 기업지원과 장호원읍 직원들의 노고도 있고요, 전국에서 국민들께서 이천을 향해 보내주신 뜨거운 응원의 박수들도 있네요. 미처 생각 못한 모든 것들, 너무나 감사하고 고맙습니다.

오늘 오전에 이천시민들께서 준비해주신 임금님표 이천쌀을 비롯한 조그만 선물상자를 교민들께 잘 전달해드리고 시민여러분들의 따뜻한 마음도 함께 잘 전해드리겠습니다.

코로나19 확진자 총 4명 발생

- 20200226 (수요일)

어제 이천지역에서 코로나 확진자 2명이 추가로 확인되었습니다. 현재까지 우리 이천은 총 4명의 코로나 확진자가 발표된 상황입니다. 세 번째 확진자로 확인된 분은 대구에 주소를 두고 직장근무 때문에 이천에 와있는 사람으로서 지난 2월 16일 대구에서 열린 결혼식에 참석했다고 스스로 밝혔습니다. 네 번째 확진자로 확인된 분도 2월 16일 대구 신천지예배를 다녀온 확진자(서울 서초구 주민)의 직장동료로서 그동안 증상이 없어 자가격리상태에 있었는데 어제 증상을 호소하여 검사한 결과 오늘 양성판정을 받았습니다. 역학조사관과 이천시 보건소 및 이천경찰서가 합동으로 추가확진자의 밀접접촉자 및 이동동선을 파악했습니다.

추가확진자가 발생하면 최근 이동동선을 파악하는 게 가장 시급하고 중요하기 때문에 많은 인력을 투입해서 처리했습니다. 파악된 밀접접촉자들은 모두 자가격리 조치했으며, 이동동선에 따라 사업장은 방역소독을 완료한 후 폐쇄조치까지 마쳤습니다.

시민여러분들께서 이천지역에서 추가 확진자가 발생함에 따라 너무 불안해 하셔서 꼭 드리고 싶은 말이 있습니다. 지금 전국적으로 코로나19 확산세가 증가하고 있는 상황입니다. 전국적으로 자기 지역에서는 확진자가 없었으면 좋겠다고 생각하는 경향도 있고, 그런 생각 때문에 확진자파악에 소극적으로 임할 수도 있지만, 이런 생각과 행동은 위험하다고 생각합니다. 오히려 현재 여기저기 퍼져있는 코로나바이러스 보균자를 신속히 찾아내 밀접접촉자와 이동동선을 철저히 파악하여 공개하고, 필요한 격리치료와 자가격리 및 사업장폐쇄 조치를 빨리 취하는 것이 더 지혜롭다고 생각합니다.

지금 현재 전국 모든 지역에서 얼마나 빨리 코로나바이러스 보균자를 찾아내어 필요한 조치를 취하느냐 하는 것이 코로나19 사태를 조기에 종식시키는 열쇠가 될 것입니다.

이천지역의 1번 2번 4번 확진자는 2월 16일 대구 신천지교회에 다녀온 확진자(서울거주)의 밀접접촉자(직장동료)로서 코로나19 감염 초기에 확진자로 파악될 수 있어서 지역사회 전파가능성을 줄일 수 있었다고 생각합니다.

이천지역의 3번 확진자 역시 2월 16일 대구에서 열린 결혼식장에서 감염된 것으로 추정되는데, 1번 2번 확진자에 비해 이동동선이 복잡하기 때문에 3번 확진자로부터 감염된 사람이 많을 수 있어 걱정입니다. 네 번째 확진자는 자가격리 상태에 있다가 증상이 나타나 검사결과 양성으로 확진된 것이니까 자가격리만 잘 지켜졌다면 지역사회 전파염려는 적다고 생각합니다. 이처럼 코로나바이러스 보균자를 신속히 찾아내어 격리치료하고 이동동선을 빨리 파악하는 것이 무엇보다 중요합니다.

따라서 2월 15일 이후 대구지역을 방문했던 시민들께서는 우선 외부활동을 절제하시고, 자신의 건강상태를 스스로 점검하서서 조금이라도 코로나감염증상(콧물없는 마른 기침)이 있으면 일반 병원에 가지 마시고(매우 중요) 보건소나 의료원에 설치된 '선별진료소'를 방문하셔서 검사를 받으셔야 합니다. 선별진료소에 오실 때는 반드시 마스크를 꼭 쓰고 오셔야 합니다(매우 중요).

시민사회 방역도 매우 중요하지만 보건소직원을 비롯한 시청공무원들 중에 확진자가 발생하면 시청청사를 폐쇄하는 등 너무나 엄청난 혼란이 초래될 수 있다는 것을 우리는 목격하고 있습니다. 그래서 시청과 읍면동 사무소 대민업무 창구에 민원인과 공무원 사이에 아크릴 칸막이를 차례로 설치하고 있습니다. 이는 공무원을 위한 것이 아니라 이천시 전체를 위해 꼭 필요한 시설이라고 생각합니다.

코로나19 확진자 이동동선 공표에 대해
- 20200227 (목요일 아침)

코로나19 확진자 이동동선 공표에 대한 이천시 입장을 말씀드리겠습니다. 시민여러분들께서 이천지역에 코로나바이러스 확진자가 발생하면 왜 곧바로 확진자의 이동동선을 재난문자로 일반시민에게 알려주지 않느냐고 하시면서 답답해하시는 것을 잘 알고 있습니다. 먼저 코로나바이러스 감염병환자의 이동경로를 공개할 수 있는 주체는 지방자치단체장이 아니라 보건복지부 장관임을 알려드립니다.

코로나바이러스 확진자가 발생하면 환자의 진술을 토대로 해서 역학조사관이 환자의 하루 전날까지의 이동경로를 조사하게 되는데, 환자의 기억이나 진술이 정확하지 않은 경우도 많고, 신용카드 사용내역과 CCTV 등을 통해 환자의 정확한 이동경로를 파악하는데 시간이 많이 소요됩니다. 이때 역학조사관과 함께 환자의 이동동선을 파악하는 시청직원이나 경찰관이 환자의 이동동선을 파악하게 되고, 시청이 이를 서둘러 발표하는 경우가 많이 있습니다. 시민들의 답답한 심정을 해결해드리기 위한 목적이겠지요.

다만 시청에서 시민들의 답답함을 덜어드리기 위해 발표한 환자의 이동동선이 역학조사관이 최종적으로 파악한 이동동선과 다른 경우에는 시청이 그에 대한 법적 책임을 져야 한다는 것이 원칙이고 보건복지부의 입장입니다.

시민들 입장에서는 확진자의 이동동선을 빨리 알아서 그곳을 피하고 싶은 마음이시겠지만, 역학조사관이 파악한 이동동선에 대해서는 가장 먼저 방역소독을 하고, 폐쇄조치를 한 다음에 충분한 시간이 경과해서 안전하다고 판단되었을 때 정상적으로 사업을 할 수 있도록 하고 있습니다. 확진환자의 이동동선에 대해서는 시민들의 감염을 예방하기 위한 충분한 조치는 취하고 있는 것인데, 이동동선이 일반시민들에게 무조건 공개되는 경우에는 필요한 방역조치도 하고 충분히 시간이 경과하여 안전하게 사용할 수 있는 상황임에도 불구하고, 시민들께서는 계속해서 그 사업장을 회피할 것이기 때문에 그 사업장의 피해는 이루 말할 수 없는 정도에 이르게 됩니다.

따라서 보건복지부는 확진환자의 이동동선 공개에 신중한 입장이며, 시청이 이동동선을 임의로 공개하는 경우에는 그 책임을 져야 한다는 입장인 것입니다. 우리 이천시에서는 확진자의 이동동선 파악 및 방역조치와 폐쇄명령 등은 신속히, 철저하게 실시하되, 이동동선의 일반공개는 신중하게 접근할 계획입니다. 시민여러분들의 넓은 이해를 구합니다.

경기도의료원 이천병원 코로나 전담병원 지정

- 20200228 (금요일 아침)

우한교민이 국방어학원에서 퇴소한 어제는 코로나바이러스 확진자가 추가로 2명 발생했습니다. 추가 확진자 2명은 2월 16일 대구 결혼식에 다녀온 이천지역 3번 확진자와 함께 사는 동거인입니다. 다행스러운 것은 3번 확진자가 발표되면서 동거인으로 파악되어 25일부터 자가격리 상태에 있다가 검사결과 확진판정을 받게 된 것입니다. 따라서 확진판정 1일전 이동동선을 밝히는 일은 그리 복잡할거 같지는 않고, 자가격리수칙이 잘 지켜졌다면 주변에 감염위험은 거의 없어 보입니다.

경기도의료원 이천병원은 코로나 전담병원으로 지정되어 일반 진료기능을 축소하고, 코로나감염이 의심되는 분들에 대한 선별진료와 확진환자들(6명)을 위한 격리치료시설로 사용하게 되었습니다. 이에 경기의료원 이천병원 응급실기능을 보완할 수 있는 조치를 강구해야 하는 상황입니다.

다음 주부터는 더 많은 확진환자가 의료원 이천병원에 들어올 것으로 예상됩니다. 격리된 환자들을 위한 물품지원이 필요하다는 소식입니다. 간식거리, 일회용 속옷, 수건, 마스크 등 코로나 퇴치를 위해 최일선에서 환자를 돌보고 있는 이천병원 의료진에게도 많은 응원을 보내주시기 바랍니다. 특히 환자들이 사용한 물품들은 재사용하지 못하고 폐기함에 따라 비누, 샴푸, 티슈, 양치 세트 등도 부족한 현상이 발생하고 있다고 합니다,

이미 인권교육센터, 이천시노인종합복지관, 이천시건강가정 다문화지원센터, 건강보험공단, 이천시 자원봉사센터, 이천시 육아종합지원

센터 등이 도와주시겠다는 의사를 밝히셨다고 합니다. 고맙습니다. 감사합니다.

어제 오전, 전라북도 전주시청 소속 공무원이 '코로나19' 사태로 인한 비상근무 등 과로로 사망하는 안타까운 일이 발생했습니다. 우리 이천시청 공무원들도 아프리카 돼지열병 방역업무가 진행되는 중에 코로나19 사태까지 겹쳐 격무에 시달리고 있습니다. 격무에 쓰러지는 직원이 발생하지 않도록 자세히 살펴보겠습니다.

2020년
3월

© 20200317 이천-잠실 간 경기급행버스(G2100번) 개통식

우리가 마주하는 삶은
기적이 아닌 것이 없습니다.
모든 것이 기적 같은 일들입니다.
모든 것이 감사한 일들입니다.

코로나 확진환자 재난문자로 보고

- 20200301 (일요일 아침)

삼일 만세운동을 101번째로 기념하는 날 아침입니다. 일제침략에 항거하며 조국의 독립을 위해 전국의 국민들이 만세를 외치던 그때의 심정을 헤아리면서 오늘 하루를 시작합니다. 그때는 만세운동에 참여한 국민모두가 한 마음이 되었고 온 국민이 영웅이었습니다. 삼일 만세운동이 있었기에 그후 상해임시정부 수립이 가능했고, 끈질긴 독립운동이 가능했으며, 마침내 일제로부터 독립을 이뤄냈습니다. 삼일 만세운동하던 선조들의 간절하고 강인한 마음을 본받아 코로나19와의 전쟁에서 꼭 이겨내겠습니다.

9번 확진자 발생소식은 이미 들으셨으리라 생각합니다. 이제부터는 코로나 확진자가 발생하면, 재난문자를 두 차례 내지 세 차례로 나누어 순차적으로 보내겠습니다.

1차 : 확진자(나이/성별/거주지) 발생

☆감염경로가 확인되었으면 감염경로까지

2차 : 나중에 확인된 감염경로

3차 : 확진자의 이동동선

☆너무 많으면 날짜별로 나누어서

9번 확진자는 22세의 청년으로 대구신천지 행사에 참석해 감염된 것으로 추정되고 있습니다. 9번 확진자는 파주의료원으로 격리입원 조치하였고, 역학조사, 동선소독, 동선공개까지 완료했습니다. 경기도로부터 신천지 전수조사 명단을 받았습니다.

- 전수조사대상 605명
- 능동감시대상 117명
- 유증상자(검사필요자) 15명.

전수조사대상 605명과 능동감시대상 117명에 대해서는 오늘부터 3월 11일까지 매일 2회 모니터링하겠습니다. 보건소 인력만으로는 부족해서 시청공무원들(722명)이 함께 1:1 능동감시체계를 운영하겠습니다.

이천지역 신천지 교인 전수조사
- 20200302 (월요일 아침)

일요일인 어제는 신천지 교인들에 대한 전수조사를 실시했습니다. 이천지역 신천지 교인 중 전수조사대상자와 능동감시대상자 전체 722명 중 585명(81%)에 대해 전화연락이 되어 능동감시를 시작했습니다.

이천지역의 자가격리자가 15명 추가되었습니다. 기존 확진자와 밀접접촉한 6명이 추가로 확인되었고, 신천지 교인 중 9명이 자가격리자로 추가되었습니다. 선별진료소를 방문한 사람은 모두 39명이고, 그중 28명에 대해 정밀검사를 의뢰하였습니다.

시민 여러분들께서는 혹시나 주변에 코로나 보균자가 있더라도 예방수칙만 철저히 지키면 코로나19에 감염되지 않을 수 있다는 확신을 가지고 예방수칙을 생활화하셔야 합니다. 그러면 코로나19 확진자 수가 점점 줄어들 것이고, 완치되어 귀가하는 분들도 점점 많아질 것입니다.

대한민국 정부는 세계에서 가장 뛰어난 진단능력을 갖추고 있으며 코로나19에 대한 모든 정보를 가장 투명하게 공개하는 나라입니다.

이천시 비정규직지원센터 방문
엘리야병원 국민안심병원으로 지정
- 20200304 (수요일 아침)

어제는 이천시 비정규직지원센터를 얼마 전에 열었는데, 이런저런 핑계로 가보지 못하다가 어제 다녀왔습니다. 앞으로 자주는 아니어도 가끔씩 들러 비정규직 노동자분들의 속 아픈 얘기를 들어봐야 하겠습니다.

장호원 소재 엘리야병원이 국민안심병원으로 지정되었고, 호흡기 질환자의 진료구역을 분리하여 운영할 계획이라고 합니다. 마스크 88,177개를 65세 이상 어르신들께 14개 읍면동별로 이통장님들을 통해 공급해드렸습니다. 손세정제도 840개 보급해 드렸습니다. 신천지교인 전수조사 대상자 722명 중 691명(95%)에 대해 확인 후 능동감시 하고 있습니다. 신천지교인 중 유증상자 15명에 대해 정밀검사를 실시한 결과 14명은 음성으로 판정되었고 1명은 검사 중에 있습니다. 어제 선별진료소를 방문한 분들은 모두 50건으로 그 중 44건을 검사 의뢰하였습니다.
며칠 사이에 시민들의 마음이 마스크에 대해 매우 민감해진 상황이고, 대통령께서도 마스크공급과 관련하여 국민들께 불편 드려 송구하다고 말씀하셨으며, 정부는 마스크사재기를 막고 시민들께서 좀더 쉽게 마스크를 구입할 수 있는 체계를 하루빨리 만들겠다고 밝혔습니다.

어르신 마스크 무료 제공

- 20200305 (목요일 아침)

경기도립의료원 이천병원에 화성시 확진자 1명이 추가 입원하여 격리치료를 시작했습니다. 어제 선별진료소를 방문한 분들은 모두 37명인데 그중 검사의뢰한 것은 25건입니다.

새마을운동본부 이천시지회가 이천의 14개읍면동 지역의 코로나방역부대로 나섰습니다. 시청 공무원들, 아프리카 돼지열병도 대처해야 하고, 코로나19도 잡기 위해 최선을 다해야 해서 일손이 많이 모자라던 차에 얼마나 고맙고 감사한지 모르겠습니다.

우리 이천시는 어르신들이 마스크 사려고 줄을 서게 할 수는 없다고 생각해서 65세 이상 어르신들께 마스크 88,800장을 무료로 제공해드렸습니다. 좋은 소식이라 텔레비전에도 나왔네요. 415개 마을 이통장님들께서 마을 어르신들 한 분 한 분께 마스크를 전달해주셨습니다. 이통장님들의 도움이 없었으면 마스크보급에 큰 어려움이 있었을 텐데, 이통장님들 너무너무 감사합니다.

마스크 수급 안정화 대책 발표

- 20200306 (금요일 아침)

정부가 마스크 수급 안정화 대책을 발표했습니다. 약국, 우체국, 농협에서 살 수 있는 마스크 수량이 지금의 2배 이상으로 늘어납니다. 대신 다음 주부터 마스크는 신분증 확인을 거쳐 1주일에 1인당 2매씩 살 수 있도록 제한됩니다. 약국에서는 중복구매 확인시스템이 이미 구축돼 있어 6일부터 신분증을 제시해야 마스크 구매가 가능합니다. 다만 6~8일에는 1인당 2매씩 구매가 가능하며, 다음 주부터는 1인당 주당 2매 구매제한이 적용됩니다. 우체국과 농협은 중복구매 확인시스템 구축 전까지는 1인 1매를, 이후에는 일주일에 1인당 2매를 판매합니다.

출생연도 끝자리에 따라 마스크 구매 5부제를 적용해 구매 가능한 요일도 한정됩니다. 출생연도 끝자리를 기준으로 월~금요일까지 요일별로, 월요일은 출생연도 끝자리가 1과 6인 사람, 화요일은 출생연도 끝자리가 2와 7인 사람, 수요일은 출생연도 끝자리가 3과 8인 사람, 목요일은 출생연도 끝자리가 4와 9인 사람, 금요일은 출생연도 끝자리가 5와 0인 사람, 사정 때문에 평일에 구매하지 못한 사람들은 주민번호 끝자리가 무엇이든 상관없이 주말에는 마스크 구입할 수 있답니다.

본인이 직접 약국·우체국·농협을 방문해 주민등록증이나 운전면허증, 여권 등 공인신분증을 제시하고 구매하는 것이 원칙이고요. 부모의 자녀 마스크 대리 구매 등은 허용되지 않는다고 합니다. 미성년자는 여권, 학생증과 주민등록등본으로 본인 확인이 가능한 경우 또는 법정대리인과 함께 방문해 법정대리인의 신분증과 주민등록등본을 제시한 경우에만 마스크를 구매할 수 있다고 하네요. 장애인은 대리인이 장애인등록증을 지참할 경우 구매를 허용한다고 합니다.

선한 건물주 운동에 박수를

- 20200307 (토요일 아침)

    지난 해 가을부터 시작된 아프리카 돼지열병이 아직도 진행 중인데 갑자기 불어닥친 코로나19 감염병사태로 인해 지역경제가 너무나 침체되었습니다. 그로 인한 영세자영업자들의 고통은 이루 말로 표현할 수 없을 정도입니다.

    우리 이천에서는 건물주들이 세입자들의 어려움을 함께 나누기 위해 월세(임차료)를 깎아주는 '선한 건물주 운동'이 번지고 있습니다. 우리는 모두 이천지역공동체 구성원입니다. 괴로움도 함께 나누고, 즐거움도 함께 나누는 동고동락 이천시입니다.

    코로나19 감염을 막기 위해 최선을 다하고 있는 중에도 2019년도 실적을 기준으로 경기도에서 지방세정 운영평가를 실시한 결과 우리 이천시가 2그룹에서 최우수상을 수상하게 되었다는 기쁜 소식이 들려왔습니다. 세정과 직원분들 정말 수고 많으셨습니다.

마스크 구매 5부제 시행

- 20200309 (월요일 아침)

    지난 주말 설봉공원에는 매우 많은 시민들께서 산책을 나오셨습니다. 코로나19 감염에 대한 우려로 한동안 외출도 자제하면서 지내오시다가 주말을 맞아 햇볕도 쬐고, 운동도 할겸 산책을 나오신 분들이 참 많았습니다. 하루 빨리 코로나19 사태가 종식되어 시민여러분들께서 맘껏 자유롭게 활동하실 수 있으면 좋겠습니다. 햇볕을 쬐는 것이 면역력을 높여준다고 하니 날씨 좋은 날 시간 되는 대로 밖에 나오셔서 햇볕을 충분히 받으시면 코로나 예방에 도움이 되겠습니다.

오늘부터 약국에서 마스크 구매 5부제가 시행됩니다. 1주 동안 읍/면/동에서 현장 실태점검을 실시하여 미진한 부분이 있으면 즉시 보완하도록 하겠습니다. 어제는 '집중소독의 날'을 운영하여 많은 사람이 모이는 교회, 학원 등 다중이용시설에 대해 집중방역소독을 실시하였습니다.

이천시민 안전보험에 가입할 계획

- 20200310 (화요일 아침)

얼마 전 이천시 외식업지부 지부장님과 임원들께서 시청을 방문하셨습니다. 지난 해 가을에 찾아온 아프리카 돼지열병으로 지역경기가 침체되어 걱정이 많았는데, 이번 코로나19 사태로 인해 영세자영업자, 특히 식당업을 운영하시는 사장님들의 어려움이 너무나 큽니다. 이에 몇 가지 건의사항을 전달해주셨고, 저희 이천시도 최대한 도와드려야겠다고 다짐했습니다. 근본적으로는 코로나19와 같은 사회적 재난으로 인해 생계유지가 막막해진 영세자영업자 및 중소상공인 등을 위해 생계유지 특별자금지원 대책이 꼭 필요하다는 생각입니다. 입법적인 해결이 필요합니다.

이천시민들께서 일상생활을 하시다가 예상치 못한 재난이나 안전사고를 당해 사망 또는 장해를 입게 되었을 때 보상받을 수 있도록 이천시가 이천시민 안전보험에 가입할 계획입니다. 이천시에 전입/전출과 동시에 자동으로 가입 및 해지되며, 국내 어디서나 사고 발생지역에 관계없이 보장되고, 타 보험에 가입되어 있더라도 보험금이 지급됩니다.

친환경 납품농가 피해 최소화 대책
- 20200311 (수요일 아침)

공적마스크 약국재고량 알림 앱이 시행되었습니다. 전국 23,000개 약국의 공적마스크 재고량을 알려주는 앱입니다. 어르신들께서 이용하시기는 쉽지 않겠지만, 마스크를 사기 위해 줄을 서거나 헛걸음하는 것을 방지할 수 있으리라 생각합니다.

코로나19 사태에 따른 학교개학연기로 인해 친환경학교급식에 납품하던 농가들이 큰 피해를 입고 있습니다. 이천시는 시청 앞마당에 직거래 판매장터를 열어 친환경급식 납품농가의 피해를 최소화시키려고 노력하고 있습니다. 특히 경기도 친환경급식 딸기의 80%를 이천지역 딸기농가에서 공급하고 있는데, 경기도와 경기농식품유통진흥원이 함께 코로나19 위기극복을 위한 친환경 딸기 팔아주기 행사를 열어 도움을 주고 있습니다. 매주 수요일마다 시청 민원인주차장에서 직거래장터를 열어 운영하고 있습니다. 매주 주말에는 설봉공원 직거래장터에서도 친환경농산물을 구입하실 수 있으니 꼭 오시기 바랍니다.

착한 마스크 만들기 사업

- 20200312 (목요일 아침)

이천시 자원봉사센터에서 이천시민들께 무료로 보급할 '착한 마스크'를 직접 만드는 진정한 봉사를 시작합니다. 이천시가 별도로 확보한 마스크 등 방역물품은 코로나19 취약계층과 방역업무에 참여하는 사람들에게 무료로 보급하고 있고, 정부는 마스크 5부제를 통해 국민 1인당 1주일에 2장씩 유료판매하고 있으나, 마스크 절대량이 부족할 수밖에 없는 상황에서 이천시와 자원봉사센터가 착한 마스크 만들기 사업을 시작합니다.

코로나19에 대처하느라 바쁜 행정업무에도 불구하고 한국청소년활동진흥원에서 진행한 '지역사회 청소년 참여활동 활성화모델 시범사업' 공모절차에 우리 이천시도 참여해서 최종 선정되었습니다(전국에서 6개 시군 선정).

청소년기에 사회참여기회가 많아야 사회발전에 적극적으로 참여하는 성인으로 성장할 수 있으리라 생각합니다. 이천의 청소년들이 사회참여에 적극적인 성인으로 자라날 수 있도록 우리 어른들이 많이, 힘차게 응원해주시면 감사하겠습니다.

불법체류 외국인 근로자 코로나19 방역대책

- 20200313 (금요일 아침)

불법 외국인 근로자들이 코로나19 방역의 사각지대에 놓여있습니다. 불법체류 사실이 적발되어 강제추방될까 봐 두려워 코로나19 감염된 상태에서도 검사받기를 주저할 수 있기 때문입니다. 불법체류 외국인 근로자들이 일하는 곳은 대체로 시설채소하우스 단지입니다. 이천시는 시설채소연합회의 협조를 받아 불법체류 외국인 근로자들이 코로나19 진단검사를 받을 수 있도록 시설채소하우스 농업인들께 안내하고 있습니다. 불법 외국인 근로자들이 코로나19 검사를 받더라도 이천시가 책임지고 강제추방 등의 불이익을 주지 않겠다는 안내도 하고 있습니다.

이천시 시민단체들이 연대하여 코로나19 위기극복을 위해 시민들의 동참을 호소했습니다. 주민불편사항 모니터링과 우수공무원 선정을 심의하는 이천시 채움모니터 활동으로 이천시민들의 민원만족도가 향상되었습니다.

잠실까지 가는 경기급행버스 개통
- 20200317 (화요일 아침)

오늘은 이천에서 잠실까지 가는 경기급행버스 안에서 인사드립니다. 그동안 우리 이천시민들께서 서울에 가셨다가 밤늦은 시간에 이천에 오는 버스가 없어서 많이 불편하셨고, 그래서 이천-잠실 간 경기급행버스 노선이 개통되길 학수고대하셨습니다. 저는 오늘 개통된 경기급행버스 새벽 5시 30분 첫차를 타고 서울을 가고 있습니다. 서울에 갔다가 다시 똑같은 버스를 타고 이천으로 돌아와서 아침식사를 할 계획입니다.

오늘 개통된 경기급행버스는 이천역에서 첫차가 새벽 5시 30분이고

15분 내지 30분 간격으로 운행해서 막차는 밤 10시 30분이며, 서울 잠실에서는 아침 첫차가 6시 40분이고 막차는 밤 11시 40분이라고 합니다.

이천역에서 출발해서 이천상공회의소-이천터미널(한내과의원 앞)-보건소-송정동 대원칸타빌/ 한양수자인 아파트 앞-송정동 동양아파트 앞-도암IC를 거쳐 자동차전용도로를 이용해 잠실 광역환승센터까지 가는 노선입니다.

서울 경유지는 송파IC 나와서 장지역 가든파이브-문정법조단지-문정로오데오거리-가락시장-송파역-석촌역-석촌호수-잠실광역환승센터입니다.

앞으로 경기급행버스가 이천시민들의 발이 되어 시민여러분들의 행복한 삶에 기여할 수 있으리라 생각합니다. 나아가 경기급행버스의 새로운 노선을 더 만들어 시민 여러분들의 삶의 질을 높일 수 있도록 노력하겠습니다.

사회적 거리두기 시작
- 20200323 (월요일 아침)

코로나19로 인한 건강과 생명의 피해는 직접적인 피해이고, 경제적 피해는 간접적인 피해라고 말할 수 있습니다. 그러나 가만히 생각해 보면 코로나19로 인한 경제적 피해가 훨씬 심각하고 충격적일 거라는 생각입니다. 대부분의 경제전문가들은 코로나19로 인한 경제충격이 1997년 외환위기와 2008년 금융위기 때보다 심각하다고 말합니다. 내수가 멈추고 수출 길도 꽉 막힌 내우외환 상황이 조금만 더 지속되면 기업들로선 줄도산을 피할 수 없게 된다고 말합니다.

그래서 정부에서는 국무총리 대국민 담화를 통해 앞으로 15일간 강도 높은 사회적 거리두기에 대한 국민 여러분들의 적극적인 동참을 호소하였습니다. 물론 국민 여러분들께서 지금도 잘하고 계시지만 좀 더 경각심을 가지고 사회적 거리두기 등 코로나19 예방수칙을 철저히 실천해야겠습니다.

만약 그렇게 하지 않으면 코로나19로 인한 경제충격으로 우리나라 경제가 무너질 수 있다는 마음가짐으로 정부의 호소에 동참해주시길 두손 모아 기도드립니다.

지난 주말, 이천시청 소속 모든 공무원들을 대상으로 대대적인 점검반을 꾸려 종교시설, 실내체육시설, 유흥시설 등을 직접 방문해 15일간 운영중단 권고하고, 사회적 거리두기 점검대상업소에 마스크와 손세정제를 보급했습니다. 어제부터 시작된 고강도 사회적 거리두기는 어제부터 4월 5일까지 실천합니다.

민원서비스 종합평가 최우수상 수상
- 20200324 (화요일 아침)

코로나19와의 전쟁으로 너나없이 모두 힘겨운 시간을 보내고 있는 요즘이지만, 2019년 민원서비스 종합평가에서 우리 이천시가 최우수상을 수상하는 기쁜 소식이 있어 시민 여러분들과 공유합니다.

축제가 취소되었음에도 구례지역 산수유 꽃구경을 갔다가 코로나19에 감염된 것으로 추정된다는 기사내용이 있습니다. 우리 이천의 경우에도 백사면 산수유꽃축제가 취소되었음에도 주말이면 수많은 관광객들이 꽃구경을 오고 있습니다. 전국적으로 고강도의 사회적 거리두기 실천운동을 하고 있는 상황이라, 이천시에서는 도립리 일대에 산수유꽃 구경을 나온 관광객들이 대거 몰리지 못하도록 4월 5일까지 주차장을 폐쇄하고자 합니다.

이천시민 여러분들께서는 주차장 임시폐쇄에 따른 커다란 교통혼잡도 예상되고, 나아가 타 지역에서 오는 관광객들로부터의 코로나19 감염우려를 감안하셔서 4월 5일까지 산수유마을 방문을 삼가주시면 고맙겠습니다.

종교계 현장모임과 유흥시설 영업 자제 당부
- 20200325 (수요일 아침)

어제는 이천시 기독교연합회와 불교연합회 회장님을 모시고 코로나19 사태 조기종식을 위해 2주 동안 현장예배와 현장예불을 자제해주실 것을 당부드렸습니다. 지금의 코로나19 사태가 매우 엄중하고 하루 빨리 끝내지 못하면 나라 전체가 공멸할 수 있으니 종교계에서도 협조해주십사 말씀드렸습니다.

불교연합회에서는 이미 각 사찰에서 현장 예불활동은 안 하고 있으며, 앞으로도 당분간은 그렇게 하겠다고 말씀주셨습니다. 기독교연합회에서도 최대한 협조하시겠다고 말씀주셨습니다. 다만 기간이 길어지면 장담할 수 없다고 하는 말씀도 똑같이 주셨습니다.

이천 관내 유흥시설 98개소에 대해 100% 방역상황 점검을 하면서 영업시 준수사항 이행할 것을 계도하였습니다. 코로나19 여파로 98개 중 38개 업소가 영업을 중단 한 상태였습니다. 방역소독은 지역별 필요시설별로 꾸준히 철저히 하고 있습니다.

경기도와 이천시 재난기본소득지원 결정
- 20200326 (목요일 아침)

코로나19로 인해 1차적으로는 시민들의 건강과 생명이 위협받고 있고, 2차적으로는 지역경제가 무너지고 있습니다. 코로나19로 인해 시민들의 활동이 위축됨에 따라 소비수요가 크게 줄었기 때문입니다. 줄어든 소비수요를 늘려 지역경제를 활성화시키기 위해 경기도는 모든 경기도민에게 1인당 10만 원씩 지급하는 재난기본소득지원을 결정했습니다. 3개월의 유효기간이 있는 지역화폐로 지급하기 때문에 이천시의 경우에는 경기도 재난기본소득지원으로 인해 약 215억 원이 넘는 시장소비수요가 창출될 것으로 보입니다.

이에 우리 이천시에서도 이천시민 모두에게 1인당 15만 원씩 3개월의 유효기간 있는 카드형 지역화폐로 지급(약 324억 원 이상)하기로 이천시의회와의 사전협의까지 마쳤고, 오늘 오전에 언론브리핑을 하기로 했습니다.

경기도와 이천시에서 지원하는 코로나19 대응 재난기본소득지원을 통해 3인가구는 75만 원, 4인가구는 100만 원이 지급되고, 이천 실물경제시장에 3개월 동안 약 540억 원이 넘는 소비수요가 창출될 것이며, 창출된 소비수요로 인해 지역경제가 좋아지면 그에 따른 연쇄적 소비수요가 추가적으로 창출될 수 있어 이천지역경제에 활력을 불어넣을 수 있으리라 생각합니다.

영세소상공인과 취약계층에 대해서는 중앙정부에서 별도의 소득지원방안을 마련한 것으로 알고 있습니다. 중앙정부에서도 크게 확대된 별도의 경제지원대책을 신속히 준비하고 있는 것으로 압니다. 우리 이천시는 코로나19 지원정책의 사각지대가 발생하지 않도록 점검하고 또 점검하겠습니다.

© 20200429 경기 이천 물류창고 화재 현장 방문

2020년
4월

누구라도 미워하지 마시고 사랑하세요.

미워하지 않는 힘이 바로 사랑입니다.

미워하며 살아가는 것은 스스로 불행한 길을

선택해서 자신의 소중한 인생을 낭비하는 것입니다.

긴급생활지원금 지급을 위한 조례제정 통과

- 20200401 (수요일 아침)

모든 이천시민들께 드리는 코로나19 대응 긴급생활지원금의 지급을 위한 조례제정 및 추가경정예산안이 어제 전격적으로 통과되었습니다. 긴급생활지원금을 지급하는 것에 대해서는 한마음이더라도 구체적인 기준마련에 대해서는 다른 의견들이 있었을 텐데도 시민들의 마음을 헤아려 긴급하게 조례를 제정해주시고 추가경정예산안을 전격적으로 통과시켜 주신 홍헌표 의장님을 비롯한 이천시의회 모든 의원님들께 감사드립니다.

오늘은 코로나19 대응 경기도 재난기본소득 지급과 관련하여 경기도/31개 시군/농협중앙회/카드회사 사이에 업무협약식을 체결합니다. 중앙정부에서 계획하고 있는 중산층을 포함한 하위 소득 70%에 4인가족 기준 최대 100만 원을 지급하는 안에 대해서도 구체적인 지급준비절차를 마련하고 있다고 합니다. 중앙정부와 지방정부의 노력이 시민 여러분들께 힘이 되어 코로나19를 하루빨리 극복해야 하겠습니다.

이제 본격적으로 해외 입국자들이 들어오게 되는데, 우리 이천시에서는 모가면 소재 농업테마공원 내 팬션을 자가격리자들의 임시생활시설로 제공할 것이며, 시설이 부족한 경우를 대비하여 추가시설도 확보할 계획입니다.

지방세정 운영평가 최우수상 수상

- 20200402 (목요일 아침)

코로나19 확산방지를 위해 총력을 다하고 있는 이 시기에도 기쁜 소식이 들려왔습니다. 우리 이천시가 2020년 경기도 지방세정 운영 평가에서 최우수상을 수상했습니다. 지난 해에 이어 2년 연속 최우수 상을 받게 되었습니다. 시상금으로 상사업비 9천만 원도 수상했구요. 해당 업무관련 유공공무원 표창수여도 있었습니다. 지난해에 이천시 가 지방세정 운영평가에서 최우수상을 받은 것도 처음 있는 일인데, 2년 연속 최우수상을 받게 되었으니 얼마나 감사한 일입니까?

시민여러분들의 성실한 납세와 세무업무 담당공무원들이 세금납부 절차 간소화를 통해 세수확충에 적극적인 노력을 해주신 덕분입니다.

자랑스런 마장면민 주민들

- 20200403 (금요일 아침)

그제부터 해외에서 입국하는 분들이 있어 자가격리시설 운영이 매우 중요한 시기입니다. 우선 우리 이천시는 기존에 자가격리자를 위해 임시생활시설로 정해놓은 농업테마공원 내 펜션을 어제부터 들어 오는 해외입국자들의 자가격리시설로 사용하고 있습니다. 나아가 그러한 시설운영이 어려운 경기도 내 시/군의 해외입국자들을 위해 경 기도가 우리 이천시 마장면 소재 SK텔레콤 인재개발원을 임시생활시 설로 지정해 사용할 계획입니다.

경기도에서 사전에 주민설명회를 가지려고 했으나, 인근 마을 이장

님들을 비롯해 마장면 지역사회 리더분들께서 "모두 다 우리 국민이
고, 철저한 격리와 방역조치를 할 텐데 주민들에 대한 설명은 우리들
이 하겠다. 그러니 안전하게 계시다 가시면 된다." 이렇게 말씀하시네
요. 저도 이천시민인 것이 자랑스럽습니다. 경기도와 협의해서 우리
이천시의 해외입국자도 SK텔레콤 인재개발원에서 생활할 수 있도록
하겠습니다. 그래야만 행정력의 낭비를 줄일 수 있겠다는 생각입니다.

어제는 해외입국자 임시 생활시설로 지정운영하는 것에 열린 마음
으로 수용해주신 인재개발원 인근마을(목리/장암리) 이장님들을 비
롯한 마을리더분들 모셔서 감사한 마음을 전했습니다. 감사한 마음도
전하면서 마을주민들의 애로사항도 들었습니다.

어제도 배웠습니다. 거창한 행정이 아니라 시민들의 눈높이에 맞는
행정이 중요하고, 그러한 행정이 시민들의 삶을 바꿀 수 있다는 것을
동요 없이 주민들의 의견을 잘 들어주시고 전달해주신 마장면장님 수
고 많으셨습니다.

마스크 대량공급 문제 해결
- 20200404 (토요일 아침)

오늘이 주말이라 차량출입 통제에도 불구하고 설봉공원에 벚꽃구
경 오시는 분들이 많으실 것으로 예상됩니다. 그래도 코로나19는 막
아야 하기에 설봉공원에 오신 분들이 한 방향으로 걸을 수 있도록 할
계획입니다. 차량진입도 막았으니 인도와 차도를 모두 이용해서 걸을
수 있도록 하되 한 방향으로만 걸을 수 있도록 하겠습니다.

일본은 총리가 1가구에 천마스크 2장씩 공급하겠다는 계획을 발표

해서 일본국민들로부터 공분을 사고 있지만, 한국에서는 기저귀 생산설비를 마스크필터 생산라인으로 바꾸는 아이디어가 성공을 거둬 마스크필터 부족으로 마스크 생산에 차질이 생길 수 있는 상황이었는데 마스크 대량공급 문제도 잘 풀리게 되었습니다.

사회적 거리두기 2주 연장
- 20200406 (월요일 아침)

주말에 사람들이 많이 몰릴 것을 대비해서 백사면 도립리 산수유마을과 설봉공원에 차량진입을 금지했습니다. 시민 여러분들께서 많이 불편하셨을 텐데도 코로나19 위기극복을 위한 조치라고 이해하여 주시고 적극적으로 협조해 주셨습니다.

고강도의 사회적 거리두기 실천이 2주 더 연장되었습니다. 지금은 국가적 위기상황입니다. 각국이 국가비상사태를 선포하며 대처하고 있습니다. 따라서 코로나19 위기극복을 위한 시민사회의 협조는 국가와 국민을 살리는 당연한 의무입니다.

헌법에서 보장되는 개인의 자유와 기본권은 코로나19라고 하는 국가적 위기를 맞아 잠시 제한될 수밖에 없는 상황입니다. 국가적 위기를 맞아 개인의 자유를 강조하며 코로나19 위기극복을 위한 정부의 요구에 따르지 않는 것은 국민 전체에 대한 도전이고, 국민의 명령을 거역하는 것입니다.

국민 모두가 어깨동무해서 함께 실천해야만 코로나19를 하루 빨리 끝낼 수 있다는 점을 잊지 마시기 바랍니다. 코로나19 사태가 길어지면 커다란 경제적 위기가 발생해서 우리 모두의 생명이 위협받게 될 것입니다. 우리가 방심하면 코로나19 사태가 길어질 수밖에 없습니다. 그때 가서 후회해도 소용이 없습니다. 코로나19 위기극복을 위해 시민 여러분들께서 함께 해주셔야 합니다.

재난기본소득 지역화폐 지급의 문제점
- 20200407 (화요일 아침)

이천시민 전체에게 15만 원씩 지급하기로 한 코로나19 재난기본소득과 관련해 지역화폐로 지급하는 것에 큰 장애가 생겼습니다. 카드형 지역화폐를 만드는 데도 시간이 너무나 많이 걸리고, 경기도와 하나의 지역화폐 카드를 사용하는 것도 어려운 상황입니다. 처음에는 코로나19로 위축된 지역경제도 살리기 위해 3개월 내 사용해야 하는 카드형 지역화폐로 지급하고자 했으나, 코로나19 관련 생활자금지원은 신속하게 지급하는 것이 중요한데 몇 개월씩 늦춰 지급할 수는 없는 것입니다. 그래서 이천시청 소속 공무원은 모두 지역화폐가 있으니까 지역화폐를 충전하는 방식으로 지급하고, 일반시민들께는 현금으로 지급하는 방식이 지혜롭다 생각됩니다. 신청절차와 지급절차도 최대한 간략하게 하여 신속하게 지급될 수 있도록 최선을 다하겠습니다.

어제 오후에 관내 상가번영회 회장님들을 시청 중회의실로 모셔 상황설명을 드리고 회장님들의 의견을 여쭈었습니다. 대부분의 회장님들께서는 지역화폐로 지급하지 못하는 상황이 아쉽기는 하지만 신속하게 지급하는 것이 중요한 만큼 일반시민들께 현금으로 지급하는 것에 동의를 해주셨습니다. 다만 지역화폐 카드를 발급받는데 시간이 정말 오래 걸리는지에 대해 좀더 정확히 파악해달라는 당부도 있었습니다.

지역화폐 경기도 재난소득과 함께 하기로

- 20200408 (수요일 아침)

재난기본소득 지급과 관련해 주요사항을 보고드립니다. 이천시가 지급하는 15만 원의 코로나19 재난기본소득과 관련해 지역화폐로 지급하는데 시간이 너무나 오래 걸려서 시청공무원들만 지역화폐로 지급하고 일반시민들께는 현금으로 지급하려고 했으나, 그제 밤에 경기도내 각 시군이 지급하는 재난기본소득을 경기도의 재난기본소득과 함께 지급하기를 원하면 그렇게 하도록 결정되어 우리 이천시는 경기도의 재난기본소득 신청 및 지급절차와 연동해서 함께 신청/지급하기로 했습니다. 참으로 다행입니다. 재난기본소득의 신속한 지급과 지역경제 활성화를 모두 달성할 수 있으리라 생각합니다. 경기도의 신속하고 통큰 결정에 이천시민을 대표해서 감사드립니다.

내일 오후 3시부터 경기도와 이천시가 함께 하나의 절차로 재난기본소득(합계 25만 원) 지급신청을 받습니다. 우선 오늘부터 4월 30일까지 온라인신청(지역화폐 충전 내지 신용카드 차감방식)을 받고, 오프라인신청(선불카드)은 4월 20일부터 7월 31일까지 받습니다.

높은 투표율을 보인 국회의원 선거 사전투표

- 20200413 (월요일 아침)

지난 금요일과 토요일에는 제21대 국회의원선거 사전투표하는 날이었습니다. 코로나19로 인해 투표율이 낮을 것으로 예상하기도 했지만, 우리 위대한 국민들께서는 26.7%라고 하는 사상 최고의 사전투표율을 보여줬습니다. 지난 2016년 총선 때보다 두 배 이상 높고, 대통령선거 때보다도 더 높은 투표율이라고 합니다. 이천시의 최종 사전투표율은 25.85%로서 전국 평균 26.7보다는 낮고, 경기도 평균 23.88%보다는 높았습니다. 지난 총선 투표율을 감안하면 투표하는 유권자의 절반이 투표한 것입니다.

신중하게 지지후보와 지지정당을 정해 투표하고, 당당히 요구하고, 잘하면 기회를 더 주고 못하면 엄중히 심판하는 시민들이 우리사회를 이끌어 간다고 생각합니다. 시민의 권리를 반드시 행사하여 주시기 바랍니다.

최근 해외입국자가 늘어나면서 이천지역 자가격리자들도 150명이 넘었는데, 이분들의 선거권(투표권) 보장과 코로나19 방역을 함께 지켜내야 하는 숙제가 생겼습니다. 15일이 본투표하는 날인데, 15일에 최대한 방역조치를 취하면서 투표마감시간 전에 투표장에 도착하도록 하고, 일반시민들이 투표를 모두 마친 상태에서 자가격리자들이 투표장에 들어가 투표할 수 있도록 할 예정입니다. 방역을 위하여 신원확인절차도 최대한 간소화시키려고 합니다.

제21대 국회의원 투표일
- 20200415 (수요일 아침)

오늘은 제21대 국회의원 선출을 위한 총선거의 날입니다. 이천지역 모든 후보자분들과 선거운동원 여러분들, 정말 수고 많으셨습니다. 선거사무공무원들도 수고 많으셨지만, 오늘과 내일은 더 많은 수고를 하시겠네요. 고맙습니다 감사합니다. 물론 이미 사전투표를 마치신 분들도 계시고 아직 못하셔서 오늘 투표하실 분들도 계시겠지요.

예년 기준으로 하면 투표하는 유권자 중 절반 가까이 사전투표를 하셨지만, 현실적으로는 오늘 얼마나 많은 분들이 투표하느냐에 따라 달라질 텐데, 대체로 투표율이 높아질 것으로 예상하고 있는 듯합니다.

일반적으로 투표율이 높아야 정치하는 사람들이 유권자를 두려워하게 되고, 정치수준도 높아진다고 합니다. 시민 여러분들께서 오늘 꼭 투표하셔서 자신의 정치적 의사표현을 당당하게 하시면 좋겠습니다. 그것이 우리 이천의 정치발전의 밑거름이 될거라 생각합니다. 이천의 정치인들이 유권자를 두려워하고 이천시민을 사랑할 수 있어야만, 이천의 정치가 이천시민의 행복을 위해 기여할 수 있을 것입니다.

이천지역 자가격리자분들 중 이천지역 선거인명부에 등재되어 있는 분들을 대상으로 투표의사를 확인했는데 34분이 투표하시겠다고 하였습니다. 그 분들을 대상으로 오늘 발열체크 등 검사를 하여 코로나19 증상이 없는 분들에게 투표소별 자가격리자 전담공무원을 배치시켜 투표를 진행할 계획입니다. 자가격리자들의 선거권을 보장하고, 시민들을 위한 코로나19 방역도 철저히 하기 위해 최선을 다하겠습니다.

먹을거리 종합계획 용역 진행 중
- 20200423 (목요일 아침)

읍면동사무소와 농협시지부 각 지점에서 코로나19 재난기본소득 선불카드 지급신청 접수가 큰 무리없이 잘 진행되었습니다. 춥고 바람도 많이 부는 날씨에 선불카드 지급신청하시는 분들이나 밤 8시까지 접수업무를 처리하시는 분들 모두 정말 수고 많으셨습니다.

마장면 소재 SK텔레콤 인재개발원이 경기도 자가격리대상자 임시생활시설로 문을 열었습니다. 각 시군의 자가격리 임시생활시설이 부족한 경우에 각 시장/군수의 추천을 받아 경기도가 운영하는 이천시 마장면 소재 임시생활시설에서 격리생활을 할 수 있습니다. 임시생활시설 이용요금의 50%를 이천시가 지원하기로 결정했고, 다만 이천시 자가격리대상자 분들 중 이천시가 운영하는 모가면 소재 농업테마공원 팬션을 이용하시는 분들이나 경기도가 운영하는 마장면 소재 SK텔레콤 인재개발원을 이용하시는 분들 모두에게 공평하도록, 마장면 소재 경기도 임시생활시설(SK텔레콤 인재개발원)을 이용하는 분들이나 모가면 소재 이천시 임시생활시설(농업테마공원 팬션)을 이용하는 분들 모두 1일 5만 원을 자부담하는 것으로 결정했습니다.

지난해 7월부터 이천시 먹을거리 종합계획을 세우기 위한 용역이 진행 중입니다. 더 이상 미룰 수 없어 어제 간략한 2차 중간보고회를 가졌습니다. 이천시민들께서 이천에서 생산된 건강하고 안전한 농산물을 드실 수 있도록 이천시 농산물의 전체적인 수요공급체계를 마련하는 것입니다. 안전하고 건강한 먹을거리의 수요공급망을 체계적으로 구축해서 우리 이천시민들의 일상이 건강하고 행복해 질 수 있도록 최선을 다하겠습니다.

이천시 경관기본계획 수립요역 최종보고회

- 20200424 (금요일 아침)

어제 이천시 경관기본계획 수립용역 최종보고회를 가졌습니다. 도시경관과 관련해 우리 이천시는 앞으로 많은 노력을 해야 하겠습니다. 제대로 된 계획을 수립하는 것도 중요하지만, 더 중요한 것은 실천입니다. 앞으로 이천의 경관이 멋있어질 수 있도록 최선을 다하겠습니다.

어제는 대한민국 협동조합의 효시이고 대한민국과 이천의 양돈농가를 대표하는 도드람양돈농업협동조합을 방문해 조합장님과 직원분들께 인사를 드렸습니다. 이천의 양돈농가는 지난해 가을부터 시작된 아프리카 돼지열병으로 인해 하루하루 노심초사하면서 불안한 마음으로 지내고 있습니다. 또한 지난 2년 동안 산지 돼지고기 값이 낮아 사료대금을 충당하기에도 벅찰 만큼 힘든 시기를 보내왔습니다. 그런데 최근에 돼지고기 값이 회복되어 희망을 가지고 일할 수 있게 되었다고 합니다. 땀흘려 노력하시는 분들이 땀과 노력의 댓가를 충분히 받으시며 살아갈 수 있는 사회를 만들어야 하겠습니다.

코로나19로 인해 이천시 농업생명대학 개강이 연기에 연기를 거듭하다 더 이상 연기할 수 없어 온라인으로 개강을 하였습니다. 봄철에 코로나19로 인해 이렇게 힘겨운 시간을 보내고 있으니 올 가을에는 크게 풍년농사가 이루어져 농민들께서 활짝 웃을 수 있으면 좋겠습니다.

모가면 물류창고 대형화재

- 20200430 (목요일 아침)

어제는 아침 일찍 호법농협 육묘장을 찾아 모판상토작업 중인 농업인들께 인사드리면서 시작했으나, 오후에 큰 화재가 발생하여 자정 무렵 화재현장에서 하루 일정을 마무리했습니다. 마음 아픈 소식을 전하게 되어 죄송합니다.

어제 이천시 모가면 소재 물류창고 공사현장에서 대형화재가 발생해 큰 인명피해가 생겼습니다. 무려 38명의 사망자와 10명의 부상자가 발생했습니다. 피해자 유가족분들께 커다란 고통을 안겨드리고, 시민여러분들께 슬픈 소식을 전하게 되어 너무나도 죄송한 마음입니다.

어제 화재현장에는 국무총리, 행정안전부 장관, 고용노동부장관, 경기도지사께서 다녀가셨습니다. 사고발생원인과 책임소재를 밝히는 것도 중요하지만, 지금은 유가족들의 고통과 슬픔을 함께 나누는 일이 무엇보다 중요합니다. 따라서 가장 먼저 이천시민들과 함께 유가족들의 고통과 슬픔을 나누도록 하겠습니다. 유가족분들과 상의해서 서희청소년문화센터(구 시민회관)에 합동분향소를 설치할 계획입니다. 시민 여러분들께서 유가족분들의 슬픔을 함께 나눠주신다면 유가족분들께 큰 힘이 되리라 생각합니다.

어제 밤에 시공사와 건축주 및 감리단이 공동으로 유가족분들을 만나 사죄드리고 피해보상을 위해 최선을 다하겠다고 말했습니다. 이천시도 유가족분들과 시공사 및 건축주가 원만히 합의하고, 충분한 손해배상을 받을 수 있도록 최선을 다해 노력하겠습니다. 그 외에도 유가족분들을 위해 필요한 행정적 지원을 다하겠습니다.

어제 화재현장을 지키느라 늦은 밤까지 저녁식사를 못하시는 분들을 위해 의용소방대원들께서 현장에서 저녁을 준비해주셨습니다. 고맙습니다 감사합니다.

2020년
5월

© 20200504 한익스프레스 물류창고 화재 합동분향소
더불어민주당 이해찬 대표 및 당원 조문

진정한 사과는 진실을 고백하고
용서를 구하는 것입니다.
진실을 고백하지 않으면서
진실된 사과를 할 수 없습니다.
거짓으로 인한 상대방의 아픔을 모르면서
진실된 사과를 할 수는 없습니다.
진실된 사과만이
잘못에 대한 용서를 받을 수 있습니다.

가짜뉴스에 대한 대책을 고민하며

- 20200501 (금요일 아침)

가짜뉴스는 악의적인 의도를 가지고 만드는 죄질이 매우 나쁜 범죄행위입니다. 가짜뉴스를 생산해내는 사람들에 대한 엄중한 사법적 처벌이 필요합니다.

어제 물류창고 화재 유가족분들을 만나 그분들의 감당하시기 힘든 큰 아픔과 슬픔을 함께 나누려고 노력했습니다. 우선 유가족분들의 손도 잡아드리고, 얼싸안고 함께 울었습니다. 아무 잘못도 없이 일하시다 돌아가셔서 억울하고 화가 치미는데 아직 책임질 사람이 없으니 시장인 저를 혼내시라고 무릎을 꿇었습니다. 그렇게라도 해서 유가족분들의 아픈 마음이 조금이라도 덜어지면 좋겠다는 심정으로 유가족분들 찾아다니며 무릎을 꿇고 위로 드리려 노력했습니다.

이러한 모습을 포착하고 자극적인 타이틀을 달아 가사를 쓰시는 기자와 언론사들도 계시네요. 그러면 안 되지 않겠습니까? 그렇게 해서 기사 조회수 늘려 기자와 언론사는 돈을 좀더 벌 수 있을지 모르지만 우리가 사는 대한민국 사회는 엉망이 되지 않겠습니까? 그러니 선의적으로 한 행동을 악의적으로 읽힐 수 있도록, 의도적으로 자극적인 기사 타이틀을 만드는 행동은 '언론의 자유'라는 명분으로 보호받아서는 안 되고, 우리가 함께 살고 있는 대한민국이라는 공동체를 망가뜨리는 치사하고 졸렬한 행동으로 국민의 심판을 받아야 하지 않겠습니까?

시장의 자리는 어떻게든 시민들의 아픔을 덜어드리려고 노력해야 하는 자리입니다. 시장의 자리는 시민들의 아픔을 덜어드리기 위해 무릎이라도 꿇어야 하는 자리입니다. 남의 행동을 악의적으로 해석하는 사람은 자신이 악의적인 마음으로 살아가고 있기 때문입니다.

어제 오전 9시부터 국무총리 주재로 대책회의를 했으며, 회의 마치고 10시 30분부터 모가면 실내체육관에서 유가족분들과 언론인들 모시고 이천시의 대응방안에 대해 간단히 설명드렸습니다. 앞으로 유가족 편에 서서 끝까지 최선을 다해 노력하겠습니다.

물류창고 화재희생자 대책
- 20200502 (토요일 아침)

어제 물류창고화재 희생자 유가족협의회 대표단이 선출되었습니다. 대표단은 아직 희생자 1분의 신원확인이 안 되고 있어 합동분향소는 마련되었으나 조문이 안 되고 있습니다. 대표단에서 유가족들과 상의해서 언제부터 조문절차를 시작할지 결정해서 알려주시기로 했습니다. 대표단으로부터 연락이 오는 대로 시민 여러분들께서 합동분향소에서 조문하실 수 있도록 말씀드리겠습니다.

앞으로 유가족분들의 장례절차와 숙식제공 및 건강지원, 심리지원 등에 불편이 없도록 최선을 다하겠습니다. 또한 산업재해보상절차가 제대로 이루어지고 화재발생 원인조사가 철저히 이루어지도록 챙기겠습니다. 나아가 유가족 편에 서서 시공사/건축주/감리단과의 보상협의절차도 끝까지 챙기겠습니다. 시민여러분들께서도 한마음으로 유가족분들의 아픔과 슬픔을 함께 나눠주시면 감사하겠습니다.

악의적인 기사와 댓글이 난무하는 현실

- 20200504 (월요일 아침)

주말에는 한익스프레스 냉동물류창고 화재참사 유가족분들과 함께 했습니다. 유가족협의회 대표단도 구성되었으며, 국무총리, 고용노동부장관, 국토교통부장관, 경기도지사, 대통령 비서실장께서 서희청소년문화센터에 마련된 합동분향소에 오셔서 조문하시고 유가족분들을 위로하시며 유가족분들의 요구사항을 경청하셨습니다. 그동안 합동분향소(서희 청소년문화센터)와 화재현장(모가면 실내체육관)으로 유가족분들이 나뉘어 계셔서 의사소통에 어려움이 있었으나 오늘부터 합동분향소에서 함께 계시기로 하였습니다. 나아가 오늘부터 합동분향소에서 시민들의 조문이 가능하도록 유가족분들께서 결정해주셨습니다.

사실과 다른 추측성 기사와 희생자 및 유가족들을 비난하는 악의적인 댓글 때문에 유가족분들께서 너무나 힘들어하고 계십니다. 지금은 국민 모두가 한마음으로 유가족분들의 손을 잡아드리고, 마음을 함께 나눠주셔야 할 때입니다. 시민 여러분들께서 유가족분들의 슬픔과 아픔을 나눠주시면 감사하겠습니다. 우리 이천시도 끝까지 유가족 편에 서서 필요하고 가능한 모든 지원을 드리겠습니다.

이번 화재참사로 인해 병원에서 치료받고 계신 분들도 여섯 분이 계십니다. 세 분은 일반병실에서, 나머지 세 분은 중환자실에서 치료받고 계십니다. 중환자실에 계신 세 분 중 두 분께서는 의식불명인 상태입니다. 국민 여러분들의 따뜻한 기도가 꼭 필요합니다.

화재참사 유가족의 입장에서

- 20200505 (화요일 아침)

어제는 오전 근무를 청사에서 마치고 구내식당에서 식사한 후 합동 분향소로 갔습니다. 어제도 많은 분들께서 한익스프레스 물류창고 화재참사 유가족분들의 아픔과 슬픔을 나누기 위해 합동분향소를 방문하셨습니다.

이재정 교육감, 더불어민주당 이해찬 대표를 비롯한 여러 국회의원, 미래통합당 소속 여러 국회의원, 소방청장, 여주시장, 양평군수, 평택부시장, 광명부시장, 이천지역 경기도의회 의원 및 이천시의회 의원들께서 조문하셨습니다. 저를 비롯한 이천시 공무원들은 조문객들께서 정성껏 조문하실 수 있도록 최선을 다했습니다.

오후에는 이해찬 더불어민주당 대표를 비롯해 여러 국회의원들과 함께 화재현장에 가서 필요한 설명을 드렸습니다. 너무나 수고하시는 자원봉사자 여러분들 정말 고맙고 감사합니다.

오후 5시경 유가족협의회에서 요구사항을 담은 기자회견을 했습니다. 유가족별로 애로사항과 요구사항을 자세히 정리해서 청와대와 중앙정부에 전달했습니다. 애로사항 및 요구사항은 유가족별로 지정된 전담공무원을 통해 파악된 내용입니다. 유가족별로 맞춤형 긴급행정을 시행해서 유가족분들의 불편을 조금이라도 덜어드리기 위해서입니다. 유가족분들을 더욱 아프게 하는 악성 댓글에 대해 국민 여러분들께서 선한 댓글로 막아주셔야 하겠습니다.

화재참사 재발 방지 대책의 시급함

- 20200508 (금요일 아침)

한익스프레스 화재참사를 통해서 재발방지 대책을 생각해 봅니다. 먼저 유사한 화재참사가 반복되지 않도록 근본적인 제도개선이 필요하다는 것입니다. 화재발생에 취약한 건축자재 사용금지, 안전관리자 관리감독 권한 지자체 이양 등이 이뤄져야 합니다.

다음으로 화재참사 발생시 책임자 처벌여부 내지 책임의 경중과 관계없이 중앙정부 차원에서 법률로 정한 적절한 위로금을 유가족들에게 먼저 지급한 후 정부가 책임자에게 구상권을 행사하도록 해야 한다. 유가족들이 가족을 잃은 슬픔을 감당하기도 힘든 시기에 장례절차를 미뤄가면서까지 시공사 등과 배상금 합의를 하라고 하는 것은 너무나 비인도적입니다. 대형참사가 발생하면 장례절차, 사고발생원인 조사, 책임자 수사 및 처벌, 배상금 합의, 유사사고 발생예방을 위한 제도개선을 연구 등이 여기저기서 한꺼번에 터져나오게 됩니다. 참사가 발생했을 때 가장 중요한 것은 국민들의 애도의 공감 속에서 유가족들이 장례절차를 진행하고, 철저한 수사와 제도개선연구가 혼란스럽지 않게 차분한 분위기에서 진행되어야 하지만, 유가족들이 장례절차를 미루며 시공사 등과 배상금 합의를 해야 하는 상황에서는 가장 중요한 이런 것들을 실천할 수 없습니다. 먼저 보상금을 지급하고 나중에 구상권을 제도화 시켜야 하는 이유입니다.

한익스프레스 화재발생 당시 폭발과 함께 우레탄 탄화물 등이 인근 농가의 밭에까지 날아갔습니다. 그로 인해 우레탄 탄화물 등을 걷어내다가 유독가스를 마셔 병원치료를 받고 계신 분도 있습니다. 자원봉사자분들과 이천시 부발읍 소재 제3901부대 1대대 군장병 30여명 이 현장에 나와 인근 농지에 흩어져 있는 우레탄 탄화물 등 화재잔존물을 제거해 주셨습니다. 고맙습니다. 감사합니다.

경기남부지방경찰청의 수사브리핑
- 20200511(월요일 아침)

주말에도 한익스프레스 화재참사 유가족분들과 함께 보냈습니다. 우리 모두가 유가족분들의 손을 잡아주어야 유가족분들이 가족을 잃은 아픔과 슬픔을 딛고 다시 일어나 걸을 수 있을 것입니다.

유가족분들에 대한 각종 유언비어와 악성 댓글들을 접할 때마다 너무나 속상합니다. 그러지 말아주세요. 우리도 누구든 유가족이 될 수 있습니다.

어제 오전에는 경기남부지방경찰청의 수사브리핑이 있었습니다. 경찰입장에서는 수사보안 및 피의사실 공표금지와 관련해 자세한 설명을 할 수 없고, 유가족입장에서는 수사진척사항을 좀더 구체적으로 알고 싶은 상황이라 양측 모두 답답한 심정을 토로하는 장이 되고 말았습니다.

우리는 누구나 마음이 아파 고통스러우면 과도한 행동을 하게 됩니다. 마음이 아파서 과도한 언행을 한 것임을 이해하지 못하면 그로 인해 자극되고 상처받아 싸울 수 있습니다. 누군가 과도한 언행으로 나를 아프게 한다는 것은 그렇게 하지 않으면 안 될 만큼 그는 이미 아프다는 것이 진실입니다.

보건소 공무원 과로로 쓰러짐

- 20200512 (화요일 아침)

우리 이천시 보건소 소속 공무원 1명이 선별진료소에서 근무하다가 매일매일 이어지는 과로로 인해 쓰러지는 일이 발생했습니다. 곧바로 병원으로 이송되어 입원치료를 받고 있습니다. 시장으로서 너무나 죄송합니다. 시민 여러분들께서 함께 기도해주시면 감사하겠습니다.

코로나19에 대한 대응수준을 생활방역으로 전환하자마자 이태원 클럽을 중심으로 상당수의 확진자가 발생했습니다. 그리고 앞으로도 확진자가 더 늘어날 것으로 예상되고 있습니다. 우리 이천시의 경우도 이태원 클럽을 방문한 시민들이 19명 있어 증상은 없지만 능동감시자로 분류하여 관찰하고 있으며, 어제 선별진료소를 방문한 분들이 94명이나 되었는데 그 중에 이태원 클럽을 방문한 사람이 41명입니다. 1명을 빼고 93명에 대해 검사의뢰하였습니다.

정말이지 언제든 다른 나라들처럼 코로나19 상황이 심각해 질 수 있습니다. 결코 방심해서는 안 되겠습니다. 사람들이 많이 모이는 밀폐된 공간을 피하시기 바랍니다.

푸드플랜 패키지 지원 대상 선정

- 20200515 (금요일 아침)

지난 해 가을부터 우리 이천시의 건강한 먹을거리 수요공급체계를 만들기 위한 종합계획(이천시 푸드플랜)을 준비해왔습니다. 이천지역 농산물 생산자단체와 소비자단체가 함께 참여해 이천시 먹을거리종합계획을 만들고 있는 것입니다.

농림축산식품부는 2020년 지역 푸드플랜 패키지 지원 대상 지자체를 선정해 지원계획을 발표했습니다. 우리 이천시도 이번에 지원대상 지자체로 선정되었습니다. 시민 여러분들의 건강을 지키고 농업인들의 소득안정이 보장될 수 있는 멋진 계획을 만들어 차곡차곡 실천해 나가겠습니다.

어제도 이천의 많은 사회단체에서 한익스프레스 물류창고 화재참사 합동분향소를 찾아 조문을 드렸습니다. 귀한 시간내어 유가족분들의 아픔을 함께 해주셔서 감사합니다

5.18 민주화운동 40주년을 맞아

- 20200518 (월요일 아침)

아직까지도 5.18 민주화운동의 역사적 사실을 부정하려고 하거나 그 역사적 가치를 폄하하는 사람들이 있습니다. 이는 정치적 계산 때문에 분명한 역사적 사실마저 애써 감추고 싶었던 정치세력들이 있었고, 그들이 국민들에게 가짜뉴스를 광범위하게 제공하여 국민들 중 일부가 가짜뉴스를 믿게 만들었으며, 가짜뉴스를 믿는 국민들로 하여금 역사적 사실을 직접 경험한 국민들 및 역사적 사실로 알고 있는 국민들과 싸우도록 하는 악의적인 정치를 오랫동안 해왔기 때문입니다. 해석과 평가 그리고 의견을 달리하는 정치를 넘어서 가짜뉴스를 만들어 역사적 사실을 왜곡시키려는 악의적인 정치는 정치가 아니라 범죄행위입니다.

5.18 민주화운동 40주년 기념일을 맞아 5.18 민주열사의 숭고한 희

생정신을 기억하고, 유가족분들이 받아왔던 깊은 상처를 함께 안아줄 수 있기를 바랍니다. 다시는 역사적 사실을 왜곡시키는 정치가 이 땅에서 없어지길 두손 모아 기원합니다.

영주권이 있는 외국인도 재난기본소득 지급
- 20200519 (화요일 아침)

국적취득 전인 결혼이민자와 영주권이 있는 외국인도 이천에 주민등록이 되어 있으면 이천시 재난기본소득 지급하기로 하여 그에 필요한 절차를 이천시의회 임시회의가 개최되어 처리했습니다. 협조해주신 홍헌표 의장님을 비롯한 아홉 분의 의원님들께 감사드립니다.

어제 오후에는 이천시 관내 유흥주점협회 임원분들께서 저를 찾아오셨습니다. 최근 영업금지 행정명령과 관련해 생계유지가 막막해진 사연, 코로나19를 막기 위해 최선을 다해 행정명령에 협조하고 있으나 더 길어지면 사업장 문을 닫을 수밖에 없다, 코로나 감염예방과 관련해서는 노래방과 다르지 않은데 노래방은 영업을 하고 있으니 공정하지도 않고 이천지역사회에 코로나가 번질까 걱정된다, 행정명령에 따른 피해보전 대책도 마련해달라 등등. 함께 고민하겠습니다. 이천시가 할 수 있는 역할을 하겠습니다.

문화의 도시를 만들기 위한 노력

- 20200520 (수요일 아침)

　설봉저수지 아랫마을 활성화 계획, 이천 문화의 거리 활성화 계획을 위한 용역보고회를 가졌습니다. 설봉저수지와 설봉공원은 이천시민들로부터 가장 큰 사랑을 받고 있는 휴식처입니다. 설봉공원에 가려면 설봉저수지 아랫마을을 지나서 가야 하는데, 마을 경관이 나빠 마을 경관정비가 꼭 필요한 상황입니다. 마을주민들과 잘 협의해서 아름다운 마을, 찾고 싶은 마을을 꼭 만들어 보겠습니다.

　문화의 거리는 명실상부한 이천의 중심거리입니다. 경기침체 등 여러 가지 원인들이 합쳐져 문화의 거리 주변 상권이 침체하고 있습니다. 이천시는 전문가들의 조언을 받아 문화의 거리를 활성화시키려고 노력하고 있습니다. 문화의 거리에서 상점을 운영하시는 분들의 의견을 함께 반영하도록 하겠습니다.

　중리신도시 개발사업이 지금 진행 중에 있습니다. 중리신도시 개발사업이 완료되면 구 3번 국도(1번 이천시도)를 중심으로 양쪽에 신도시와 구도심이 위치하게 됩니다. 멋지게 정돈된 행정타운 중심의 중리신도시와 이천의 문화와 역사가 살아 숨쉬는 원도심을 만들어야 합니다. 신도시와 원도심이 조화롭게 발전할 수 있도록 해야 합니다.

　문화의 거리를 중심으로 한 원도심을 아름답게 만들어 시민들의 휴식처가 되고 관광객들이 찾아오고 싶은 거리를 만들어야 합니다. 예산도 많이 들고, 시간도 많이 필요하지만, 시민여러분들의 응원과 상가 사장님들의 협조가 가장 중요합니다. 잘 준비하겠습니다.

도자기조합과 이천시의 관계 설정

- 20200527 (수요일 아침)

어제는 얼마 전에 이천축산업협동조합 조합장으로 당선되신 김영철 조합장님을 모시고 이천 축산업발전에 대한 얘기를 나눴습니다. 또한 4년 동안 이천노인복지관에서 자치회장으로 수고하신 이금례 회장님과 임원분들 모시고 점심식사하면서 그동안 수고해 주심에 감사드리고, 앞으로도 노인복지관 어르신들의 행복을 위해 계속 함께 해주십사 말씀드렸습니다. 그리고 월전미술관 장학구 관장님을 만나 서울 삼청동 소재 함벽원(이천시 소유)의 공유재산으로서의 기능을 최대한 살리기 위한 얘기를 나눴습니다.

이천도자기협동조합 이사장님을 비롯한 임원님들 모시고 도자기조합의 현안문제에 대해 솔직한 얘기를 나눴습니다. 이천시와 도자기조합 사이에 서로 오해가 없어야 하겠습니다. 그 자리에서 저는 이렇게 말했습니다.

"이천시는 당연히 도자기조합과 함께 손잡고 이천의 도자발전을 위해 노력하고자 합니다. 다만 이천시는 공공기관이기 때문에 할 수 있는 일과 그렇지 못한 일이 있으니까 이천시가 할 수 있는 역할에 대해 요구해 주시면 감사하겠습니다. 이천시가 법적인 제약 때문에 도저히 할 수 없는 역할까지 도자기조합을 위해 해야만 한다고 조합원분들께 말씀하시면 이것은 이천시와 도자기조합의 화합을 방해할 뿐입니다. 이천시는 도자기조합과 함께 가기를 진심으로 바라고 있습니다. 그러기 위해서 도자기조합이 선결적으로 해결해야 하는 문제는 먼저 해결해주셔야 합니다."

앞으로 더욱 많이 소통해가며 좋은 쪽으로 문제를 풀어가도록 하겠습니다.

이천 관내 지역 중 도시가스 공급망 설치가 사실상 어려운 지역에까지 저렴한 도시가스를 공급하기 위해 우리 이천시와 한국서부발전(주) 그리고 코원에너지가 함께 연료전지 발전사업 공동개발 MOU를 어제 체결했습니다. 최대한 신속하게 이천의 전 지역에 도시가스공급이 가능하도록 최선을 다하겠습니다.

포스트코로나 시대를 위하여
- 20200528 (목요일 아침)

코로나19의 장기화로 우리 국민은 물론 전 세계가 큰 어려움을 겪고 있습니다. 하지만 우리 대한민국은 세계 그 어느 나라보다도 투명한 정보공개와 신속·정확한 진단으로 전 세계에 K-방역시스템의 우수함을 입증했고, 정부와 자원봉사자, 그리고 전국의 의료진을 비롯한 우리 국민 모두는, 이 어려운 위기를 극복하기 위해 지금도 일선 현장에서 함께 힘을 보태고 있습니다. 그리고 코로나19는 지금까지 우리 인류가 달려가고 있는 방향이 매우 위험하고 잘못되었다는 것을 가르쳐주고 있습니다. 그래서 코로나19로 인해 엄청난 충격과 피해가 있겠지만, 한편으로는 우리가 달려가고 있던 방향이 얼마나 위험하고 잘못되었는지 반성하고 바로잡을 수 있는 기회가 될 수 있을 것입니다.

저는 23만 이천시민의 대표일꾼으로서 더 많이 연구하고 노력해서 이천시정을 챙김으로써 지금의 코로나19 위기를 지혜롭게 극복해 나갈 수 있도록 최선을 다하겠습니다. 포스트코로나 시대에는 초기에 어려움이 있겠지만, 궁극적으로는 시민들의 삶의 질을 높여주는 방향으로 나아갈 수 있을 거라 생각합니다. 우리 모두 한 마음으로 코로나19를 잘 극복해서 더 멋진 포스트코로나 시대를 준비합시다.

2020년
6월

관심이 사랑입니다.
관심이 행복입니다.

행복은 승자에게 주어지는 포상이 아니라
하루하루 일상에서 만들어지는 것입니다.

ⓒ 20200610 이천시장과 함께하는 우리동네 한바퀴_창전동

인종차별이 없는 사회를 위해

- 20200601 (월요일 아침)

지금 미국 중북부 미네소타주 미니애폴리스에서는 시위와 폭동이 발생해 다른 지역으로 번지고 있습니다. 며칠 전 위조지폐 사용신고를 받고 출동한 백인 경찰관이 흑인 용의자를 체포하는 과정에서 무릎으로 목을 눌러 질식사했는데, 시민이 그 장면을 촬영해 공유하면서 다른 지역으로까지 시위 및 폭동이 번지고 있는 상황입니다. 한국교민들의 피해가 컸던 악몽 같은 1992년 LA폭동이 생각납니다. 당시 미국 LA에서 음주운전 혐의를 받고 있는 흑인운전자 로드니킹을 백인 경찰관이 추격해 체포하는 과정에 무차별 폭행을 했고, 그 장면을 시민이 촬영해 공유했는데, 백인 경찰관 4명에 대한 재판과정 중 배심원들이 모두 무죄를 인정하자 흑인사회가 시위 및 폭동을 일으켜 LA에 있는 우리 한국인들이 가장 큰 피해를 입었던 사건입니다.

미국은 워낙 인종차별이 만연해 있는 사회인데, 로드니킹사건이나 이번 사건처럼 백인이 흑인을 폭행하는 사건 내지 재판을 계기로 흑인사회에서 그동안 쌓였던 분노가 폭발하는 것으로 생각됩니다. 미국 중북부 미네소타주 미니애폴리스에서 발생한 사건이 미국 서부 LA로까지 번질 기세인데, 가뜩이나 코로나19 감염으로 너무나 힘겨워하는 미국 사회에 폭동까지 벌어지고 군병력을 동원한다고 하니 많이 걱정됩니다. 부디 미국에 살고 계신 우리 한국교민들을 비롯한 무고한 시민들의 피해가 없기를 두손 모아 기도합니다.

이번 사건을 계기로 인종차별문화에 대해 심각한 고민과 인종차별문화를 개선하기 위한 노력과 실천도 함께 이루어지길 기원합니다. 특히 은연중에 인종차별문화에 기대고 싶은 유권자들을 부추기는 나뻔 정치인들에 대해서도 분명한 경종이 울려지면 좋겠습니다. 인종차별문화를 개선해야 하는 정치인이 인종차별적 인식을 가진 유권자들의 표를 의식해 이를 부추기는 행위는 정치가 아니라 범죄입니다.

회억리 물류창고 신축공사 현장
- 20200602 (화요일 아침)

어제는 주거지 주변에서 물류창고 신축공사가 진행되면서 고통스런 하루하루를 보내고 있는 마장면 회억리 주민을 찾아뵙고 말씀을 들었습니다. 절절한 고통의 말씀을 하시면서 얼굴에 흐르는 눈물을 계속 닦으셨습니다. 제 마음도 너무나 아팠습니다. 너무나 죄송했습니다.

"우리 가족이 이렇게 고통스럽게 살아야 하는 이유를 도대체 모르겠어요."

이렇게 말씀하시는데 제 눈에도 눈물이 흘렀습니다. 담당국장님과 시행사 측에 당부드렸습니다. 입장을 바꿔서 우리가 이곳에서 살아야 한다고 생각하면 지금 말씀하시는 절절한 고통의 얘기를 충분히 공감할 수 있습니다. 다만 지난 시간을 돌아보면서 잘잘못을 이야기하지 말고, 지금의 이 고통스런 상황을 어떻게 하면 하루빨리 해결할 수 있을지에 대해서만 생각하기로 하고, 시행사가 적극적으로 협조해주시면 감사하겠습니다. 우리 이천시가 중간에서 다리 역할을 충실히 하겠습니다. 잘 해결되길 바라고, 만약 해결이 안 되면 제가 다시 찾아뵙겠습니다.

우리 이천시가 좀더 포용적인 도시, 따뜻한 도시로 나아가기 위해 노력하고 있습니다. 관내 향토단체들과 각 향우회들이 연합해서 '이천지역 화합발전협의회'를 만들어 서로 격려하고 응원하며 친구처럼 지내기로 약속했습니다. 이천시도 적극적으로 협력하기로 했습니다. 이천지역에 사는 이천시민이라는 이유만으로도 우리는 얼마든지 서로 응원하고 사랑하며 살아갈 수 있어야 합니다. 그래야 이천에 사는 것이 행복할 수 있습니다. 동고동락 이천을 함께 만들어 갑시다.

먹을거리종합계획 연구용역 최종보고회
- 20200603 (수요일 아침)

어제 오전에는 이천시 먹을거리종합계획 연구용역 최종보고회의를 진행했습니다. 지난 해 7월부터 시작되었는데 이제 연구를 마치고 푸드플랜이 담긴 최종보고서가 만들어진 것입니다. 그동안 회의도 많이 했고, 이천지역 농산물 생산자와 소비자들에 대한 설문조사도 많이 했습니다. 이천시 먹거리정책 전반에 대해 종합검진을 받았고, 이천시 먹을거리의 생산/ 유통/ 소비체계가 얼마나 건강하고 안정되었는지에 대해 평가가 있었으며, 부족한 부분에 대한 원인규명과 대책마련의 처방전을 받아든 것처럼 느껴졌습니다.

이제 소비자들은 건강한 음식을 먹을 수 있고, 생산자는 안정적인 소득을 기대할 수 있는 이천시 먹거리 종합계획이 마련되었으니 이것을 잘 실천해야 하는 과제가 주어진 것입니다. 필요한 조례제정 및 전담부서 설치 등이 우선되어야 하겠다는 생각입니다. 가장 중요한 것은 이천시 먹을거리 종합계획이 제대로 실천될 수 있도록 우리 모두 자신들의 욕심을 조금씩 줄이는 것이라 여겨집니다.

이천공설운동장 공영주차장 조성용역 최종 보고회
- 20200604 (목요일 아침)

어제 월례조회와 읍면동장회의를 계획했었는데, 아직은 코로나19로 인해 월례조회를 진행할 수 없어 읍면동장회의만 했습니다. 읍면동장 회의도 계획보다 20분 정도 늦게 끝났습니다. 보고할 내용들이 많다는 것은 읍면동민들과 열심히 호흡하고 있다는 의미라고 생각하니 감사하고 고마운 시간이 되었습니다. 덕분에 다른 직원분들의 업무결재 시간도 늦어져 미안한 일이 벌어졌네요.

어제는 14개 읍면동 주민자치위원장협의회 월례회의가 있었습니다. 저는 회의에는 참석 못하고 점심식사 자리에 함께 해 말씀을 나눴습니다. 이천지역의 제대로 된 주민자치를 위해 정말 열심히 노력하시는 주민자치위원장님들입니다. 다만 코로나19로 인해 그동안 열심히 준비한 내용들을 시민 여러분들께 보여드리지 못하게 되어 너무나 아쉽습니다. 주민자치의 꽃이 활짝 필 수 있으려면 지방자치 내지 지방분권이 제대로 실현되어야만 합니다.

어제 오후에는 이천공설운동장 공영주차장 조성용역 최종 보고회를 가졌습니다. 시민들께서 주차문제로 너무나 고생하시는데 행정절차가 길어지다 보니 생각만큼 신속하게 공영주차장을 공급하지 못해 죄송한 마음입니다. 그래도 내년에는 규모 있는 공영주차장이 여러 개 확보될 수 있으니 조금만 기다려주시기 바랍니다. 공설운동장 공영주차장, 남천공원 공영주차장, 서희청소년문화센터 주차타워, 택시쉼터 주차타워, 북샘말 공영주차장 증설 등 더 노력하겠습니다.

호법면 소재 양우내안에아파트 주민들께서 차량을 이용해 이천시내로 오시려면 곧바로 유턴해야 하는데, 유턴차로에 합류하려면 주변여건상 충분한 거리확보를 확보할 수 없어 주민들께서 너무나 불편하고 사고위험까지 있는 상태입니다. 그 문제를 해결하기로 마음먹고 이해관계인들을 만나 의견을 듣고 있습니다. 시민여러분들의 지금 당장의 불편들을 하나하나 해결해 나가는 것이 가장 중요하다는 생각입니다.

광역버스 노선 준공영제 확대시행을 위한 협약
- 20200605 (금요일 아침)

수개월 전 이천역에서 잠실 환승역까지 왕복하는 2100번 광역버스가 개통되었고 시민들께서 참 좋아하셨습니다. 2100번 광역버스 이용율도 높은 편이라고 하구요. 다만 광역버스 노선을 좀더 확대하면 좋겠다는 의견들이 많았습니다.

어제 경기도와 도내 31개 시군이 광역버스 노선 준공영제 확대시행을 위한 협약을 체결했습니다. 다만 현재 엄중한 코로나19 상황이라 경기도에서 31개 시군을 직접 찾아다니며 협약서에 서명을 받는 방식으로 협약을 체결하고 있습니다. 시민들의 발(足)에 해당하는 대중교통수단이 훨씬 더 편리해져야 한다고 생각합니다. 더 노력하겠습니다.

현충일에 순국선열을 생각하며

- 20200606 (토요일 아침)

오늘은 토요일이면서 65회째를 맞는 현충일입니다. 오늘, 국기는 평소와 다르게 위에서 깃면만큼 태극기를 내려 게양하고 '현충일'의 의미를 깊이 생각하는 하루가 되길 바랍니다. 나라가 위기에 처했을 때 나라를 위해 싸우다 목숨을 바치신 분들, 그 분들의 애국심과 숭고한 실천의지를 정부와 국민들이 꼭 기억해야만 합니다.

이 분들의 고귀한 희생을 정부와 우리 후손들이 기억하지 않는다면 앞으로 나라가 위기에 빠졌을 때 어느 누가 목숨걸고 나라를 위해 싸울 수 있겠습니까? 이 분들의 숭고한 희생이 없었다면 오늘날 이렇게 위대한 대한민국은 존재할 수 없습니다. 이렇게 순국선열과 전몰장병들께서 지켜낸 소중한 이 나라 이 땅에서 지금 우리들이 살아가고 있습니다.

우리의 모습은 어떻습니까? 혹시 같은 국민임에도 불구하고, 자신의 생각과 다르다는 이유만으로 너무나 쉽게 미워하고 욕하면서 살아가고 있지는 않은지, 각자 자신의 삶을 되돌아볼 수 있는 오늘 현충일이 되면 좋겠습니다.

우리 서로 미워하지 맙시다. 우리 모두 사랑합시다.

말전문동물병원 개원

- 20200610(수요일 아침)

어제 오전에는 공약이행사항 보고회(2차)와 말전문동물병원 개원에 따른 언론 인터뷰가 있었습니다. 우리 이천시 설성면 신필리에 말전문동물병원이 개원하게 되었습니다. 말산업특구인 이천시에 지자체 최초로 말전문동물병원을 운영하게 되면서 말(馬)에 대한 보건체계가 튼튼해져서 오랜 기간 훈련한 말들이 적절한 치료를 받을 수 있게 되었으니, 말산업도 더욱 건강해지고 발전할 수 있겠다는 생각입니다.

오후에는 우리 이천시 마장면에 있는 청강대학교 총장님을 만나 이천시와 청강대학교가 서로 협력할 수 있는 것에 대해 얘기를 나눴습니다.

성남시의회 박문석 의장님께서 전국시의원님들을 대표해서 한익스프레스 물류창고 화재참사 유가족분들을 위한 성금을 전달해 주셨습니다. 이천시의회 홍헌표 의장님께서 함께 오셔서 기분좋게 말씀도 나눴습니다.

반도체관련 세라믹기업 육성을 위한 업무협약식 체결
- 20200611 (목요일 아침)

이천시는 반도체의 도시이고 세라믹(도자기)의 도시입니다. 지난 해 한일 간의 무역분쟁으로 우리나라 반도체산업이 위기에 처했고, SK하이닉스와 그 본사가 있는 우리 이천시가 직격탄을 맞을 위기였습니다. 그때 중앙정부는 반도체산업 관련 부품국산화를 추진하기 위한 지원정책을 펼치겠다고 발표했습니다. 저는 반도체장비에 필수적으로 들어가는 것이 세라믹이니까 반도체산업 관련 세라믹기업을 육성할 수 있는 테스트베드를 이천에 설립할 수 있도록 정부지원을 요청하기로 마음 먹고, 지난 해 9월경 세종시 정부청사 산업자원부를 직접 찾아가 정식으로 건의를 하였습니다. 이후 많은 분들의 도움이 있었고, 그 덕분에 최근에 중앙정부에서 긍정적인 결정을 해서 어제 SK하이닉스와 한국세라믹기술원, 그리고 우리 이천시가 함께 반도체 관련 세라믹기업 육성을 위한 업무협약식을 체결하게 되었습니다. 앞으로 중앙정부로부터 많은 예산지원을 받을 수 있으리라 생각합니다.

어제 오후 늦은 시간에 창전6통의 골목길(마을담은 이음길)을 걸었습니다. 우선 카페에서 통장님들과 함께 그동안의 진행경과 및 사업 내용에 대해 들은 후 함께 골목길을 걸었습니다. 아직 완성되지는 않았지만 우중충했던 골목길이 훨씬 밝아지고 예뻐졌습니다. 골목길이 예뻐지니까 주민들께서 뜰안에서 키우던 화분들을 대문 밖으로 내놓기도 했습니다. 욕심 같으면 이천의 모든 마을, 모든 골목길이 이렇게 예뻐지면 좋겠습니다. 꾸준히 주민들이 주도하고 이천시가 지원을 해서 마을 마을마다 멋지고 예쁘게 만들어 가겠습니다. 많은 관심, 적극적인 참여, 꼭 당부드립니다.

코로나19 확진자 이천시 13번 환자 발생
- 20200615 (월요일 아침)

요즘 코로나19 상황이 오래 지속되면서 우울증으로 고생하는 분들이 점점 많아지고 있다는 얘기를 듣습니다. 그래서 '코로나 블루'라는 새로운 말도 만들어졌다고 하고요. 대부분의 사람들은 사람을 못 만나니까 우울한 게 당연하다, 사람들로부터 사랑을 못 받으니 우울한 거라고 말합니다.

그러나 저는 이렇게 이해하고 있습니다. 우울증은 세상으로부터 사랑받지 못해 생긴 병이 아니라 세상을 사랑하지 않아서 생기는 병이라고. 세상을 사랑하셔야 합니다. 세상의 거의 모든 것이 사랑스럽게 느껴지셔야 합니다. 세상을 사랑할 수밖에 없는 지혜를 꼭 깨달아야 합니다.

이천의 11번 확진자 가족의 감염으로 13번 확진자까지 발생하였습니다. 코로나19는 정부의 노력만으로 막을 수 있는 게 아닙니다. 코로나19는 시민들 일부가 노력한다고 막을 수 있는 게 아닙니다. 우리 모두가 간절한 마음으로 노력하고 실천해야만 막을 수 있습니다.

개인 예방수칙 반드시 지키도록 합시다. 코로나19가 끝날 때까지 만나는 사람의 폭을 줄입시다. 늘 만나는 사람만 만나기로 합시다. 타 지역을 다녀오면 당분간 만나지 맙시다. 마스크 꼭 쓰시고, 손 자주 씻는 것 잊지 마시고 실천합시다.

설성면 야외 이장단회의
- 20200616 (화요일 아침)

요즘에는 코로나19로 인해 읍면동 별로 이장단회의를 하지 못했습니다. 수십명이 실내에서 회의를 진행하면 코로나19 감염위험이 높기 때문입니다. 어제는 설성면 이장단협의회가 야외에서 이장단회의를 준비하고 진행했습니다. 마스크도 쓰고 회의를 진행했지만 불편하지 않았고, 오히려 새로운 분위기에 신선한 느낌이 들어서 그런지 이장님들 표정이 참 좋아 보였습니다. 꼭 필요한 회의라면 야외에서 진행하는 것을 권장합니다.

오후에는 이천시청소년(육성)재단 제13회 이사회를 개최하였습니다. 추가경정예산에 대한 내용과 운영규정 개정에 대한 내용을 심의 의결하였습니다. 이천의 청소년들이 어른들의 기준에 따르는 것이 아니라, 각자 타고난 재능과 끼를 마음껏 발휘하며 성장할 수 있도록 여건을 잘 만들어주는 이천시청소년재단이 되도록 최선을 다하겠습니다.

이천제일고 선생님 14번 확진자 발생
- 20200617 (수요일 아침)

어제 확진판정을 받은 14번 확진자는 이천제일고등학교 선생님이기 때문에, 어제 확진판정이 있은 후 곧바로 이천제일고 학생 1129명과 교직원 159명 합계 1288명 중 결석학생 등 30명을 제외한 1258명에 대한 전수조사를 실시해 모두 마쳤습니다. 결석 등으로 인해 검사를 못한 30명에 대해서는 따로 선별진료소 방문해 검사를 받도록 안내했습니다.

검사결과는 오늘 나올 예정입니다. 모든 학생과 교직원에 대해서는 검사결과 나올 때까지 자택에서 자가격리를, 밀접접촉자 50명에 대해서는 14일간 자가격리 조치를 했습니다.

14번 확진자는 서울에 거주하면서 이천으로 출퇴근하는 선생님입니다. 저는 이천시민이 서울 등 수도권 대도시를 방문하면 3일 동안 다른 이천시민과 접촉하지 말아주기를 당부하고 있습니다. 서울 등 대도시에 살면서 이천으로 출퇴근하는 것은 우리 이천지역사회 감염 위험성을 높이기 때문에 각별한 주의가 필요하다고 생각합니다. 서울 등 대도시에서 이천으로 출퇴근하거나 반대로 이천에서 서울 등 대도시로 출퇴근하시는 분들은 조금이라도 이상증세가 있으면 출근하지 말고 집에서 증세가 악화되는지를 살펴 선별진료소를 찾아 코로나19 검사를 받아야 합니다.

농협 BC카드와 이천시민장학회 성금 기탁
- 20200619 (금요일 아침)

어제는 오전에 농협 BC카드에서 이천시민장학회에 성금을 기탁하는 시간을 가졌습니다. 유승우 선배시장님께서 이천시민장학회 이사장의 자격으로 오셨고, 김영춘 농협 이천시지부장님도 자리를 함께 하셨습니다. 두 분 모두 제가 존경하는 분들이라 참 기분 좋은 시간이 되었습니다.

유승우 선배 시장님 사모님의 건강이 최근에 나빠지셨다는 말씀을 듣고 마음이 아팠습니다. 시민 여러분들께서 사모님의 건강이 속히 회복될 수 있도록 함께 기도해주시면 감사하겠습니다.

물류창고 사망희생자 합동영결식
- 20200620 (토요일 아침)

오늘은 한익스프레스 물류창고 화재참사가 발생한 지 53일째 되는 날입니다. 그동안 우여곡절은 있었지만, 사망희생자 38분 모두 합의가 완료되어 오늘 오전 10시에 합동영결식을 진행할 수 있게 되었습니다.

시민여러분들의 염려와 기도 속에서 수많은 자원봉사자분들의 희생과 1대 1 전담공무원을 비롯한 많은 공무원들의 정성스러움 덕분에 오늘 합동영결식을 할 수 있는 것이라고 생각합니다. 정말 고생많으셨습니다.

건강한 공동체 강력한 사회안정망 구축을 위하여
- 20200622 (월요일 아침)

이번 한익스프레스 물류창고 화재참사를 통해 우리는 많은 것을 느끼고 배웠습니다. 무엇보다 사회적 참사가 발생했을 때 우리가 가장 먼저 해야 할 일이 무엇인지에 대해 분명히 배웠습니다. 사고발생 경위를 따지고 누가 잘못했는지를 밝히는 것이 먼저가 아니라, 유가족분들이 느끼는 고통과 슬픔을 함께 나누는 것이 가장 먼저여야 하고 가장 중요한 일이라는 것을 분명히 배웠습니다.

그동안 마치 자신의 가족을 잃은 사람들처럼 정성을 다해 봉사하신 자원봉사자 여러분들 감사합니다. 휴일도 없이 하루도 쉬지 못하고 하고 싶은 얘기가 있어도 마음이 더 아픈 유가족들을 위해 주어진 임무를 묵묵히 수행해 준 공무원 여러분들, 유가족분들의 상처가 아물기 전에는 국민들의 관심에서 멀어지면 안 된다는 심정으로 매일매일 합동분향소를 찾아오셨던 시민사회단체의 조문행렬들, 전국 각지에서 유가족분들께 힘내시라는 응원과 함께 보내주신 국민 여러분들의 정성스런 성금들, 우리들은 이러한 모습 속에 들어 있는 따뜻한 마음과 공동체의식을 분명히 기억하고 있습니다. 다만 유가족분들의 아픈

453

마음을 더욱 더 아프게 했었던 악성 댓글에 대해서는 진심으로 머리 숙여 사죄드립니다.

　국민들 중 누구라도 위기에 빠진다면 그 분들의 손을 잡아 일으켜 세워주고 다시 걸을 수 있도록 해야 합니다. 가장 건강한 공동체의식입니다. 가장 강력한 사회안전망입니다.　자랑스런 대한민국의 모습입니다.

포스트 코로나19를 생각하며
- 20200623 (화요일 아침)

　연초에 시작된 코로나19와 그로 인한 펜데믹 상황이 끝날 줄 모르고 계속 지속되고 있습니다. 처음에는 모두들 코로나19 상황이 빨리 끝나고 예전처럼 돌아갔으면 좋겠다'고 생각했습니다. 지금도 그렇게 생각하는 분들이 많구요.

　이제는 코로나19 상황이 끝나도 우리 인류사회가 예전과 같은 상황으로 돌아가기는 어려울 것이라고, 얘기하는 사람들이 점점 많아지고 있습니다. 코로나19 바이러스가 끈질기고 강한 바이러스라서가 아니라 그 동안 우리 인류가 달려왔던 방향이 잘못된 방향이라는 것이 너무나 분명해졌기 때문입니다. 즉 코로나19와 같은 감염병이 발생할 가능성은 늘 존재하는 것인데, 이 정도의 감염병이 발생했을 때 우리 인류가 달려와 있는 잘못된 방향과 그 거리에 비례해서 감염병으로 인한 충격 내지는 위험성이 너무나 크다는 것을 알았기 때문입니다. 그 위험성은 지구에 살고 있는 우리 인류가 아주 긴밀하게 연결되어 접촉하고 있다는 것입니다.

코로나19로 가장 크게 충격을 받게 되는 것은 다른 나라와 가장 많이 연결되어 있는 나라이며, 세계에서 가장 잘 나가는 기업이 가장 큰 충격을 받게 될 것이라는 것입니다. 이러한 주장에 대해 깊이 고민하고 성찰할 필요가 있습니다. 우리 인류가 그동안 달려왔던 '방향'이 왜 잘못되었는지, 방향이 잘못된 것이 맞다면 '속도'가 빠른 만큼 더 위험하고, 이미 잘못 달려와 있는 '거리'만큼 더 위험한 것이 틀림없을 테니까요.

포스트코로나 시대? 다시 예전으로 돌아갈 수 있는 것인지? 도대체 우리 인류가 새롭게 나아가야 할 방향은 도대체 어떠한 방향인지? 우리 모두 진지하게 생각해봐야 하겠습니다.

거리에 태극기를 게양하는 날은
- 20200625 (목요일 아침)

오늘은 6.25전쟁 발생 제70주년이 되는 날입니다. 3년 이상 지속되었던 6.25전쟁으로 인해 수많은 희생자가 발생했습니다. 저의 아버님은 지금은 장남이시지만, 사실은 형님이 계셨습니다. 아버님의 형님께서는 6.25 전쟁에 참전하셨다가 돌아가셔서 지금은 국립현충원에 모셔져 있습니다. 6.25 전쟁으로 희생되신 분들과 유가족, 그리고 참전용사분들의 숭고한 희생을 다시한번 기억하는 날입니다.

언제부턴가 "시장이 바뀌더니 거리에 태극기를 걸지 않는다"는 얘기가 나오기에 "그럴 리가 있나요? 태극기 게양을 잘하고 있습니다" 하고 말씀드렸습니다. 그런데 최근까지도 똑같은 소문이 계속되고 있어 구체적으로 여쭈어 봤더니, "시장이 바뀌더니 현충일과 6월 25일에 태극기를 거리에 걸지 않는다. 시장이 진보쪽이라 애국심이 없고, 태극기와 애국가에 대해 부정적이라 걱정이다"라는 얘기였습니다.

관련부서에 사실관계를 확인해보았습니다. 거리에 태극기를 게양하는 이유는 경사스러운 날을 기념하여 축제분위기를 만들기 위해서입니다. 3.1절(3월 1일), 제헌절(7월 17일), 광복절(8월 15일), 국군의 날(10월 1일), 개천절(10월 3일), 한글날(10월 9일)은 거리에 태극기를 게양하고 있습니다. 현충일(6월 6일)과 6.25전쟁발생(6월 25일)은 우리나라로서는 가슴 아픈 날이기 때문에 가정에서는 슬픔을 기억하기 위해 조기형식으로 태극기를 맨 위에서 조금 내려서 달고 있지만, 별도로 거리에 태극기를 걸지 않는 것입니다. 이런 슬픈 날에 거리에 태극기를 게양하게 되면 자칫 축제분위기가 조성되어 어울리지 않기 때문입니다.

오해가 없으시길 바랍니다. 만약 사실을 왜곡시켜 여론을 악화시키려는 악의적인 의도가 있다면, 자신이 그런 나쁜 마음을 가지고 있기에 다른 사람들도 자신에게 그럴 거라고 믿을 수밖에 없어 항상 세상이 두렵고, 세상을 사랑할 수 없고 세상을 적대적으로 바라보게 되는 것입니다. 그런 사람들의 하루하루의 삶이 얼마나 두렵고 외로울까를 생각하면 너무나 안타깝습니다. 세상을 사랑하십시오. 그래야만 세상도 자신을 사랑할 거라고 믿을 수 있고, 결국 그래야만 세상도 우리를 사랑할 수 있습니다

농림축산식품부 농촌협약제도 시범시로 선정됨

- 20200626 (금요일)

우리 이천시 15번째 코로나19 확진자 발생 보고드립니다. 6월 21일 해외입국자(회사원)로 자택(1인)에서 자가격리 중 확진판정을 받아 경기의료원 성남병원으로 옮겨 격리치료에 들어갔습니다. 확진자가 자가격리의무를 철저히 준수했다면 다른 사람이 감염되었을 가능성은 없습니다. 현재 확진자의 거주지에 대한 방역소독 완료 후 역학조사 중입니다.

농림축산식품부가 2021년부터 농촌협약제도를 도입해 실시합니다. 이 제도는 농촌의 계획적인 입지를 통해 난개발을 방지하고, 주거환경을 개선하며, 효율적인 공간관리를 추진하기 위해 농식품부와 기초지자체가 공동투자하여 사업을 진행하는 것입니다. 전국에서 7개 시범 시/군(영동/ 순창/ 보성/ 상주/ 김해/ 밀양/ 원주)을 선정했고, 여기에 3개 시/군(영월/ 괴산/ 이천)을 추가로 예비 시/군으로 선정했는데, 우리 이천시는 생활여건이 많이 취약한 남부생활권(장호원/설성/율면)의 농촌활성화 발전계획을 수립해 예비 시/군에 선정되었습니다. 경기도에서는 유일하게 우리 이천시가 선정된 것입니다. 중앙정부가 300억 원 우리 이천시가 120억 원 정도 공동투자를 하게 될 것으로 예상하고 있습니다. 최선을 다해 멋진 결과를 이끌어 낸 이천시 농업기술센터 직원들에게 힘찬 박수를 보내주시기 바랍니다.

보훈단체 회장님들을 찾아뵙다

- 20200630 (화요일 아침)

우리 이천시에는 보훈회관이 두 곳으로 나뉘어 있습니다. 새롭게 보훈단체가 설립될 때마다 업무 및 회의공간을 확보하다 보니 두 곳으로 나뉘어 사용하고 계셨습니다. 보훈단체 회장님들을 따로따로 찾아뵙고 인사드리면서 나라를 위한 헌신에 감사한 마음을 전하고, 애로사항을 경청했습니다. 말씀주신 내용 중 냉난방시설 수리 및 교체 등 서둘러 해결해 드려야 하는 것도 있었고, 다른 시군의 상황을 파악해서 판단해야 할 것도 있었습니다. 해를 거듭할수록 연세가 많아지시고 건강이 나빠지시는 것을 보면서 마음이 아팠습니다. 한 번도 뵙지 못했지만 6.25전쟁에 참전하셨다가 돌아가셨는데, 한참 동안이나 생사를 모르다가 뒤늦게 국립현충원에 모셔진 유해를 찾았던 큰아버님에 대한 생각이 났습니다.

이천제일고 확진자 관련 107명의 자가격리자(학생99, 교직원6, 미화직원2)에 대해 자가격리를 해지하기 전 코로나19 검사를 실시했으며? 검사결과 모두 음성으로 판명되어 어제 낮 12시에 모두 자가격리 해지되었습니다.